U0023612

Sunflower

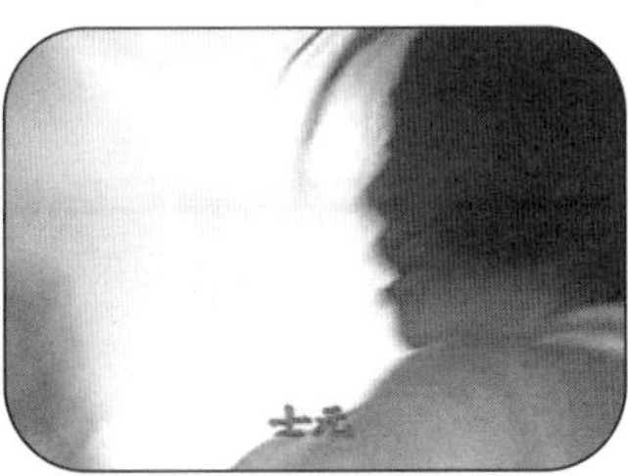

Sunflower

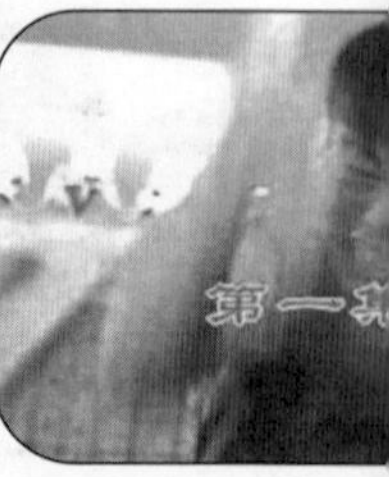

太陽花

一步錯不得的

了，你可以回去了

Sunflower

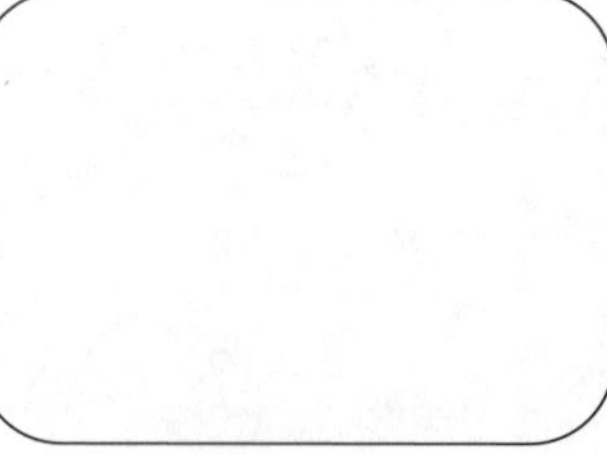

製作人
魏約翰
魏玫娟

Sunflower

太陽花01

我心深處

Sunflower

生智出版社◎發行

第一章

民國六十九年，一個命運之神改變汪家的夜晚，在狂風暴雨的肆虐中，無聲無息地，靜悄悄地進行著。

漢文才剛下部隊，就冒著風雨，正從營區開著吉普車疾速地往家裡趕去。他放心不下他美麗的妻子和三個可愛的孩子，他是他們的大樹，颱風夜裡這棵大樹要趕緊回去好好保護他的妻兒，做他們的依靠。漢文嘴角掛著幸福的笑，邊想著車速就在濕滑的路面上不減反增。

妍秋帶著三個孩子，正在客廳裡開心的唱著歌，屋外不時的閃電，將庭院裡的樹枝映照在玻璃窗上，張牙舞爪的影子搖晃著。突然一陣雷聲巨響，屋內的燈忽明忽暗地閃爍著，妍秋開始有點感到不安地望向窗外。

啪一聲，微弱光亮消逝在黑暗中。

「停電了！停電了！好棒唷！」小女兒亮亮沒有絲毫恐懼，反而開心的拍著手叫喊著。而小兒子小敏倒是被這突如其來的黑暗給嚇哭了。

妍秋摸了摸小敏的頭，輕聲安撫了幾句，開始摸黑找尋預存的蠟燭。

亮亮絲毫不放過任何空檔，牽著大哥子荃的手直搖晃。

「哥～我們再唱一遍好不好？」

「你很吵耶～」子荃不耐的回應著。

亮亮感覺有些無趣地哼了一聲，轉過頭去，拉著弟弟小敏又大聲的唱起歌來了。

妍秋此時找到了蠟燭，趕忙點起蠟燭，讓微弱的燭光暈暈地照著屋裡。

「妍秋！妍秋～！」終於到家的漢文在門口急促地拍打著門。

「爸爸回來了耶！」屋內的母子們聽到聲音都興奮地叫了起來。

「來了，來了～」妍秋臉上帶著喜悅，趕忙撐著傘出去開門。

才一開門，漢文就一把抱住妍秋，焦急地問著。「怎麼樣？家裡還好吧？」

「颱風耶～你怎麼回來了？」妍秋在漢文懷裡又心疼又感動地看著丈夫。

「就是颱風我才不放心你們啊，反正任務都已經取消了。」

「好啦～快進來吧！」

「是！老婆大人！」

妍秋甜蜜地摸了摸漢文濕淋淋的頭髮，漢文像個孩子似的點了點頭，趕緊鑽進傘裡，與心愛的妻子肩並肩地步入屋裡。

孩子們看見漢文的出現，開心的圍住父親。

「爸，明天颳颱風不用去上學。」亮亮興奮的說著。

漢文捏了捏亮亮的鼻頭。「你啊～亮亮就知道逃學。」

此時斷掉的電力又突然恢復了，室內一片光明。

「ㄟ！電來了～」漢文對著亮亮做出沒辦法的表情。

「電來了，不好玩。」亮亮像個小大人似的嘆了口氣坐下嘟著嘴。

「聽氣象報告說這次颱風只颳大風不會淹大水的，走，去睡覺去。乖。爸爸回來了，不會有事的。」

父親看著小女兒嘟嘴的可愛模樣，走了過去。

「颳夜風，明天就脫離暴風圈了，亮亮不睡覺啊？」

「那......明天還要不要上學？」亮亮依然不死心的問著。

「汪子亮睡覺啦～」子荃叫喊著。

漢文假裝嚴肅的口吻說著：「哥哥的話你聽見了沒有？」

漢文看著自己心愛的小女兒依然嘟著嘴任性的可愛模樣，於是把自己的軍帽戴在亮亮的頭上安撫的說著。

「唉～我的心肝寶貝，爸爸抱你去睡覺。走～走～」

亮亮被漢文強壯的手臂一把抱起，父親寬闊的胸膛環繞著亮亮，將亮亮抱進了房裡。

「颳再大的風我們也不怕，對不對？」漢文邊走邊說著。

「嗯！」亮亮重重的點了點頭。

「爸～颱颱風眞的還要睡覺嗎？我們明天可不可以不要上學啊？」

「喔？颱颱風覺都不要睡？學也不要上？飯都不要吃好不好？」

「那......可以吃生力麵啊......」亮亮的狡答讓漢文又好氣又好笑。

「哼！你這個死丫頭～走～睡覺去～」

父親將亮亮放在床上，從她頭上摘下了軍帽。

「上床嘍～」

「爸！我明天不要上學，爸，你說好啦，快說好啦～」亮亮拉著父親的手耍賴地說。

「我說......我說亮亮是一個......好瘋好瘋的丫頭......」

漢文邊說邊搔亮亮的癢，亮亮雙腳亂蹬的在床上翻滾著並開心的笑著。

「我的小公主，好好睡覺啦～」漢文親了亮亮的臉頰一下。

亮亮眨著黑亮的眼睛開心地笑著說。「爸，晚安！」

漢文一邊幫亮亮蓋上棉被，一邊念著。「好好睡，做個美夢。」親了亮亮的手一下，就像對待小公主般，而亮亮則沈溺著滿足地閉上眼。

漢文悄悄地離開小孩的房間，關好房門，卻看見妍秋穿起了外出的厚外套。

「ㄟ？上哪去啊？外面風雨這麼大，你還出門啊？」

妍秋邊扣上袖扣邊說著：「我到電台錄個節目。」

「颱風天錄什麼節目啊？」

「錄給官軍兄弟的特別節目啊！」

「不准去，外面風雨這麼大，我不准你出門。」漢文口氣轉爲命令式地說。

「你小聲點，他們都睡著了。」

妍秋看著漢文開始像個孩子耍脾氣的把衣服扯了出來，趕忙圈住正在拗著脾氣的丈夫說。

「好啦～好啦～ 我都已經答應台長了，只不過是唱兩首歌嘛，錄完我就回來，再說隊上有派車來接我啊。」

「妍秋，你不要去嘛～外面風雨這麼大，我會擔心的。」

「好啦～好啦～不會有事的，不好意思嘛，人家都來說了好幾回了，要不，你愛聽哪幾首歌，你愛聽什麼我就唱什麼。」

漢文看著妻子撒嬌討好的眼神又小孩子性的嘟著嘴。

「既然這樣，你爲什麼不能待在家裡唱給我一個人聽呢？颱風天，出什麼門錄什麼節目啊？萬一出事......」

漢文話還沒說完，妍秋馬上用指頭抵住漢文的嘴。

「不會有事的啦，你跟孩子們都還在家等著我呢，能出什麼事？」

「哼哼！早知道我就不趕回來了......要是我不趕回來，看你怎麼出門？」

妍秋幸福地看著疼愛她的丈夫，臉上盡是甜蜜的表情。

「你不會不回來的，因爲你記掛著我啊～」

「妍秋，你已經嫁人了，已經是三個孩子的媽了，你是我親愛的老婆，你不再是空軍玫瑰了，不要再唱歌了行不行？」漢文拗不過妍秋的嬌態，卻又帶點語重心長的口吻說著。

「我不是空軍玫瑰，不過，我是空軍眷屬啊～一年就一次嘛～你就讓我過過癮嘛～」

妍秋看漢文態度有點軟化，又更加耍賴般地哀求。

「唱兩首？就兩首？好嗎～」

漢文拗不過的說。

「亮亮就像你......」

「像我好啊，命好～嫁個好先生。」

漢文看著妍秋古靈精怪的表情，又好氣又好笑。

一陣靈敏的煞車聲劃破夜空，接駁的車子到了汪家門口，門外司機輕撳門鈴，打斷了小夫妻的對話。

「車來了。我去去就回來。你別生氣嘍～」

「我唱〈月桃花〉！你最愛聽的，好不好？」

漢文假裝賭氣般地一臉沒表情。妍秋親了漢文一下，知道丈夫已經默許她了，拿著傘就要離去。

「妍秋！」此時，漢文將妍秋喚住，幫她整整衣裳，弄弄頭巾，又注視著妍秋的臉。

「小心一點。」接著就在妍秋的頭上輕輕的一吻。

看著漢文關愛的眼神，妍秋嬌羞的低下頭。

「我會的。」

「等你回來唷～」漢文不捨的眼神毫無保留。

妍秋看著這個已經做父親的大男人，還像個孩子般不捨她離去，深覺自己是如何的幸福，有個男人深愛她如珍如寶。雖然已走到門邊，但又轉頭一個飛吻，拋向深愛她的丈夫，旋即匆忙地上了車趕去錄音室了。漢文知道唱歌是妍秋的興趣，擋也擋不住的，雖然有些埋怨，但是妍秋甜美的歌聲卻也是漢文心中的驕傲。

妍秋離去後，在家裡的漢文也沒有閒著，忙著搬動家裡的家具放置到適當的位置，將小孩的便當清洗好，專注地把亮亮的鉛筆一支一支削得簇新銳利。可這些雜事，卻沒有讓漢文覺得時間過得飛快，看著牆上的鐘，手腕上的錶，等待老婆回家的漢文就是覺得時間過得很慢。

屋外的風雨依然強大，漢文左等右等的再也等不及了。

隨便披了件外套，起身開車前往電台，他打算給老婆一個驚喜，親自載她回家。雨勢越來越大，軍中配給的吉普車棚子裡積了一灘水，車子稍微晃動就滲進去淋了漢文一身濕。而車窗前的雨刷也擋不了量大的雨勢，在那緩慢無力的搖擺著。

而另一頭，妍秋正坐著隊上的車子趕回家，在車上的妍秋還不知道丈夫心急如焚的冒著風雨趕著要去接她，妍秋怡然自得的打著拍子還在輕輕的哼著，沈醉在她最愛的歌曲裡，想像著自己還在大家面前獻唱著呢！此時慘白的閃電印在妍秋陶醉閉眼的臉上，形成一幅強烈的對比。

突然，漢文的雨刷停止擺動，他轉了轉雨刷鈕，依然不起作用，強大的雨勢模糊了整個視線，漢文的車子一路閃躲著滾落的石塊以及樹枝，靠著微弱的車燈勉強卻又急速的往前開去。焦急的漢文，根本不管路面的濕滑，依然不肯放慢速度，就在一個大彎道的地方，車輪不慎壓到路面坑洞，一個打滑，漢文的車子就整個翻覆了過去，漢文被沈重的車子整個壓住了身體，雨水打在他的臉上，他也分不清楚流入他嘴裡的是雨水，還是自己頭上身上正汩汩而出的鮮血，腦子裡浮現的是美麗的妍秋，可愛的孩子們，他試圖振作的爬起來，但那只是讓他的意識越來越模糊，模糊到所有的影像都消失歸於一片黑暗。

命運捉弄人般地，就在此時妍秋的車子正經過了漢文出事的現場，妍秋緩緩的搖下車窗，看著翻覆的車輛，還不曉得壓在車子底下的，是她深愛的丈夫漢文。司機趕忙將車停了下來，匆忙的跑到傷患旁，探了探鼻息及觀看傷勢，坐在車裡的妍秋眨了眨疲倦的雙眼，定神一看，不由得覺得這輛車好像在哪看過。而此時一陣閃電，將整個環境照得通明，車子的車牌直刺刺的刺進妍秋的眼裡，「23-8875『軍用23-8875』，這不是漢文的軍用車嗎？可是漢文不是在家裡等著我嗎？那躺在地上的是？」

無數的問號在妍秋腦裡亂竄，而不安的預感也越來越深，她趕緊打開車門，快步的往傷患跑去，驚恐的大眼裡滿是淚水。

而漢文手腕上的錶，粉碎了妍秋最後的希望，妍秋認出躺在大雨中，被車子壓覆著下半身，失去溫度的這個人，是剛剛還在家裡跟她耍小孩脾氣的漢文啊。她捧起漢文失去溫度的手，貼在自己的臉頰上，顫抖著哽咽。

「漢文......」

妍秋看著這雙手再也不能抱著她保護著一家人，細細的哽咽聲集成絕望的放聲大哭。

「漢文～漢文～」

聲聲的呼喊，淒厲地夾在風雨中，而漢文就像打在地上消失的雨點，消逝在這世界上了。

＊＊＊＊＊＊＊＊＊＊＊＊＊＊＊＊＊＊＊＊＊＊＊＊＊＊＊＊＊＊＊

漢文的墓碑旁放著一張漢文英姿挺拔的照片，照片中的人是如此的年輕，讓每個來祭拜的人都不禁感到惋惜。隊上的弟兄們都來了，每個人在漢文的墳上放上一枝枝的白菊花，表達對這位弟兄最深的不捨與懷念。

妍秋一家人就站在一旁，孩子們嗚咽哭泣著，而妍秋像是淚早已乾涸似地，面無表情的呆立著。對於家屬應有的答禮，也失神的忘了回。眾人看在眼裡，了然於胸，一對人人稱羨的佳偶，如今硬生生被分隔，傷痛的妍秋當然無心面對這一切了。

而亮亮看著最疼愛她的父親，就這樣冷冷的躺在這，再也不能哄著她抱她上床睡覺，第一次面對死亡，亮亮無法相信更無法接受，以後看不見父親的日子是多麼令她感到悲痛。

「沒在天上走，倒死在路上了。在家裡等一點事也沒有，非要去接老婆。」

旁人搖著頭嘆著氣的談論著漢文這次的意外。

「夠了不要再說了！」趙靖，漢文的摯友，制止了大家的談論。

「人都走了。」趙靖嘆了口氣，失去這一位摯友，不只是他的損失，國家的損失，更是這一家少婦幼子的不幸。

趙靖走向妍秋，看著妍秋慘白的容顏，失去血色的雙唇，這些天身體上的勞累以及心理上的打擊，讓她孱弱的身軀更加的虛弱。

「妍秋～」趙靖輕輕的叫了一聲。

妍秋呆滯的眼神慢慢將視線挪了回來，聚焦似地放在趙靖的臉上，聲音微顫地說：「你來......看漢文啊？」

趙靖看著妍秋失魂落魄的神情，不禁難過的低下頭。

而妍秋此時的嘴角突然揚起一抹突兀的笑容，繼續說著：「漢文出任務去了，不在了......」

「妍秋？」妍秋的胡言亂語讓趙靖感覺事情不太對勁，他又喚了喚妍秋的名字，試圖讓妍秋清醒點。

「趙叔叔～」而此時亮亮哽咽的哭了起來，趙靖看著這三個還小的孩子，不禁替他們年幼喪父感到悲傷，張口卻無語，只能摸了摸亮亮的頭，而亮亮再也忍不住的將頭埋在趙叔叔寬闊的胸膛裡，那個像父親的胸膛裡，放聲大哭了起來。

妍秋聞聲回過頭看著正哭得傷心的亮亮，臉上浮現出一副不知所以的表情，神情恍惚的走到墓前，拿起了漢文生前所戴的那只手錶，細細觀望著。胸口又是一陣刺痛，眼窩一酸，淚水又要掉了下來，妍秋抬頭看著漢文的黑白遺照，咧著一張嘴，正對著她微笑著。

妍秋呆了呆，突然表情一陣詭異，也緩緩的笑了起來，張開了嘴，開始哼起漢文最愛的那首歌。

「浮雲～散～明月照人來～」悠悠的歌聲，細細淺淺地迴盪開來。

周遭的人被這突如其來的歌聲給嚇到了，看著妍秋恍惚的神情，趙靖只能不斷的呼喚著妍秋，試圖讓她清醒。可是在妍秋的世界裡，她知道丈夫並沒有死，丈夫只是出任務去了，看他笑得多開心啊……他還在等著她唱給他聽他最愛的歌呢……

「清淺池塘～鴛鴦戲水～」妍秋邊唱邊像是周圍沒人似地穿過納悶的人群，這裡的一切似乎已經跟她沒有一點關係，連孩子們試圖叫回妍秋，妍秋都再也聽不到似地走向墓園的小山丘。眾人都愣住了，直覺就是妍秋過於哀傷，瘋了。沒人敢接近，也沒人想多事，而趙靖看著已經趨近崩潰邊緣的妍秋，只能默默讓她先發洩心中的哀傷，希望她這只是一時的，而非永久的。

「雙雙對對～恩恩愛愛啊～」妍秋邊擺著手勢邊踱步前去，妍秋孱弱的身軀依然搖曳著風情萬種的舞姿，配上幽幽的歌聲，慢慢地繞著墓碑跳，令眾人油然而生一陣詭異氣氛中感傷交織的複雜感受，紛紛離去。

妍秋無所謂，她的世界只跟漢文連結，她已經決定徹徹底底的和現實世界隔離了。

＊＊＊＊＊＊＊＊＊＊＊＊＊＊＊＊＊＊＊＊＊＊＊＊＊＊＊＊＊＊＊

「小敏，你力氣不夠，待會把衣服弄濕了。」

「我會我會，我會很用力踩！姊你看我很厲害唷！」小敏站在盆子裡正在幫著亮亮洗衣服，與其說洗衣服不如說踩衣服。

「來～幫姊姊把被子扭乾，你往這邊扭我往那邊扭，來～用力唷！」

兩個人使出吃奶的力氣，一起合力把洗好的棉被擰乾，並一起將棉被曬起來。

而他們的母親，妍秋，正坐在庭院的搖椅上，手裡縫補著一些衣物。

亮亮看著母親，像是一切都沒發生的往日熟悉情景，卻因妍秋的一句話又打回了現實。

「亮亮～爸爸有沒有說今天中午什麼時候回來吃中飯啊？」妍秋看了看錶，又低下頭去繼續縫著。

亮亮遲疑了一下，順著母親的話語說下去。

「不知道耶，大概不會吧，今天要加班。」

「加班？出任務～」妍秋糾正了亮亮的用語。

而亮亮對小敏聳了聳肩，兩人又繼續了剛才的任務，曬被子，努力的將棉被披掛在竹竿上。

「拉拉～拉拉拉～拉拉～」一陣幽幽的歌聲又從亮亮的背後傳出來，妍秋邊縫著漢文舊時的衣裳，一邊又哼起了歌。

「人海茫茫～不知身何在～總覺～總覺得……」

亮亮看著母親想不起下一句歌詞，像跳針似地重複著最後幾個字。

「總覺得缺少一個愛～」亮亮清亮的歌聲接了下去。

「總覺得缺少一個愛～」

亮亮看著母親開心的繼續唱下去，心情十分複雜，她希望母親開心，卻知道這樣只是讓母親活在過往的回憶裡，更加的走不出來，更加的看不到他們，可是如果不這樣做，她更害怕母親悲傷難過的神情，讓媽媽活在現實裡好呢？還是活在幻想裡好呢？這已經超過她小小年紀可以思考的範圍了。

「我早也徘徊，我晚也徘徊，徘徊在這……」亮亮扯開喉嚨，和母親一起大聲唱和著。亮亮心想，現在她還是寧願看到母親開心的笑容。

門外小朋友聚集著，他們探頭探腦爭先恐後，想看看這個屋子裡傳說中的瘋子，一個喜歡唱歌的瘋子。

「幹什麼？你們在幹什麼？都走開，圍在我家門口做什麼？」大哥子荃剛從學校回來，一進家門，就看到一群小孩子在那裡叫喊著神經病神經病，已經到了懂事階段又有著敏感性情的子荃，受不了外人歧視的眼光，一個箭步衝上前去，就是一陣扭打。

「神經病～神經病～」而生性調皮的孩子們總歸是孩子，依然故我的一邊跑開一邊嘲笑著子荃一家人。

子荃回頭看著坐在搖椅上的母親，又在那忘我的唱著已經聽到快爛掉的老歌，又是那些爸爸愛聽的老歌，子荃的眼神盡是嫌惡，快步經過母親的身旁，直往他的房間去，連亮亮叫他都沒聽到的進了自己的房間。

可是不管子荃走到哪裡，母親的歌聲依然傳入他的耳裡，他關起房門，憤怒又悲傷的喊著：「不要再唱了～不要再唱了～」趴倒在床上，將枕頭放在頭上，企圖拒絕一切的聲響進入耳中。

「不要再唱了～我求求你～不要再唱了！」像在唸著咒語般逼退惡靈似地哽咽，子荃已經被這個家庭的氣氛、被這個母親給逼得喘不過氣了。

子荃抬頭看了看床前一家人和樂的全家福照，此時，在子荃眼裡，成了無情的諷刺。這個家已經不完整了，已經不美滿了，外面只會哼歌的媽媽已經不再是原來的媽媽了，子荃的眼淚也已經慢慢乾了......

另一頭，剛忙完曬棉被的亮亮，正在廚房拿著鍋蓋閃躲著噴起的油渣，這是亮亮開始學著當這個家女主人照顧大家的第一次，下廚房煮東西，每次都讓亮亮忙得手忙腳亂的，不是鹽加太多，就是亂倒一通亂炒一通，有熟就好了，不過亮亮心裡明白，她不忍耐著學習著怎麼煮東西，在未來的日子裡，誰來照顧哥哥？誰來照顧小敏？還有媽媽呢？

「哥哥！哥哥！吃飯了！」小敏敲打著子荃的房門，接著跑向坐在長廊上搖著扇子的妍秋。「媽媽～亮亮說可以吃飯了～我們一起去吃吧！」

「好！乖哦！媽媽等下煮好吃的，馬上就可以吃了哦！」妍秋搖搖扇子，又自顧自地唱了起來。小敏年紀還小，但是他也知道母親又在說一些他聽不懂的話了。

「小敏，快過來，幫姊姊端菜。」

「喔！好。」小敏看了一下母親，一下子就跑進了廚房。

此時，子荃將房門拉開，走了出來。他看著長廊上的母親，再也忍受不了的吼了起來。「不要再唱了～不要再唱了啦～」

妍秋被子荃突如其來的舉動給嚇到了，歌聲也中斷了，但取而代之的是更細小的悶哼聲，子荃看著無可救藥完全不理會他的母親，嫌惡加上失望的怒火一點而起，衝向母親又再度大喊著。

「不要再唱了，不要再唱了！你可不可以停一停啊！」

亮亮聽到子荃的大吼聲，慌忙從廚房裡跑了出來。

亮亮看見子荃正對著母親大吼著。

「爸爸都死了，你還在唱歌，人家都在笑我們，你知不知道啊！」

亮亮聽了馬上衝了出來，將子荃推開。「你怎麼可以這麼大聲跟媽說話啊？」

「我受不了啦，」子荃喘著氣，看著母親。「別人都在笑我們家有個瘋子」。

「她是我們媽媽耶！」

子荃看著亮亮還在維護著母親，他懷疑這整個家只有他是正常的。

而母親的歌聲仍未間斷，好像對他的憤怒視若無睹。

「你還唱！你這個......」

「不許你罵媽媽！」亮亮推開子荃，擋在妍秋的前面。

子荃忿忿的嘆了一口氣，轉身離去。

亮亮轉身看著瑟縮的母親，心中滿是不捨。

「媽～吃飯了～」一把將媽媽抱住，像是個小母親，角色顛倒的哄著媽媽。

妍秋悶哼了一聲好也抱住了亮亮，像是找到認同者，繼續開心的哼著。

而亮亮抱著母親，眼裡的淚水又不聽話的全湧了上來，她只希望，再不久媽媽會正常點，他們會像以前一樣，一起圍著媽媽聽媽媽說故事。

＊＊＊＊＊＊＊＊＊＊＊＊＊＊＊＊＊＊＊＊＊＊＊＊＊＊＊＊＊＊

子荃提著整理好的行李，站在客廳的一角。

而在子荃身旁正坐著漢文的姊姊，也就是他們的姑姑，今天姑姑是要來把子荃帶去美國的。美國來的姑姑，坐在汪家的客廳裡，看著漢文遺留下來的妻兒們，母親瘋了，孩子還小，眼神直瞪著妍秋，不曉得是同情她還是嫌惡她的搖了搖頭。

「如果你願意，這三個孩子可以一起跟我回美國去。」姑姑一臉威嚴的說著。

「我是他們親姑姑，我不會虧待他們的。」

亮亮聽了抓緊母親的肩膀，妍秋則是一臉的惶恐。

「可是……他們……他們……都是我的孩子啊！」

「你照顧不了的，醫生都說了，」姑姑指了指腦袋，「你這裡病了，你連自己都照顧不了，你又怎麼能正正常常把三個小孩照顧長大呢？」姑姑犀利的言詞讓妍秋更慌了，而亮亮看著母親越來越退縮的神態，讓她對眼前的這位從美國來的姑姑充滿著敵意。

姑姑不放過妍秋繼續說著。

「他們跟著我～才有希望啊，橫豎是我弟弟的孩子，我不在乎多這三口人啊，只要你願意……」

「不願意！我們都不願意！」亮亮再也忍不住的表達她的不歡迎了。

亮亮拉了拉子荃的手，哀求的說。

「哥～你快點告訴她你不願意嘛，我以後不會再跟你搶書桌了，書桌讓給你，還有《國語日報》也讓你先看，哥～你不要跟她去美國，你不要跟她去美國啦！」

「你這是幹什麼？沒大沒小的，什麼她她她……她是誰啊？我是你姑姑耶，我告訴你唷，你如果跟我去美國那是你的運氣，你要是留下來啊，生活不正常，將來長大了也是個神經病！到時候一個瘋子媽，領著三個小瘋子，那我們汪家不就全都毀啦！」

亮亮甩開姑姑的手，抱緊妍秋，大聲反駁。

「我媽媽才不是瘋子，你才是，你還是巫婆～壞巫婆～」

「你給我住嘴，你看看，這就是你教出來的好孩子？」姑姑的臉氣得扭曲，手指著亮亮。

而妍秋只能默默地一句話也無法反駁，只是出自母性地死命抱著亮亮。

「好～平白無故的，我也不想落下一個拆散別人母子的惡名，讓孩子自己決定好了。」姑姑鐵青著臉看著子荃，「子荃，你自己說，你要跟著姑姑回美國呢，還是要留下來，跟著這麼一個媽啊？」

子荃臉上掛著兩行淚，他看了看姑姑，轉回頭去看著媽媽、妹妹和弟弟，但堅毅的嘴角已經透露出他的決心，亮亮看出子荃不發一語的樣子，她知道他們就要失去他了，趕忙跑向前去，拉住子荃。

「哥～我跟小敏會乖乖聽你的話的～不會再惹你生氣了～哥～你不要走嘛～」

子荃撇下亮亮的手，轉身看著漢文的遺照，跪了下來，不說一語的磕了三次響頭。

妍秋看著子荃，臉上掛著淚，突然恢復正常似地叫喚著子荃。

「子荃～」她想擦去子荃臉上的淚水，可是她又害怕子荃討厭她，於是把手抽了回來。

「媽，對不起你們，媽生病了，不能好好照顧你們。」

子荃不發一語只是靜靜的流著淚，妍秋捨不得的看著她的大兒子，這個長得最像漢文從不依賴她的大兒子，妍秋再也忍不住地摸了摸他的頭。子荃微微顫抖著，他心中還有一絲親情也捨不得媽媽。

「跟著姑姑……好好的……好好的……」妍秋突然像斷了電的機器人，不知道該說什麼好似地，夢囈般重複著話語，她又跳到另一個空間裡去了，妍秋不懂大家站著幹嘛，她想不起來的不是接下來要講什麼，而是為什麼大家要站著。

她能做的只是慢慢的步出房間，緩緩地唱著歌曲，大家都愛聽的，不是嗎？

「子荃！」姑姑的叫喚聲，喚醒了原本以為母親還可以正常的子荃，「跟你媽說再見，還有弟弟妹妹說再見，說你有空會寫信回來。」

「媽～再見。亮亮，小敏，再見。」說完，子荃提起行李，跟隨著姑姑的腳步就要走出這個家了。

「哥！」亮亮一把抱住子荃，而正在唱歌的妍秋竟又恢復正常似地哭泣了起來。

可是子荃依然堅毅地往前走，只留下一句淡淡的再見。

看著大兒子頭也不回的走著，妍秋聲聲吶喊著，在子荃的耳裡，就如妍秋往常的歌聲一樣，將被他淡忘在無聲的回憶裡。

＊＊＊＊＊＊＊＊＊＊＊＊＊＊＊＊＊＊＊＊＊＊＊＊＊＊＊＊＊＊＊

十八年的光陰一眨眼就過去了。

「媽～近來身體可好？台灣天氣變化很大，早晚記得加件衣服，我最近換了新工作，現在老闆是猶太人，他對我還不錯，姑姑她很好，身體也很健康，你可以放心，我現在交了一個新的女朋友，她是......她是......」

亮亮把筆一丟，往椅背上一躺，嘆了口氣，搔了搔頭，心裡還在想著。

「眞是的......她是什麼人呢？」突然皺著的眉頭一開，想到個好點子似的，又開始振筆疾書了起來。

「她是一個很好的女孩子，媽媽一定會喜歡，將來我會帶回去給媽媽看，亮亮跟小敏好嗎？」寫到這，亮亮鼻頭悶哼了一聲，「好個屁！」丟下筆，又嘆了一口氣，拉開抽屜，裡面塞了一疊航空信紙，早已經塡好寄件的地址，密密麻麻的都是些英文字，看起來就像是從國外寄回來的信件。亮亮抽出了其中一張，將剛剛寫好的信塞進了信封裡，一邊塞還一邊咒罵著。

「汪子荃！你是全天下最差勁的兒子！」舔了舔信封口，看著走過身邊的趙士芬，亮亮像想起什麼似的看了看手錶，馬上就從椅子上跳了起來。

「欸！趙士芬！我拜託你～」亮亮一把將趙士芬從座位上拉起來。

「怎麼啦？」士芬納悶的看著亮亮。

「都幾點了？你還在這裡忙啊你！」

「我......」士芬還一頭霧水，而亮亮正睜大著眼打量著士芬全身上下。

「你什麼都沒有準備啊？」

「準備？我......」

「好了好了不要說了，來不及了，快點快點。」放棄溝通的亮亮，急性子的抓著士芬就往女廁衝去。

在女廁裡，亮亮幫士芬又是梳頭抹髮雕又是撲粉化妝的，一邊弄還一邊碎碎念著。

「你看你～這樣怎麼行啊，妝都花了，不補一下怎麼行啊？」說著就是一個粉餅往士芬的臉上拍拍打打的。

「唉唷～你急什麼啊？唉唷～你輕一點啊！」

「嘴巴閉上，閉上！」士芬一閉上嘴，亮亮就塗上口紅。

「這是最新一款的口紅，不脫色，這樣等一下你才不會把唇膏印在咖啡杯上。不過等一下你還是要記得啊，要假裝到廁所補妝，這樣子啊，我們可以迅速的在廁所裡討論一下，OK?」

士芬不是很有興趣的點著頭。

「好！我來看一下，嗯～nice!OK好啦走了走了。」

士芬看看鏡中的自己，好像真的變美了。

「欸，你在幹什麼啊？」亮亮又在催士芬了。一拉，士芬被亮亮拉著走了，兩人進到一家咖啡廳，一個男子向她們招了招手，兩人於是坐了下來。

「嗯～所以我覺得買基金是一個保險又穩當的投資方式，那趙小姐你喜歡什麼樣的投資方式呢？」時間過了半小時後，她們面對的這位男子仍在滔滔不絕地說著他的投資理念。

「我……我……都有……」士芬看著亮亮不曉得該說什麼。

「都有啊！那好啊！」男子手裡拿著叉子，叉子上還插著食物，就突然靠近士芬，還噴著口水的說：「所謂的雞蛋不要放在同一個籃子，這樣比較保險。你們說是不是啊？」

「呃……對對對……」

亮亮和士芬覺得眼前的男子滑稽極了，又不好意思點破的直點頭，尷尬的微笑著。

亮亮乾咳了一聲，對士芬打pass。

「對不起唷，我去一下化妝間。」士芬說。

「啊，那我也去。」

在廁所，亮亮已經開始高談闊論了。

「金牛座！絕對是金牛座，我看他點東西就知道，先問咖啡有沒有續杯，還是個工作狂，快點告訴我，你什麼星座的啊？」亮亮急忙翻著一本星座書，問著士芬。

「我？處女座啊。」

亮亮眼睛一亮翻著書，「處女座跟金牛座……」

「哇！」亮亮突然大叫，「速配指數一百耶，欸我告訴你唷，你相不相信……」

士芬急忙打斷亮亮的星座大論。「咦！亮亮～你怎麼那麼有經驗啊？」

「我啊？我是相親專家啊～」

「相親還有專家啊？你相過多少次親啦？」

「唉～沒有二十次，也有十五次了。」亮亮繼續翻著書，完全不把這件事當一回事的說著。士芬睜大著眼，「相過那麼多次！」隨即又笑了起來，「那你怎麼還沒嫁掉啊？」

亮亮聽到士芬的嘲笑，不知如何解釋支支吾吾的說，「我是陪人家相親嘛，又……又不是相我自己，我是陪相親專家～」亮亮表情突然又轉為俏皮的小女孩，繼續翻著書。

「都成專家了，幹嘛不自己相？」士芬仍繼續打破砂鍋問到底。

亮亮有難言之隱似地，「我……我……喜歡陪人家相親，不喜歡自己嫁人，不可以啊？」亮亮耍賴的說著。

士芬看著亮亮耍賴的態度無意識地說了一句：「你啊～神經病！」

突然，亮亮整個人表情大變。而士芬完全沒發覺的繼續說著。

「哪有人喜歡陪人家相親，自己卻不嫁人的啊？這不是神經有毛病嗎？」

聽著士芬一直不斷重複的話語，亮亮的臉整個沒有了表情，心裡在想著什麼似地，突然把書用力闔上，抓起洗臉台上的包包，轉身就要離去。

士芬見狀，連忙喊住亮亮。

「啊～亮亮，別走，等我一下啦。」

亮亮停住腳步轉過身，一臉嚴肅地看著士芬。

「士芬，以後不要再說那三個字了。」

「哪三個字啊？」士芬還是一頭霧水。

亮亮深吸了一口氣，一個字，一個字地說出。「神！經！病！」

「以後不准再說神經病這三個字了，我不喜歡！」

士芬聽了覺得有點好笑的笑了，這三個字再普通不過啦，她還以為她說錯了什麼了，惹得亮亮這麼生氣。

「呵～你啊！眞是神經……」士芬話還未說完，亮亮臉色更加難看，轉身離去。

「啊～亮亮？」士芬被亮亮突如其來的舉動給嚇到了。

亮亮匆忙的離開咖啡廳，任憑士芬在後面扯開喉嚨怎麼喊，頭也不回地直往前走。

＊＊＊＊＊＊＊＊＊＊＊＊＊＊＊＊＊＊＊＊＊＊＊＊＊＊＊＊＊＊＊

中威在行事曆上看著今天的日期畫了個圈，寫著亮亮兩個字，今天亮亮應該要來的啊？他用紅筆在圈上面畫了又畫，到底發生了什麼事呢？

門外助理敲了敲門，「陳醫師，如果沒事的話，我先走嘍！」

「好的，再見，喔，對了，世美，那個汪子亮......？」

「喔，她是約好今天晚上七點，可是沒有來耶，所以取消了。」

「他打電話來取消了？」

「沒有耶，就是沒有來了。」

中威一臉失望的表情。「喔......那明天你聯絡看看。」

助理離去後，中威自言自語的說著。「又跑哪去了？」

＊＊＊＊＊＊＊＊＊＊＊＊＊＊＊＊＊＊＊＊＊＊＊＊＊＊＊＊＊＊＊＊

亮亮離開咖啡廳後，自己一個人在外面閒晃著，實在不知道可以晃到哪裡去。晃著晃著，就來到了她今天應該報到的心理醫生這兒。

抬頭看看燈還亮著，又看看錶，時間還不晚，笑了笑，像找到可以傾訴的人似的，飛也快的就往樓上衝去，推開門，中威正在泡咖啡，看到亮亮一臉笑意的走向自己，剛才的擔心好像是多餘了，又有點因爲亮亮的爽約而有點酸溜溜地說。

「打烊了，明天請早，跟陳小姐約。」

亮亮還是走向中威，接過他剛泡好的咖啡。

「欸欸欸！別加糖，我喝黑的。」

中威看著亮亮，完全拿她沒轍。

「欸～眞的打烊了嘛，喝完咖啡，早點回家啦。」

「誰說打烊啦，燈還亮著呢。」亮亮自在的翻著架子上的書。

「燈又不是爲你而亮的......」中威有點心虛的說著。

亮亮聽了，轉過身，提高了音量。

「當然是爲我亮的啊，我叫亮亮，不爲我亮，爲誰亮？」

中威聽了亮亮的強辯，又好氣又好笑，轉過身去就想好好的教訓亮亮一頓。

「喂喂喂～別發脾氣唷，你是心理醫生唷，你的EQ要很高的唷！」亮亮抓住弱點，慧黠的堵住了中威的話語。

中威只好訕訕的說。「是啊，謝謝你記住我是心理醫生，我以為你把我這裡當成便利商店了，全年無休～二十四小時不打烊。」

聽了中威酸溜溜的話語，亮亮苦笑了一下。拿著咖啡走向沙發，坐了下來，嘟著嘴，啜了一口咖啡。

醫師看著亮亮突然轉變的神情，知道亮亮一定有事情想說，或是遇到了什麼事情。

他走向亮亮，也坐了下來。

「你應該七點多來的，不來也不打個電話，又跑到哪裡去了？」

「相親啊。」亮亮無精打采的說著。

「又去陪人家相親，你怎麼這麼愛陪人家相親呢？」

「就是喜歡嘛！」

「都什麼年代啦，還相親，就只有你這種人啊，愛玩愛熱鬧，愛起鬨！自己又嫁不出去。」

亮亮有感而發的繼續說著。「就是自己嫁不出去，才喜歡陪人家相親啊。」

中威察覺亮亮整個人陷入一種哀傷的狀況裡，馬上認真的看著亮亮。

亮亮深深嘆了口氣，嘴角又恢復往常的笑容。

「唉～我是嫁不出去了，誰會娶一個神經病的女兒？」

中威看得出來亮亮的笑容十分苦，試圖安慰的說著。

「你又沒試過。」

亮亮苦笑著說，「怎麼試呢？想都想得到，一定是這樣子的嘛，剛開始呢，先交往，喝喝咖啡啊看看電影啊，兜兜風。」

「然後就是，喔～汪小姐，你們家裡有些什麼人啊？」

「呃......我有一個媽媽，一個弟弟......」亮亮一人分飾兩角的演了起來。

「喔！你們家的人口很簡單耶，那......你媽沒做事吧？你弟弟還在念書吧？」

亮亮看著中威一眼諷刺的繼續說著。

「接著呢？完了......」

亮亮又演了起來。「是啊是啊，我媽沒做事，因爲她十幾年前就瘋了，我弟弟啊，不好意思啊，他沒念書。」

「啊？爲什麼沒念書啊？」

「呃......因爲他四年前也瘋了......他得了躁鬱症。張三李四先生，你還願意跟我交往嗎？」

中威看著亮亮一搭一唱的滑稽表演，卻感覺到再深沈悲哀不過了。

而亮亮還忘我的在演著。

「那......我們明天是去看電影？還是喝咖啡？還是兜兜風啊?......」

亮亮噙著淚水，面對著中威，抖抖地說著。

「就是這樣......不是嗎？」

中威閃躲亮亮逼問的眼神。

「敢愛我的人，不見得會愛我媽、我弟弟，敢跟我交往的人、敢娶我的人，不見得敢跟我生小孩。」

中威聽著摸了摸眼鏡，頭低了下去，亮亮情緒更加激動的說著。

「六分之一耶，多可怕！神經病有六分之一的遺傳機率。」

「亮亮～不要這麼說，不要看那六分之一，想想那六分之五。」

「我是想啊，問題是別人不想啊，有誰敢跟我賭那六分之五呢？我總不能強迫人家，欸你跟我結婚試試看嘛！除非他瘋了！」

「哈！對啊，也許我可以找個神經病嫁了，這樣就變成了一窩瘋了。」

亮亮拍著手，對著中威嘲諷自己拍著手笑著。

「我們家啊，就變成了杜鵑窩了～」

話一說完，兩人都知道她在假裝自我調侃故作堅強。

亮亮看著中威同情的眼神，淒苦的一笑。

「我是神經病，可能我也被遺傳到了，呵！我有病......」說到此刻，亮亮的淚水再也止不住了。

「這個社會有病的人很多，不見得每個人都是健康的。」中威看著亮亮斷斷續續的忍著就要大哭的情緒，繼續說著。

「憂鬱、躁鬱、精神官能症的人，比比皆是......」

「你不要再安慰我了，你是我的心理醫生，你關心我，我明白，可是你不能瞭解我的壓力。」嘆了氣，亮亮繼續說著。

「一個是時好時壞的母親，一個是有自殘暴力傾向的弟弟。」說到這，亮亮忍不住開始哽咽的哭泣了起來。

「一家就三口人耶，就瘋了兩個，我夾在當中，有時候都佩服我自己，沒瘋！」亮亮的笑，看在中威眼裡，是多麼的心疼。

「所以我喜歡陪人家去相親，那種快樂的感覺，離幸福很近、很近，雖然那不屬於我自己的幸福，可是我可以參與，可以沾一點邊，可以假裝那就是屬於我自己的。」

她眼神裡閃著作夢時的喜悅，轉身對中威笑著繼續說著。

「每一次......每一次我都好開心唷！」

中威看著亮亮傻笑著，拍了拍她的肩膀，想繼續鼓勵亮亮時，亮亮身上的叩機突然響了，亮亮低頭看，是鄰居宋媽媽。不祥的念頭閃過亮亮的腦袋，亮亮大叫著。

「是宋媽媽，我家出事了！」亮亮直奔門口，匆忙著趕回家。而中威也跟著亮亮衝回到他們家。

亮亮一衝進家門，就焦急的到處找著母親和弟弟。

「媽？媽？小敏？小敏？」

「汪媽媽？小敏？」中威也幫忙找尋著人影，但屋子裡一個人也沒有。

此時宋媽媽出現在門口，亮亮趕忙上前問。

「宋媽媽，發生了什麼事？」

「唉唷～亮亮啊，你可回來了。」

「宋媽媽！我媽媽出了什麼事？」

「是你弟弟，小敏。」

亮亮一聽，她最害怕的事情又要發生了。

在一間正在裝潢的屋裡，小敏此時正拿著木棒揮舞著，並且將屋裡觸目所及的東西，打得粉碎，嘴裡還不斷地唸唸有詞。

「壞蛋！出來～出來！」小敏眼爆青筋，發狠的四處亂擊。抓狂的模樣，讓周圍的鄰居沒有一個人敢靠近。

「揍死你們～壞蛋～出來」小敏不斷狂吼著。

亮亮匆匆地趕到現場，看著母親蹲坐在樓梯間的一角，顫抖著，嘴裡不斷念念有詞。

亮亮一把抓住母親，想要問個明白，但母親只是不斷的搖晃著身體說著。

「不要打了，小敏，不要打了。」

亮亮趕緊衝進空屋裡，她看見弟弟小敏發了狂似的揮舞著木棒，在對著空氣裡不存在的人窮追猛打，殺紅了眼的神情，連亮亮看了也不禁嚇得倒退三步。

「你先送我媽回去。」亮亮交代中威先將母親送回去。

「你不行的啦！」中威害怕亮亮會受傷。

「我可以的啦，趕快聽我的話，先送我媽回去。」

中威拗不過亮亮，看著這一團亂的景象，也唯有先將汪媽媽送回去，再趕快回來幫忙亮亮處理。

而亮亮一看母親離去，馬上撥開人群衝進了屋內，不斷的叫著弟弟的名字。

「小敏～小敏～」

小敏突然停止了動作，看著亮亮，喘息著，手中的棒子晃來晃去的。

亮亮放低了音量。

「小敏......小敏......是姊姊......」

小敏分神的左顧右盼，突然舉起木棒指向一方，大吼著。

「還瞪我？你還瞪我！我打死你！」說完，木棒又憑空向空氣裡打去。

「小敏～小敏～姊姊啊～是亮亮啊～是亮亮啊！」看著弟弟仍然失控的狀態，亮亮還是耐著性子聲聲呼喚著弟弟認出她。

小敏開始揮打著耳邊，像是聽到了什麼，在驅趕著。

小敏有點混淆了，耳中一下子是眾人嘲笑的聲音，一下子是姊姊溫柔的呼喊。

小敏覺得混亂極了，抓著自己的頭，開始撞向牆壁。

亮亮看著自殘的弟弟，趕忙向前要阻止小敏繼續傷害自己。

「小敏～小敏～不要！小敏不要！」

可是小敏看見突然撲向他的亮亮，以為是要來攻擊他的，反擊性地木棒一揮，打在亮亮的手腕上，亮亮痛得大叫一聲，抽回了手。

而圍觀的群眾發現小敏傷人了，議論紛紛的準備要去報警。

「不要報警，不要報警......」亮亮強忍著手上的痛。

「我沒事，我馬上帶他回去......」

小敏看著亮亮，似乎也知道自己傷害了人，閃躲著亮亮的眼神。

亮亮看著小敏，眼裡充滿了淚水。而小敏看著亮亮傷心的表情，突然清醒點的把棒子往地上一扔，但手指仍插在耳裡，躲避紛雜的幻聽。

小敏也不曉得自己的腦袋到底怎麼了，一面懊惱的拍打著自己，一面哽咽的哭泣了起來。

亮亮看著小敏的情緒慢慢的退去，她慢慢的走了過去，蹲在小敏的身邊，輕聲柔語的安慰著小敏。

「小敏......小敏......」手一伸想要靠近小敏。小敏將亮亮的手拍開，亮亮不管，仍不死心的想將小敏擁抱在懷裡。

小敏抗拒掙扎著，但亮亮不管，一把就把弟弟抱住。

「小敏乖～我是亮亮啊～我是亮亮啊～是姊姊啊！我是亮亮啊！」

而小敏從剛開始嘴裡不斷冒出低吼聲，像個野獸般，到後來因為亮亮緊緊的擁抱，他慢慢的冷靜下來了。

「不怕～不怕，有亮亮在。」亮亮拍了拍小敏，像哄個小孩般的。

「他們打我，還罵我。」小敏滿腹委屈的哭訴著。

「好！不怕他們，有亮亮，亮亮保護小敏。乖～乖～有亮亮在。」亮亮不斷撫摸著小敏的頭，試圖讓小敏感受到她的保護。

果然小敏的情緒逐漸安撫下來了，開始像個無助的小孩哭了起來。

「好，跟亮亮回家好不好？」

亮亮看著小敏驚惶失措的表情，也難過了起來，小敏相信了亮亮點著頭。

「回家......回家！」

他們開始慢慢起身，由亮亮扶著走出了這間空屋。

可一到門口，小敏又抱著頭大聲求救。

「他們在那裡，他們不讓我回家。」

亮亮將背上的背包扯了下來，也揮向空中，大喊著。

「滾！誰敢欺負汪子敏，我打死你們～快滾！」亮亮拉著小敏往屋外看。

「全都滾了，有沒有看見？他們怕亮亮唷，乖，我們回家。」亮亮向小敏保證的說著。

小敏探頭看了看，臉上開始展現出笑容，他心中的那群討厭鬼真的消失了，他們怕亮亮，姊姊是來保護他的。

「回家......我們回家......」

「亮亮會保護小敏唷，乖～回家......」此時亮亮看著小敏如釋重負的表情，忍不住爲今晚這瘋狂的一切，感到哀傷哭泣了起來。一邊要忍住自己的情緒，還要一邊安慰著小敏，她不曉得自己還能這樣撐多久，好累好累，對於未來的一切，亮亮不願想，也不敢想了。

＊＊＊＊＊＊＊＊＊＊＊＊＊＊＊＊＊＊＊＊＊＊＊＊＊＊＊＊＊＊＊

安撫完母親以及小敏後，亮亮拖著疲憊的身軀，送中威步出家門。

「謝謝你唷，打烊了，還把你抓來。」

「謝什麼？應該的嘛！」

「我送你出去。」

兩人在自家的巷道裡走著，靜靜地走了一段路，才由中威打破了沈默。

「爲什麼不把小敏送到療養院去？」

「我媽捨不得，她不犯病的時候，就像個正常的母親，她捨不得把小敏送到她看不見的地方。」

「那醫生開的藥，他們都有按時吃嗎？」

「我媽還算好，清醒的時候還算多，偶爾恍惚。至於小敏，我在的時候會盯著他吃藥，我看不見的時候，就只有靠我媽了。萬一我媽也疏忽了，加上外界的刺激，譬如，那間房子在裝潢，整天敲敲打打的，那種聲音就會刺激到他。」

「所以？」

「所以......所以我弟弟要正常，得靠我媽也正常。」亮亮長嘆了一口氣，停下了腳步。

「萬一我媽疏忽了，我弟就忘了吃藥，唉～怎麼辦？」

「那......你哥......？」

亮亮聽到中威提起她那哥哥，看了他一眼，中威知道自己提了不該提起的事情，摸了摸眼鏡，尷尬的笑了笑。

「叫你哥常寫信回來吧。」

亮亮聽了只是苦笑了一下，點了點頭。

「會的，我有空的時候，他就會常寫信回來。」

中威聽出亮亮話裡的意思，語重心長的說：「亮亮......你要扮演多少個角色啊？」

中威一語道破亮亮心中的苦，亮亮看著中威，不語，低下頭繼續往前走著。

「我不知道，我是我媽的女兒，小敏的小母親，偶爾我媽犯病的時候，又把我當成我爸，每個禮拜，我還要假裝我哥，從美國寫信回來。」

亮亮無奈的搖了搖頭。

「我眞的不知道我是誰，我誰都當了......就是忘了做自己，我不知道汪子亮該是什麼樣子，人家看我......就是瘋子的女兒，瘋子的姊姊.......汪子亮是誰呢？」

亮亮下意識地咬了咬嘴唇，說出了心中最深的無奈。

中威走向前，在亮亮的背後輕聲地說著。

「我知道。」

亮亮轉過身噙著眼淚看著中威，心中疑惑著，他眞的知道嗎？

中威看著亮亮微笑的繼續說著。

「亮亮是一個最溫暖最堅強最有愛心的小太陽。」

亮亮聽了深深感動著，這些溫暖體貼的話語，是目前孤立無援的她所最需要的啊！亮亮顫抖著嘴唇。

「是這樣的嗎？」今晚的一切，被這幾句話包圍著溫暖著，讓亮亮知道這是她的使命，照亮汪家照亮每一個她愛的人，不是嗎？

「你忘了加一句，還是最漂亮的。」

恢復了以往開朗的個性，亮亮調皮的加上一句。

中威看著亮亮破涕爲笑的表情，可愛得令人疼惜，有一種微妙的感覺一直藏在中威的心裡不斷發酵著。

亮亮又哭又笑的繼續耍嘴皮。

「你千萬不要說我有內在美唷！」

中威認眞的看著亮亮，發自內心的說出。

「亮亮，你是最最漂亮的小太陽。」

亮亮此時感動的情緒整個淹漲了上來。

「是......最正常的嗎？」

中威篤定的眼神堅定地對亮亮說。

「是最正常的。」

「再說一遍，再說一遍，好不好？」亮亮激動地說著。

「最溫暖最堅強最有愛心最漂亮最正常最開心的小太陽。」

亮亮聽完，突然抱住了中威，放聲大哭了起來。中威輕輕的拍了拍亮亮的背。

「我還忘了說，還是最愛哭的。」

「謝謝你，謝謝你。」

「呵～最愛聽好聽的。」

亮亮不管自己的鼻涕是否已經抹上了中威的西裝，對著中威強辯著說。

「不是啦，我只是想趁你在的時候，痛哭一場，要不然我一個人站在這哭，人家會以爲我是神經病的。」

中威笑了笑，而亮亮擦了擦眼淚，整理了一下儀容。

「好了啦，你可以回去了，我要回去陪我媽，拜拜～」

「拜拜～」中威笑笑地看著亮亮離去的背影，突然大聲說。

「啊！你每次陪人相親，有沒有人看上紅娘的？」

「當然有啊，我最漂亮了，他們都在心裡暗戀我！」亮亮驕傲得意的神情又恢復在臉上。

此時，兩人不約而同地對著對方喊著：「神經病！」接著相視而笑個不停。

亮亮送走中威後，回到了家中。

「要是你也像情人山一般，我就和你離去不遠......」妍秋在家裡手裡握著漢文的錶，又在哼著歌了。

亮亮一進門，看著母親像往常一樣哼歌的神態，打開門，走了進去。

而妍秋原本沈醉在回憶中，看見亮亮走進來後，突然不作聲地讓歌聲中斷了。

站起身就要往自己的房間裡走去。

「媽？」亮亮叫住妍秋。

「亮亮，對不起......對不起......」妍秋不斷的向亮亮鞠躬，爲今天的一切賠不是。

「是我疏忽了，是我不好，對不起......」

「好了好了，不要再說對不起了......」亮亮安撫著母親。

但妍秋仍像個機器人不斷的說著對不起，亮亮抓著母親的肩膀。

「媽！」

妍秋停止了動作。

亮亮看著母親，怕嚇著了妍秋，更加輕聲地說。

「你自己也忘了吃藥對不對？」

「我......我......」妍秋閃躲著亮亮的問話，不敢正視著亮亮。

亮亮轉身從抽屜裡拿出了一罐藥，倒了幾顆在掌心，遞到母親的面前。

「來～媽～乖～吃藥。」

妍秋看著亮亮手中的藥丸越來越湊近嘴邊，伸手一揮，打散了亮亮手中的藥，滾了一地都是。

「我......我不要吃藥......」

面對母親的無理取鬧，亮亮仍耐著性子好好勸著。

「媽～你要乖，乖乖吃藥啊～」一邊說著，又重新倒了幾顆藥丸放在母親面前。

「我不要！」妍秋固執的大吼，而且又是一伸手，連亮亮手中的藥罐子都給打翻了，罐子裡所有的藥丸滾落在屋子裡的每一個角落。

亮亮此時再也忍受不了了，瞪視著母親。

而妍秋又是一副瑟縮的委屈神態，像個犯錯的小孩，細聲的重複著。

「不吃......不吃......」

亮亮猛的一起身，生氣的對妍秋說。

「你永遠在跟我說對不起，永遠在說抱歉，也永遠不吃藥！自己不吃，也不盯著小敏吃，我一不盯著你們，你們就聯手起來騙我，接著是輪流出事，我成天就奔到東奔到西，替你們收拾善後！」

妍秋眼神閃爍著，不安也不太懂的聽著亮亮吼。

「我只有一個人耶，媽媽！」亮亮沈痛的叫了母親一聲。

「我只有一雙手兩隻腳，我要工作上班賺錢，我不能二十四小時盯著你們。這個有沒有吃藥？那個有沒有複診？我求求你們，拜託你們，饒了我好不好？你可憐可憐我！」亮亮激動的情緒瀕臨崩潰的哀求著不發一語的母親。

妍秋看見亮亮哭了，囁嚅地說著。

「亮亮，對不起，我......」

「好了好了！不要再說對不起了！不要再說了！這句話換我來說好不好？我來跟你們說對不起，媽媽對不起，小敏對不起。」亮亮瘋了似地對著母親狂鞠躬。

「那......藥不好吃啊......」妍秋勉強地迸出了這幾個字。

亮亮看著像小孩的母親，說著童言童語般的理由，情緒稍微和緩地走向母親，蹲了下來，握住母親的手。

「是啊，藥又不是巧克力......」

「那藥吃了，手會抖......會流口水，還會......」妍秋繼續委屈地講著。

亮亮握住母親顫抖的手。

「我知道，我知道，手會抖會流口水，會胖會醜會不舒服，可是可以保平安，保～平～安。」亮亮加強了語氣，希望母親能夠瞭解，吃藥是他們最後的希望。

「最起碼不會出事，可以看起來正常一點，可以留在家裡，小敏就不會被送進療養院了，如果他被關起來，你們就永遠誰也見不到誰了。」

妍秋一聽到小敏要被關起來，緊張的握緊亮亮的手，頭直搖的說。

「不，不要把小敏關起來，不要把小敏送進療養院。」

妍秋看著亮亮，語氣近乎乞求。

「亮亮不生氣，我吃藥......我吃藥！」

亮亮看著母親，天生的母性想保護小敏，發了狂的撿拾起滿地散落的藥丸，一顆顆地就要往嘴裡塞，亮亮連忙起身阻止。

「媽媽！亮亮不生氣了！」

「不要把小敏關起來！我求求你～」妍秋哭泣的哀求著。

亮亮緊緊握住母親的手，心疼的不斷安撫著。「亮亮不生氣了！亮亮不生氣了！」

看著母親無助的抖著身體，亮亮一把抱住母親，放聲大哭了起來。

「亮亮永遠不對你們生氣，亮亮永遠不生氣，永遠不生氣......」亮亮安撫著妍秋，不斷的保證。

一邊摸著母親的臉，亮亮打心底要保護母親和小敏，他們唯一的依靠就只剩下她了啊。母親相信亮亮所說的，直盯著亮亮。

「亮亮不生氣了喔？」

亮亮搖了搖頭，臉上堆著笑容。

妍秋趕忙將藥丸接過去吞下，而一旁的亮亮看著母親努力的將藥丸嚥下，心疼地摸了摸母親的臉龐。

「媽媽，我們生病了，所以要吃藥，吃了藥，病就......病就......」

原本想安慰母親的亮亮，對於這像個不定時炸彈的病，自己也不曉得母親和小敏什麼時候才會好。

「病就......不會再壞下去了。這樣子啊，我們三個人就可以一起去看電影，一起去兜風，還可以一起出去玩了耶！」

亮亮要讓母親看到她開朗的笑容，雖然這是一個遙不可及，是一個被編織出來的幻想，但是亮亮相信，總有一天，是眞的可以變成這樣的。妍秋似乎也感染到了亮亮的活力，笑了開來。

「唱歌！還有唱歌！」妍秋沒忘記自己的最愛，補了這一句。

「對對對......還可以一起去唱歌。」亮亮摸了摸妍秋的鼻子。

「小敏就不會被關起來了哦？」妍秋仍不放心的問著。

「當然啊！誰可以把他關起來？嗯～」亮亮對妍秋眨了眨眼，拍拍胸脯保證。

「那......那他們也不會笑我們了哦？」

「誰敢笑我們？一群神經病！」

「那......漢文呢？你怎麼把你爸給忘了？」

亮亮看著仍是恍惚的母親，又無力的垂下頭去。

「怎麼會只有三個人呢？當然是你爸帶著我們大家一塊去玩啊！」

妍秋仍繼續興高采烈的說著。

「對對對……」亮亮無力的附和著，現在能怎麼樣？

「還有爸爸……還有爸爸……」

妍秋捏了捏亮亮的臉，站起身來，驕傲的說。

「只有漢文聽得懂我唱的歌，只有他知道我，我在台上唱，他就在台下聽，中山堂這麼大耶，這麼多人，他知道我是爲了他一個人唱的唷！」

亮亮看著母親仍然沈浸在自己的世界裡，在客廳裡開心的比手畫腳。

「他也在台下哼著呢，我都會不好意思，怕他隊上的弟兄看了會笑他，嘻嘻，他卻一點都不在乎，他膽子可大的呢……」

妍秋興高采烈的神情，和亮亮一臉呆滯無力的神情形成強烈的對比，一個活在甜蜜的回憶裡，一個卻必須每天面對殘忍的事實，還要花費精力叫醒每個人，雖然沒有叫醒過一次。

「從頭到尾都盯著我，聽著我唱：夜上海～夜上海～你是個不夜城～華燈起！車聲響！歌舞昇平……」妍秋又丰姿綽約搖擺著身體唱了起來。

「喂～幾點啦還不睡覺！神經病耶！」突然鄰居的一聲怒吼讓妍秋噤了聲。

妍秋尷尬的看了看亮亮。

「亮亮……他們……」

亮亮看著母親委屈的低下頭去，心想，誰都不可以說我的家人是神經病！

擰乾鼻涕擦乾眼淚，站在母親身旁，將母親拉到窗邊，開始大聲唱著。

「夜上海～夜上海～你是一個不夜城！」亮亮拉著母親的手，打著拍子，妍秋看著亮亮，也開始慢慢的唱了起來。

「華燈起，車聲響，歌舞昇平～」

悠悠的歌聲，從這間破舊的公寓傳了出來，迴盪在這擁擠的城市裡。

華燈依然點點亮著，陰暗的一角卻始終靜默地藏匿著多少悲傷。

＊＊＊＊＊＊＊＊＊＊＊＊＊＊＊＊＊＊＊＊＊＊＊＊＊＊＊＊＊＊＊

「哪～三條！」

「胡了！胡了！對對胡的三暗崁。」

「秀女，你怎麼老是放炮？這把很大的耶～」

「很大，不過就錢嘛。再來～」

秀女看看手中的鑽錶，趙靖還沒回來，她也無心打牌，老是放炮。

「咦？趙先生還沒回來？有應酬啊？」其中一位牌友不識相的問了。

「呃......打牌去了......」秀女隨便胡謅了一個理由。

「怎麼不在家裡打呢？家裡三桌都擺得下。」

「人家打橋牌，發財啦。」

「嫌我們吵啊？打橋牌。」

秀女編了個謊，可是心中頗不是滋味。雖然年過五十的她，臉上倒也不見歲月的痕跡，優渥的生活沒讓她吃過一天的苦，宛如才三十幾。可她輕嘆了一聲，別人都瞧見了，就自己的老公連一句讚美的話也沒說過。

就當她想要結束牌局時，碰巧，趙靖回來了。

趙靖還沒有進門，就早已在門前聽到秀女與她那群三姑六婆型的牌搭子們的數落聲。嘆了口氣，走了進去。

秀女聽見關門聲，回頭一看，看見趙靖不疾不徐地走進客廳，悶哼了一聲，繼續看著手中的牌。

趙靖則看著秀女坐在牌桌上的背影，不得已應酬似地走進麻將間。

「欸～大老闆回來咧～」眾太太們見到趙靖起鬨似的喊了起來。

「大家都在啊！」趙靖客氣的寒暄著。

「手氣好不好啊？」趙靖問著秀女。

秀女不回答。抽了一張牌，看了看，打了出去。

「南風啊！」

「胃藥吃了沒有啊？」趙靖依然表達關心的問著秀女。

趙靖看秀女仍不答話，知道她在生悶氣，想著自己也別像個悶葫蘆地老站著。

「茶涼了吧，我去給你換一杯。」

「剛換過了。」王太太答腔著說了。

「該你打啦，揑著？」秀女此時開口了，卻仍不是回答趙靖的話語。

「那我不打擾你們了，你們慢慢玩......」趙靖將手在秀女的肩上拍了拍，轉身就往樓上走去。

秀女想叫住丈夫，可礙著眾人的眼光以及心中的怒氣，硬是壓住了幾乎要迸出口的話語，心不在焉的繼續打著牌。

此時趙家的大少爺趙士元剛從PUB玩回來，進門看見趙靖，稀奇的問。

「爸，您在家啊？」

「廢話，我要不在家，你跟誰說話啊？」

士元看著父親悶悶的表情，往麻將間望了一眼，小聲的問。

「太上皇生氣了啊？」

「管你自己的事。」

士元聳聳肩，自討沒趣的走向麻將間。

「母后大人，兒臣回來啦！」一把就抱住了秀女，又親又摟的，完全不像個已經二十幾歲的成年人了。

「你啊！野哪去了？這麼晚！」秀女開心又驕傲的故意責備她的寶貝兒子。

趙靖看了看被寵壞的兒子，不禁搖搖頭走上樓去了。

「唉唷～兒子回來就笑啦～」

「就開心啦！」眾太太們看著秀女笑得合不攏的嘴起鬨著說。

「媽......不能打那張，」士元搶走秀女手中的牌，換了一張。

「打這張……這張……」

可牌一出，王太太就大喊一聲胡了。士元吐了吐舌頭，向母親耍賴地拱了拱。

「公關牌嘛，公關牌嘛……」

秀女看著兒子討人愛的逗趣模樣，又開心的笑了。

「大家開心就好，開心就好。」士元順著說下去。

「你爸呢？」

「喔！他上樓啦，來……我們來洗牌啊。」士元忙著幫秀女洗著牌。

秀女叫士元代替她打，就上樓去了。

推開房門，看見趙靖已經換好了休閒服。

「咦？解散啦？」看著秀女走進房，趙靖問著。

「士元幫我打。」

「不要老叫他替你打麻將嘛，年紀輕輕的。」

秀女將門一甩，關上。

「怎麼樣？我們打麻將不可以？你打橋牌高級啊？」

趙靖看了秀女一眼，懶得多說。

秀女看趙靖沒反應，手插在胸口，又是一句。

「你什麼意思啊？」

「又怎麼啦？」

「我十次打牌，你十一次不在家。」

「我在家幹什麼呢？你們四個人不是剛剛好，玩得開開心心的嗎？」

「怎麼開心啊？人家客人來都看不到你。」

「人家來是看牌的，不是看我。」

「看的是牌，心裡都在笑話我。哼！我幹嘛呀我，我小老婆還棄婦啊？十次客人來十次看不到男主人，八百個理由我全用光了，你出國你開會你應酬你打橋牌，我只差沒說我們離婚啦！」

「欸！你這麼說不是很無聊嗎？結婚都二十幾年了，孩子都那麼大了。」

「你也知道結婚二十幾年啦，這二十幾年來，你有沒有顧過我的面子啊？」

「呵！」趙靖笑了一笑，站起身拍了拍秀女。

「秀女啊，過日子是靠裡子，不是靠面子，面子算什麼？微不足道的嘛。」

「微不足道？你連微不足道的面子都不肯給我！」

此時士芬聽到了細微的爭吵聲，悄悄打開自己的房門，靜靜的聽著父母的爭執。

「我們家的聚會，我的朋友，我的應酬，你趙靖是從來不肯賞光的，你清高，嫌我俗氣啊？」秀女看著趙靖不說話，火氣更大了。

「你嫌我俗氣？那你當初為什麼要娶我？嫌我俗氣？那你為什麼當初要用我們蔡家的陪嫁來做生意？」

趙靖看著又在無理取鬧的秀女，搖了搖頭，不發一語。

秀女看著更加沈默的丈夫，絲毫不放過。

「又不說話！你又不說話啦！不說話我也知道你在想什麼！你想要離婚～你心裡就是這麼想的。你別以為我......」

「我什麼？我都沒有以為，我也沒那麼多的想法，大半輩子都過去了，我只想安安靜靜的過日子，當初也許眞的是委屈你了，望族的大小姐，嫁給我這麼一個窮軍人，還要拿自己的嫁妝出來做生意。」趙靖忍受不了站起來反駁著。

「可是，秀女，就算這投資報酬率好了，我趙靖也翻了好幾番的，把你的嫁妝給賺回來了，不是嗎？你最要的面子，我也從來沒有讓你在娘家面前丟人啊！」

「要沒我當年那筆嫁妝，你能翻啊？了不起退下來開開飛機，你能過現在這種日子啊？」秀女仍硬要強辯地說。

趙靖看秀女仍不可理喻，閉上嘴，想走出房門。秀女仍不放過的緊跟著不放。

「喔～是，是會不一樣啦，或許你會娶了當年那個心上人，那個叫什麼來的？」

士芬在門外意外聽到母親提起父親有舊情人的事情，耳朵整個都豎了起來，更仔細的聽著。

而趙靖聽著妻子又再提那些陳年往事，臉上一陣青一陣白，像是被說中心事般的，心裡頭起了漣漪，但很快又恢復平靜。

「什麼......什麼秋的那個啊......對不起啊，名字我老是記不住。」

「你記得比誰都要清楚，我忘了，你都還不會忘了呢。你累不累呀你？老是說這些沒有發生的事。我要眞想娶她，我當年就娶了，幹嘛跟你結婚呢？」

「你因爲......因爲我的錢，我的家世啊！」

趙靖看著秀女不可一世的姿態，搖了搖頭，這些年來，他這個老婆除了會跟他吵這些，他們還有過什麼心平氣和心靈相通的交談？

「秀女啊～我們要走嘍。」樓下的牌搭子們呼喊著秀女，打斷了秀女對趙靖情緒化的責難。秀女跺了跺腳，暗示趙靖和她一起出去送客。

趙靖默默地跟在秀女的身後，而秀女迅速擠出一道道深深的線條在臉上，成了虛假的笑靨。

「幹嘛呀～幹嘛這麼急著走？再多打四圈嘛～」

「唉呀，不了啦，你們家士元那麼厲害！再打下去啊，都要脫底嘍！」

「眞的不好意思，招待不周，招待不周啊！」秀女看著趙靖，暗示性的打了他一下。

「有空的時候經常到家裡來玩嘛，來陪陪秀女。」趙靖接著秀女的話講。

「一定一定，我們這幾個啊就秀女最好命了，嫁個好老公。」

「對呀對呀，我們都羨慕死了呢。」

「下次啊，早點打電話來，我要他留下來陪我們吃飯。」秀女的手牽著趙靖的手，肩並肩依偎著。

士芬在父母的身後看著他們婚姻和諧的假象，做戲般地令人發噱。

士元看著在樓梯間發呆的士芬，伸手在她面前揮了揮。

「你在幹什麼啊？」

「結婚有什麼意思啊？」士芬冷冷的說著。

「結婚多好！可以合法享受性關係耶～嘖嘖！」

「趙士元！你腦袋裡到底有沒有想法啊？」士芬嫌惡地看著眼前老是遊戲人間的兄長。

「哈！我的想法就是——歡樂今宵，歡樂明宵，歡樂歡樂......一輩子～唷呼～」

士芬看著士元像個孩子蹦蹦跳跳地跳上了樓，嘆了一口氣。

「欸欸～別忘了，下禮拜三。」門前的秀女還在熱絡的交際著。

「一定一定的，我們一定會來復仇的。」

「路上小心啊，慢走啊。」

客人們都已經走出了大門，還聽見秀女幸福的笑聲乾咳般地一聲聲迴盪。

送完客後，秀女打著呵欠轉身進了臥房。

而趙靖獨自一人走進了書房，駐足在一個不明顯的角落，彎下腰從底層的櫃子裡拿出了一個箱子，放在書桌上，呆呆的怔了好一會兒。

他打開了箱子，從裡頭拿出了一張張發黃的相片，那是妍秋還有他以及漢文的三人合照。

「妍秋......」這個他忘也忘不了的名字，因著不滅的回憶再度鮮明描繪出她和他的過往，輕聲地自他嘴裡喊出。

趙靖回憶起漢文過世後，有一次，他帶著思念漢文的妍秋，到空軍基地看著過往的飛機。

「漢文！」一架飛機飛過，又來一架，妍秋對著天空的飛機不斷喊著。

「漢文，我在這呢！我在這呢！你有沒有看到我？」

「妍秋......妍秋......」他在妍秋身邊，妍秋卻看不見他。

「漢文在那呢！我跟你說喔，他曾經跟孩子們說過，飛機有兩個翅膀，那個翅膀這樣左右搖擺的時候，就是他在跟孩子們打招呼了，好危險啊，可是他就是這麼皮。」

「妍秋......」

「你說嘛～他會不會看到我？會不會？會不會嘛？」

「會會會......漢文他一定會看到你的。」他不忍妍秋失望的表情，安慰的說著。

「會喔！嘻嘻～」妍秋得意的咯咯笑了起來。

妍秋看著頭頂的一片藍天，飛機穿梭在白雲間，他回頭看著她，像個戀愛中的少女，臉頰泛著些許的緋紅，歌聲自她一張一合的唇間流瀉出來。

「愛神的箭射向何方，射向那少女的心坎上～」

「妍秋啊！我想退下來耶，退下來做點小生意，大概是老了吧，總覺得......人還是走在地上踏實點。」他忍不住打斷了妍秋的歌聲，認眞的想跟她商量。

「妍秋，你覺得怎麼樣？」

「啊？」

「你贊成我退下來嗎？」

「我......」

「妍秋？」

「嗯......你回去問你太太好了。」妍秋不太懂他為什麼要跟她說這些。

「我不想回南部去，我想聽聽你的意見。」

「我......我不知道耶，他們說我病了，說我這裡不對勁了，腦子不清楚......」他看著妍秋用手指比了比自己的腦袋。

「妍秋......」

「我什麼都不能做了，不能唱歌了，連婦聯會都不讓我參加了，連媽......連媽媽都不能做了......」妍秋想起出走美國的子荃那頭也不回的背影，慢慢哽咽了起來。

「他們把子荃帶走......他們把我的子荃帶走了......我連媽都不能做了。說......是我病了......我......我生病了......」

「妍秋！你沒事，你沒事的，你會好起來的。」

「眞糟糕，我怎麼會病了呢？」妍秋搖頭晃腦的思考著。

「嘿！是騙我的吧！漢文也跟著一塊騙我！」

他看著時而清醒時而恍惚的妍秋，他什麼也不能做，無可奈何只能對天吶喊。

「汪漢文，你自己出來告訴她一聲好不好？你告訴她你永遠回不來了，你告訴她呀！」

「喂～你神經病啊！這會兒漢文的飛機都已經飛到清泉崗了，你吼什麼吼啊？神經病啊！」

他一把抓住妍秋，一個字一個字清楚的告訴她。

「妍秋！漢文死了！」

「他出車禍死了半年了。不管你能不能，都必須要接受這個事實。」

妍秋眼神中滿是懷疑的看著他。

「漢文不會回來就是不會回來了，人死了是回不來的！你心裡面明白也好，逃避現實也好，這都是個不能夠改變的事實啊！」

妍秋看著他認眞的表情，好像想起什麼似的，突然深受打擊的哀傷了起來，一個不穩跌坐在地上。

「漢文死了......漢文死了？......」

「那......那我跟孩子們要怎麼辦？漢文死了，我跟孩子要怎麼辦？」妍秋情緒激動的哭喊著。

他此時再也壓抑不了他想好好保護妍秋的情緒，一把抱住了她。

「不要怕不要怕，有我在，妍秋，不要怕。」

「小敏的模型飛機，我已經在隊上給他做好了，還有亮亮的鉛筆，我會給她削好，還有子荃......我會想辦法從他姑姑那裡把他接回來的，好不好？」趙靖將妍秋轉過來眞誠的正視著她。

「讓我來照顧你們，我可以放棄一切來照顧你們一家。讓我照顧漢文的孩子，照顧你。好不好？」

妍秋面無表情的看著眼前激動的男子，開始掙扎了起來，硬是將他推開。

「不要！漢文會照顧我們一家子的，等他回來......等他回來！我要把你剛剛說的話一五一十告訴他，看他還認不認你這個兄弟！」

「到時候啊，他會打死你的！哼！」

他看著妍秋又陷入了她虛構的世界裡，他清楚的瞭解那雙水亮的眼睛裡看不見他……漢文像一座高大堅固的圍牆擋著，身居其中的妍秋永遠都看不見他。

而在那之後，當他再度來訪汪宅時，卻得知妍秋帶著孩子已經搬去台北了，至於搬到哪，鄰居們也不清楚，從那時起，他就失去了和汪家的聯絡了。

「妍秋……你還好嗎？」

從回憶中拉回現實的趙靖，思緒環繞著一個沒有答案的問題。

想到此，趙靖看了看箱子中的模型飛機，深深地吁了一口氣。

士芬此時上樓要進房休息，看見父親獨自一人在書房對著一個模型飛機發呆，納悶著早睡的父親怎麼還未上床睡覺，於是走上前去。

「爸！還沒睡啊？」

「當然是還沒睡才能在這啊。」趙靖將箱子蓋上，思緒拉了回來。

「爸～軍人做久了真的很刻板耶，講話這麼精準，多沒意思啊。」士芬嘟了嘟嘴。

「習慣了嘛。每天說那麼多廢話，沒出去呀？在家呀？吃飽了沒？還沒睡啊？不是很浪費時間嗎？」

「爸～你就是這麼不感性，才老惹媽生氣。有的時候廢話也是要說說的啊！」

「比方說，老婆我愛你我想你啊！比方說，張太太王太太李小姐，我就是愛我老婆，她是天下第一大美女，我不能一天沒有她，就諸如此類的廢話，最好在公開場合，每十分鐘說上一次。」

「那就不是廢話了，那簡直就是蠢。」趙靖不以爲然。

「爸！」士芬看著眼前固執嚴肅的老爸，怎麼也跟外向喜歡熱鬧的母親連不在一塊。

「你當年到底是怎麼和媽談戀愛的啊？這種羅曼蒂克的蠢話，你都沒說過唷？」

趙靖無語，淡淡的一笑，若有所思的看向遠方。

「你愛不愛媽啊？」

趙靖疑惑著士芬為什麼要問這個問題。

「愛？」士芬繼續問著。

「不愛？」

「愛，不愛，不也都過了二十幾年了？」一直沈默思考的趙靖開了口。

「是喔......這也算是一種白頭偕老嘛......吵吵鬧鬧五十年，頭髮一起白了，也就白頭偕老啦！」

「士芬啊～愛不是用嘴巴說的，我們這個年齡的愛，跟你們不一樣。」

「愛就愛，有什麼不一樣？」士芬不解的問著。

「你們的愛就好像是披薩，花花綠綠，熱熱鬧鬧的，全在表面上，可是呢？也就這麼多了。而我們的愛比較像是......像是包子，外表看不出來，好料的全在裡頭，你得吃了才知道啊。」

「唉唷～像披薩也好啊，最起碼看得見，有多少都知道，吃得安心，像包子誰知道啊？萬一吃下去，才發現不合胃口怎麼辦？」

士芬的話聽在趙靖耳裡倒也是有理，趙靖一時不知如何回答。

「像你跟媽不就是嗎？她愛的是披薩，你就偏偏做了二十幾年的包子，好啦，現在吃也吃了，也不能退貨，怎麼辦？只好哀怨的白頭偕老了。」

「咦？你怎麼啦？嘀嘀咕咕的像個老太婆似的。」

「我怕我將來會像媽......像媽一樣......動不動就懷疑老公娶我的動機，到時候，管他什麼披薩包子放在我面前，我都會懷疑裡面有毒了。」

趙靖笑了笑拍拍女兒的頭。

「士芬啊～我當年娶你母親沒有別的動機，就是年紀到了，該成家了，你母親年輕的時候，活潑開朗愛熱鬧，我覺得她會是一個很好的妻子，就是這樣。」

「那......現在為什麼你們......」

「那是後來啦，唉～慢慢的大家的思想觀念就走岔了，可是我不會因為這樣就離開她，你看她跟我喊了二十幾年離婚離婚的，我哪會就真的跟她離婚啊。」

「不會哦？」

「不會的。」趙靖笑著說。

「那就好，我可不想二十幾歲了，才變成單親家庭的小孩，嚇死我啊。」

「你呀！就是想太多了，學學你哥哥，頭一挨上枕頭就睡著了。」

「趙士元啊，他就是披薩型的，而且還是個蠢披薩，淨說些廢話。」

「你當心讓他聽到了。」

「唉呀，他聽不懂的啦。」

父女倆相視而笑。

「好啦好啦，早點睡覺去。」

士芬獲得滿意的答案起身準備回房，突然又回頭問了一句。

「爸，媽每次提的那個......那個......你的心上人，是真的還假的啊？」

趙靖被士芬突如其來的問題弄得遲疑了一下，眼神飄向別處。

「什麼真的假的......早忘嘍。」

「我就說嘛，像你這麼硬梆梆的人，怎麼可能會有什麼刻骨銘心的愛情啊，我去睡嘍，晚安，爸。」

趙靖看著士芬離去的背影，苦笑了一下，嘴裡也喃喃的說著。

「是嘛，怎麼可能呢......」

第二章

菜市場裡，人來人往的沸騰著，亮亮提著菜籃打了個呵欠穿梭其中。

經過昨晚小敏的這一鬧，亮亮的面容透著些疲憊，但是只要媽媽和小敏沒事，亮亮就沒事，她心裡如此想著，開始輕快的走了起來。

此時幾個鄰人湊在一起熱鬧的討論著昨晚的事情，不時對亮亮指指點點。

亮亮面對著這些鄰人的三姑六婆習性，並不想多加理會，在一旁挑揀著蔬果。

「可憐啊，一家子才三口人，就有兩個起笑。」賣肉的老闆娘故意提高了音量。

「啊！兩個起笑喔？」不知情的人一陣驚呼，老闆娘見亮亮面無表情，更加肆無忌憚的說著。

「嘿啊！她媽媽就是那個桃花瘋，這個桃花瘋聽說是有季節性的，春天一到，桃花一開，人啊就會瘋瘋癲癲的起秋啊啦。」

「老闆娘，你大兒子拿刀子砍人被抓去管訓，放出來了沒有啊？」亮亮此時突然轉過了身，一臉關切的問著。

「還有啊......你那小兒子給人家倒會啊，跑路還順利吧？沒有被抓吧？你好可憐唷～欸欸欸～一家四口兩個流氓耶，管區一定常常到你們家作客喔～」話畢，亮亮臉上還不忘加上一個輕蔑的微笑，老闆娘聽了是臉上一陣青一陣白。

「你給我住嘴啊你，你再講啊～你試試看！」

老闆娘拿起刀就要揮舞，被旁人制止。

「哎呀～你不要氣成這個樣子，有一種瘋啊，叫四季瘋，四季花開就天天發瘋，就像你這個樣子，唉唷～好可怕！好可憐唷～」

「你......你神經病啊！肖查某！肖查某生的肖查某囝子！一家人

都神經病啦！」

老闆娘字字刺痛著亮亮的心，雖然她早已經習慣了旁人對於他們一家人的側目，但是這些不堪的話語，仍然讓心疼家人的亮亮，內心的痛又浮起，只好快步離去。

亮亮什麼也沒買的回到了自己家門口，深呼吸了一口氣。

「呼～一窩神經病！害我菜也沒買成。」

進了家門，沒看見妍秋，亮亮緊張了起來。

「媽媽？媽？媽！」

衝進小敏房間也不見小敏的人影。

「媽！小敏！」

可屋裡怎樣都遍尋不著，亮亮焦急的跑出屋外叫喚著母親和弟弟，心中慌著不要又出什麼事才好。

＊＊＊＊＊＊＊＊＊＊＊＊＊＊＊＊＊＊＊＊＊＊＊＊＊＊＊＊＊＊

「昨天不是還好好的嗎？……」士元看著自己已經快裝潢完成的工作室，一片凌亂，質問著裝潢工人到底發生了什麼事。

「聽說是個神經病，腦筋短路了，跑進來亂砸東西，我是有去打聽過他家啦，他是有一個姊姊……」

「小敏！」工人話還沒說完，亮亮就出現了，視若無人的衝進士元的工作室裡一間間找著。

「就是她……」

「就是這個神經病啊？」士元看著眼前這個神情緊張的女子。

「是他姊姊。」

「他姊姊。」

亮亮仍在屋裡不斷的焦急地找著喊著小敏，將他們當成空氣般地不存在。

直到士元出現在她身後，拍了拍她。

「小姐啊……你……」

「欸！你有沒有看見一個男生理個小平頭？」

「你就是那個神經病的姊姊對不對？」

「沒有看見嗎？」

「那你有沒有看見啊？」士元此時再也耐不住性子，發火的大吼著。

亮亮看著滿屋子凌亂。

「你有沒有看見你弟弟把我這裡的裝潢搞成什麼樣子啊？」

亮亮一臉愧疚，點頭。

「看見了看見了……對不起對不起……」

亮亮轉身就要離去，士元一把抓住了她。

「噢！你們怎麼這樣子啊？把我家砸成這樣就走人不管啦！」

「我沒有不管啊，我不是已經跟你說對不起了。」

「你不能只說對不起，你看我這裡。」

「你這裡要賠多少我會負責賠，你不要緊張好不好？」

「不是賠不賠的問題……」

「那是怎麼樣？對不起我也說了，賠我也要賠了，你還要我怎麼樣？」

「不是嘛……你這個態度……」

「什麼態度？我又不是要跟你借錢，要打恭作揖的，奇怪了！」

亮亮轉身就要走，士元又擋在她面前。

「欸欸欸！你不可以就這樣走了啊。」

「我跑不了的，我姓汪就住隔壁巷子，你要我賠多少，算出來！我賠給你就是了！你緊張兮兮的幹什麼？」

「這……不是嘛……你這是……」他從沒見過一個女生態度這麼剛烈對他過，尤其是一個如此清麗纖弱的女子。

「我告訴你，我弟弟不見了，你最好不要耽誤我的時間，萬一……萬一他發生什麼事情……後果要你負責！」亮亮明眸瞪視著士元，她根本不想多說這些浪費時間。

「我現在可以走了嗎？」

士元正要開口，亮亮卻焦急的一把推開士元離去。

「欸......欸！」

看著亮亮離去的背影，士元一臉錯愕。

「奇怪，好像還是我錯似的，呼......」

亮亮跑出了士元的工作室後，在公園還有附近的巷子裡，心急如焚的呼喚著母親以及小敏，卻始終不見兩人的蹤影。亮亮只好回家，到家門前卻聽見小敏大笑的聲音，亮亮趕緊打開家門。一進門看見小敏和中威正玩著拳擊玩得不亦樂乎，連亮亮進門了都沒發現。

「汪子敏！」亮亮氣得大吼。

可子敏和中威玩得正開心，對亮亮的叫喚充耳不聞。

「媽，我贏了，他輸了！」小敏打中中威一拳開心的大叫。

亮亮看小敏完全不理會她，氣得將小敏拉過去。

「汪子敏你給我站好！站好～」

「亮亮，我們是在玩，不是來真的。」中威連忙解釋。

「你們跑到哪裡去了？我去菜市場買個菜你們就全跑光了！」

「我們剛剛......」妍秋吞吞吐吐說著。

「我帶他們出去公園走走，我看外面天氣不錯，不冷不熱，所以......」中威接著說。

「誰叫你帶他們去公園的？啊？誰叫你帶他們去公園的？他們兩個不聲不響的不見了，你知不知道我快急瘋了。」

亮亮的大吼聲讓小敏不高興的做鬼臉發出鬼叫。

「我叫你站好不要出聲，你聽到了沒有！」亮亮轉頭大罵著小敏。

霎時間，妍秋跟小敏被亮亮突如其來的叱喝嚇到噤聲了。

「亮亮......」中威看著因焦急而情緒失控的亮亮，感到十分抱歉。

「我擔心小敏掉到溝裡，我怕我媽精神恍惚跑到大馬路上逛街，又或者他們倆手牽手流浪天涯忘了回家的路，你知不知道啊～」亮亮看著瑟縮的母親和弟弟，「幾千種想法我都想過了，要不要去報警？管區根本不會理我們家的事，還是打電話到大醫院急診室？問有沒有瘋子出車禍？」亮亮轉身質問著中威。

「為什麼要帶他們去？為什麼！」

「亮亮～現在不是好好的，什麼也沒發生，而且我有留紙條啊。」

「紙條？我問你紙條在哪裡？在哪裡啊？」

亮亮高分貝的音量終於刺激到小敏了，小敏大叫了一聲抱著頭，又開始犯病。

「小敏......」亮亮中威衝了過去。

小敏不斷用頭撞著牆壁。

「小敏！不要這樣。」亮亮心疼的抱住小敏。

小敏推開亮亮，不受控制的打著自己的頭。

「討厭！亮亮罵人......亮亮罵人！」

「亮亮！為什麼要兇他嘛！」妍秋也不知道亮亮為什麼要這麼兇。

「我不是要兇他，我是急，我是擔心啊。」

「我們都有吃藥啊。一顆都沒有少耶。小敏今天好乖，好高興唷，我們一塊兒出去玩，他真的很開心，你為什麼要兇他呢？」

亮亮看著母親懷裡的小敏，還在打著自己的頭，亮亮擔心害怕的心情沒有辦法對他們兩個解釋清楚。

「亮亮，你真的不應該，你真的不應該耶......小敏來～來......好了，小敏......沒事了......」

妍秋抱著小敏安慰著他。

「媽媽愛你......媽媽愛你哦......乖乖乖，亮亮最討厭了，好了好了，亮亮不罵人了。亮亮愛小敏啊。」

亮亮對著中威苦笑，嘆了一口氣，疲累一天的身體再也站不穩，往沙發上一躺閉起眼睛，她想要好好的休息一下，一下下也好。

＊＊＊＊＊＊＊＊＊＊＊＊＊＊＊＊＊＊＊＊＊＊＊＊＊＊＊＊＊＊＊＊

第二天，士元拿著裝潢工人給的住址來到了汪家門口，按了按門鈴。

一陣腳步聲，亮亮探出了頭。

「是你？」亮亮認出士元，沒好氣的說著。

「要賠多少？」

「哦，我只是來問一下你找到你弟弟了沒，現在治安這麼壞。」

「你看到啦，他回來了。」士元看到屋裡又高又壯的小敏在玩著模型玩具。

「他是你弟弟？」

「是啊。」

「我以爲他是個小孩。」

「他是個小孩啊，只是是個生病的小孩。」亮亮話有所指的說著。

「哦～他這裡燒壞啦？」士元自己推敲著說。

「他不是智障，他只是瘋了。」

「瘋了！」

「幹嘛那麼驚訝？」

「不，我只是覺得看不出來。」

「對不起啊！我們應該在臉上刻上四個字：我是瘋子，這樣就比較好看出來啦！」亮亮保護家人的防衛情緒又跑了出來。

「對不起啦！我不是這個意思啦！我眞的只是來關心的，我也很擔心你弟弟出事啊。而且以後我們都是鄰居啦。」

亮亮看著眼前不斷道歉的士元，她只想趕快結束這場談話。

「說吧！要賠多少？」

「不......不用賠了啦。」

「爲什麼？」士元大方的態度讓亮亮覺得奇怪。

「因爲你弟弟瘋了嘛，他又不能控制，所以......」

「他是瘋了，可是他的家人沒有瘋，我們愛賠，我們就是要賠，算好了，再跟我講！」

亮亮看得出士元眼底透著同情，但是強烈的自尊心不允許亮亮接受別人的同情，用力的甩上門，留下屋外搞不清楚狀況的士元。

「怪怪......還眞是兇耶！」士元從來沒有被女生這樣兇過，卻也對亮亮產生了好奇心，不服輸的他心裡想著，他一定要好好見識見識什麼是瘋子，還有認識認識這個兇女人。

士元回到家裡，肚子早就餓得嘰哩咕嚕的叫了起來。看見滿桌的好菜，忍不住伸手拿了一塊回鍋肉放進嘴裡。

「媽～肚子好餓唷～我們吃飯了好不好？」

「不，等你爸回來。」

士元看看牆上的鐘已經八點多了，嚥了嚥口水。

「媽～不用等爸啦～都這麼晚了……」

「我說等你爸就等你爸！」

在一旁的士芬看出母親生氣父親回家晚了，等爸吃飯完全是在跟父親賭氣，而士元只好放下筷子摸著肚子乖乖的等著。

此時，趙靖剛好身上背著些釣具進了門，手上還提著兩條魚。

「耶～爸你回來啦！媽～可以開動了吧？」士元迫不及待的吃了起來。

「大家都在等著你吃飯呢！」秀女冷冷的瞪了趙靖一眼。

趙靖迴避掉秀女的眼光，將兩條魚交給傭人阿惠，並囑咐她明天做個豆瓣魚後，就坐了下來。

「唷～今天去釣魚啊？好玩嗎？跟誰去啊？」秀女不放過的問著。

「我自己一個人去。」趙靖低頭吃著飯，懶得多說。

「是嗎？不是跟你那些老朋友們見面啦？」

「我說了！我一個人去的！」

「哼！我才不信呢！一個人釣魚？有啥好玩的？你準是跟他們見了面……」

「媽，就算爸跟老朋友去又怎麼樣呢？你不也是常跟玉卿姨她們一起打牌嗎？」

士芬受不了母親一再追問的態度，跳出來幫父親說話。

「那可不一樣！」秀女昂起了下巴。

「有什麼不一樣？」趙靖看著她。

「你們那哪叫什麼來往？一點建設性都沒有，不過就是一群老兵，說來說去不就那一套嗎？」

趙靖聽了，停下筷子。

「這丟人嗎？我趙靖今天就算生意做得再大，當年一起走過來的老朋友，我也不能假裝不認識啊。」

「你就偏愛跟他們論交情……」

「你還要怎麼樣！爲了怕你不高興，我已經盡量少跟那些老朋友聯絡了，每次大夥聚會我都在找理由，推得連我自己都不好意思了。」

「這有什麼好不好意思的，人的身分地位不同，本來就沒有什麼好打交道的，他們自己就該識相點。」趙靖看著秀女不可一世的嬌蠻樣，實在勢利。

「不可理喻！」趙靖將筷子一丟起身不吃了。

「爸～」

「趙靖，你……」

「我要搬出去了～」士元在一片混亂中突然說。

「你說什麼？」秀女的焦點瞬間轉移，看著寶貝兒子。

「就是要搬出去住啊。」

「不可以！你哪都不准搬，你就只能待在家裡頭。」秀女完全不給兒子多說明的機會。

「你要搬哪去啊？是你自己一個人？還是跟朋友一起？」趙靖問著。

「我說啦！管他搬哪去，跟誰在一起，不可以！」

士元看著母親的霸道也急了。

「就是工作嘛～工作室跟住家連在一起，做事也比較方便，作息也比較自由。」

「你在這個家裡哪一點不自由啊？」秀女看著眼前這個她從小疼到大的兒子，說什麼也不讓他搬走。

「這個家裡誰是自由的呢？」士芬積壓了許久，忍不住又開口說了。

「趙士芬！你什麼意思？」秀女瞪著士芬，平常沈默的女兒今天是怎麼了？

「本來嘛，這個家有誰是自由的，食衣住行樣樣都有門檻，連交朋友都有條件。」

「那是因為我們有家教，你懂不懂？你們趙家要不是有我蔡秀女在把關，你們趙家才沒有變成一個隨隨便便的人家～沒規沒矩的。」秀女指著士芬。

「你！趙士芬，才是一個有風度有氣質的大家閨秀。」

「沒有人知道，也沒有人想知道，好嗎！人家不會在乎我趙士芬是不是大家閨秀，人家看我只是一個很單調很乏味很無趣很假仙的女孩。」士芬突如其來的大吼讓秀女、趙靖和士元嚇了一跳。

「士芬？」

「不能隨便做，不能隨便站，不能隨便說，不能隨便看！黃色笑話假裝聽不懂，聽懂了也不能笑，還要生氣，表示被侵犯了，所以永遠不會有人喜歡我，無趣極了。連我自己都討厭我自己！」

「你......你太不知好歹了你！」

「我說的都是眞的......」士芬噙著眼淚深吸了一口氣。

「你要搬出去的時候，帶我一起走好不好？」士芬對著士元說完後，就一口氣快步地跑上樓去了。

士元看狀況不對，也想乘機轉身上樓。

「趙士元！」秀女生氣的叫著。

「好......你們不要再生氣了好不好？放心......我不會帶士芬一起去住的。OK?」

士元就再也不理會母親的叫喊，一溜煙跑上樓去了。

「你......你看看你們趙家，沒一個好東西，就是會氣我。」秀女指著趙靖埋怨著。

而趙靖想了想士芬剛剛所說的話，若有所思的杵著，對於秀女的指責根本沒聽進去。

士元上了樓，進了士芬的房間，看見士芬正抱著枕頭哭泣著。

「好啦～別哭啦～媽的脾氣你又不是不知道，罵罵就過去了。」

「你是哥哥是吧？那麼你可不可以給我做個榜樣，告訴我怎樣是對的？」

士芬看著連敲門都不敲的哥哥氣呼呼的說著。

「士芬啊～家裡教你的人還不夠多嗎？我們家裡啊，就是父親太像父親，母親太像母親，而你太像一個女兒了。」

「就你什麼都不像！」

「我像我自己啊！」

「你太自私，想怎樣就怎樣，說話從不看場合，想說什麼就說什麼！想做......」

「士芬！你完蛋了！」士元笑著指著士芬。

「你看，你越來越像媽了，媽教訓起人來就是這個樣子，臉是板的，眉頭是皺的，動不動就哼哼哼的用鼻子說話。」

「趙士元！你夠了！」

「咦～你這樣一吼，就更像了，完全是一個模子。」

「我才不像她呢！」

士芬將枕頭丟向士元，士元一個閃躲，掉落在不知何時上樓的趙靖的腳前。

「你怎麼又跑來氣你妹妹啦？」

「我哪有啊，我是來安慰她的。」

「士元，你真的想搬出去嗎？」

「是啊，爸。我只是想更獨立點，看能不能自己闖出些什麼，在這個家我被保護得太好了。」

「哼......」趙靖心中並不十分相信眼前這個被寵壞的兒子是否真的如此振作，但是他心想，與其讓他繼續在家中被照顧，出去磨練磨練也是好的。

「好，爸爸答應你讓你搬出去住，你媽那裡我會去說去，不過你要答應我，不要在外面惹事啊。」

「唉唷～我不會的啦！爸！」

「耶！我要搬出去嘍～我要搬出去嘍～」士元歡呼著離開士芬的房間。

「爸......」士芬看著趙靖。

「你不許搬，你要留在家裡陪著爸爸呀，你要是搬走了，那我多寂寞啊。」

趙靖知道女兒捨不得他，看著士芬嘟著嘴繼續說。

「你反正要嫁人的啊，多留下來幾年陪陪爸爸都不願意啊？」

「反正我嫁不出去，大概要陪你一輩子吧。哥說我越來越像媽了。」

「你媽不是嫁出去了，還神氣的咧。」

趙靖的一番話將士芬逗得破涕爲笑。

「多留下陪陪爸爸，好歹你媽發脾氣的時候，爺倆還可當個盟友。」

士芬聽了父親的話撒嬌的靠著趙靖，趙靖看著懷裡的小女兒，清秀的臉龐應該透著同年齡該有的笑容，不知何時士芬的眉宇間總是皺成一點，嘴角總是吊著，悶悶地做個他們夫妻清冷關係下的犧牲者，若不是今晚士芬的一番話，他不曉得受他保護的小公主也有著人際關係上的困擾，嘆了口氣，趙靖摸了摸士芬的頭。

安撫好士芬的情緒，看著她睡著後，趙靖走回了他和秀女的臥房。

秀女正忙著點選著梳妝台前琳琅滿目的保養品，臉上、脖子、身體來來回地拍打著。

趙靖躺了下來。

「我決定讓士元搬出去住。」

「你說什麼啊？我不准！」秀女停止了動作看著趙靖。

「孩子要獨立，你就讓他獨立吧！」趙靖翻了個身，背對著秀女。

「哼～我看想搬出去獨立的是你吧！」

「你知道我不會的，我的良心也不允許我這麼做。」

「良心！良心！不愛我光有個良心有屁用啊！」

秀女開始歇斯底里了起來。。

「我不愛你我幹嘛娶你啊？兩個孩子怎麼生下來的？」趙靖理性的說著。

「我要跟你離婚！」每次秀女跟趙靖一鬧情緒，這句話總是會從她的口中喊出。

趙靖知道秀女一提離婚，就會抱怨個沒完沒了，他明天一大早還要開會，可沒有這些閒工夫跟精力，趕緊安撫秀女。

「好......離......先睡覺好不好？」

「當年我的陪嫁統統要還給我......」秀女像個小孩子一樣任性著。

「還......連本帶利全還給你，睡覺了。先把胃藥吃了。」

秀女聽到趙靖安慰關心的在哄著她，悶哼了一聲，也就不多說什麼了。

不一會兒，趙靖熟悉的鼾聲有規律的響起，秀女聽著聽著也安穩地睡去了。

＊＊＊＊＊＊＊＊＊＊＊＊＊＊＊＊＊＊＊＊＊＊＊＊＊＊＊＊＊＊＊

士芬在辦公室看了看亮亮的座位空著，心想亮亮又遲到了。亮亮的座位就在士芬的旁邊。在這個工作環境裡，雖然大家都對士芬十分客氣，甚至是對人刻薄的課長也是對她呵護有加，但是士芬非常清楚，那都是因爲她的父親趙靖，是這家公司的大股東之一。

而亮亮並不清楚她在公司的身分，卻還是熱情的對待她，讓士芬感受到唯一的眞誠。士芬有著認定了就不想改變的個性，亮亮是她在這最要好的同事，甚至是她目前唯一可以說說心事的朋友，可是上次相親亮亮等也不等她的丟下她一個人，這不是亮亮的作風，士芬打算向亮亮問個清楚，她不希望兩人的友情就此變得疏離。

碰一聲，亮亮慌張地坐了下來，但是還是被課長抓到訓斥了一頓，亮亮對士芬吐了吐舌頭，在課長背後做了張滑稽的鬼臉，士芬看著一樣開朗的亮亮笑了起來。

中午兩人到公司附近的公園吃著便當，亮亮早就餓得猛扒飯，而士芬卻動也沒動的看著亮亮。

「怎麼啦？」亮亮嘴裡塞滿著飯菜不清楚的問著。

「我還想問妳怎麼咧。」

「我？」

「是啊，上次氣沖沖的跑走，把我一個人丟在那裡，面對那個男的尷尬極了，也不曉得我是哪裡惹你生氣了。」

亮亮想起上次相親的事情，知道士芬是無心的，卻也不想讓士芬知道她家裡的狀況，她揮了揮手中的筷子。

「沒事啦～」一語帶過又轉移話題的說著，「對了！妳跟上次那個男的後來？......嘿嘿......沒怎樣吧？」

「能怎麼樣啊？我這麼無趣......從小到大也沒怎麼跟男生相處過......」

「不會吧？可是公司裡的男同事們都對你很好耶，連那個討厭的課長，每次都在大家面前稱讚士芬好，士芬做事認眞，士芬從不遲到早退......」

「唉呀！那是因爲他們知道......知道......」

「知道什麼啊？」亮亮疑惑著。

「我爸爸他是這家公司的大股東，也就是說......這家公司是我爸爸名下企業中的其中一家。」

「哇～」亮亮睜大著眼故做打量的看著士芬。「趙士芬，看不出來原來你家世這麼顯赫啊～嘖嘖嘖嘖......之前有什麼地方得罪過你，你可別跟你爸告狀啊。」

「亮亮....夠了 ，不要這樣啦！」

「好啦，不鬧你了，快吃飯吧。」亮亮笑著繼續吃著飯。

「亮亮，你不知道其實我很不快樂，從小到大我沒有什麼朋友，朋友都要經過我母親挑選過，這樣的過程誰還敢跟我交朋友。至於男朋友......」士芬突然嘆了口氣。

「在我母親的『三師』的高標準下，那是更沒有的了。」

「三師？」

「是啊，律師、醫師、工程師，三師啊。」

亮亮聽了，心中馬上想到一個最佳人選可以介紹給士芬認識認識。

「好啦～我的大小姐，爲了補償你上次我的不告而別，我介紹個人給你認識認識，快吃飯吧，午休時間快結束了，快吃吧。」

士芬看著亮亮眼睛骨碌碌地轉著，搞不清楚亮亮那個動得快的腦子裡又想到什麼鬼點子了。

＊＊＊＊＊＊＊＊＊＊＊＊＊＊＊＊＊＊＊＊＊＊＊＊＊＊＊＊＊＊

又是同一家咖啡廳，不過坐在士芬對面的男子跟以往看的不太一樣，紳士般適當的舉止，俊秀的臉龐上有著一雙好黑好深好亮的眼睛，多看一秒鐘士芬就會不自覺的臉紅。

「中威是我的好朋友，他是心理醫生，是吧？也算是醫生。」

亮亮開始介紹了起來。

「我不是醫學系畢業……在台灣念的是……」

「唉呀，反正醫病的就是醫生，管他生理心理。」

「還是有區別的。」中威想要解釋清楚，亮亮倒覺得他囉唆。

「喂！你這人怎麼……」

「沒關係啦沒關係啦！只要是對別人有幫助，頭銜是什麼並不重要啊。」士芬害羞的藉機稱讚了中威。

接著下來，中威像打開了話匣子一樣，對著不斷發問的士芬一一回答著。

亮亮夾在中間像個透明人似的，感覺到有些許的不是滋味。

中威得體的談吐，讓士芬異常的話多，時間一晃眼就過了。

「嗯～你眞的很厲害，專家就是不一樣。」士芬帶著崇拜的語氣又加了點愛慕的眼神看著中威說。

「對呀，你小心唷，他一眼就可以看出你心裡在想什麼。」

被冷落已久的亮亮突然冒出這一句。

「啊？眞……眞的啊？」士芬當眞的以爲如此，擔心中威是否眞的看出她對他的好感。

「不會啦，你聽她說，她在嚇唬你。」

士芬看時間差不多了，該是女生們密談的時候了。

「嗯，我去一下洗手間啊。」士芬看了看亮亮，亮亮沒有反應的喝著咖啡。

「咳～亮亮，我要去洗手間耶。」

「去啊～前面直走左轉就是了。」亮亮說著。

「那......你要不要也一起......」

「她啊，她不必了，她化不化妝都一樣，沒有差別的。」

亮亮瞪著中威作勢要打他，士芬見亮亮搞不懂意思，放棄地獨自去了洗手間。

「你這個朋友滿有意思的。」中威看著士芬的背影說著。

「崇拜你啊！」亮亮冷冷的說著。

「亮亮......你怎麼啦？」中威看出亮亮有些許的不開心。

亮亮自己也不曉得爲什麼說話要這樣諷刺，更不曉得爲什麼自己的心裡竟然出現一絲絲的妒意。

亮亮不想理會這些情緒，打算起身到廁所去。

「欸！你眞的要去補妝啊？」

亮亮看著中威一副取笑她的樣子，眉一挑將臉湊近中威賊賊地說著。

「呵呵......你知道你現在在幹什麼嗎？」

中威聳肩。

「相親啊！這麼老土的事情你都做咧！哈！」亮亮嘲笑著，而中威突然尷尬的臉部表情不自然了起來。

「欸～亮亮你怎麼可以......」

「接下來你要逛街看電影兜風，或者繼續在這探討心理學的奧妙，都隨便你。我要走人了，拜拜。」

「你......」

「亮亮......」士芬剛好從洗手間出來，看到亮亮又像上次一樣離去，留下她一個和......和陳中威，不過這一次，應該會很愉快吧，士芬看著中威心裡想著。

而身旁的中威知道這次約會的意義之後，向士芬尷尬的淺淺笑了一笑。

亮亮看著路上車水馬龍的奔騰著，夜晚華麗的外衣才剛披上，有多少人精彩的夜生活正要展開呢？有多少對情侶正手牽著手依偎在彼此的懷裡呢？

士芬和中威現在是在看電影，還是在兜風，還是繼續喝著咖啡開心的聊天呢？

亮亮拍了拍自己的腦袋，奇怪自己怎麼會想到那裡去，大概是平常給中威診治時產生出的私密關係在影響著吧。總覺得中威專注傾聽的神情，已經習慣獨自擁有了，所以今天看到中威對她以外的女性談笑著，倒還是第一次，而有些不習慣吧。亮亮在心中自己這樣解釋著。

就在亮亮慢慢後腳踢著前腳地回到家門時，看到一個熟悉的修長身影，中威正站在亮亮家門口，手插在胸前看著她。

「你......」亮亮心中一陣欣喜卻又奇怪著。

「我會卜卦，你不知道啊！我算準你這個時候回來。」中威一臉埋怨地繼續說著。「亮亮，你今天很無聊耶，玩到我身上來了。」

「誰玩你啊，你不要不知好歹了。你是我最好的朋友，我才把最好的介紹給你耶。」亮亮替自己辯解著。

「我告訴你唷，那個趙士芬啊，家世可好了，她爸爸是商界名人，事業做得很大，連我們公司都是他的事業之一。」

「是啊，所以你把我當美男計給獻出去啦？來鞏固你在公司屹立不搖的地位，汪子亮......你眞的很毒耶～利用我的美色和肉體，出賣我純潔的靈魂，還有......」

「你神經病啊！你哪來的美色啊，我要利用你還不如利用我自己。」聽著中威自抬身價的猜測，亮亮笑著跟他鬥起了嘴。

「欸～那趙士芬不知道有沒有兄弟啊？」亮亮突然對著四周大喊了起來。「喂～～快來娶我啊～～我有肉體～～我有美色～～」

「你有神經病啊！」中威好笑的說著。

「對哦，我還有兩個神經病做陪嫁喔。」

「我不是這個意思。」擔心亮亮傷心，中威趕忙為自己的話語解釋。

「沒關係啦，隨便說說。也不會有人隨便娶我的。」

「亮亮，我......」

中威想要再多講些話彌補剛剛自己的失言時，兩人卻聽到小敏的聲音從那間上次出事正在裝潢的空房裡傳了出來。

「刺死你......我刺死你！」

兩人慌張的跑了進去，看見小敏正拿著電鑽在鑽木頭。

亮亮趕忙向前阻止，但是小敏就是將電鑽抱得緊緊的，不肯交給亮亮。

亮亮焦急地看著中威，她好怕小敏一個不小心，就被手中的電鑽傷了自己。

此時士元悠哉地走了出來，看著緊張兮兮的兩人，笑了一下。

「來......我來......沒事的。哪！」士元手裡拿著電鑽的插頭，表示小敏手中的電鑽並沒有插上電，起不了任何作用。

「你是亮亮對不對？來～來看一下小敏的傑作。他今天鋸了很多木頭唷，整整齊齊的，神經病也可以工作嘛。」

「你知不知道你讓他處在一個很危險的場所裡？」

「你是誰啊？」士元看著怒氣沖沖的中威。

「我是他們的朋友，我以他們朋友的身分，請你以後不要再這樣做了！」

「我是怎麼樣了？你沒看見小敏玩得很開心嗎？你看見小敏在這裡出事了嗎？」

士元最討厭被人命令，何況是一個陌生人。

亮亮看著兩人怒目相視，擔心他們隨時會發生激烈的言行刺激到小敏，趕忙將小敏帶回去。

「小敏，乖～姊姊帶你回去。」亮亮拿走小敏手中的電鑽，交給士元。

「還你，我以他姊姊的身分，請你不要再來找我弟弟了，他有病的，好嗎？」

亮亮說完就帶著小敏轉身離去。

士元不懂自己到底招誰惹誰了，大家幹嘛對他火氣都這麼大，用力的將門甩上。

＊＊＊＊＊＊＊＊＊＊＊＊＊＊＊＊＊＊＊＊＊＊＊＊＊＊＊＊＊＊＊

亮亮疲倦的伸了伸懶腰，一窗的陽光包圍著她慵懶的身軀。

今天因爲要帶弟弟和媽媽去醫院檢查的關係，亮亮特地請了假。剛睡醒的亮亮，還想倒頭多睡點，卻聽到屋外一陣騷動，還有妍秋大叫的聲音。

亮亮趕忙從床上跳起，連拖鞋都來不及穿便跑了出去，看見母親抱著一堆信，在與鄰居郵差拉扯著，亮亮衝了上前抱住母親，妍秋一鬆手，信件撒了滿地。

「媽～怎麼啦？怎麼啦？」

「子荃啊......子荃的信啊......我在找子荃的信啊。」

妍秋蹲在地上翻找著。亮亮看著心中一陣酸楚，但還是堅強的站起身，先向周圍的鄰居直彎著腰抱歉，並將母親哄著帶回家。

「媽～子荃的信在家裡啊，在我房間裡，我還沒拿來唸給你聽呢。」

「在家裡呀？」

「是啊，我們回家吧，回家我唸給你聽好不好？」

「好......好......亮亮啊～你也不早說，害我急的....走！回家。」

進到屋裡，妍秋坐在客廳。等著亮亮唸子荃的信給她聽，可是，亮亮哪來的信，她只好進自己房裡隨便拿了一張信紙，就開始唸了起來。

「他們都說外國人歧視中國人，可是我不怕。我做到讓老闆重視我，看中我的工作能力，公司沒辦法沒有我！」

「呵呵，像漢文。赤手空拳打天下，什麼都不怕。」妍秋聽著開心地說著。

「趕快唸啊，他還說什麼？」

「喔......好......」亮亮繼續唸下去。

「我還是習慣吃中國菜，不喜歡吃外國菜。」

「也像漢文，父子倆一個樣，漢文也是不喜歡吃西餐。」

亮亮低頭不語，面對著一張空白的紙，而身旁的妍秋不斷催著她唸。

「我很想媽媽，每天都想......」亮亮的聲音突然哽咽了起來，這一句話不是子荃寫的一段字，這是她自己心中想對妍秋說的話。

「他只說想媽媽嗎？那爸爸呢？」

「沒有沒有啊，還沒唸完，也想爸爸......亮亮......小敏，但是我最想媽媽，你是世界上我最愛的人，我有好多好多的話想告訴媽媽......」

妍秋一邊聽一邊看著全家福照片中的子荃直掉淚。

「我就知道我就知道。他沒有忘記我耶。」

亮亮捏了捏手中空白的信紙，看著哭泣的母親，兩鬢都白了，心中百感交集。

這樣的謊言她還要編多久？而母親何時才能眞正的看到亮亮，然後像一般母親盡情享受著她心中滿山滿谷的愛？

亮亮繼續唸著心裡的吶喊，一個字一個字地。

****

「唉呀～這什麼鬼地方啊，巷子這麼窄，連個車子都開不進來。」

秀女帶著傭人阿惠提了大包小包的來到士元租屋的巷口。

雖然在搬出去這件事情上和兒子起了衝突，口頭上也兇了士元不管他在外邊的死活了，但是畢竟只是一時氣話，士元可是她心頭的肉啊，從小到大可是一丁點苦都捨不得寶貝兒子吃的。

看了看四周的環境，房子挨著房子的，哪比得上自己家裡的獨幢別墅，秀女心裡直嘀咕著士元身在福中不知福，偏要跑到這窄小髒亂的環境來。

秀女捏著鼻子繼續往前走著，小敏突然出現擋住了秀女的去路。

「你好！」小敏咧張嘴對秀女笑著。

「唉呀～你誰啊？嚇了我一跳呢！走開！走開！」

「你好！」小敏不讓開，硬是對秀女又大喊了一聲。

「好好好......你好～」秀女看著這個高壯的年輕人，明明是個大人了手上卻還拿了根棒棒糖，眞是不像話。

「太太......他好像有點不正常耶。」阿惠提醒的話語，讓秀女覺得發毛，趕緊快步繞過小敏跑進士元門也沒關的租處。

「媽？你怎麼來了？」正在屋裡聽音樂的士元，看著母親喘著氣的出現。

「你呀你啊，連個門都不關，一點危機意識都沒有，萬一瘋子闖進來你怎麼辦！」秀女喘著氣，想著剛才遇到了瘋子的事，身子還抖了抖。

秀女說完就開始環視士元的工作室，東挑西揀的交代著阿惠要幫士元再多添點些什麼家具啦、電器用品之類的，士元看著母親又要將他故意簡約化的工作室弄得面目全非，急得想叫母親別再東竄西逛這搬那擺的了，可秀女客廳嫌完了又跑進去廚房，士元阻攔不了，只好無可奈何的由著母親發揮她的創意。

而妍秋在門外不知何時進了屋裡，聽著士元放的黑膠唱片，看到桌上有張白光的老唱片興奮地換上，就這麼在客廳裡唱了起來。

「花落水流，春去無蹤，只剩下遍地～醉人東風～」

「呃......請問......」從廚房走出來的士元不認識妍秋。

「欸！白光的耶，這麼多年聽來還是很有味道，以前啊，樂隊老師說我的聲音不夠沈，沈的好聽，你聽，你聽。」妍秋認眞的跟士元說著。

「呃......您是？」

「喔，我就住那下面，對不起聽說我兒子到你這，把你這弄得亂七八糟，不好意思啊。」此時妍秋才回過神。

「喔～小敏的媽媽，沒關係啦，沒事了。」

「我到這來是有件事情想拜託你，我兒子有點恍惚，別......讓他碰那些電鑽啦......雜七雜八的東西，好危險的。」

「是是，我不會的，我會特別注意的。」

「拜託你了，我們家小敏有點糊裡糊塗。」

此時唱機裡已經轉換到一首快節奏的老歌，而妍秋又忘我的邊唱邊跳了起來。

「士元啊～你以後門可不許再那樣開著了，要是給今天我在你家樓下遇到的瘋子闖了進來，我看你怎麼辦！」秀女從廚房走了出來。

「媽～不要說了，這位是他媽啊。」

秀女看著妍秋連招呼都不打的沈浸在這老歌裡，越看越奇怪，趕緊將士元悄悄地拉到一旁。

「她該不會也是個神經病啊？所以她生了個瘋兒子？欸～他們家還有什麼人啊？到底有幾個瘋子啊？」

「她還有一個女兒。」

「所以她女兒......」

「不......她女兒沒瘋，很正常的。」

「我是空軍玫瑰，謝謝～謝謝大家掌聲鼓勵......」

妍秋沒頭沒腦地突然冒出這一句，並且向在場的士元和秀女要著掌聲。

士元趕忙捧場的鼓掌叫好。

而秀女看著這荒唐的一切，想著兒子的住處怎麼這樣的複雜，不知該如何言語。秀女馬上命令士元跟著她一起回家。到了家，秀女把正在加班開會的趙靖也給叫了回來。

「什麼事這麼重要？非把我叫回來不可？」趙靖不喜歡公事被打斷，希望秀女最好有一個好理由。

「你兒子啊，他搬到杜鵑窩去了，跟一堆瘋子住在一起。」

「媽～沒那麼誇張啦～不是什麼瘋人院，頂多也只有兩個瘋子啊。」

士元在一旁忙解釋著。

「那種神經病瘋起來六親不認的。」

「沒有那麼嚴重啦，他們會認人的，他們認識我啊。」

「我告訴你，那個瘋子還跑到你兒子屋裡去了，把整個屋子都搗亂了。我好好的兒子養這麼大，去給瘋子砍啊？」

「媽～拜託～」

「士元，你媽說的是眞的嗎？那兩個瘋子還有暴力傾向？」趙靖聽完秀女說的，開口問著士元。

「那個兒子有那麼一點點，但是不刺激他，也不會發生啊。至於那個媽媽，平常輕聲細語的，對人又很有禮貌，根本看不出來是個神經病啊。」

「誰都看得出來她就是個神經病！哪有人說到人家家裡就好像旁邊沒人的又唱又跳，還喃喃自語說什麼……欸！她說什麼啊？」秀女搡了搡士元。

「說她是空軍玫瑰。」

趙靖聽到這四個字，心頭一震。

「兩個？眞的是兩個？」趙靖回過神，突然問了士元一句。

「對啊！媽媽跟兒子。」

「小敏也瘋了？」

「爸，你說什麼啊？」

「喔……沒有……」

趙靖坐了下來，思緒又飄向了過往，而秀女大聲責罵士元的聲音以及抱怨的話語，都突然像按了靜音似地一個字也沒進入趙靖的耳裡，他心裡所想的，全是妍秋當初被空軍弟兄們廣爲愛慕的優美歌聲與風情萬種的台風。

「那一家人……他們還好嗎？」這個問題在趙靖的心底深處再度擾動著他素有的平靜，吹皺了一池春水。

第三章

趙靖手裡拿著兒子給的地址，站在汪家的門前，趙靖看了看門邊的牌子，清清楚楚地刻著「汪家」兩個字，不會錯的，他知道。

但是他始終沒按下門鈴，在門外徘徊著。

「她不記得我了吧？都十多年了，人也恍惚了，她會記得我嗎？」

嘆口氣趙靖想轉身離去，突然聽見妍秋在屋內的聲音。

「小敏啊，你要在家唷，可別亂跑。媽到巷口買綠豆，一會兒媽煮綠豆湯給你喝啊。」

趙靖聽到妍秋的聲音心中激動不已，才一回頭，妍秋就開了門走了出來。

趙靖看著妍秋清麗的臉龐依然沒變，只是頭上多了些白髮，臉上多了些線條，人更素更消瘦了些。

趙靖一臉激動的望著妍秋，可妍秋像看著陌生人似地，禮貌性地點了點頭，提著菜籃繞過趙靖就要往前離去。

趙靖失望地看著妍秋的背影，心想她終究是忘了他。

突然，一聲「趙靖」，趙靖看見妍秋回頭淺淺地對他笑著。

趙靖心裡狂喜，聲音因爲相逢的喜悅而顫抖著。

「妍秋……你……你們好嗎？」

「趙靖啊，你怎麼頭髮白了這麼多啦？」妍秋指了指趙靖的頭髮笑著。

「是啊，人老了嘛。」趙靖端倪著眼前的妍秋，她也老了，只是這都無所謂，重要的是過了這麼多年，她的病好些了嗎？

「呵！我家的漢文就沒老，還是跟他年輕時候一樣帥，連根白頭髮都不長呢。」

妍秋的這句話讓趙靖的希望落了空，妍秋還是跟當年一樣，沈浸在她和漢文的世界裡。

「他啊，一會回來，一會又走，像昨兒個見了他我還說呢，天熱了，你就把那個飛行夾克脫下來洗一洗，他不聽，今兒個一早，人又不見了，衣服也沒看見，八成啊是穿著那個夾克出任務去嘍。」趙靖看著妍秋還是不斷神情愉悅的繞著漢文的話題說著。

「趙靖啊，你也幫我說說他，這衣服老不換，人家還以爲沒人照顧，會被笑話的。」

趙靖呆了一會兒，看著妍秋天眞乞求的眼神。

「好，我見到他的時候，好好罵他一頓。」

「別罵別罵，漢文這個人啊，是吃軟不吃硬的，心情不好是會影響飛行的。」

「好，不罵不罵。我好好跟他說。」

趙靖努力配合著妍秋，甚至繼續爲她編織出漢文升了少將的事情，好讓妍秋開心，可卻讓妍秋開始苦惱起授階典禮該穿什麼好。

趙靖看著妍秋嘴裡不斷唸著的都是漢文，感嘆著漢文有個癡情的老婆卻已不在人世間，卻也欣慰著妍秋還認得出他，而這一次，他不會再讓妍秋從他生命裡消失不見了，他要好好照顧她，趙靖心裡打定了主意。

＊＊＊＊＊＊＊＊＊＊＊＊＊＊＊＊＊＊＊＊＊＊＊＊＊＊＊＊＊＊

亮亮下了班回到家中，看見家裡一片凌亂，客廳裡的椅子上散放了一堆衣服。

趕忙衝進母親的房裡，只見妍秋正在房裡翻箱倒櫃，臉上也化了妝，亮亮許久沒看見母親化妝的模樣了，一頭霧水的問著妍秋。

「媽，你在幹嘛啊？」

「你爸啊，他要升官了，我得好好打扮打扮參加他的授階典禮啊。」

妍秋興奮的停不下翻找的動作。「可是，亮亮啊，我那件貂皮的披肩怎麼也找不著啊，你快幫我找找啊。」

「媽～你是不是又忘了吃藥了？」亮亮替母親怪異的行爲找到了答

案。

「亮亮，我很好，我只是在發愁授階典禮要穿什麼去，只是那個趙靖一直說還早還早，可我急啊……」

「趙靖？誰是趙靖啊，媽？」亮亮聽到母親口中迸出一個新鮮的人名，好奇卻又緊張的問著。

「你趙叔叔啊，常來我們家的那一個啊。」

「現在還有誰常來我們家啊？」亮亮苦笑的看著妍秋。

「有啊，趙靖就常常在我們家進進出出的啊。你爸爸那個升官的事情還是他告訴我的。」

亮亮看著妍秋，覺得母親病得很有劇情，十分具有想像力，無奈的搖搖頭。

「亮亮！你趙叔叔今兒個眞的有來過，你不相信就算了，可是，亮亮，我……我眞的很難過，你這個樣子一點感情都沒有，只顧你自個兒的事，趙叔叔你也不記得了，你爸爸的事你也不關心，你這樣我眞的很不喜歡耶。」妍秋邊唸著邊繼續翻找。

亮亮被母親反常的行爲弄得又好氣又好笑，可是她要怎麼跟妍秋解釋父親早就已經死了這件事情，這樣做只是再度刺激母親罷了，只是現在母親口中又多了個人，這讓亮亮心中十分擔心母親那恍惚的病情是不是惡化下去了。

＊＊＊＊＊＊＊＊＊＊＊＊＊＊＊＊＊＊＊＊＊＊＊＊＊＊＊＊＊＊＊＊

士芬看了看手錶，已經九點多了，抬頭看了看中威的診所燈還亮著，家裡頭還有門禁的，士芬嘆了口氣，這是她第一次鼓起勇氣主動找異性朋友，上午跟亮亮要地址時，還支支吾吾地說了個自己也想看看自己心理狀況的謊，而此時，卻在中威診所樓下遲疑著不敢上去，她心想這一次是無緣再看到中威了，正打算轉身離去時，卻看見中威走了下來。

中威也看見了士芬，笑了笑地走到士芬面前。

「ㄟ？士芬是吧？你怎麼在這？」

士芬點了點頭，心虛地說著。

「喔，我剛好路過，晚上跟朋友吃飯。」

「眞巧啊，我工作室就在樓上。」

「啊，那眞的很巧耶。」士芬害羞的低下頭，很少和異性說話的她不知接下來該說些什麼。

兩人就這樣呆了一會兒。

「吃過了沒？」中威禮貌上的問了問，打破僵局。

「沒……喔不，晚上跟朋友吃過了。」士芬緊張的差點說錯話。

「我也吃過了，在工作室隨便吃點東西。那……再見。」

「再見。」士芬失望自己的表現，可是卻又只能順著中威的話講，看著中威離去的背影懊惱著。

「你怎麼走，有開車嗎？」中威突然回頭問了士芬。

士芬聽了，趕緊將拿著車鑰匙的那隻手藏在身後緊握著。

「沒有，我叫車……叫計程車。」

「我送你吧。」

「嗯。」士芬嬌羞的點了點頭，心中被一股幸福的感覺充滿得鼓鼓的。

****

「爸！今天可以載我上班嗎？」

趙靖要出門的時候，士芬要求著他。

「怎麼啦？你的車呢？」

趙靖的問題讓士芬想起昨晚她自己大膽的行徑，支吾了起來。

「喔……在……在朋友家，昨天喝了點酒，不方便開車。」

趙靖沒察覺士芬正紅著臉，鑽進了車裡。車子很快的就到了士芬的公司前，士芬從車窗裡看見亮亮，趕忙下車叫住了亮亮。

亮亮回頭看見士芬正坐在一輛高級轎車裡，對她招著手。

趙靖陪女兒下了車，亮亮也走了過來。

「爸，她是我在公司的好朋友，她叫亮亮。」

「亮亮？」趙靖熟悉地唸了一遍。

「伯父，你好，我叫汪子亮。」亮亮大方的向趙靖笑了笑。

趙靖一聽，不敢相信自己眼前這位亭亭玉立的妙齡女子，就是當初在喪禮上抱著他哭泣的小女孩，更妙的是還跟自己的女兒在同一間公司上班，這樣巧妙的牽連讓趙靖不得不相信眞有緣分這件事。

「你......你們家？」趙靖打量著亮亮從頭到腳的眼神，讓亮亮開始不好意思了起來。

「爸！你不要像媽一樣老是對我的朋友東問西問的好不好，我們要上班了啦！」

趙靖還來不及問清楚，士芬就拉著亮亮往公司裡頭走了。

「她眞的是亮亮嗎？漢文......她眞的是你最心愛的小女兒小寶貝嗎？」

看著亮亮的背影，趙靖在心中問著。

「亮亮，你覺得我今天有什麼不一樣？」一進辦公室，士芬就迫不及待要跟亮亮分享昨晚的事情。

亮亮哪裡想得了那麼多，聳了聳肩，搖搖頭。

「提示你，今天是我爸載我來的唷。」

「哦！」亮亮隨便應了一聲。

「亮亮～那表示我沒開車啊，爲什麼我沒開車啊？」

「大小姐......我還有一堆事情要做啊，你要說什麼就直接說吧。」

「我的車在中威那啊！」

亮亮一聽，本來飛也似敲著電腦鍵盤的手，停止了動作。

「中威這個人眞的好體貼唷，我一說我沒開車，他就堅持要送我回家，說是太晚叫車危險。」士芬沒發現亮亮的反應繼續說著。

「後來我們經過一家咖啡廳，還進去喝了一杯咖啡才回家的呢，那家咖啡廳的氣氛還不錯，下次帶你一起去。」

「哦！好啊！」亮亮簡短的回答著，並不想知道他們兩人昨晚還做了什麼事。

「亮亮，妳今天陪我去他那拿車好不好？順便可以看看中威啊。」

「不用了，醫生有什麼好看的？能一輩子不用看到他們，就最好別看。」

士芬此時才察覺出亮亮有些不開心的情緒。

「亮亮～亮亮？你是不是在生我的氣啊？我沒有經過你的同意就跟陳中威見面。」

「別傻了，我怎麼會生氣呢？我又不是你媽。」亮亮看著士芬滿臉的歉意，覺得自己實在太小家子氣了。

「亮亮......我......我以前交朋友，是眞的都要經過我媽同意的，這是我第一次主動交朋友，也是......第一次設計跟一個男孩子見面。我承認，我眞的對陳中威很有好感，我很喜歡他，我相信他對我印象也不錯。否則，不會擔心我安不安全，堅持要送我回家啊。」

「喔，那很好啊，既然你們互相有好感，那就繼續交往下去嘍。」

「可是......可是......亮亮，我需要你，有你在氣氛就不一樣，我不像你一樣可愛開朗，我很悶，你很風趣啊，中威說你像個小太陽一樣。」

「他連這個都告訴你啦，那他有沒有跟你說......說一些其他什麼的。」亮亮擔心中威是否告訴士芬關於她家中的狀況。

「沒有啊，就說你很溫暖很堅強，跟你在一起啊，如沐春風！」

「既然我很溫暖很堅強，那他有沒有告訴你，我爲什麼要看心理醫生？」

「你們本來就是朋友不是嗎？誰說認識心理醫生的人心理就一定有病啊？」

亮亮看著士芬一副狀況外的樣子，也不想多說什麼了。她家的情形不是這個從小就幸福的小公主能夠體會的，雖然她自己也曾經像個小公主般地受到父親的疼愛，但是，這一切......現在的亮亮已不敢再多想。

而趙靖在送完士芬上班後，叫司機老劉轉了個方向，開了一陣，車子打住，趙靖自己下了車，消失在深長的巷子裡。趙靖按了按汪家的門鈴，妍秋開了門，一見是趙靖，臉上馬上多加了一抹笑容。

趙靖手中拿了個做好的模型飛機，進屋去送給小敏。趙靖看著小敏，這也是許久之後第一次看見漢文的小兒子，高高壯壯的遺傳了漢文的身軀，如果沒有生病，這會是一個挺拔男孩啊！趙靖感嘆著命運作弄汪家這一家子。

小敏看見陌生的趙靖，對於他送的禮物並不十分領情，不安的情緒讓他又產生了幻聽，兩隻手又在耳邊驅趕著什麼似地揮舞著。

「噓～小聲點，不要讓它聽到我們說話，這種東西很壞，很可怕的。」

小敏指著飛機喃喃自語。

趙靖看著小敏的狀況，知道小敏也犯病了，只好配合著他，想讓小敏的情緒能夠安定點兒，趙靖學著小敏指著模型飛機大聲著。

「你，你最好乖一點，不要找汪子敏的麻煩，聽見沒有，我是汪子敏的叔叔，不准你偷聽他說話，偷看他......」

小敏聽了直點頭，真的把趙靖當成了自己這一國的人來看，兩人就在客廳裡你一言我一語的對著個模型飛機罵著。

不知何時消失的妍秋此時走了出來，身上並且換上一件美麗的旗袍。水銀絲質的乳白色緞面，幾朵粉粉的梅花順著頸領一路到腰際點綴著。旗袍穿在女人身上特有的風韻，在妍秋依然婀娜的體態上散發著，趙靖失神地看著，像當年看著空軍玫瑰宋妍秋一樣，清麗脫俗一點兒也沒改變。

妍秋在趙靖面前轉了一圈，卻見趙靖呆呆的不說話。

「你不喜歡嗎？那漢文一定不喜歡！」

「喜歡，喜歡。」趙靖連忙說著。

「我配了好久了，就想說要穿什麼才配在你們的授階典禮上出現，我怕漢文丟臉啊，那天可是他的大日子啊......我......」

「你穿什麼都好看，我都喜歡......喔，不，是漢文都會喜歡。」

「那你別告訴漢文唷，我要給他一個驚喜。」

妍秋看趙靖點了點頭，開心的又開始唱起歌來了。

「那晚風吹來清涼～那夜鶯啼聲淒愴～月下的花兒都入夢～只有那夜來香吐露著芬芳～」

趙靖聽著妍秋美妙的歌聲，目光瞥見客廳牆上的全家福照，裡面女主人幸福的笑著，三個小孩環繞著坐得直挺挺的男主人，臉上只有天眞的笑容，這應該是和樂融融的一家子啊。

「我要照顧你們，我要代替漢文照顧你們一輩子。妍秋，我不會再讓你還有小敏亮亮再過著孤孤單單的日子。」

趙靖看著還在唱著歌的妍秋，和還不斷罵著模型飛機的小敏，心裡想著。

趙靖看了看錶，時間差不多了。

「妍秋，我走了......亮亮的鉛筆，我都已經替她......啊！不！是漢文都已經替她削好了。」

「知道了，見到漢文記得叫他回來換衣服哦。那我就不送你了。」

趙靖出了汪家的門，卻正巧碰見要回工作室的士元。

「爸！一定是媽叫你來做家庭訪問的，對不對？我只不過是來租個房子，你們幹嘛要那麼緊張兮兮的呢？」

趙靖迴避性的不想回答。

「爸，怎麼樣？這個汪媽媽長得不錯吧，年輕時一定很漂亮，看不出來是個神經病耶。」士元想必父親已經見過這一家子了。

「神經病應該長什麼樣？」趙靖怒斥著，而士元卻依然神經大條的回答。

「像她兒子那樣啊，一看就知道是個神經病，眞慘。」

「你租的房子呢？」趙靖不想多說了。

「那邊啊～爸～爸～我定金已經付了哦，可別叫我搬回去，也別叫我裝什麼鐵窗鐵門的～還有......」

「那我還能叫你做什麼？玩一輩子啊？」趙靖看著士元已經老大不小了，卻依然遊戲人間的一事無成，不禁搖了搖頭。

而士元見父親又要開始他那千篇一律的大道理時，趕緊向父親說自己還有事要去忙就一溜煙不見了，任憑父親在他背後直搖頭。

＊＊＊＊＊＊＊＊＊＊＊＊＊＊＊＊＊＊＊＊＊＊＊＊＊＊＊＊＊＊＊

咖啡廳裡，亮亮開心的講著話，話中偶爾曖昧的在士芬與中威身上打轉，士芬是一臉羞怯，可中威卻是一臉悶悶不樂。他不懂亮亮今天幹嘛老是一副要將他跟士芬湊合的樣子，這樣被刻意安排的情況，令中威覺得不是很舒服，更何況，士芬在他眼中只是一個亮亮的好朋友，頂多像個妹妹一樣，他搞不懂亮亮怎麼會不瞭解他呢。

回去時的路上，車上的中威一句話也沒說的載著亮亮回家。

「陳中威！」亮亮沒好氣的叫著。

「休息一下好不好，我的耳朵想休息一下。」

「你......好，不說不說。」亮亮賭氣的看向窗外。

「亮亮，你今天幹嘛這樣子啊？」

「我怎樣了我！」

「就把我跟你那個同事硬要湊成一對的樣子啊。」

「拜託～是人家士芬告訴我說，昨天你帶她去一家不錯的咖啡廳，兩人還相談甚歡，郎有情妹有意啊，我是你們的朋友，我這樣做有什麼不對？」亮亮酸溜溜的說著。

「不是這樣的，她昨天沒開車，我......我送她回去這也是應該的啊。」中威急忙解釋著。

「那每個女孩都需要你接送，你乾脆不要當醫師當司機啊。」

「你怎麼說這種話，她是你朋友耶～」

「也是你的朋友啊，你們那天有說有笑，你還說人家很nice。」

「nice歸nice，不要勉強我好不好？」

「你們每個人都是這樣子，有人要扮清純玉女，就教我扮小丑調節氣氛。」亮亮一臉自己才是被勉強的委屈樣，怪中威不該讓士芬誤會。

「我可沒有喔！」

「你更可惡！明明不喜歡人家，還叫我唱黑臉。」

「我沒說我不喜歡她，我是……」

「喔～那就喜歡嘍，既然喜歡，幹嘛裝模作樣的呢？」

「喂～你怎麼這麼會說話咧？我告訴你，喜不喜歡我自己決定，你把你自己的事情管好，八字都還沒有一撇呢！」

「我會的，你放心，我告訴你哦，你不要以爲全世界只有陳中威你一個人願意跟我做朋友。我告訴你，你把我惹毛了，我……」

「我明天就嫁給你看！」亮亮賭氣的說著。

「要嫁人？嫁給誰啊？脾氣這麼壞！呵呵……」

看著亮亮鼓著腮幫子被激怒的樣子，中威覺得她實在可愛有趣極了，也感受到亮亮心裡頭確實有些在乎起他了。

到家了，亮亮哼了一聲，跳下中威的車，對中威做了個鬼臉，就轉身進屋去了。

亮亮還沒到屋裡，就聽到一個陌生男子的聲音。

「汪媽媽～不是這樣的，你們的pose是這樣子的，對對對，這樣才優雅。」

亮亮趕緊衝進門，看見士元和她家人玩在一塊，媽媽唱著歌，小敏在伴舞。

「我們……我們正在……」士元看見突然出現的亮亮，想把自己爲何在此的狀況向亮亮解釋一下，他可不希望火爆女又發起飆來了。

「幫我媽伴舞，我知道，謝謝你，讓他們很開心。」

亮亮看著快樂的母親和弟弟，對他添了一份好感。而亮亮突然的感謝話語，讓士元不好意思的摸了摸頭。

「沒有啦，是你媽媽唱得好，我不曉得你媽媽是早期紅極一時的紫秋啊，我們雜誌社正好要出一套書是關於這些老歌星的介紹，要不是你母親，我還不知道到哪收集這麼多資料和照片呢。」

「對了，我叫趙士元。」士元伸出手跟亮亮介紹著自己。

「見了這麼多次面，現在才有機會講出名字，好像有點奇怪哦。」士元傻笑著，而亮亮大方的回應握了握士元的手。

「我叫汪子亮。」

「喔，我知道，他們都叫你亮亮，對了！亮亮，原來我爸早就認識你爸媽了耶。」

士元拿出一張照片指著照片中的人，給亮亮看。

「這是我爸，他叫趙靖。」

亮亮看著照片中的人想起早上才見過的趙叔叔。「趙叔叔？趙叔叔是他父親？趙士元和趙士芬，名字這麼相似，他們不會也有關聯吧？」亮亮心裡想著，也慢慢釐清了一切。

士元看著亮亮發著呆，也不好意思再打擾下去。

「啊！時間這麼晚啦？我想我也該走了，汪媽媽，我明天再來訪問你啊。」

「好......好......明天再來。」妍秋說完，邊唱邊走進房裡。

「我送你出去。」

士元點了點頭。

兩人就這樣有一搭沒一搭的聊著，走到了公園。

「你是知道的，我媽她......她有點毛病。」亮亮停下腳步終於開口說了。

士元點了點頭，開朗的對亮亮笑著，或許就是這個笑容讓亮亮覺得親切又溫暖，於是開始對士元講著母親的病，也提起父親的過世是讓妍秋生病的主要原因。

「那天之後，我媽就很優雅很文靜的瘋了，決定永遠沈靜在我爸的回憶裡，拒絕接受現實，也許是自責吧，也許是刺激太大，總而言之啊，她認為我爸還在，對著空氣中的隱形人說話，我們都看不見，只有她看得見。

「那......那小敏他......」

「沒有人知道小敏怎麼了，醫生說得更妙，一個人會發瘋有很多原因，也許是壓力，也許是遺傳，小敏在五年前就開始不對勁，有重度躁鬱症以及被迫害妄想症的傾向。」亮亮嘆了口氣。

「你知道嗎，希臘人說過，瘋子是腦袋裡住了一個小人，那個小人每天跟我們家小敏說話，我們拿他一點辦法也沒有。」

「那......那個小人會不會搬家啊？我是說會不會有離開的一天？」士元的問法讓亮亮覺得他眞像個天眞的孩子。

「不可能的，精神病患者可以長期吃藥控制，但是不能保證完全痊癒。」

「亮亮......」士元看著眼前眉頭深鎖的亮亮。

「我已經習慣了，我就當我家住了五個人，我爸我媽我小敏還有小人，只要按時吃藥，我們就會相安無事住在一起。」

「亮亮，我幫你，我盯他們一起吃藥，我跟你聯手一起對付小人。」

「我爸跟你爸是好朋友，你想不想聽更震撼的？我跟你妹妹是同事。」

士元睜大了眼。

「天啊，這不叫有緣千里來相會嗎？」

亮亮和士元都笑了起來。

「既然這樣，我就更應該爲我爸的好朋友、我妹的好同事做些事了，放心，反正我就住這附近，每天沒事呢，我就過來陪你媽媽聊聊往事，蒐集資料，順便盯著你媽和小敏吃藥。」

「不要這麼麻煩了，你也有你自己的事情要做吧。」

「我願意。我眞的願意......我從來沒有發覺過我自己是這麼有用。」士元看著亮亮認眞的說著，亮亮沒看過還會有人求著人搶著要幫忙的，笑了笑。

「好，那你幫我一個忙，你不要告訴士芬我家的情況。」

「爲什麼？士芬很有同情心的。」

「我不需要同情心，我要的是平常心。」亮亮的表情轉爲嚴肅堅決。

士元看著亮亮又要再度築起一道防護牆，趕忙又想逗亮亮開心。

「亮亮......那南風吹來清涼......啦啦啦～」

士元突如其來的歌聲，配著自己滑稽的舞步，亮亮看著眼前擠眉弄眼的士元，凝重的臉部線條的確是柔和許多地淺笑了起來。看到亮亮再度重展笑靨的士元，更加賣力的唱著舞著了。

自此之後，士元的確善盡他的承諾，不是常到汪家陪著妍秋聊天說話，就是帶著小敏和妍秋到處去遊玩。而士元熱情真誠的態度很快的就和小敏打成一片，也讓妍秋打心底喜歡這個孩子，而亮亮也慢慢地放心的讓士元接近她最為保護的家人。

＊＊＊＊＊＊＊＊＊＊＊＊＊＊＊＊＊＊＊＊＊＊＊＊＊＊＊＊＊＊＊

亮亮在辦公室裡盯著士芬瞧，羨慕她有一個像開心果的哥哥。

「亮亮，你一直看著我幹嘛啊？」

「士芬，你有一個哥哥真好，會保護你，照顧你，帶你出去玩。」

士芬聽了不認同的翻了翻眼。

「算了吧，他連自己都照顧不好，沒有責任感，沒有耐心，也沒有愛心，既不成熟也不穩重，成天渾渾噩噩的過日子，他的人生觀只有一個字，玩。」

「是嗎？」

亮亮聽著士芬的話，跟她所見到的士元完全是兩個不同的人，心裡覺得很奇怪。

看一看牆上的鐘，亮亮想著，他們現在在做什麼呢？於是打了個電話回去，鈴聲響了很久就是沒人接，亮亮接著打了士元的手機，卻一直不通，亮亮開始有些緊張，匆忙地跟課長請了假，就趕緊回家察看。

亮亮氣喘噓的跑到家門口，拿出鑰匙正要開門時，一樣也來探視妍秋的趙靖叫住了她。

「亮亮！」

「趙叔叔......」

趙靖見亮亮已經知道他的身分後，猜是士元說的，也就不避諱地開始敘舊的聊起當年。

「你小時候我還抱過你唷，你的眷屬證還是我辦的，你爸爸那時候忙啊。呵呵，你瞧，一轉眼你就這麼大了。」

亮亮看著眼前這個西裝筆挺意氣風發的趙靖，慢慢地與自己模糊記憶中的趙叔叔疊在一塊兒。

「是早晨吧，天剛亮，所以你爸爸把你取名叫子亮，你媽媽反對，還是我投贊成票才通過的。很好，開朗的名字可以照亮汪家。」趙靖滿意的看著亮亮。

「亮亮，辛苦你了，你爸爸如果還在，一定以你爲榮啊。」

亮亮聽了低下頭去，眼底閃過一抹憂傷。

「如果我爸爸還在......一切的情形就不會像現在這樣了，我媽媽不會瘋，哥哥會在家，小敏......小敏也許會正常一點，我會有一個平凡而且快樂的家庭。一切都不會像現在這樣。」

「亮亮......」

「不，我不是抱怨，我只是......只是覺得遺憾......」

趙靖看著年紀還輕的亮亮人生裡竟然已經有了遺憾，搖了搖頭。

「我不明白，老天爺爲什麼要帶走我爸爸，我好怕，我好怕忘記爸爸的樣子，我一直很努力的記住他，可是，我該記住什麼呢？那一年，那一年我才八歲，八歲的孩子能記住什麼呢？」

亮亮許久未再與人提起自己心愛的父親，看著父親的摯友，眼眶裡的淚水不停地打轉。

「漢文是最好的爸爸，你媽媽生你的時候，你爸爸他樂翻天了。我有女兒了，我老婆給我生了個女兒，到處大喊著，後來我們給他取了個外號，叫MR.OK，那時候拜託他什麼事，他都OKOK的點頭，萬事都OK啊！因爲他有一個女兒，我們都沾你的光啊。」趙靖笑笑的繼續說著。

「那時候我們都要每天聽亮亮的日報，亮亮今天哭了笑了，亮亮第一次喊的人是爸爸，亮亮生氣的樣子像他，漢文每天都要強迫我們聽著這些，呵呵......」

亮亮的淚水再也止不住的滑落，但嘴角卻微微上揚的笑著。

「你爸爸很愛你啊，亮亮。你為這個家為你媽媽弟弟做的一切，他在天上都看得到，他會心疼的，因為你是他最鍾愛的女兒。」

「我不要他為我心疼，我希望他在天上多看顧我媽媽還有小敏，小敏比我更可憐，他完全不記得爸爸了。該記得的不記得，該忘記的偏又忘不了，我媽到現在都忘不了我爸爸。」

趙靖嘆了口氣，心疼著亮亮善解人意的犧牲。

「趙叔叔，是不是你跟我媽媽說什麼我爸爸升官的事情？」

「是，是啊。」

「趙叔叔不要跟我媽說這些了，她會很興奮像個小孩子一樣，前天竟然還要燙頭髮耶......」

「那就讓她燙啊！」趙靖不覺得有什麼不妥。

「可是接下來就穿幫啦，我要到哪裡找一個場地假裝有個授階典禮？趙叔叔，我媽她很認真的，我怕她到時候會失望的。」

趙靖拍了拍亮亮。

「交給我，我來圓這個謊。亮亮啊，我是你爸爸最好的朋友，既然大家有緣重逢，他家的問題就是我的問題。你媽的情緒交給我處理。」

亮亮聽了突然笑了笑。

「怎麼了？」

「趙叔叔你知道嗎，士元真的很像你耶。」

「他像我？」

「是啊，都搶著要照顧別人啊。」

「哼！他啊～他連自己都照顧不好了，還說什麼照顧別人。」趙靖不以為然的說著。

「趙叔叔，你說的怎麼跟士芬一樣呢？糟糕，我媽跟小敏怎麼還沒回來啊？」

亮亮看著牆上的鐘已經下午了，也不曉得他們有沒有吃藥。

「他們去哪啦？」

「士元帶他們出去玩了，最近都是士元在這陪著他們。」

「你讓士元帶他們出去玩？」

亮亮看著趙靖驚訝的表情，好像她做了個不該做的委託，開始感到不安了。

中威接到亮亮的電話後，拿了車鑰匙下樓，焦急的要趕去汪家幫忙，卻又在樓下遇到了士芬，由於事情急迫，只好叫士芬一起上車。

士芬在車上一直找著話題要跟中威聊，但是中威此刻只想快點趕去亮亮家處理事情，擔心焦急的態度顯得十分心不在焉，讓坐在一旁的士芬感覺很不是滋味，也安靜了起來。

剛逢下班時間，路上車子塞得動彈不得，中威只得不時的打電話給亮亮問問情況並且安慰著她，看在士芬的眼裡，開始猜測著中威對亮亮的態度到底是好朋友還是......情人，不斷湧現的失落感讓她更加的沈默了。

突然，中威看見小敏發了瘋地在車陣裡亂竄，而士元在一旁努力想將小敏拉回車內，妍秋則蹲坐在馬路中央，搖晃著身體唸唸有詞著。一部部車子猛按著喇叭，震耳欲聾的聲音不斷刺激著小敏，就像一匹脫韁的野馬，情況實在混亂極了。

中威急忙跳下車幫忙，而坐在車內的士芬倒是納悶著士元怎麼會出現在這，還和兩個看起來有些不正常的人在一塊兒，也跟著下了車。

「汪媽媽，怎麼了？不要怕，我是中威啊。」中威衝向妍秋安撫著她，請士芬帶著妍秋趕快上車。

「汪媽媽？這是亮亮的媽媽嗎？亮亮說過她有一個弟弟......」士芬看了看在車堆裡到處拍打車窗、跳上跳下的男子，「是他嗎？這......到底是怎麼回事？」士芬心裡疑惑的想著。

在中威的協助下，一場鬧劇終於落幕了。

****

門鈴響了，亮亮匆忙的站起身去開門，看見中威帶著妍秋還有小敏回來，趕忙抱住弟弟和母親，焦急地左看右看檢查著他們有沒有受傷。

而跟在後頭的，還有滿是歉意但是說不出話來的士元，以及第一次來到亮亮家的士芬。

「爸......」士元和士芬一進門就看見趙靖坐在客廳裡。

趙靖沒有表情的點了點頭。

「爲什麼每次你一出現就有狀況，上一次叫你不要把電鑽放在他手上，這一次你又把他帶到馬路中央。」中威進屋後，氣得指責士元。

「你說話客氣點，我又不是神經病，是他自己要衝出去的，我哪有什麼辦法！」

「你沒有辦法就不要把他們帶出去嘛。你不知道你帶出去的是誰，是病患，在這麼亢奮的環境裡，你沒有準備，你到底有沒有腦筋呢？」

亮亮心疼地摸了摸小敏的頭，而站在一旁的士芬慢慢瞭解了亮亮的家庭狀況。

「你管我有沒有腦筋啊！我是出於一片好心啊，你自己問，他今天快不快樂？小敏，你告訴他，你今天快不快樂？開不開心？」

而小敏只是亢奮的胡言亂語，根本說不出個所以然。

「你看，開心的後果是什麼？是我們擔心，是我們......」中威看著眼前這個搞不清楚事情嚴重性的士元，而他卻認爲自己的行爲並無失當地反駁著。

「是你們自私，你們希望自己安心，寧願讓他們放棄追求快樂的權利。」

這句話一出，亮亮聽了心頭一怔。

「我帶他們去KTV唱歌，去玩雲霄飛車，去遊樂場，去看電影，你問問看他們快不快樂？我當然知道他們是病患，難道病患沒有追求快樂的權利嗎？汪媽媽......」士元想要妍秋幫他說說話，此時趙靖突然說話了。

「夠了！回家去。」

「爸......」

「回家去！」

士元感受到大家的不諒解，悶著頭轉身快步離去。

「晚了，大家也累了，趙叔叔，中威......士芬謝謝你們的幫忙，我就不送了。」

「不！亮亮，我要留下來陪著你。」中威眼裡盡是不捨的關愛表情。

「不用了，中威，回去吧。我也累了......」

趙靖抱歉地跟亮亮說了些話，就帶著士芬回去了，一路上士芬回想著中威今天的態度，也更加爲自己心中的猜測找到了答案。

「什麼都不做，做什麼都錯，你以爲這樣很好玩？帶著兩個有病的人去逛大街，很有意思很拉風？一整天下來是不是滿足了你僞善的虛榮心了？」

趙靖一到家就開始責罵起士元。

「爸，我眞不知道我哪裡做錯了。」

「你的出發點就是錯！」

秀女聽見樓上父子的爭吵，走上了樓。

「怎麼啦？」

父子倆看到秀女同時閉口。

「你們又怎麼啦？父子一見面就吹鬍子瞪眼睛的，幹什麼？我兒子又哪裡讓你看不順眼了？」秀女奇怪的看看兩人，怎麼這會兒都不開口了。

「士元你說，又怎麼了？」

士元低下頭去。

「喂！你們啞啦？剛剛不是比大聲的嗎？」

「你問問你這個不成材的兒子做了些什麼吧！」趙靖坐了下來喘著氣，士元不解父親對他的態度爲什麼總是這麼不屑。

「爸！你老愛說我不成熟不懂事長不大，做什麼都不對，可這件事情我就是不服氣，我關心別人有錯嗎？你們不是老朋友嗎？我都看過你們的合照了。」

「老朋友？到底關心什麼？」秀女耳尖了起來，抓到話縫就問。

「就是那個汪媽媽嘛。」

「秀女，這件事情我以後再跟你說。」趙靖知道這樣下去沒完沒了，想要迴避話題。

「說清楚，哪個汪媽媽？」秀女推開趙靖，直走向士元問個清楚。

「就是那天你看到的那個神經病，愛唱歌的那個啊，後來我才發現，他們家跟爸爸是舊識，我今天也是一番好意啊......就帶著汪媽媽......」

秀女根本沒在聽了，只看著趙靖，目光將趙靖從頭到腳掃了一遍。

「是宋妍秋？」

「對，宋妍秋，紫秋啊。那個老歌星啊。」

士元的答案讓秀女開始發起飆了，怒吼的叫士元滾出去，將書房門一關，目光如炬地瞪視著趙靖。

「趙靖！你......」

「眞的只是湊巧。」

「她瘋啦？哈哈哈哈哈，眞的是她，她瘋了？所以你三番兩次去看士元的房子，所以你贊成士元搬出去，所以你這樣做全是爲了再見到她！是不是？」

趙靖想要解釋，可是秀女怎樣都不聽。

「都十幾年了還怕來不及討她歡心？宋妍秋是個鬼，瘋了都還是個瘋鬼，瘋了還纏著你，她是個瘋鬼寡婦！」

「你嘴巴可不可以不要那麼刻薄？」看著無理取鬧的秀女，趙靖忍不住說話了。

而在秀女眼裡只不過是趙靖又爲了宋妍秋跳出來說話了。

「我不同情她，她瘋了活該，她兒子瘋了更是報應。」

趙靖忍不住氣急了，反手賞秀女一記耳刮子。

「趙靖！你也瘋啦？你瘋了是嗎？你爲了一個瘋女人打我......你怎麼答應我爸爸的，你說外省人不打老婆，你怎麼可以，怎麼可以打我？」又怒又羞，秀女杏眼暴睜臉色緋紅的捶打著趙靖，一旁的士芬害怕地抱住母親。

「你沒良心！你為了她打我！」

「爸！就算媽說錯話，你也不該打她啊！」

「我哪裡說錯了，你愛她既不是一朝一夕，更不是這次重逢才開始的，沒有一天忘記過她，年輕的時候為了靠她近一點，死也不肯調回我們母子身邊，汪漢文都死了，你還三天兩頭往那跑，我人不在，醜聞都可以傳到南部。」

秀女依舊狂亂的在記憶中踩踏，像失智的羔羊難以抗拒地活在自憐的情緒裡，越證明自己的自憐是有理可循，彷彿就越能確認自己對這個家多年的功勞苦勞。

趙靖拿了外套就往門外走。

「趙靖～趙靖！你給我回來啊！」吵架的人最怕失去敵手，簡直沒有立場。

「媽～媽～」士芬見到結縭二十載的父母這麼難堪的互揭，這就是愛嗎？

秀女埋首女兒懷裡嚶嚶啜泣。

「做人......眞是沒有意思，跟著他辛辛苦苦的十幾年，吃苦耐勞的為他生兒育女，如今人家說變就變。」

「媽～你也不要太誇張了，爸他也沒變啊。」

「他哪裡沒變？他今天居然動手打我，只為了一個瘋女人。」

「那是因為你話說得太毒了媽。」士芬旁觀者清地告訴母親。

「趙士芬！」秀女見女兒竟然不站在她這邊，又氣了。

「媽，爸是一個怎麼樣的人，你會不瞭解？他不是一個見異思遷的人，我們都瞭解爸啊。」

「其實你們根本就不瞭解你爸。」秀女心有所感的說著。

「這十幾年來，我們看見的趙靖，是個保守沈默很會做生意的男人，可是在他的心裡，還有另一個趙靖，那個才是眞正的趙靖，那個趙靖活潑、風趣、幽默、知情識趣......」

「爸爸？」士芬覺得這樣的父親好陌生。

「是你爸爸，他把他自己藏起來了，他......他自從跟她分開以後，就把他自己給藏起來了，把那個眞正的趙靖，收到一個我們都看不見的地方。」秀女看著士芬懷疑的眼神。

「不是我想太多，人人看他無可挑剔，就只有我知道，你爸爸把他所有的熱情浪漫都收起來了，爲了那個宋妍秋收起來了......」

「不是的，媽，爸說過的，他這個年紀是感情不是熱情。」

「是嗎？那你等著看吧，那個宋妍秋一出現，你爸爸所有的熱情又會活起來了，不是爲了我，是爲了她！他從來沒有忘記過她！一輩子都不會忘記。」

士芬看著平時對父親總是高傲態度的母親，其實是多麼的需要父親的愛。

「媽......」士芬將母親緊緊擁在懷裡，心疼著。

而此時的趙靖佇立在另一個房間的窗前，低頭看了看剛剛打在秀女臉上的手，微微顫抖著，腦子裡浮現出的卻是妍秋唱歌的神態，矛盾複雜的情緒翻攪著他的思緒。夜是這麼靜，他的心卻不再如往常那樣單調平順的跳著了。

第四章

門鈴響了，妍秋開了門，看著一個濃妝豔抹全身貴氣的女子，用著一種驕傲的神情打量著她，妍秋努力想著好像在哪裡見過。

「你......」妍秋拍著手突然想起，「喔～我知道我知道，你那天有去過士元家嘛。」

「眞的是瘋了。」秀女嫌惡地看著妍秋，說完推門就進去了。

「你......你找士元啊？他沒有來耶！」

「我是士元的媽，可我不是來找他。」邊說邊看著這幢破公寓的四周。

「士元的媽？」妍秋怯生生地看著秀女。

「士元是我兒子，趙靖是我丈夫，這麼簡單的關係都把你弄糊塗啦？也是啦，你都瘋了，還能指望你腦筋清楚嗎？」

「你怎麼這樣啊？」妍秋感受到秀女言語裡的羞辱，不懂這個女人怎麼這麼充滿敵意。

「你生氣啦？我倒要看看瘋子是怎麼個生氣法，你到時候不會說：『你又把我給氣瘋了』吧？」

「我......我......」妍秋不知該如何回應，眼神游移地直往自己的屋裡瞧。

「ㄟ！ 怎麼啦？趙靖在裡頭嗎？想搬救兵嗎？」

「漢文......漢文......你出來一下好不好？」

「汪漢文啊？看樣子你還不是裝的啊？那你把汪漢文叫出來，我跟他好好談談。」

「漢文，你出來一下好不好？漢文？」

「怎麼啦？汪漢文不在啊？」

「他馬上就回來了......馬上回來，我叫士元打電話給他，士元的電話......是......我去找士元，士元知道漢文的電話。」妍秋拿起話筒，卻不知道要撥幾號。

「好啦～你不要裝瘋賣傻啦，你以爲你腦子不清楚了，全世界的人都跟你一樣不清楚啦。」秀女拿走話筒，惡狠狠地瞪著妍秋。

「你......你到底要怎麼樣？」

秀女手勁一使，把妍秋推跌在椅子上。

「你給我聽著，宋妍秋，我不管你是眞的瘋還是假的瘋，趙靖是我先生，我要你記住這一點，我蔡秀女嫁給他趙家二十六年了。」

妍秋慌了，她聽不懂秀女在說些什麼，自己也語無倫次地學著秀女說話。

秀女看著瑟縮的妍秋毫不反擊，連個架都吵不起來，心中的火無處可洩，抓起妍秋就想劈頭給她一巴掌，討回昨天趙靖爲了她打在老婆臉上的那一巴掌。

此時趙靖剛好進了門，看見秀女潑婦的行徑趕緊推開秀女，一把抱住妍秋保護著。

妍秋見趙靖出現了，還直嚷嚷著。

「趙靖，幫我找漢文，一下下就好。」

被丈夫一把推開的秀女，心中的酸楚轉換成口中的刻薄話。

「趙靖啊，你看到沒有，你在她心裡比不上一個死人......」

「你住嘴！」

秀女看著趙靖安慰著妍秋的情景，氣得抓狂，站到妍秋面前大吼著。

「宋妍秋！汪漢文已經死了十八年了！你唱啊你愛唱啊，是你把他唱死了！」

秀女的話語轉化成影像，一片片地在妍秋腦中拼湊了起來。

妍秋開始回想起一些畫面，那個狂風暴雨的夜晚，翻覆的車子輪子轉動著，一個她深愛的男人被壓覆著再也醒不過來......妍秋的淚開始撲簌簌地掉了下來。

突然站起來，不肯承認的喊著。

「不～漢文～漢文～」

「好好好我幫你找漢文～」趙靖不斷拍撫著受了刺激的妍秋。

「宋妍秋，你夠嘍，你要把我老公怎麼樣，你還要唱死幾個男人啊？」秀女瞧見，醋意又一股腦衝上，拉著妍秋的頭髮，要將她拉開趙靖的懷抱。

「夠了你～」趙靖抓住秀女的手。

「我怎麼了？我說錯啦？宋妍秋，我告訴你......」

趙靖一巴掌高高舉起又要落下，秀女瞪視著趙靖。

「你打啊～你打啊～」

兩人怒目而視，趙靖放下手，秀女悲悽又倔強的說著。

「那個眞正的趙靖再也藏不住了吧？那個有感覺有情緒的趙靖，一碰上了宋妍秋，全都跑出來了，我嫁給你二十幾年，你就像是個木偶，除了多一口氣，根本就沒有生命，可是......」秀女不齒地睨著顫抖著的妍秋。

「可是你一碰上她！你就復活了，爲什麼你從來沒有因爲我而改變？爲什麼？因爲我沒有瘋？就因爲我是個正常的女人，我像個正常的妻子一樣愛你，所以你對我沒有感覺？是不是要我瘋了，你才會愛我？是不是啊？」

趙靖皺著眉頭不發一語，看著秀女哭泣的拿著皮包往外衝。

「秀女！」

「浮雲散，明月照人來，團圓美滿，今朝最。清淺池塘，鴛鴦戲水～」

趙靖慢慢步出門外，回頭看著又逃避現實躲回歌曲裡去的妍秋，抱著漢文的照片，邊流淚邊唱著歌。悄悄的關上了門。有太多現實面，他必須去面對，他已經不是當年年輕的趙靖了。

回到家中，趙靖看著秀女呆坐在客廳裡，也不開燈。

「秀女......我......我很抱歉。」趙靖開了燈走向秀女。

秀女轉頭看著趙靖，委屈的眼淚止不住。

「你並不是眞的對我感到抱歉，不是，你只是覺得在這個時候應該要說抱歉，這個趙靖很成熟，是個理智很清楚的男人，所以在這個時候，他要說抱歉。」

「我們在言語上去刻薄一個不幸的人，就是不對。」趙靖希望秀女明白，今天的事情她自己本身也需要檢討。

「一個結了婚的男人有了外遇就是對的？」

「我跟妍秋之間眞的什麼都沒有。」

「精神上的出軌就不叫外遇？你跟她之間沒有任何責任，你們沒有約束，你們沒有肉體關係，什麼都沒有，你可以愛她二十年都不變，趙靖，你叫我情何以堪。」

「我沒有。」

「你敢說你沒有愛她，你敢說？你說了我就信。」

趙靖轉過身背對著秀女說。

「我沒有。」

秀女聽了臉色更淒涼。走向趙靖看著他的側臉。

「你現在，就是宋妍秋的那個趙靖，只有那個趙靖才會爲愛說謊，睜眼說瞎話......我那一個趙靖，沒有這一份勇氣，他只會跟我說，我要不愛你怎麼會娶你......是事實可是很無奈。」秀女搖了搖頭。

「我寧願你沒有娶我，你沒有跟我生孩子，可是你愛我疼惜我就像疼她，趙靖，我不管你有幾個，我就只知道我蔡秀女只有一個，我的丈夫，我的孩子，我的家庭，就是我的一切，瘋子都不許破壞，否則我比她更瘋。」

「秀女，你這是何苦呢？」

趙靖看著眼前的秀女完全聽不進去，憤怒的眼神裡只是對於失去的東西還要再搶回的不理智，深深地吁了一口氣，關於他和她的婚姻，趙靖選擇沈默。

＊＊＊＊＊＊＊＊＊＊＊＊＊＊＊＊＊＊＊＊＊＊＊＊＊＊＊＊＊＊

隔天，亮亮帶著小敏到醫院做例行檢查，亮亮將昨天小敏又犯病的事情告訴了醫生，醫生再次規勸亮亮，若是不能妥善地照顧小敏，最好的方式就是送進療養院，這對家屬和病患來說都是最好的辦法。

亮亮帶著小敏步出醫院，小敏在她的身旁還在活蹦亂跳的玩耍著，安靜不下來。

「小敏，醫生要你住院耶。」亮亮認真地要小敏看著她。

「不要，我們都有吃藥啊，你沒看見的時候，我跟媽媽都有吃藥啊。」

小敏掙脫了亮亮，又蹦蹦跳跳的自己玩了起來。

亮亮看著永遠長不大的小敏，嘆了一口氣。

「小敏我們回家吧，我還要上班。」

「帶我去找士元。」

「小敏，不要鬧了，姊姊要上班了。」

「不管啦，我要找士元玩，士元好好玩唷，帶我去找他。」

「你要姊姊上哪……」

「哈囉～」

一輛紅色嶄新的敞篷車突然停在他們身邊，士元坐在裡面對他們招手。

「士元耶～」小敏興奮的跑向士元，並且開始好奇的摸起車子來。

「小敏～～」

「沒關係啦，走！上車，我帶你們去吃東西吧。」

「你怎麼知道我們在這兒？」

「嘿嘿～我說過的啊，我要幫你照顧他們啊，所以小敏今天要看病的行程就是我的行程啊。」士元咧著一口白牙笑著。

亮亮笑了笑，看著眼前的士元開朗的笑容，的確很容易讓人感染到快樂的氣息。

「吃完東西，我們再去看電影！」

「好耶，好耶，看電影好耶！」小敏聽了直歡呼著。

「不行啦～我下午還要上班耶。」

士元一聽，馬上撥了通電話給士芬，講了幾句，就把電話掛上。

「你打給誰啊？」

「士芬啊，我叫她幫你請假，至於什麼假呢……我叫她幫你請玩樂假！哈！」

「士元……我……」

「關機！誰也找不到我們。」

「我看算了啦，我還是回去上班。」亮亮覺得士元實在太瘋狂了。

「你那麼愛上班啊？坐辦公室是全天下最沒意思的事情耶。」

亮亮看著士元瀟灑的作風十分羨慕，她其實也是愛玩的，只是平常的工作以及家中的負擔讓她必須收斂起玩心，而這一次看著士元不斷的說服她放自己一天假，亮亮也壓不住浮動的心，不想浪費掉這美好下午的陽光。

「好吧，去玩吧～」

「漂亮～」士元大喊著。

「漂亮～」小敏也跟著喊。

士元和亮亮相覷而笑。

他們去打了保齡球，又去釣蝦，還去海邊玩。

這一天，不只小敏是個孩子，士元更像個孩子王，帶領著亮亮和小敏天眞的玩得不亦樂乎，直到夕陽將三個人的身影拉得細長，直到沙灘上滿布著他們快樂的痕跡。

開心的時光很快就過去了，天色暗了下來，玩了一天瘋狂了一天的三人組回到了家門口。

「勾射～」士元突然跳起身，帥氣地在門前做了一個漂亮的投籃動作。

「我也會～」

「小敏你先進去。」亮亮示意小敏晚了，別再跟著瞎鬧了。

「不要！我要跟士元說話。」

「小敏，乖～明天去找你打球。」士元摸了摸小敏的頭，小敏聽了點頭乖乖進屋去。

「他聽我的耶～」士元對亮亮炫耀著講。

「他喜歡你，可是你能讓他喜歡多久呢？」

「隨他～反正我就是討人喜歡。」

「小敏會認眞的，就像你剛剛說......小敏很單純的，他分不清楚應酬～」

「我沒有跟他應酬啊，我是當眞的啊。」士元睜大眼的樣子十分認眞。

「士元你眞的不錯耶，一般人看到我媽媽弟弟......都避之唯恐不及。」

「呵呵......我可是有光圈的耶，背上還長著翅膀呢！」

「你少臭美自己是個純潔的天使了！」亮亮看著士元作勢鼓動翅膀的滑稽樣，噗哧一笑。

「ㄟ～我可沒說我是天使啊，我可是一隻默默在發著光的螢火蟲，你看嘛～我的屁股正發著光呢～」亮亮笑著打了一下士元故意翹起的屁股。

「士元你眞好。」亮亮想著他們家已經許久沒有這樣的歡笑了，這陣子，士元的確帶來了許多歡樂，亮亮眞心的稱讚士元，突然恢復認眞表情的亮亮，讓士元不好意思了起來。

「沒那麼好，我爸老覺得我不成熟，我妹覺得我是禍害，我媽倒是覺得我牌技不錯......」士元摸了摸鼻子。「我的好都是被你們激發出來的。」

「士元眞的很謝謝你。」

「人要及時行樂啊。」

「ㄟ！別忘了明天。」

「我知道明天我會來陪小敏說話。」

「等一下。」亮亮叫住士元。

「怎樣？」

亮亮舉起一隻手，士元馬上也舉起手來，有默契地在空中擊了個掌，而兩人微妙的肢體接觸，穿過彼此的不只是一股溫暖，似乎還有一絲細微的情愫傳達到彼此之間。

亮亮看著士元吹著口哨不時回頭的笑臉，那年輕的臉龐上，充滿了活力，充滿了歡娛，他直接開朗的笑容有種讓別人也跟著笑的力量，暖暖地，湧進亮亮的心裡。

＊＊＊＊＊＊＊＊＊＊＊＊＊＊＊＊＊＊＊＊＊＊＊＊＊＊＊＊＊＊

「什麼？媽～打小報告這種事情，我做不來的。」

士元隔天遇到秀女，秀女就直說著要士元當間諜，在汪家盯著他爸爸不要接近宋妍秋，士元一直都很排斥這種心機遊戲，一口就回絕了秀女。

「就像跟媽聊天這樣，每天回來報告一下，就這麼簡單啊。」秀女不死心的繼續勸說著士元。

「士元～你聽媽的話，這是救你爸爸，是做一件好事。」秀女認定士元答應了似的拍了拍士元的肩膀，不管他的回答就上樓去了。

「什麼監工......明明就是間諜，天啊～SPY！」士元無力地攤在沙發上。

而亮亮一到辦公室，也覺得士芬整個人怪怪的，雖然平時上班時就是嚴肅的板著一張臉，不過今天她感覺得出士芬的眼神裡多了些不滿，對於她。不過，亮亮實在想不透她做了什麼招惹到士芬了。

午休時刻，士芬果然找了亮亮到公園裡談。

「怎麼？士芬，你不是有事要跟我說？怎麼又不說話了？」

「如果是為了我對你隱瞞我家裡狀況的事情，我跟你說聲抱歉，可是每個人有每個人的隱私，我希望你可以理解。」

士芬咬著嘴唇，就是一副亮亮對不起她的樣子，可是亮亮實在弄不懂，也沒有多餘的精力再去應付這位大小姐的脾氣。

「我不曉得我哪裡得罪你了？如果你這麼愛生氣，我也沒辦法了，隨便你好了。」

亮亮說完就想走人。

「汪子亮！你什麼都不知道！我爸爸愛你媽，愛了三十年了！」

「你說什麼？」

「他愛她，他一直愛著她！」

「你說誰愛誰啊？你把話說清楚啊。」

「我不在乎我爸被你搶走，反正他一直最愛我，我也不在乎我哥被你搶走，可是......我心疼我媽，她心裡對宋妍秋這個名字恐懼了一輩子，我心疼她，她是我媽啊。」

士芬鼓起勇氣把自己所知道的全說出來，爲了她那渴望丈夫愛的母親，開始哽咽了起來。

「你說的是......你爸愛我媽？他愛她？這不關我媽的事啊！我媽心裡只愛我爸一個人啊。」亮亮幫母親辯駁著。

「可是她瘋啦。她根本分不清楚誰是誰。」

「她不用分清楚，她心裡只認定一個人，那就是我爸。」

「她勾引我爸，利用她的瘋。」士芬這句話一說出口，亮亮的臉色霎時變得十分難看。

「趙士芬！趁我還有理智的時候，我警告你，不要侮辱我家的人，尤其是我媽，要不然我會揍你，你信不信？」

「她勾引我爸，她就是......」

亮亮衝向前用力地將士芬推倒在地上。

「我警告過你的。」亮亮看著士芬跌坐在地上顫抖地喘著氣，突然後悔起自己的衝動，想將士芬扶起來，士芬卻推開亮亮的手，臉部表情扭曲成一團，如她已經扭曲的心一樣。

「你跟你媽你弟一樣，都是瘋子！」

士芬大吼了一聲，頭也不回的跑開了。她們兩人的友情也出現了一道深深的裂痕，就此崩裂。

亮亮回到家時，看見士元正在訪問著母親，母親被士元逗得十分開心。

亮亮想起自己今天跟士芬的衝突，她想她有些話必須要向士元問清楚。

「早你兩天。」對於亮亮質問的那些事情，士元全無否認，並且也誠實地對亮亮說出早已知情。

「你不動聲色……陪我媽？」

「什麼叫不動聲色，別把我說得好像我很陰險，很有心機似的，告訴你，也許我這個人有很多缺點，但我就是沒心機。」

「但是你假裝不知道你爸跟你媽吵架，還天天來陪著我媽陪小敏玩？」亮亮不曉得士元的腦子裡到底在想什麼。

「我知道啊，可是我爸跟我媽常吵架，這干我什麼事？干你什麼事？干小敏什麼事？這根本是兩碼子事嘛！我答應過你，要好好照顧你媽跟你弟，這是我們之間的約定，他們愛吵是他們的事。」

「你眞的不介意？」

「我要介意什麼啦？你媽愛的又不是我，我又不是我爸的情敵，我要介意什麼啦？」

「你打這什麼爛比方啊？三～八～」亮亮笑了，士元很開心亮亮笑了，也跟著一起傻笑。

士元看著亮亮笑起來的時候，兩頰都會擠出深深的酒窩，看久了就會令人醉在其中。

「亮亮，你很漂亮耶，笑起來很開心，很像……小太陽。」

「別傻了，誰笑起來不開心啊？」亮亮害羞了起來。

「那可不一定啊，我媽笑起來可是很可怕，哈哈哈哈～就是她，她瘋了～」士元尖聲細語的模仿起秀女。「可怕吧？很像巫婆吧？」

「你媽還是很在乎。」亮亮知道士元在模仿著秀女對自己母親的態度。

「多少會在乎的，女人嘛，要不然也不會叫我做間諜。」

「你說什麼？」

士元心裡暗罵自己就是藏不住秘密，抵不過亮亮的追問，只好一五一十將母親要他到汪家做間諜的事情告訴了亮亮。

亮亮聽完又生氣了，轉過身去不理士元，士元只好半哀求半委屈地叫亮亮不要介意。亮亮聽著士元解釋著大人的事情是大人們過去的事，和他們彼此之間交朋友是互不衝突的，也是有些許道理，態度於是軟化了下來，士元見狀又開始胡言亂語了起來。

「亮亮～我都站在你這邊了，爲了你的美色，我都已經背叛我媽，把她所有的計謀都告訴你了。」

亮亮聽到士元的稱讚，臉頰稍稍泛起紅光，但倔強的臉依然不展笑顏。

「亮亮～你笑一個給我看看嘛。不行啊？那......我只好遵從我媽的指示嘍～」

「趙士元！」亮亮又好氣又好笑的作勢要追打士元，被士元一把抓住了雙手。

亮亮看著士元凝視她的雙眼，笑容充盈在他那黑而生動的眼睛裡，他的嘴角很寬，笑起來往上彎，有種溫暖而親切的韻味。

亮亮感染似地在粉嫩的臉頰上再度旋出兩個淺淺的窩。

＊＊＊＊＊＊＊＊＊＊＊＊＊＊＊＊＊＊＊＊＊＊＊＊＊＊＊＊＊＊

在咖啡廳裡，中威看著今天的亮亮有些許的不一樣，他看過亮亮悲傷的時候，快樂的時候，苦惱的時候，可是這一次呈現在亮亮臉上的神情，那麼急切的喜悅和帶點嬌羞，中威還是第一次看到。

「他好好笑唷，說爲了我的美色，把他媽媽的陰謀都告訴我了，聽清楚是美色，大義滅親。」亮亮一邊說著，一邊放了顆糖在自己的咖啡裡。

「什麼時候喝咖啡加糖了？」中威問著。

「現在，我喝甜了，以後我也喝甜的。」亮亮啜了一口。

「士元都說啦，人生苦短，所以自從他懂事以來，什麼苦都一概不吃。」

「那就不用做人上人嘍！」中威帶點反諷的口吻回答。

「對呀，士元也是這麼說，他說啊做人上人有什麼好的？左看右看，沒朋友沒同伴沒樂趣！他說做人中人就可以了。」

「那他朋友可多了？」

「那可不是，現在我媽跟我弟都變成了他的朋友，他可眞是老少皆宜咧，記得有一次我回去，他還幫我媽伴舞，就是這樣。」亮亮掂著腳尖跳起了舞，「我媽在前面唱歌，他們兩個就在後面拿著扇子，南風吹來清涼～拉拉拉拉～～」亮亮一邊說著一邊笑彎了腰。

「你的咖啡被南風吹涼了，趕快喝！」中威語氣裡的酸味，亮亮是一點也沒發覺。

「我問你唷，頭上有光圈背上有翅膀的是什麼？」

「天使？」

「錯！笨！死腦筋，是螢火蟲！絕吧！趙士元就有這個本事調侃他自己，多有趣啊。」

中威看著亮亮不斷吐露著對士元那些怪異想法的欣賞，忍不住問了。

「你很快樂？」

「跟趙士元在一起不快樂很難。」

「他是一個開心果？」

「是啊！」

「那他的人生觀很正面積極樂觀。」中威開始職業性質的分析著士元。

「眞的耶，我從來都沒有覺得他會沮喪。我告訴你唷，他是那種......天塌下來......」

「亮亮，開心果要不要長大？要不要面對許多人生問題？」中威忍不住打斷。

亮亮怔住看著中威。

「如果要面對的話，他那宏偉的志向就很難達成嘍！」

「他要的並不多，只是......」亮亮不懂中威幹嘛想得這麼沈重。

「像趙士元這種人，要得可多了，他要一輩子的快樂，這還不夠多嗎？」

「你爲什麼要這樣批判他？」

「我不是批判他，我只是就我所瞭解的做一些分析，快樂當然要追求，要經過付出流汗，得到才珍貴。」

「可不可以請你不要再研究分析了，每個人每種特質每種心理都要經過你的分析嗎？」

亮亮看著中威，希望他瞭解，現在他們只是像朋友一樣聊天，而不是在診療。

「曾經你需要我依賴我的，不就是這些分析嗎？」中威心裡難過著亮亮爲了一個才剛認識不久的人，跟他起衝突。

亮亮知道自己有些話說得太急了，慢慢將語氣放得和緩些。

「我現在以及永遠都還是需要你依賴你，我知道你是對的，我也知道，我一直依賴你給我一個意見，只是我累了，我......我想憑感覺來交一次朋友......」

中威聽到亮亮的話有點驚訝，他看著她醺然迷濛的神態，想著亮亮不會已經喜歡上士元了吧？

「感覺通常是很危險的，當你發覺感覺是錯誤的，而你已經付出了感情，爲了一個錯誤的感情而付出眞心是一件......」

「中威！take easy！OK?這不是你常教我的嗎？我知道你很愛護我，可是，中威，我跟士元交朋友，我有什麼可以損失的？這是我生命裡第一個除了醫生以外，除了男同事，除了替別人相親以外的異性朋友。我沒有奢求什麼，我也不敢奢求什麼，他會娶我嗎？不會的，可是他逗我開心，逗我媽我弟開心，他願意當我們家的開心果。」亮亮吁了一口氣，眼中微微閃著一些光，「他知道我笑起來很好看，從小到大，我總是過著我爲人人，人人不爲我的日子，現在......現在好不容易，有一個人願意爲我做什麼，我捨不得放棄這種感覺。」

「關心你的不只他一個。」

「當然，你也關心我啊，可是那是不一樣的，你是個醫生，很盡職，甚至超過本分的關心我，但那只是醫生跟患者的關係，在你眼裡，我是沒有性別的。可是，在他的眼裡，我卻是一個漂亮的女生。」

「亮亮......」中威內心翻騰著，他從來沒有不認爲亮亮是一個漂亮的女生，只是他內斂冷靜的個性，從不將他的情感過於外放。

「我已經二十好幾了，很快很快的我就不再年輕漂亮了，我不想一輩子陪人家相親，可不可以讓我當一次女主角，一次，只要一次，當一次情人眼裡的西施，享受一下裙下有一個臣子的感覺。」

「他會是一個好情人嗎？他會是一個忠心不二的忠臣嗎？他可不可能是大家的好情人？對每個女人都忠心？」中威希望亮亮不要一時被戀愛的感覺牽著走，可是亮亮覺得中威並沒有聽懂她說的。

「你很喜歡澆我冷水？」

「我只是提醒你。」

「提醒我什麼？提醒我沒有作夢的權利？我告訴你，我作夢也是很理智的。」

亮亮覺得有些受到傷害地反擊著中威的話語。

「我知道他不會娶我，甚至......他現在都還沒有開始要追求我，你不要替我那麼緊張！」亮亮說完拿著皮包就要走。

「亮亮！我知道我說話的態度以及語氣都讓你不高興，可是，那是因爲我關心你才忽略了溝通的技巧，如果說的是眞心話，根本不需要什麼技巧包裝，你說是不是？」

亮亮停住腳步，低頭不語。

「我眞的希望你快樂，也祝你美夢成眞，不要忽略了你媽跟小敏。」

「我知道，我會的。」亮亮忍住情緒回答著。

「還有，趙士元處理事情的態度很重要，光逃避不是辦法，你不要跟他一起玩瘋了。」

「我要回去了。」亮亮不想再站在這聽著中威分析士元是一個怎麼樣的人。

「我送你。」

「不用了，我自己叫車。」

亮亮說完頭也不回地離去。中威靠向椅背，雙手蓋上眼睛，重重的嘆了一口氣。

在指縫中看著亮亮的咖啡杯沈思了起來。沒有苦味的人生怎麼知道甜是什麼滋味，而一直吃甜的人又怎麼嚥得下苦呢？中威希望這個趙士元眞不要如他所想的一樣，讓亮亮傷心。雖然此時，自己的心也正刺痛的被傷著。

亮亮回到家中後，看見士元如往常一樣出現在她家裡，正陪著小敏玩電動，兩人像哥兒們一樣搥搥打打、勾肩搭背，小敏的笑聲沒有停過。

只要媽媽開心，小敏開心，亮亮就開心，亮亮心裡想著。她的滿足全繫在她深愛的家人身上，士元如果能夠如此善待她的家人，她家的門永遠爲他打開。

亮亮進了妍秋的房裡，看見妍秋正專心的燙著衣服。亮亮有些話想跟母親說，遲疑了一會兒，還是開口了。

「媽，你認識趙叔叔嗎？」

「趙靖啊？認得啊，你爸爸的好兄弟啊，最近不是常來我們家嗎？」

「那你愛他嗎？」亮亮沒頭沒腦的這一句，讓妍秋嚇了一跳，放下熨斗。

「你在說什麼啊？我是結過婚的人耶，我有丈夫耶，再說我那麼愛你爸爸。」

「我是說......如果......如果沒有爸爸呢？」

「你在說什麼呀，亮亮？你爸爸好好的爲什麼會沒有爸爸？再說......人家趙靖也結了婚的，他老婆兇得很呢。」

「媽，你說什麼啊？」

妍秋左看右看環顧了四周，跑到亮亮的身邊小小聲地說。

「我說，趙叔叔可憐，娶了個兇婆子。」

於是妍秋告訴亮亮秀女來過家裡的事情。

「你快點告訴我，她來做什麼？」亮亮緊張著母親是不是有受到傷害。

「來......我眞的......不記得了，我只知道，她好生氣唷，她說她來找士元，好像又說來找趙靖，對了......她說她來找漢文，有話跟漢文說，我說漢文不在家，結果她就生氣了，一直罵一直罵......我是不是說錯什麼話了？」

亮亮看著妍秋無辜的臉，氣得跑去客廳找士元理論。

「趙士元～你媽來過我家！來我家罵人！」

「很像我媽啊，她最愛罵人了，小敏你專心點你快被我消滅了。」

士元並不覺得有什麼好擔心似的繼續和小敏玩著電動。

亮亮看士元無動於衷，走到電視機前狠狠地把插頭拔掉，並且叫小敏進房間摺衣服。

士元看著怒氣沖沖的亮亮，搞不懂他媽來過這有必要這麼興師問罪嗎？

「你要我說什麼啊？愛罵人的是我媽又不是我，爲什麼要我說話？我們不是已經說好了嗎？兩代之間各管各的。」

「這件事情我不能不管，被罵的是我媽啊！她腦子有病挨罵也被罵得不清不楚，剛我問她，她什麼都不知道，只以爲自己是不是做錯什麼？傻呼呼的。」

「好啦，對不起嘛。」

「你們不可以這樣欺負人！」亮亮爲妍秋的委屈抱不平。

「是我媽又不是我。」

「你們都一樣！你們太過分了。」

「亮亮......你不要這麼不可理喻嘛～我......」

士元想要亮亮冷靜點聽他說的時候，門鈴響了，屋外趙靖的聲音也傳了進來。

「妍秋，開門啊，妍秋。」

「啊！我爸來了，你不要告訴我爸說我來過唷，我得找個地方躲起來。」

士元開始在屋裡亂竄，想找個地方躲藏。

「被你爸看到會怎樣？」

「我是怕我看到我爸，我媽會怎樣啊，我媽叫我盯著我爸，如果有看見我爸來這，都要向她報告。我不想當間諜也不想說謊，最好的辦法就是不要看見我爸，快快快！躲哪好呢？」

亮亮看著趙士元掩耳盜鈴的逃避情形，搖了搖頭走出去開門。

「我是來看你媽媽的，亮亮。」

亮亮走了出來把門關上，並沒有讓趙靖進去的意思。

「亮亮？」

「趙叔叔，你不能再來找我媽了。」

「你都知道了？」

亮亮點了點頭。

「唉～亮亮，有些事......不是像你所想的那樣。我認識你媽媽還有你爸爸很久了，幾乎一輩子了，我......」

「你抱過我，我的眷屬證是你替我辦的，我的名字你有參與，你看著我長大，但這不代表你可以讓我媽難堪啊。」亮亮接著趙靖的話講。

「我沒有啊，我怎麼會，我一直都很尊重你媽媽啊。」

「尊重到讓她挨你妻子的羞辱。」

「這件事我很抱歉。」

「我媽一直都很善良，她連發瘋都選擇這麼溫柔敦厚的方式，她從來就不會傷害別人，當然，她也沒有任何抵禦傷害的能力。」

「當然！」趙靖認同著。

「你們不知道！不知道！」亮亮對著趙靖猛搖頭。

「你們要愛她也不經過她的同意就愛她，要罵她更是囂張，一上門就是一頓臭罵，她雖然瘋了，可是也有感覺耶！她一樣會覺得委屈，一樣會害怕難過的。」

亮亮說到這心疼母親的淚水就要滑落了。

趙靖十分抱歉卻又不知如何安慰的嘆口氣想轉身離去。

此時妍秋突然出現，要趙靖進屋裡坐，亮亮連哄帶騙地告訴妍秋趙靖馬上就要走了，硬是要趙靖趕快走。

可是趙靖看著妍秋渴望著什麼的表情，念頭突然一轉。

「不！我是來接妍秋出去玩的。」

「你......」

「連上要開舞會是吧？」妍秋自己想像著。

「是啊，還要聽妳唱歌呢！」

「你看你又是臨時通知我，我……我現在這個樣子……我這兩天嗓子不好耶，唉呀，總司令會不會來啊？」妍秋當眞了起來。

「你看看我，我這個樣子，我怎麼辦啊？」妍秋摸了摸頭髮，看了看身上的一身素衣，緊張了起來。

「媽……你聽我說，沒有什麼舞會。」亮亮安撫著母親。

「趙靖？」妍秋疑惑地看著趙靖。

「有，今天是彩排，要先預演。」

「你看吧，趙靖說有。」

「媽，沒有，你聽我說。」

「妍秋，你進去換個衣服，我在外面等你。」

「趙叔叔！」亮亮不懂趙靖到底要做什麼。

「好好，那我要不要穿長禮服啊？」

「沒關係，今天只是彩排，穿輕鬆點。」

「好……好，等我喔。」

「趙叔叔！」亮亮希望趙靖給她一個交代。

「你說得對，她一樣有感覺，她剛剛的開心快樂你感覺到了嗎？」趙靖看著亮亮，不相信亮亮沒感覺到。

「在你沒有出現以前，她的情緒是很平靜的，雖然不像現在這麼快樂，但起碼不會有人上門來罵她。」

「亮亮……我想給你媽快樂啊。」

「趙叔叔，不要再來打擾我媽了，我媽心中只有我爸，她是看不見你的。頂多……你只是我爸爸的代替品。」

趙靖搖了搖頭，笑了起來。

「無所謂，只要妍秋快樂，她把我當成誰，我都無所謂。」

「趙叔叔，你……」亮亮阻擋不了趙靖的付出。

「漢文，等一下啊，再五分鐘就好。」

亮亮此時像印證了她剛才所說的話對趙靖說。

「你永遠都只能當我爸爸的影子。」亮亮希望這殘酷的事實可以擊垮趙靖的無怨無悔。

可是趙靖不為所動的依然站立在門口等著妍秋。

「我好了，你看看我這樣可以吧？」妍秋一臉嬌羞地出現在門口。

「可以啊！好極了！」

而妍秋就這麼挽著趙靖的手，快樂的走了，完全不顧亮亮在身後的呼喊。

在趙家的餐桌上，秀女又在為趙靖的晚歸發火，士芬費盡唇舌勸母親消消火，卻無意間讓秀女知道她與宋妍秋的女兒是同事關係，更加大為光火。

「姓汪的一家子兩條瘋狗在那裡鬼吼亂叫的，就剩那一隻惦惦吃三碗公。別信什麼朋友，人家是站在角落笑你笨，你聽我的不會錯。」秀女此時特別要士芬小心亮亮。

「為什麼要聽你的，媽為什麼總要把我變得跟你一樣，我不想去懷疑她行不行啊？到底有誰在你的眼中是可以信任的呢？」

「家人，你只可以相信你的家人。」秀女忍不住大聲了起來。

「爸不是家人嗎？可是你懷疑了一輩子。」

秀女又急又氣之下竟也無話可答。

看士芬完全不聽勸，秀女也不想再跟她多浪費唇舌，打了士元的手機問士元有沒有看到趙靖去汪家。

接到母親電話的士元直說沒有，而亮亮在一旁冷眼看著士元說謊。

士元一掛上電話，亮亮就執意要士元回家。

「我不要啦～亮亮，幹嘛一直叫我回去啊？」

「要不然晚一點，你看到你爸帶著我媽回來，無端叫你說謊，我們過意不去。」

「亮亮你生氣啦？」士元扳過亮亮的身子。「你在氣什麼啊？」

「你為什麼要說謊？」亮亮回過身，閃亮的眼睛一閃一閃的。

「就真的沒看到咩......」士元睜眼說瞎話地哄著亮亮。

「難道你能躲一輩子嗎？」亮亮聲音裡有了什麼被溶化了。

「當然能躲多久就躲多久啊，我爸來了，我沒看見他，我也沒有對我媽說謊啊。」

「不要再說你沒看見，你不覺得你這樣很沒有擔當，很不負責任嗎？」亮亮想起中威說的話，處理事情絕對不應該是這樣的態度，說完轉身要走，士元一個箭步追上，擋住亮亮的去路。

「我覺得你很奇怪耶，這又不是我的事，爲什麼要我負責要我擔當，對我媽說實話，出賣我爸和你媽？亮亮～我眞的不知道你在氣什麼耶。」

「你爸爸......我媽媽......他們並沒有做什麼見不得人的事情啊。」

「好～那你告訴我，我應該怎麼說，怎麼做一個雙面諜？你說啊！」

「你可以說你不知道啊！」

「笑死人了，你說的跟我說的不是一樣嗎？」

小敏受不了兩人的爭吵聲，又開始發起病來，起身對著士元就是一陣猛推。

「你幹什麼！」士元大聲叱喝著小敏，卻只得到反效果，小敏的情緒更加火爆了。

亮亮在兩人中間拚命阻擋著，士元突然被小敏咬了一口，剎那間的痛楚讓士元舉起了拳頭就要揮向小敏。

「你敢！」亮亮護在小敏的前面。

士元停住差點揮在亮亮臉上的拳頭，咬了咬牙放下來。

他不解的看著亮亮身後視他如敵人的小敏，明明剛才還好好一起打電動的，現在怎麼變得歇斯底里只想咬他揍他。

「小敏......」士元緩和下情緒地叫著。

「你回去吧，現在你知道，頭上有光圈不是那麼好當的。」士元感受到亮亮的話中充滿著對他的失望。

「亮亮......」

「請你回去吧！」亮亮背過身去，不再理會士元，只聲聲哄著小敏，「姊姊愛你......姊姊愛你......乖......」

士元默默看著又豎起高牆不讓人靠近的亮亮，悄悄的掩上門黯然離去。

趙靖開著吉普車載著妍秋從俱樂部裡往回家的路上，一路上，妍秋還不斷地唱著歌，似乎永遠唱不夠似地。趙靖從沒想過還有這樣的機會再看到妍秋站在台上嫵媚的台風，甚至是像這樣坐在他身旁打著拍子緩緩的低吟。

十五年了，妍秋曾經無聲無息地從他生命中走了出去，現在，她又回到他身邊了。

車子停了下來。

「到家了！」趙靖溫柔的輕聲問著：「妍秋，開心嗎？」

「開心啊，今天我的表現好嗎？趙靖......」

「當然好啊，你的歌聲是我們大家最愛聽的了。」趙靖打從心底說著。

「可是......可是趙靖啊，怎麼今天我唱了一晚，就是沒有看見漢文來呢？他是不是生氣啦？」妍秋突然雙眉一鎖。「漢文說過，他不喜歡我再去唱歌了，說我已經是三個小孩的媽了，趙靖，漢文是不是在生我的氣啊？」

「沒有，沒有，漢文今天出任務去了。」趙靖趕忙安慰著妍秋。

「漢文說風大......雨大......不要唱了，可是我偏要去，然後......」妍秋腦中又閃過了一些不想被記起的片段，「然後......漢文就生氣了，不見了......漢文？漢文到哪去了？」妍秋慌張的哭泣了起來。

趙靖急忙拍著妍秋。「妍秋你不要這樣......」

「漢文別生氣了啦......我以後不會了......」妍秋一時誤把趙靖當成了漢文，擁抱住趙靖。

趙靖難過著妍秋始終走不出漢文死去的陰霾，只能默默地撫順著妍秋的肩膀輕拍著。

而這一幕，都正巧讓來汪家碰碰運氣找趙靖的士芬給看見了。

等趙靖將妍秋送進屋裡，出來時，站在牆角的士芬叫住了父親。

「士芬？」趙靖驚覺士芬可能已經看到了一切。

「爸！」士芬一臉悽苦的看著趙靖。「你說過的，你和媽，你們是一輩子的，感情看不見，可是很多很多，你永遠不會離開她，你說過，你早就忘記那個女人，是你自己說的，現在……你還有什麼話要說？」

「沒有。」趙靖咬著牙不想再多解釋了。

「你怎麼可以這樣子，我這麼信任你說的每一句話。」

「對不起，我很抱歉。」這麼多年來他也想有一秒鐘對自己誠實。

「不要說抱歉，不要說對不起，我只要你回家。請你帶著你的心跟我一起回家，我們都很愛你，我們不會叫錯你的名字，不會把你當成別人，爸……」

士芬乞求著趙靖。

「士芬，家我是一定會回去的，可是……」

「可是你還會繼續來這？爲什麼？這裡有什麼好有什麼可以留住你的心嗎？爸他們姓汪，一屋子姓汪的人姓汪的鬼。」

「士芬！」趙靖不許士芬也變得像秀女一樣刻薄。

「爸，只有我們是你的一部分，是活生生的愛著你需要你的。雖然媽不會唱歌，可是她愛你啊，爸……」

趙靖一個跨步擁住了女兒，不知道該怎麼向女兒訴說他內心的話，卻又心疼著女兒因著他的行爲所帶給她的傷害。

「不，不要讓媽傷心，不要讓我們傷心，爸……」

趙靖點了點頭，閉上眼睛，心裡的話隨著嘆出的一口氣，在深夜的寒風中，化成一圈煙，一攤霧，朦朦朧朧地散去。

看見隨著女兒一同回來的趙靖，秀女什麼也不問的開始忙著替趙靖做消夜，士芬看著在廚房裡挽起袖子的母親，不忍讓秀女知道眞相，也就隨口胡謅了她在趙家的俱樂部裡找到爸，說父親在那聽了一整晚的歌。

秀女相信了女兒說的話，之前的事情也不多講了，繼續下著她的麵，要爲趙靖做一碗酢醬麵。趙靖看得出女兒心疼秀女的心情，心中也對秀女感到非常虧欠。

三個人處在廚房的三個角落，各自有著三種心情。

第五章 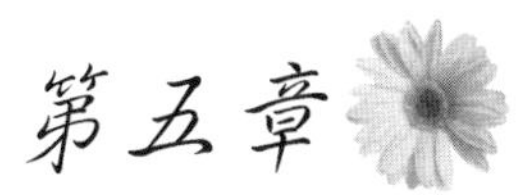

趙士芬，一個溫室裡的花朵，從小雖然被家裡無微不至的呵護包圍著，但由於母親重男輕女的觀念，以及父親疼愛她卻因著個性始終和孩子們保持一種距離的關係，士芬從一開始不知道要要求什麼樣的關愛，到不知道如何爭取她想要的關愛。她始終是溫馴又靜默地去接受旁人以為的幸福。

而這些天來，她遭遇了父親因為舊時的情愫所造成的轉變，母親失控地哭訴她心疼著，父親溫柔的另一面她嫉妒著，而她的好友亮亮也變了，這些天的爭執，兩人的關係已經到了冷漠相對的地步。她世界的某個角落慢慢地有些裂痕了，好像暗示著即將有一場改造前的崩毀，士芬知道她該有些改變，她要找尋另一個肩膀，另一個出口，另一個可以讓她依附的關係，和願意為她付出愛的人。

而這一天晚上，士芬來到了中威的診所。

「扣扣扣......」士芬敲了敲門。

中威看著士芬突然出現在他的診所門口感到有些詫異，但隨即也沒多想的請士芬進來診所裡。

「士芬？你怎麼來了？亮亮呢？」

「只有我一個人來。」士芬嘴角勉強的對中威笑了一下，不等中威繼續發問下個問題，士芬就接著說了下去。

「把我當成病人好嗎？中威，我想唯有用這種方式，你才有可能靜靜聽我說話吧。或是說，你才有可能把我當成朋友。」

中威聽得出士芬似乎有些話想找人傾訴，既然她是亮亮的朋友，當然也沒什麼好推辭的。

「請坐。」中威大方的一笑。

「亮亮都怎麼樣？她是坐著還是躺著？」

「她啊，她很不安分，不肯坐也不肯躺，個性毛躁，喜歡嘰嘰呱呱的在這邊走來走去。如果你不喜歡坐著或躺著，你可以跟她一樣，或者......」中威沒有察覺士芬的臉色逐漸黯淡了下去。

「不用，我坐得住。我們開始吧。」士芬聲音裡的溫度驟降。

「你介不介意我錄音，如果你排斥我可以不錄。」中威禮貌性地問了問士芬。

「亮亮都怎麼樣？」士芬又提起亮亮，中威聽了怔了一下。

「士芬，人生裡有很多價值觀跟作法，不是用比較來做決定的，你是獨立的個體，你可以選擇你喜歡的方式。」

「我是不希望造成你的困擾。」

「你不用擔心，我的工作就是替別人解決困難，你不必替我擔心。我們開始吧。」

「我不喜歡錄音，我比較自私，我希望你用心記住一切。」士芬若有所指地對中威清楚地說著，中威微笑著將錄音機收起來。

「你相信人與人之間有緣分這件事嗎？」

「我們解釋爲磁場，磁場氣息相近相遇的機會就比較高，當然，人的潛意識裡都在尋找磁場相同的靈魂。」

「是嗎？那你怎麼解釋我爸和我媽，他們磁場接近，他們是彼此尋找等待的靈魂嗎？」

「爲什麼不說話？我相信汪子亮一定把我爸爸跟她媽媽的事情告訴你了，你可以說說你的看法。」

「對不起我不能說，你跟亮亮都是我的病人，對於病人的隱私我有義務保護。」

「爲什麼你們都要保護她？你跟趙士元你們都一樣！爲什麼？難道就因爲他家有兩個神經病嗎？」對於亮亮的嫉妒，士芬的情緒開始有些失控了。

「士芬，或許我剛剛沒有講清楚，對於我的病人，包括你在內，同樣你的事情我也不會在別人面前提起，這樣你清楚了嗎？」

士芬看著中威溫和的表情，柔和的眼神那樣輕柔，穩重的聲調那樣令人安心，士芬再也忍不住地嗚咽了起來。

「我很痛苦，彷彿……一夕之間我的世界全變了，所有熟悉的人都變成我不認識的陌生人，我連我自己都不認識了，我是個什麼樣的人，懷疑猜忌小心眼嗎？可是我有什麼錯呢？我心疼我媽，我愛她，難道錯了嗎？」

「士芬，每個人的人格是有特質的，但是角色是多重的，只要你清楚自己的人格特質，把它掌握好，就不會被不同的角色所左右了。」

中威精準職業性質的口吻，將士芬拉回到現實，她感覺到的不是朋友的關切，的的確確是一個盡責的心理醫生在對她說著話。

士芬感到心中微微地刺痛，想迴避掉中威依然溫柔的眼神，將頭一撇，卻看見中威的月曆上圈了一個日期，上面用紅筆寫著亮亮的生日。

士芬的心更加刺痛了，她站起身走到了月曆前。

「陳中威！你知道我是什麼星座的嗎？」

「我知道現在很流行星座……」

「你知道我什麼時候生日嗎？」

「你的生日？」中威不太瞭解士芬提這些問題的含義。

「處女座九月十八號，我幫你記下來。」士芬拿筆用力地圈了自己的生日，一圈一圈重複著。像是宣示著什麼似地，她轉過身看著一臉納悶的中威，士芬知道了，她知道從現在開始她要為自己爭取的第一個東西是什麼了。

＊＊＊＊＊＊＊＊＊＊＊＊＊＊＊＊＊＊＊＊＊＊＊＊＊＊＊＊＊＊＊

「幹嘛不進去？」亮亮看見坐在她家門口的士元正呆呆地對她傻笑著。

「我怕再被咬啊！」士元一臉無辜樣的對亮亮說著。

「算了吧你，你就是來當間諜的，看你爸爸什麼時候來，再去跟你媽報告～」

「亮亮……亮亮……」士元趕快起身，拉著氣還沒消的亮亮的手，像孩子般撒嬌著。

「趙叔叔！」亮亮突然大喊，士元慌張地東張西望，發現根本連個人影都沒有。

「亮亮，你太不夠意思了吧，我爲你兩肋插刀，你......」

「對，可是你妹對我兩手插腰。」

「什麼意思啊？」士元不懂亮亮爲何要這樣說。

「你知道嗎？前兩天你妹在公司教訓了我一頓，說我把你帶壞了，我家眞的很倒楣耶，先是你媽兇我媽，再來你妹兇我。」

中威聽了聳了聳肩。

「這說明了一件事情啊。」

「什麼事？我們家的人好欺負啊？」

「不，這證明了我們家男生脾氣好啊，女生愛罵人，男生脾氣好，你看你多幸運，我們家有兩個男生站在你們家這邊耶。」亮亮瞧士元得意的樣子，眞是有夠會閒扯。

「多幸運？我謝謝你耶，我們家無緣無故被羞辱，都是你們家男生惹的禍，謝謝你啊！」亮亮白眼一翻，瞪了士元一眼。

「亮亮～我不知道你在氣什麼，雖然我妹和我媽很兇，但是最起碼你們收服了我們家兩個男人啊，帶壞就帶壞，怎麼樣？這才是魅力啊。」士元看亮亮沒反應繼續說著。

「好的男人會爲你們而變壞，那是我爸，壞的男人爲了你們而變好，那是我，你看我現在變得多有愛心啊，難道這還不叫作最有魅力的女人嗎？」

「這是什麼謬論，難道我被羞辱了我還要開心？」亮亮並不領情的哼了一聲。

「當然啊，開心就是氣勢啊！開心就是讓敵人傷心，你越開心他就越傷心。」

「趙士元，你現在說的敵人是你媽媽跟你妹妹，你現在在教我怎麼對付他們？你腦筋有問題啊？」

「那有什麼辦法，我喜歡你啊。」

士元趁勢圈住害羞的亮亮，亮亮心裡其實早有感覺，但仍然害羞地掙脫，背著身偷笑嗔道：

「你誰都喜歡。」

「我可不會隨便為了誰去背叛我媽的。」

士元認真的模樣讓亮亮更加害羞地低下頭去扭捏著。

「我也沒有要你為了我去背叛你媽啊。那會讓我有罪惡感，反正我已經要辭職了。我不想落你媽的口舌，也不想再和士芬正面衝突尷尬。我要證明從以前到以後，我們汪家一直都是自食其力的。」

「亮亮你別傻啦，你別辭職。」士元一聽亮亮要辭職，擔心亮亮會不會就這樣和他的關聯越來越淡薄。

「幹嘛不辭，幹嘛沒吃到羊肉又惹得一身腥。」

「你越躲她越懷疑，你躲到天涯海角她都追得到的。你就不動聲色繼續上你的班，家裡有我照顧，我永遠站在你這邊的啊，好啦～不要辭啦～好不好？」

「你幹嘛那麼擔心我辭不辭啊？」

「我是怕你辭職了，然後搬家不見了，你家最喜歡來這一招了，以前不是也這樣子嗎？一搬就十多年都找不到了，那要是以後我們再見面大家都老了多沒意思啊！不要辭好不好？」士元輕輕晃著亮亮的手。

亮亮偷笑的嘟著嘴，低著的下巴似有若無地點了點。

「真的唷～不准辭也不准搬家唷，要相信我，我們是同一國的唷！」

「好啦，我去上班啦！」

「好！那我去顧家了。不准辭職唷。」

士元開心地走進汪家，邊喊著小敏我來了，邊回頭咧張著大嘴對亮亮笑著，亮亮看著那一彎純真的笑，心裡暖暖地，士元就是有這樣的能力，那樣的坦率不修飾的熱情，直接又強烈的衝擊著亮亮封閉已久的心。

＊＊＊＊＊＊＊＊＊＊＊＊＊＊＊＊＊＊＊＊＊＊＊＊＊＊＊＊＊＊＊

「汪子亮！你跟我過來一下。」才剛進辦公室的亮亮就被課長叫了過去，亮亮心想今天也沒有遲到啊，課長的臉色幹嘛這麼難看？

課長帶亮亮走到了貴賓室。

「你自己進去！」說完就離去了。

亮亮早已經習慣了課長又現實又刻薄的態度，在他背後偷偷做了個鬼臉，推開門就進去了。

亮亮看見房間裡站著一個打扮十分貴氣的中年婦人，尖尖的下巴上揚著，身架子驕傲地挺著，眼神裡盡是不屑的打量著她，讓亮亮感覺十分的不舒服。

「請問......？」

「你就是汪子亮啊？」

亮亮奇怪眼前的這個女人怎麼知道她的姓名。

「我是。」

「你不像宋妍秋，你像你爸爸，你那個弟弟就像你媽，連生個病都生個一樣的怪病。」

「你是趙士芬的媽媽？」亮亮從這個女人刻薄的語氣中，知道她是誰了。

「趙士芬的媽？小小年紀，什麼沒學會先學會了套交情。」秀女斜睨著亮亮。

「嚴格說起來，你應該叫我老闆娘。」

「老闆娘，你有什麼吩咐嗎？」

「汪子亮，你這趙叔叔也太不夠大方了，每個月三萬塊，就想打發舊情人的女兒？我們家阿惠都不只這個價錢，你會不會覺得......你跟你媽這樣太廉價了？」

亮亮聽著秀女話中平白無故的詆毀，一股怒氣本來就要發作了，但旋即想到士元說的，開心就是氣勢，開心就是讓敵人傷心，你越開心他就越傷心的理論，亮亮忍住情緒，對秀女笑了笑。

「你笑什麼啊？我在問你話呢，汪子亮！一個月三萬塊你不會覺得對你們母子來說很廉價嗎？」

亮亮此時不斷地在心中說著，汪子亮要開心要微笑，把秀女一再侮辱的話語都當成一堆屁話。

而秀女看著亮亮絲毫沒被自己的言語刺激到，自己一肚子的火無處可洩地更怒了。

「看著我，汪子亮！我問你，你不覺得你們母子這樣很廉價嗎？十幾年都沒有漲過價啊！趙叔叔這樣對你們叫作情深意重嗎？」

亮亮看眼前的秀女被她的行爲激怒了，更加故意地順著秀女的話說了下去。

「老闆娘～一家三口一個月三萬塊怎麼過日子啊？當然是不夠的啊。」

亮亮的話讓多疑的秀女緊張了起來。

「趙靖還給了你們什麼？」

「這可是你說的唷，我什麼都沒說唷。」

「你有種拿就給我有種認！」秀女看著亮亮的態度賭定地認爲他們一定有鬼。

「我什麼都沒有拿，你要我說什麼呢？我只說一個家一個月三萬塊不夠嘛，那本來就不夠啊，別說家用了，我媽一個月要做好幾件旗袍，連工帶料都不只這個錢了，我媽最愛穿旗袍了，趙叔叔說啊......喔，不......大家都說我媽穿旗袍最好看了。」

「你很得意啊？十幾年來的吃喝花用都靠別人家的男人來養，你有什麼好得意的，不知羞恥，我想大概是你爸一斷氣，你媽媽就迫不及待賴著趙靖了。」

「我不知道，但是我想你最清楚了，不過據趙叔叔說，小時候是他抱著我長大的，我的名字是他給我取的，那個什麼眷屬證是他替我辦的，我很感謝趙叔叔給我取這個名字，汪子亮。」

「你閉嘴啊你！」秀女看著亮亮越說越得意的樣子，再也不管自己該有的長輩風範，而此時經過的士芬早就將這些話聽了進去，趕緊扶住因憤怒而氣得發抖的母親。

「汪子亮你太過分了，你吃我家飯領我家薪水，我不准你在這刺激我媽！」

「我才不希罕你們家的薪水咧！」

「對！你有你趙叔叔貼補，所以你不希罕！」秀女諷刺地對亮亮大吼，亮亮再也忍受不了她一再地誣衊，打算給她深深的一擊。

「錯！仔細聽清楚喔，不要昏倒，我不辭職，不是為了誰可以貼補我，我是為了士元，趙士元！你兒子他求我拜託我你們知道為什麼嗎？因為他怕我辭職後會搬家，他會找不到我，他不想像趙叔叔一樣十幾年後才跟我相逢，這樣你們明白我什麼意思了吧？他喜歡我～無論如何他都不要我辭職。」

「不要臉啊～跟她媽媽一樣不要臉！」

聽著亮亮一個字一個字地揭開她心中最痛的傷疤，秀女失控地辱罵著，士芬也在一旁瞪著亮亮認同母親。

而亮亮則憋住最後一口氣帶著笑走出房間，筆直的走向廁所，一直到顫抖的手指輕輕扣上門鎖，才哭了起來。

＊＊＊＊＊＊＊＊＊＊＊＊＊＊＊＊＊＊＊＊＊＊＊＊＊＊＊＊＊＊＊

「我為什麼不能跟亮亮交往？」

一回到家中的士元，就面對母親不准他跟亮亮來往的命令，不能接受的士元，激動地反彈著。

「你很清楚知道為什麼！」

「你不是叫我接近他們，好好盯著他們嗎？」

「你還好意思說咧，你現在有臉跟我說這個！」

士元聽見秀女如此說著，馬上轉頭瞪著士芬。

「趙士芬你這個奸細啊你！」

「ㄟㄟ！不關你妹妹的事啊，我已經去看過那個汪子亮了。」

「哦～媽，你去看她幹嘛，你又罵人了是不是？為什麼？你已經羞辱過她媽媽了不是嗎？你們一個個輪番上陣啊，一個罵完另一個再去，厚～」

秀女看著一向最聽她的話的寶貝兒子竟然為了一個外人，還是一個

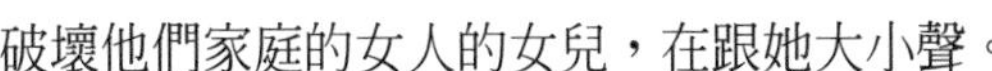

破壞他們家庭的女人的女兒，在跟她大小聲。

「你這什麼態度啊？趙士元！」

「你們......你們算是什麼啊？」

「她們勾搭我丈夫兒子就是招惹我，你在心疼什麼？」

「哥～亮亮說你喜歡她是不是眞的？」

士元怒視士芬的眉間抖了一下，並沒有回答。

「唉呀！不說話，當他不喜歡啦！」

「是，我是，我就是喜歡她！」士元突如其來的告白，推翻了剛才搭了腔的秀女所認定的事情。

「趙士元啊，你瘋啦你，你跟他們一家人都一樣不正常啦？他們一家人......沒家教沒教養！」秀女氣得話都說不清楚了。

「媽！你的價値觀眞的是......我喜歡的是亮亮，關她媽媽她弟弟還有她家裡什麼事？」

「當然有關係！門當戶對你懂嗎？兒子啊你會一輩子不幸福的啊！」

士元想不到母親居然還有這種古老迂腐的思想在，像被壓迫住地喘了口大氣。

「所有都是你們膨脹的心理在想像，我有說要娶她嗎？媽你最擅長的就是是非題，是不是？要不要？好不好？永遠只有YES或NO兩種選擇，你可不可以不要這樣子？你可不可以讓一切順其自然！」

「不可以～這件事情不要商量了，立刻跟她斷絕往來。」

士元不解母親爲何要對待他還像左右個小孩般地霸氣，現在已經不是是非題了，而是他怎麼回答都是錯了。士元深吸一口氣，他要做自己的主人。

「好，我現在立刻就可以回答你！NO！我就是要跟她交往，我就是喜歡她，我以後要娶的，不光是一個好看的金招牌，我要娶一個『人』，一個有血有肉有溫度活生生的人，比方說，汪！子！亮！」

趙士元一說完就用力地甩門離去。

「趙士元！趙士元！你給我回來～」

「媽......媽......」

秀女看著那個原本老是會順著她的心哄著她的士元，今天竟然臉紅脖子粗的跟她大吼了，傷心地跌坐在地上。

「你看到你哥哥沒有，我養他這麼大，他從來都是順著我哄著我，他跟我這樣大吼就為了那個汪子亮～嗚嗚～」

「你放心，我瞭解哥，他的熱度永遠只有三分鐘，他沒有那個耐心去長期付出的，不會的！」士芬輕輕拍著秀女的肩膀安慰著。

秀女深深地痛恨著汪家的每一個人，是他們破壞了她原本平靜的日子，是他們讓趙家的兩個男人全都變了，她不能再讓事情這樣繼續下去了，這裡是她的領土，她是皇后，誰也不能動搖她的地位。

＊＊＊＊＊＊＊＊＊＊＊＊＊＊＊＊＊＊＊＊＊＊＊＊＊＊＊＊＊＊＊

亮亮看見士元突然出現在她上班的地方，臉色凝重的直向她走過來。

亮亮還來不及開口說話，士元就拉住她的手，直往辦公室外頭走。

「你放手！」亮亮莫名其妙地看著趙士元。

「我們出去玩，亮亮，我有話要跟你說。」

周遭的同事們看見公司的小開竟然跑來找亮亮，肢體動作又如此親暱，感覺兩人關係非比尋常的紛紛議論著。

亮亮看了看四周交頭接耳的人群，還有眼前什麼都不說就魯莽地拉著她直走的士元，亮亮用力甩開他緊抓的手，也顧不了什麼了。

「你們一家三口都來了，一下你媽你妹，現在又是你，是不是等一下你爸也要來，我汪子亮何德何能，要勞動你們全家總動員？」

士元看著連他也一起誤解的亮亮，連忙解釋著。

「他們是他們，我是我啊，我跟他們不一樣的，我知道我媽來過了，也曉得她說過什麼話。你要挺我的啊，亮亮，如果你也生我的氣的話，那......那我就很沒意思啦。」

亮亮看著士元說得一副委屈樣，想想自己的態度的確好像有些遷怒他了。

「你媽罵你啦？你妹也罵你啦？」

「那個士芬是最像我媽的了。」士元悶哼了一聲。

「他們很不喜歡我常常跟你在一起是不是？」

士元向亮亮點了點頭，而亮亮水汪汪的眼睛瞇了瞇，牽起士元的手，對他笑了笑。「走吧，我跟你出去。」

而士元開心地笑著像邀請人跳舞似地彎腰向亮亮行了個禮，不管眾人的眼光，踩著輕快的步伐就要離去。

剛巧到門口就遇上了士芬。

「你們要去哪？」

亮亮不理會士芬。

「我在問你話！你得......」

「我得要看著你是嗎？趙士芬，你真的很像你媽耶，她在說話的時候，別人得必恭必敬的看著她，這樣行嗎？我們要出去玩，至於去哪，還沒決定，反正士元會決定，對不對啊？士元！」

士元順著亮亮地點了點頭。

「你們眞的很過分耶，現在是上班時間耶。」

「上班又怎麼樣？你不是也現在才到公司嗎？」士元幫亮亮數落著士芬。

「我......我不一樣！」

「是啊，妳不一樣。」士元看著一副囂張樣的士芬他可不怕。「你可以遲到早退中途還可以去辦私事。」

「好，那你們跟課長請假了沒？」士芬理虧地仍要阻止。

「不用說了，我知道就好了，我說了算！」

「你說了算，你算老幾啊？」

「我不算老幾？你以爲你是誰啊，在這人模人樣的教訓我？」

「憑什麼？憑我腦筋比你清楚，憑我弄得清是非黑白，再怎麼不務正業，也不會把玩樂當正事來辦！」

「你當然不會啦，因爲根本沒有人會約你出去玩！」

「你......趙士元！你敗家子！」

「你是個乏人問津的老處女！」

士芬的臉一陣青白。

「士元，不可以……」亮亮出聲阻止士元繼續說下去。

士芬轉頭瞪著亮亮，都是亮亮害她跟士元在大家面前成了笑話。

「你不要在這裡假惺惺的裝好人，這是我們家的事，你很得意嗎，你以為你可以影響我哥，你作夢，汪子亮！我跟我哥哥再怎麼吵，我們都還是正常人，你懂嗎？我們沒有神經病！你跟你那個神經弟弟吵得起來嗎？你們一家三口都有病，兩個神經病，一個定期要看心理醫生，你有什麼好得意的啊？」

「趙士芬！你再說一句我就揍你！」士元緊握著拳頭對著士芬，而亮亮脹紅著臉，呼吸重重的鼓動著她的胸腔。

「是……我媽是神經病，可是你爸愛她，你爸不愛你那正常的媽媽，他很神經病，我弟弟……我弟弟也是神經病，可是我們相親相愛，他永遠不會在大庭廣眾之下，掄起拳頭要揍他姊姊，神經病……神經病又怎麼樣呢？彼此相愛的神經病，總比互相仇視的正常人好多了吧，我愛神經病，我就是愛神經病。」

亮亮堅強地忍住早已湧上眼眶裡的淚，要自己別去多看一眼眾人凝聚起的奇異眼光。

「走吧，我們去玩！」就這樣拉起士元的手，留下臉色更加難看的士芬，頭也不回地走出辦公室了。

來到公園的兩人，亮亮坐在盪鞦韆上停止了抽搐，腫著哭紅的眼睛看著在一旁不知如何安慰她而正在發愁的士元。

「好了，我哭完了，我們要去哪裡玩？」

「就這樣子啊？」

亮亮點了點頭，兩人肩並肩地走著。

「你平常都是這樣子的嗎？我以為女孩子都要默默流眼淚流很久的耶。」

「我不會默默的，從我媽和我弟瘋了以後，我就不會默默的，我怕我太壓抑會變成神經病，我覺得只要我用力大聲的哭出來，就可以把厄運趕走了。」

「厚～嚇死我了，哭得驚天動地的。我不知道你會哭耶，酒窩不是用來笑的嗎？」

「神經病！」亮亮破涕爲笑。

「我也愛你。」

「什麼？」士元突然的一句話，讓亮亮嚇了一跳。

「你說的啊，你說你就是愛神經病？那我是神經病，你不就也愛我嗎？好吧，所以我說我也愛你嘍！」

「士元，你是認眞的嗎？」亮亮覺得自己心裡某部分被牽動了。

「當然，我絕對很認眞的要當個神經病！走！去玩！」

亮亮的臉微微一紅，似乎對他這些日子的「追逐」已瞭然於胸了。

而士元看著亮亮嬌羞的神態，更加無顧忌地說了起來。

「放假跟蹺班……用功跟作弊……偷情跟外遇……羅密歐與茱麗葉也是因爲有人反對才刺激啊！」

「士元……這是你對人生和愛情的看法嗎？你也是因爲有反對，所以……才喜歡跟我交往的嗎？」亮亮此時心中卻浮起一絲的不安。

「我才沒有想那麼多耶，我剛剛只是舉個例子而已啊。」

沒想太多的回答讓亮亮感覺不是很愉快。

「我知道了，你回去吧。」

已經走到了家門口，亮亮不想再多講了，只想靜靜地思考一下。

「我要跟你一起進去找小敏啊，他是我哥兒們耶。而且趙士芬現在一定在跟我媽告狀，我怎麼回家啊，能躲多遠就躲多遠。」

「趙士元！你都是用躲避的嗎？」亮亮不喜歡士元用這種態度去解決事情。

「這叫作識時務，幹嘛找罪受啊。」

「你的勇氣，你……你挺我，你的愛心，都只有這樣而已嗎？」

士元不懂亮亮爲什麼突然又不開心了。

「今天我在公司多挺你啊，趙士芬如果再敢多說一句，我就揍她！」

硬要進去的士元，前腳才剛踏進去，就聽見趙靖的聲音從屋裡傳了出來，趕忙退到門外，向亮亮尷尬地笑了笑。

「怎麼了？不是要跟我一起進去嗎？」亮亮知道士元在怕什麼。

「亮亮......我......我爸在裡面。」

「跟我做朋友很難看嗎？」

「我不是那個意思，被我爸爸撞見很難看啊，與其對我媽難交代，還不如裝作沒看見嘛。」

亮亮再也受不了士元的謬論。

「跟我一起進去！」

「亮亮，你怎麼也會這樣子？我以爲......你是不一樣的。」士元搞不懂大家怎麼都愛逼著他。

「你爸爸都敢光明正大到我家來看老朋友，你卻不敢，趙士元！天使不是選時機當的，你走吧，以後不要再來了。」

「好......我進去我進去，頂多跟我爸同一國一起騙我媽好了。」

士元吐了吐舌頭，硬著頭皮就要進去了。

卻正巧趙靖帶著妍秋要出門，亮亮看見母親穿戴整齊，臉上髮型都精心打扮過了，十分隆重正式的模樣。

「媽，你們要去哪裡？」

「我們要去唱歌。」

士元看著趙靖在一旁微笑地點了點頭。

「爸，你眞的要帶汪媽媽他們出現在公開場合啊？」

「是啊，有什麼不可以的？」

「爸......你這樣......」士元將趙靖拉到一旁去小聲地說，沒想到卻引來趙靖的不悅。

「公開場合不要說悄悄話，你這樣懂不懂禮貌啊？」

「好啊，那我就不悄悄了，你明知道媽不高興你到汪媽媽這，竟然還要帶她出去，到處都有中國人的，要是傳到媽耳裡，媽又要......」

「我怕什麼，我又沒做什麼虧心事，一來是老朋友，二來是俱樂部開幕，能夠邀請到紫秋小姐上台駐唱，是件美事，我怕什麼？於公於私我都站得住腳。」

亮亮欣賞趙叔叔的光明磊落以及勇於面對的態度，可是她放心不下許久未出現在公眾場所的母親。

「媽，你想去嗎？」

妍秋癡癡傻笑的點點頭。

「你......可以嗎？」亮亮的遲疑裡也包括擔憂母親的病。

「沒有人比她更可以了，她唱了大半輩子的歌了，舞台是她的生命，唱歌對她來說是一件比呼吸還自然的事了。」趙靖替妍秋有自信驕傲地說著，但是他也從亮亮的眼神中知道她的疑慮。「亮亮，你媽媽到我們那唱歌，我希望你能成全她。」

「亮亮......你讓我去好不好？亮亮......」妍秋嘴裡說著對亮亮懇求的話，眼角眉梢卻已經流露出即將要上台的興奮神采。

「人海茫茫不知身何在～總覺得缺少一個愛～」妍秋突然唱起了歌，用歌聲向亮亮證明她是可以的，妍秋緊緊地抓住亮亮的手。

「不要忘嘍～～」許久未看見母親如此神采奕奕表情的亮亮，此時也不忍讓母親有一絲失望了。

「我不會忘的，我記得的。」

「小敏會跟我們一起去，如果你們覺得尷尬的話，可以不要勉強去。」趙靖繼續說著。

而亮亮當然要去看看媽媽在台上的風采，並且覺得趙叔叔的態度讓她很安慰。就這樣，趙靖開著新買的吉普車載著妍秋，而士元載著亮亮和小敏，往俱樂部的方向開去了。

第六章

「這樣啊......呵呵......好好好......謝謝你啊陳秘書，那我就安心啦，這麼晚我怕你們董事長加班什麼的，身體吃不消呢......」秀女手持話筒，邊微微遮住話筒，邊對站在廚房門口的阿惠使了個眼色，要她快快去做菜。

「行了，老爺在回來的路上啦，甭等了，快去多下兩道加辣子的小菜啊。」掛了電話，秀女又忙往廚房探頭，笑咪咪的囑咐。

沒想到話筒剛掛，寂靜的家又猛地炸起來。

「喂？陳秘書喔......啊?你說什麼，你剛不是說董事長回家啦......好好......不要說了......」廚房的抽油煙機正轟隆隆作響，秀女兩樣心情的跌坐在沙發上。怎麼會這樣呢......趙靖竟然帶著那個女人到俱樂部去，一點都不避諱她這個太太的面子，秀女眼冒金星，呆坐直到士芬回來。

「媽，怎麼不開燈啊？發生什麼事情了？不要哭啊你不要哭啊！」

「沒有用，對他溫柔沒有用，一個人要是沒有心，他看不見啊，他耳朵聾啦！他沒有心啊～」

「媽，不要嚇我，發生什麼事啦？」

秀女恍如隔世的抱住士芬痛哭。

而此時俱樂部門口，人群乍現，趙靖牽著妍秋從化妝間出來。

「妍秋，怎麼了？」

「漢文......我會害怕耶，你看，我現在嗓子都啞了，亮亮說我會忘詞，我還是不要唱好了，我跟你說，漢文會生氣的，漢文不喜歡我唱歌的，我還是不要唱了......我......」妍秋開始有些慌了。

「妍秋，看著我，好多人都是來聽妍秋唱歌的，而且這裡有好多都是漢文的長官呢。」

「那......那......我要爲漢文唱喔。」

「對，你要爲漢文唱，爲漢文做場面。」

「那我唱〈西湖春〉好不好？」

「好好好，你唱什麼都好，漢文一定會很高興的。」

趙靖牽著妍秋走下樓梯，眾人鼓掌歡迎。

「我看到總司令送的花籃耶。」

「是啊。」

趙靖看著會場精心的布置，滿意的點了點頭，這些都是他爲妍秋今天的表演籌備已久的成果，他希望妍秋能夠開心，就是他最大的滿足。

「各位來賓，我們歡迎紫秋小姐。」

妍秋從司儀手中接過麥克風，看著在場的每一個人，點頭淺淺地笑了笑。

原本還有些忐忑不安的她，在找尋到台下趙靖那鼓勵她信任她的眼神後，逐漸安定了下來。

鋼琴聲開始清脆優美地緩緩瀰漫著整個會場，客人一一入座。

妍秋輕柔婉轉的嗓音裊裊在空氣中營造出一股甜膩味道。

「春風吹～春燕歸～桃杏多嬌媚～」

趙靖看著妍秋搖曳的姿態，感覺妍秋又回到了空軍玫瑰時的樣子，十分專注，像是鑑賞著一件藝術品，眼神沒有一秒離開過妍秋。

而此時剛到會場的亮亮、士元和小敏，也趕緊坐了下來。

「開始了開始了耶～」小敏興奮的向台上的妍秋揮了揮手，亮亮忙將小敏的手拉下，叮嚀著。

「小敏，今天很重要，知道嗎？」

「亮亮，你爲什麼每次都要這樣跟我說話呢？我又不是白癡！」

「好好好，我只是說，今天我們說話要小聲點，好不好？」

「好，我......今天不說話！」小敏忙用手蓋住整張嘴，亮亮笑著摸了摸弟弟的頭。

亮亮看著母親在台上唱歌的神情是那樣的快樂，那樣的滿足，她悄悄地走到趙靖身邊，感謝這個男人爲母親做的一切，輕聲地說了起來。

「她好棒，對不對？眞美。她要是不瘋多好，一定會更棒。」

「你認爲她的瘋有損她的美？我不認爲，我認爲她一直都這麼棒都這麼美，只是你們不懂得欣賞罷了。」

亮亮看著趙靖。「你眞的很愛她是不是？很久了嗎？」

「一直……」

「從什麼時候開始？又會持續到什麼時候？比我爸愛她更早更久嗎？」

趙靖笑了笑。

「亮亮，眞正的愛情是沒有辦法量化的，眞正的愛情是沒有比較的，愛就是愛了，沒得商量，當愛情來的時候，你想躲也躲不掉。」

「你不就躲掉了？你不是結婚了？不論再怎麼樣眞正的愛情。趙叔叔，你並沒有堅持也沒有爭取。」

「你錯了，我不是沒有，是你媽媽對你爸爸的愛更堅持，不管我再怎麼愛她，也比不上她對漢文的感情。」

「所以，她還是最愛我爸爸的。」

趙靖理解亮亮愛母親同時愛父親的心理，也清楚自己的立場，點了點頭。

「是啊，我很清楚，就算我爲她做得再多，我充其量只是漢文的影子。」

「你願意一輩子當我爸的影子？」

「這個問題我們上回討論過了。」

亮亮見趙靖專心不想多說的神情，自己開始環顧了四周座無虛席的會場，不禁仍好奇地問起。

「你哪裡找來這麼多人啊？」

「有些是眞的客人，有些是我的員工，叫他們穿上軍服。」

「他們不是眞的軍人？」

「管他眞的假的，能夠讓妍秋開心才是最重要的。」

亮亮瞭解眼前這個男人是願意如此，那樣的心甘情願，也不再多問了。

妍秋一曲唱盡，大家鼓掌，妍秋眼中閃了閃地答謝。

「謝……謝謝……謝謝各位，我……我叫紫秋，謝謝你們還記得我，也很高興有這麼一次機會，能夠在這裡爲您演唱，謝謝各位來賓，謝謝各位長官，謝謝……趙靖。」

妍秋把最後一個感謝留給了趙靖，讓台下的趙靖驚訝的感動著妍秋是那樣清晰自然地看著他認得他。

「趙靖是我的好朋友，一輩子的好朋友，他知道我還能唱歌，他知道我喜歡唱歌，所以……我今天要特別爲我的好朋友唱一首歌，謝謝你，趙靖。」

趙靖感動得不能自已，手中的酒杯顫抖著。

「友情～人人都需要友情～不能孤獨走上人生旅程。」

妍秋緩緩的歌聲纏繞著趙靖，趙靖的激動全看在亮亮眼裡。

「她唱的是〈友情〉。」亮亮像是爲漢文吃醋般地故意說了這句。

「她知道我，夠了。」

「醫生說我媽清醒指數只有百分之四十，就是說一百天裡最多只有四十天知道趙靖是誰。」

趙靖不在乎，滿足的聆聽著妍秋爲他唱這首歌，爲他一個人。

而一場即將襲來的風暴，卻正要慢慢展開了。

秀女與士芬此時匆匆忙忙地趕到了俱樂部。秀女看見趙靖爲妍秋精心設計的演唱會場，陣陣心痛再度湧上心頭。而此時宋妍秋就站在台上那樣開心的唱著，趙靖則在會場一一與人敬酒，看起來就是個……該死卻又驕傲的情夫，秀女的理智已經被滿腔的怒火給吞沒燃燒殆盡了。

士元此時轉頭瞥見母親，心驚了一下，又見母親眼裡的怒焰，感覺大勢不妙了。

秀女發恨的目光注意到身邊的水晶吊盤，一揮手憤怒的揮落。

「媽……媽……」士元忙上前阻止。會場的眾人目光瞬間聚集於秀女這頭。

「秀女！」趙靖大夢初醒，發現秀女在場。

「趙靖！你一而再再而三的帶她到俱樂部裡，毫不避嫌的，你是不是人啊你！」

趙靖無語，內心為了妍秋可能受傷害而著急。秀女見趙靖不答腔的態度，心傷不已。

「你為了她，為了她找來一屋子的人，為了讓她往日重現，你花了那麼多的心思，你為我做過什麼？你為我做過什麼？～」走上前就是一陣搥打。

「一屋子都假的，只有你對她的那一片眞心是眞的，我呢？我呢～」

秀女的大喊聲，驚嚇到了妍秋。

「我......又忘詞了......」妍秋眨巴著眼，以為騷動是因為自己的關係而緊張了起來。

「你對我三十年的感情是假的，是不是，你說話啊！」

「有事回家說。」趙靖抓住秀女的手，只知道帶離秀女才能讓衝突不再繼續擴大下去，傷害到妍秋。

「回家說幹嘛？你知道這件事情見不得人啊？我說的不會比她唱的好聽嗎？」

「漢文......我又忘詞了......亮亮？......」妍秋在台上慌了起來，亮亮看了急忙想上台。

「事情大條了，我們躲起來吧。」士元此時卻握住亮亮的手，準備腳底抹油，走為上策。

「不行啊，我媽還在上面。」亮亮的手在士元手裡掙扎著。

而另一頭，同樣護母心切的士芬抱住了秀女。

「好了，媽。」

秀女整個身子不能克制的抖著，脖子上的青筋因緊咬的牙根一一浮現而出，像是再受到一點嫉妒的壓擠，那在其中翻騰的憤怒就要噴灑出來。

「亮亮，你聽我說啊......」知母莫若子，士元知道媽媽要發狂了。

「放手，你放手啊。」亮亮掙脫開來。

「趙士元？......」士芬看到了士元，也看見他身旁的亮亮，神經質地衝上前去與亮亮拉扯了起來。

「你幹什麼？放手。」士元推開士芬擋在亮亮前面。

而亮亮圈住慌了的妍秋，直想離開會場，回家去。

士芬語帶諷刺地瞪著亮亮。

「不准走！演唱會還沒有結束呢，她現在跟你一樣是我們家的員工，在這邊駐唱不是嗎？時間還沒到，她哪都不能去。」

「走開～」亮亮焦急的把士芬推開。不行，媽媽受不了刺激的。

而在一旁的秀女早就開始發飆的把花籃花架全都給打翻了，經過秀女和士芬的一鬧，會場全亂成了一團。

「不准走～誰都不准走～你唱啊～你不是愛唱嗎？」秀女惱怒地對妍秋吼著，並且從皮包裡掏出大把鈔票丟在妍秋身上。

「你不是歌星嗎？你唱啊，給錢你唱啊！」

「秀女......住手！」趙靖再也忍受不了秀女囂張跋扈的態度，一把抓住秀女的手。

「你放開我～你放開啦～」才一掙脫的秀女，又衝到妍秋面前比著她。

「你又啞又瘋，死了算了！」

「趙太太，請你對我媽說話放尊重一點！」

「誰認識她，沒人認識她！她過氣啦，她現在只是個瘋子，沒人認識的......」秀女對著鐵青著一張臉的亮亮大吼，士芬則狠狠的瞪著她們，士元夾在中間不知該如何是好。

沒人注意到一旁的小敏，禁不起剛才的一鬧，整個人又犯病了，突然衝上前去掐住了秀女的脖子。

眾人趕緊上前拉開他們，可是小敏緊箍著秀女脖子的手始終沒有鬆開，眼看秀女就要喘不過氣了，亮亮才將弟弟拉開。

秀女披頭散髮的仍在聲嘶力竭地咒罵著，會場一片狼藉，人群們看笑話的看笑話，不想多被牽扯的早已走遠。趙靖沒想到他的一場美意，卻換來對妍秋的傷害，以及自己一家人的羞辱。而此時的妍秋又逃離了現實，站起身來手勢一擺，緩緩地唱起歌來了。趙靖看著妍秋心疼地想要走過去安撫她，卻被亮亮一臉失望的眼神擋住，趙靖無奈地低下了頭，聽著妍秋悠悠的歌聲繚繞著會場，諷刺著這一切。

****

趙家的餐桌上，沸沸滾滾的麻辣鍋原是爲了趙靖回來吃的晚餐，飄散的香味卻引不起任何人的胃口。神情憔悴的秀女雙眼空洞，看起來像盯著桌上滾燙香熱的麻辣鍋，但卻沒有焦距，趙家每一個人都在，卻都無語的待在客廳的各個角落。

士芬看著母親傷心的模樣，轉頭怒視著士元，士元不以爲然的反瞪回去。

「趙士芬，不要以爲你的眼光是正義之箭。眼光是殺不死人的。」

「那是因爲你沒有羞恥之心。」就當兄妹倆爭吵時，秀女將麻辣湯一瓢瓢舀進碗裡，開始喝了起來。

「夠了！」士芬看見母親一邊咳嗽嗆著的喝著湯，趕忙上前阻止。

「媽！你不要這樣子，你根本不能吃辣！你眼淚都流出來了，你根本不能吃啊，別吃啦！」

「我沒有流眼淚......我沒有流眼淚......在這個世界上，有人哭有人笑，我爲什麼是哭的那一個，我爲什麼要讓別人笑，我不要哭......」秀女眼神淒苦地說著，士芬抱住母親也跟著哭了起來。

趙靖抽走了秀女手中的湯匙，想勸阻的話梗在喉頭，只能默默聽著秀女咳嗽，拿了杯水給秀女，還有衛生紙要幫秀女擦嘴。

「你吃不慣辣的，這樣吃會把腸胃吃壞的。來，喝水。」

秀女嘴紅腫著，看著趙靖手中的水，哀怨的說。

「唱歌，我來不及學，我現在開始學吃辣......總可以了吧？」

士芬再也不忍這樣看著母親委曲求全的樣子，對面無表情的趙靖叫著。

「我恨你，我恨你們，還有姓汪的全家，包括汪漢文！他爲什麼要死！為什麼要死！」說完就哭著跑上樓。

「士芬！士芬！」跟著跑上樓的士元叫喊著士芬，士芬突然回頭看著這個從來都沒有善盡做一個哥哥榜樣的趙士元。

「趙士元，你心不心疼媽？你什麼時候看過媽這麼……這麼委屈過？」士芬鼻涕眼淚齊下，柔軟的心腸被母親的眼淚牽制得失去理智。

「如果……如果我說……我心疼我也不心疼，那……」

「你不是人！」士芬搶白。

「我承認，媽這樣讓人看了會想掉眼淚，那也是因為她以前太不可取了，以前的她，總是把一二十年前的帳翻了又翻罵了又罵，說爸不稱頭，只會開飛機，凡事都靠外公家，也不准見他的老朋友，食衣住行樣樣都要奚落他，我們的壞習慣都毫不懷疑的算在趙家的遺傳基因上，現在，她又覺得爸變得可貴了許多，為什麼？一定非得有人搶才是甜的嗎？」

「就算是吧，你要幫著外人來搶嗎？」士芬忿忿道。

「我誰都不幫，我就事論事！在這之前，爸在媽眼裡什麼都不是，可是在汪家，在那些外人的眼裡，爸爸他……他簡直像個聖誕老人，一個有求必應的聖誕老人，他們讓爸覺得被依賴被需要，爸覺得自己是重要的。」士元的口氣不是一個兒子對父親的終極體諒，而像是男人之間的互相瞭解。

「是嗎？像你一樣，覺得頭上出現光圈了？」士芬看穿他。

「對！就是那種被需要的感覺，很快樂。」

「也不過就是一種感覺，媽要製造這種感覺，也不是不可以，沒什麼了不起的。」

「是嗎？來得及嗎？」士元冷哼，誰心裡都有答案了吧……

而樓下的趙靖與秀女兩人坐在餐桌前，面對面。

「有些話我想對你說。」趙靖語重心長。

「不，不要說，我不想聽，你什麼也別說，你只要告訴我，我現在還來得及嗎？」秀女淚眼汪汪。

「首先我要對你說抱歉，如果我今天的行為傷害到你。」

「你要跟我開口提離婚嗎？」

「我不會開口提離婚，這是我對你的尊重，可是我請求你，允許我去照顧她。」

「你是要我接納她？先是接納......然後是分配？分配時間，分配你的心，接著她就進我們趙家的門，然後我蔡秀女就消失了，大家叫的趙太太就變成宋妍秋？」

「不！不會的！我跟你保證不會變成這樣子，我不是這個意思。」

「那你什麼意思？」

「就是照顧，照顧啊，照顧一個老朋友，沒有別的意思。」

「以前士元小的時候，抱隻小狗回來養，你不答應，我還記得你當時說的話，你說小貓小狗是有生命的，抱回來，要用心的照顧。」

「那不一樣！」趙靖猛地站起。

「當然不一樣啊！你照顧宋妍秋當然會比照顧小貓小狗用心，你等了那麼多年的心上人，宋妍秋對你來說，就像天邊的一顆星，汪漢文死了，你們再重逢，你們之間不會有距離，她就像那一顆星唾手可得，如今你有機會照顧她了，現在她不再遙不可及了，你是這個意思嗎？」秀女忘記了眼淚，又開始咄咄逼人起來。

「你想太多了......我只是單純的想......」趙靖知道自己的辯駁多麼微弱。

「單純的像今天晚上，爲她開party逗她開心？你不是在照顧老朋友，你是在照顧一個你心愛的人，爲了圓你二十幾年來的夢！」秀女喘著氣，又咳了起來。

「秀女，夢也好，心上人也好，那都是過去的事了，現在她就只是一個老朋友，我請求你答應我，讓我去做一件快樂的事。」

「你爲了你的快樂讓我痛苦？我爲了你的夢讓我的夢破碎？你怎麼這麼殘忍啊，你居然把她當成一件事來跟我商量，我絕對不會答應！我絕不！我絕不！」

說完，秀女就哭著跑上樓去了。

趙靖沒有辦法得到妻子的諒解，只能直挺挺地站在窗前，像個假人

般地失神不語。

＊＊＊＊＊＊＊＊＊＊＊＊＊＊＊＊＊＊＊＊＊＊＊＊＊＊＊＊＊＊

經過一夜的混亂，亮亮送母親和弟弟回去之後，自己是家中唯一清醒著承受這一切的人，她安撫了母親和弟弟，但是誰又來安慰她呢？

自己孤單的腳步又自發性地來到中威診所的樓下，抬頭一望，燈是滅的，胸中一悶，或許自己眞的只適合一個人去消化掉所有的苦。

轉身要到別處晃晃，低著頭慢慢拖著步伐，想讓自己隱身在這漆黑的夜裡。

「怎樣？現在都流行這樣走路？」一句熟悉的聲音在耳邊響起，中威笑咪咪的溫暖面容就出現在失落的亮亮眼簾裡。亮亮抬頭望著比她高半個頭的中威，像是看到港口燈塔指引的迷途小船，緊緊跟著中威進入了診所裡。

「燈亮，眞好。你跑到哪去了？病人需要你都找不到你。」一進屋裡，亮亮就帶點埋怨的口吻說著。

中威只是苦笑著說去幫個朋友買生日蛋糕，亮亮此時才瞥見中威手上拿著一個生日蛋糕。

「那你朋友咧？」

「我本來以爲她不會來的，但是她現在來了。

中威直定定、意有所指地瞧著亮亮。

亮亮往四周張望並沒有看到半個人影，看看現在時間也晚了，中威要幫著慶祝的人對他來說一定很重要，要不怎麼這個時候，還會爲了他等門守候，亮亮有些失落地嘆了口氣。

「那我不打擾你們了。」亮亮轉身就要離去。

「亮亮，那個人就是你啊。」

亮亮一聽怔了一下，最近事情發生得太多太複雜，她早就忘記自己的生日。中威看著亮亮不語的背影，知道她最近跟士元走得近，但是心中仍酸酸地說。

「我能這樣就不理你嗎？可不可以告訴我，為什麼忘記我們的約定？」

「可是……我不是今天啊。」

「今天不是你的生日，你說的，生日是母難日，所以你要留在家裡跟媽媽一起過，我們約好的，每年你生日前的第一個禮拜天，我們一起過。五年來我們不是一直這樣做嗎？」

「中威～我不知道……我不知道你還記得。」

「我當然記得，我一直都記得，是你忘了。」

亮亮轉過身來，看見中威深邃又溫柔的雙眸不曾改變，那樣的清澈透亮地，總是能安定亮亮的心靈。

她珍惜著與中威難得的友誼，更感動著他細心的維繫著彼此之間的友誼，深深為自己老是不經意的爽約感到內疚。亮亮知道中威喜歡看她笑，她今天要為中威好好的笑，為他的安排開開心心的吹蠟燭切蛋糕。

「快來幫我啊，來～幫我點蠟燭～」亮亮搶走中威手中的蛋糕，迫不及待地要拆開。

「你就是這麼孩子氣。」中威看著亮亮找不到線頭急促的模樣，笑了笑。

精美小巧的蛋糕上有著好幾朵糖霜做的向日葵小花，點上蠟燭後，亮亮把燈關了。燭光散發出微弱但溫暖的光芒，渲染著周遭，似乎一朵朵的小花，就如小太陽般地照耀著兩人的臉龐。

「好了！唱吧！」

兩人開始放聲地唱著〈生日快樂歌〉，中威祝福著亮亮，亮亮祝福著自己。可是亮亮心裡此時卻又感到一股濃濃的哀傷，她能祝福自己什麼呢？她能許下什麼願望呢？她知道自己心中最渴望的願望，是那樣的奢侈那樣的難以實現。中威察覺了亮亮原本開心笑著的嘴角慢慢垂了下去。

「怎麼了？不開心？」

「你跟我求婚好不好？」亮亮突然冒出了這一句。

「求婚？」中威以為自己聽錯地又問了一遍。

「不是眞的，你假裝跟我求一次婚，就算是禮物嘛。」

「這種事怎麼可以當禮物，假結婚耶。」

「是啊，我只要享受一次被求婚的感覺就好了，因爲......我知道這一輩子，沒有人會開口跟我求婚了，可是......我多麼渴望......多麼渴望能聽到那一句話『亮亮！你願意嫁給我嗎？』一次......只要一次就好了，就當生日禮物嘛。」

中威看著眼裡泛著淚光的亮亮，他瞭解地點了點頭。

「好，你準備好了嗎？」

亮亮不說話，但是眼裡的渴望早已在等待著。

「亮亮......你願意嫁給我嗎？」中威沒有意識到這個玩笑裡的自己已經開始認眞了。

亮亮一聽，淚珠就不聽使喚的掉落。

「你願意成爲我的妻子嗎？」

「謝謝，謝謝你。可是我不行耶，對不起。」亮亮心裡覺得夠了，中威這樣做已經很夠了，也不要再讓他爲難地開起玩笑。

「喂，你，好歹你也......你也說你考慮一下嘛，人家不都是這樣子......」

中威好笑著亮亮給的答案，知道她就是這麼堅強的個性，不敢在感性的世界裡多加停留。

「過生日才有禮物，我又不能天天過生日，在現實生活裡，我必須這樣跟人家說，因爲我沒有考慮的權利，我必須說......對不起，我不能答應你......因爲我的家，我媽媽......我弟弟......沒有人會有那個勇氣，會把一輩子當成禮物送給我，沒人......」

亮亮掩面失聲痛哭了起來，好希望這一切是眞的。

「中威，爲什麼？爲什麼人性這麼軟弱？爲什麼？爲什麼不敢去愛去爭取呢？中威，是不是註定我這輩子就只能照亮別人？你告訴我，屬於我的太陽在哪裡？你告訴我！」

亮亮哭的淚眼迷濛，中威再也克制不了心中疼惜亮亮的心情，他早就發現自己看亮亮的角度不再是醫生對病患這樣簡單，中威輕輕地捧起亮亮的臉，深深地吻了起來。

亮亮嚇了一跳，但是這是一個多麼溫暖甜膩的吻，她始終沒弄清楚自己對中威的感情，但的確對他是有著一份強烈的依戀，一時間她也陷入了其中。閉上了眼，讓中威一吻再吻，親著她的臉頰，亮亮陶醉著，相擁了好久好久。

分開的兩人，對於剛才所發生的事情開始尷尬了起來。

「你的禮物送得太重了，謝謝你......這是我最快樂的生日，也是我收到過最好的生日禮物，我會一輩子把它收藏在心裡，永遠，永遠不會忘記，我汪子亮也曾經有人跟我求過婚，謝謝！我很滿足了。」中威聽著亮亮說的話，像是想將剛才他出自內心的吻，當成他送給她友誼上的禮物，不是這樣的，中威要告訴亮亮，她並不是如她心中所想的那樣不值得他爲她付出這一切。

「亮亮......別開燈......也許燈亮，要再等五年，我們才有勇氣把心裡的話說出來，五年，這樣一過，我們很快就老了，人生很長，也很短，生命裡有很多珍貴的事情是要把握的，錯過了你又再回頭的話，你會覺得遺憾。」

「你想說什麼？」

「我想跟你一起過生日，每年生日那天，我想跟你的家人一起過生日，我們的家人！」

中威看到亮亮的身子一震，不管她接受與否，他心中不想要有遺憾。

「我想像全世界所有已婚的男人一樣，當遇到不想去的應酬，我可以理直氣壯的說，我的妻子我的小孩還在等著我呢，我可以抱著我的小孩，給親戚朋友評頭論足，看看是像爸爸還是像媽媽，我想要有個家，家裡有個小太陽，孩子在家裡跑來跑去，鄰居來串門子，晚上九點，我提著全家的垃圾，到巷口跟鄰居一起倒垃圾。」中威嚥了口唾沫，感覺喉嚨從沒有那麼乾燥燙熱過。

「亮亮......我想要你嫁給我！你願意嫁給我嗎？亮亮！我願意負責倒垃圾，陪你看連續劇，我保證我吃早餐的時候不看報紙，我會一輩子穿著你買的內衣褲，亮亮......你願意嫁給我嗎？」

亮亮始終低著頭，耳朵熱烘烘的，心裡也亂糟糟的。她感動著中威所說的，那也是她所渴望的一個最簡單最幸福的家啊，中威的每一個字句，都是她夢裡曾經描繪出的生活。這麼多年了，中威始終陪伴在她身邊，一直都在她的生活裡看著她安慰著她，這樣的自然這樣的靜默，使她習以為常，沒有去細細分辨出中威眼底的溫柔是對她的友善還是愛戀。

「亮亮......」看著轉過身去拭淚的亮亮，中威輕聲地呼喊著。

「如果你願意，請你轉過身好不好？亮亮，我會一輩子愛你尊重你，請你轉過身點頭說好。」

「亮亮......」

亮亮感受到身後中威炙熱的目光，知道只要自己轉過身，她就可以擁有一個真誠善良的男人和一個幸福的家。亮亮的身體微微地開始轉動，她決定了，她要轉向中威，告訴他我願意，轉向一個新生活，告訴全世界她願意。

但是此時，突然有人敲門，門外傳來士芬的聲音，一個亮亮目前最不想聽到的聲音。

「中威，你在嗎？」

「趙士芬來了，不能讓她知道我在這裡。」亮亮焦急的張望。

「亮亮，怎麼回事？」

「快去開門啊，我沒有來唷，快去。」

中威看著亮亮慌張地躲入了病患休息室，只好納悶地去開門，門外的士芬一見到中威，就抱住中威嗚嗚咽咽地哭泣。

「怎麼啦？」

「我的家......我的家就要毀了......中威......中威......你......幫幫我......你幫幫我好不好？」士芬泣不成聲，所有的委屈在見到中威的瞬間傾瀉而出。

「慢慢說，我都在啊！」中威擰著眉拍拍士芬，心中其實有點懊惱。

「我的家......我的家要毀了，中威你跟亮亮是好朋友，你替我去求求她好不好？不然我們家眞的要毀了。」

「士芬，我不懂......你的意思。」

「我爸......她母親已經公然跟我父親出雙入對了，你知道嗎？我爸爲了她居然舉辦一個盛大的Party，讓她能唱歌，他從未爲我母親做過這些，他公然讓我母親難堪。」

中威一頭霧水。「這跟亮亮有什麼關係？」

「她也去了，他們全家，還有我哥，他們像快樂的一家人，她媽在台上唱歌，我爸我哥亮亮小敏快樂的坐在台下欣賞，他們把他們的快樂建築在我媽的痛苦上。」

「士芬，亮亮不是這種人。」士芬看著中威還幫著亮亮解釋，她知道中威心裡的確是存在著亮亮，她不甘心地企圖用自己的思考邏輯去影響中威。

「她是，沒有她的同意，她媽媽不可能公然跟著我爸的，沒有她的鼓勵，我哥哥沒有那種勇氣去違抗我媽。」

「你哥？」士芬看著中威些微變化的臉，知道是該利用她哥讓中威嫉妒地誤解亮亮。

「對，趙士元，我那個沒有出息的哥哥已經受她擺布了，他愛上她了，他愛上汪子亮了。」

中威的視線對亮亮躲藏的地方閃過一瞬。

「他爲亮亮背叛我媽，亮亮爲他蹺班出去玩，他們幾乎天天在一起，亮亮依賴他，我哥討她歡心，汪子亮已經完全影響我哥了，他們是一對戀人！」

中威的表情像胸窩被誰痛揍了一拳，而亮亮在休息室裡聽著一切卻無法爲自己辯解什麼，她和士元的關係的確也正混淆不清著。

「我想......事情可能沒有你想像中那麼嚴重，當然，亮亮是個滿討人喜歡的女孩，我也相信你哥哥對她有好感，可是，這並不表示他們是一對戀人啊。」

「你認識亮亮很久了，對不對？你一定瞭解她的，她有她溫暖開朗的一面，也有她保守謹慎的另一面，我跟她同事兩年了，我不曾看過她這麼放縱的過日子，她是多麼嚴以律己的在過日子，她的一切就是母親和弟弟，但是你能想像汪子亮不顧一切蹺班去放玩樂假嗎？你能想像她讓我哥帶著她媽媽弟弟出去玩嗎？你能想像她公開的對我媽挑釁她對士元的重要性嗎？如果不是愛的力量在支持她，汪子亮會這麼做嗎？」

中威想起亮亮以前講的話，也開始懷疑了起來，那麼亮亮剛剛的遲疑是對士元的顧忌嗎？中威受打擊的坐了下來，將面前插在蛋糕上已經快燃燒完的生日蠟燭吹熄，就像吹熄今晚他滿腔澎湃的眞情。士芬看著桌上的蛋糕，其實早已發現休息室裡人影晃動，也曉得誰會在這麼晚的時候來找中威，故意把話說得更大聲。

「她一直把她的家庭藏得這麼隱密，但現在願意讓她媽媽弟弟暴露在士元面前，這不是愛嗎？在她眼裡，士元是天使，讓她開心歡樂，這不是愛嗎？她甚至逼著士元做出誰比較重要的角力遊戲，她不許士元逃避，不愛一個人她會這麼做嗎？」

「恭喜她，她贏了，連一向逃避現實的趙士元，都在我媽面前承認他喜歡她，她贏了。」士芬故意走到休息室的門口，一個字一個字地對著裡面的亮亮說著。

「可以了，我知道了，亮亮喜歡他，又怎麼樣呢？我祝福她。」

「你爲什麼看起來這麼悲傷？你不放心她和我哥，還是你不捨得？」

「我說過了！我祝福她！我和亮亮永遠是好朋友，不管亮亮喜歡的是誰，我都希望那個人一輩子珍惜她。」中威眼中盡是沮喪，他的修養在支撐著他最後一點的風度。

「他會珍惜的，趙士元一輩子沒有這麼勇敢過，可是請她們……她和她母親放過我爸，我爸是有家室的人，他已經喪失了再愛的權利，請你轉告她……」

此時亮亮打開了門，與士芬正面對視。

「不用你麻煩中威轉告我，你不就是要說給我聽嗎？我都聽到了，你說的每個字，士芬你知道時勢造英雄這句話嗎？今天我改幾個字，送給你還有你媽，時勢造愛情，你跟你媽最會造時勢了，你爸的外遇，還有你哥的愛情，都是被你們逼出來的。我該謝謝你們嗎？原來我是這麼愛士元的，在今天晚上以前我還不知道。」

亮亮是說給中威聽的，希望他能夠瞭解。

「現在，你會不會很慶幸，還好我沒有轉過身來？」

亮亮用自嘲的語氣說著，看著低頭不語的中威，心中就這樣塗上了一層哀傷。

「但是中威，謝謝你的生日禮物，它真的讓我覺得......很榮幸......謝謝。」

士芬不曉得兩人剛剛發生了什麼事情，但是看著兩人對看的眼神像是進入了她到不了的地方，心中的妒意湧上心頭，強烈的佔有慾不允許這樣由著他們。

士芬突然擋到亮亮的身前，語氣謙卑近乎哀求地故作可憐。

「亮亮......求求你幫幫忙，請你勸勸你媽放了我爸爸，我媽已經快要崩潰了，她會被逼死的，亮亮你愛你媽，我也愛我媽啊，求你求你放了我們。」

聽著士芬滿腔自比受害者而他們是加害者的語氣，亮亮不可思議地看著變臉急速的士芬。

「你在說什麼啊你？」

士芬不放過地故意將話語說得更加悲情。

「她已經失去了士元，士元是你的了，不要再讓她失去我爸了。」從來沒有瓦解過的溫室像是突然冬天降臨，讓士芬往後退了退，軟弱的靠著中威哭泣。亮亮想起真正受到侮辱的是她的母親，真正咄咄逼人的是士芬的母親，亮亮再也忍不住氣得抓住趙士芬。

「趙士芬！你不要再演戲了好不好？你不覺得你很噁心嗎？」

「我沒有......我真的沒有辦法......」

「欺負人的是你們耶，在公司給我難堪，今天晚上在俱樂部還把東西扔在我媽身上......」

「亮亮......適可而止點好不好？」中威出聲阻止亮亮再繼續說下去，亮亮驚訝地看著中威，難道他看不出眼前的這個趙士芬是多麼的虛假嗎？

「對不起......對不起......我們被逼得沒辦法嘛......」士芬盡心地演著弱者的角色，直在中威的懷理哭得顫抖，中威想拍拍士芬的肩膀，安慰她別哭了，士芬卻驚恐的叫了一下。

「怎麼了？」

「我知道她怎麼了，因爲今天晚上我把她一把推倒在地上，你就受傷了，你就可以演苦肉計了，我看啊，你的傷在哪！」亮亮拉扯著士芬的衣服，要揭穿士芬。

「你都已經把人推倒在地上了，你還想怎麼樣？」中威不希望兩人傷害了彼此，更不喜歡亮亮像發了狂似地，讓事情越變越糟。可是中威的舉動卻被亮亮解讀成無理取鬧的人是她，士芬是無辜的。

「我能怎麼樣？對，誰叫我動手，好......對不起......就當我跟小敏一樣有暴力傾向，我是神經病，我是神經病！」亮亮豁出去了，要誤會就誤會到底吧，她不想多說了，悶著頭跑出了診所。

「亮亮！亮亮！」

中威衝出去追亮亮，士芬哭泣的臉馬上轉爲陰險的笑容。她在享受著，第一次嘗到耍心機的快感。

士芬的視線慢慢降落在綁著漂亮緞帶的完美蛋糕上，緩緩的拿起刀，一刀一刀的劃過，像劃過亮亮那張漂亮的臉。

「亮亮！」中威焦急地喊著帶著忿怒衝下樓去的亮亮。

「不要過來～我不想要把你看得更清楚！夠了！在整件事情上，我不敢奢求你是我老朋友，站在我這邊，我只把你當成一個專業的心理醫師，你難道看不出她在演戲她在僞裝嗎？」

「就算是，她的設計也是爲了她的母親啊。」中威覺得混亂了。

「你錯了，她是爲了你......爲了你的同情，爲了你的愛憐！」

「亮亮，她和她母親的確是受到傷害了。」

「我從來都沒說我媽是對的，所以我沒有哭訴告狀。而她和她媽媽給我的傷害跟難堪比動手推人還要嚴重，可是我從來就沒有跟你說過，因爲我磊落，我汪子亮是個磊落的人，絕對不會流著眼淚，把黑的說成白的！」

亮亮知道中威個性善良，但是卻不該愚善地連士芬的話都相信。

「我連要個求婚......我都是光明磊落的，請你把它當成禮物而已，我絕對不會利用她那種方式，去得到一個男人的好感。」亮亮定定的望著中威，繼續說著。

「其實她最終要的，不也是一樣嗎？她希望有一天你也能開口向她求婚，只是她拐太多彎了。」

中威搖了搖頭，柔聲地勸著亮亮。

「亮亮，是你轉太多彎了，你也想太多了，我們回去吧，如果你也認爲你母親不是對的，我們心平氣和地把事情解決。」

「不，我拒絕跟不磊落的人溝通！我討厭猜忌懷疑試探，她喜歡演戲她去演，我有權利不當觀眾，有你的掌聲就夠了。」

亮亮氣著中威不瞭解士芬，嘴一閉，不想再開口。

可是中威此刻心裡也對亮亮和士元的事情有著疙瘩，不禁想問個清楚。

「亮亮......今天晚上，你是因爲趙士元才沒有轉過身來嗎？」

亮亮聽到中威竟然還惦記著士芬所說的那些胡話，雙眉緊蹙著。

「你眞的愛他嗎？」中威又問了一次。

亮亮咬咬牙，抬起頭。

「對～我愛他～」

亮亮眼睛黑黑的，沈沈的，冷冷的，冷到將中威的肋骨箍住心臟般地痛。

「亮......」

而亮亮不等中威再度開口，就迅速地拔腿走出中威的視線。

中威突然覺得支撐了許久，疲倦一擁而上，他的理性堅持顯得那麼可笑，今天應該是美好的，而他卻失去了亮亮。

士芬微笑著看著這一切，現在中威對她而言已經不是單純的喜歡和愛慕的對象，他還成了可以刺激與傷害亮亮的利器，士芬決定要奪取，不計一切地破壞。

****

趙家的早上，秀女正幫趙靖準備好上班的東西以及藥物，都弄好之後，又開始幫趙靖裝稀飯，趙靖在一旁看著。

「秀女啊……」

秀女沒抬頭也沒應聲，正幫著趙靖剝鹹蛋。

「謝謝，我自己來吧。」

秀女置若罔聞的繼續動作，她只想固守好自己太太的位置。

「秀女不要這樣子，你不要這樣好不好？」

秀女不說話，手卻抖抖地連蛋白都給一起剝下。

「秀女！請你不要這樣子！」

秀女猛地一抬頭。

「那我應該怎麼做，你告訴我，我照著做。」她眼裡早已充滿淚水地看著趙靖。

趙靖沈默的坐下，內心像有萬斤石頭一樣沈重。

「可不可以像以前一樣，一直是怎麼樣就怎麼樣。」

此時士芬剛巧走下樓來，聽見趙靖如此說著，在一旁回了趙靖的話。

「這個家已經不一樣了，從昨天晚上起，這個家已經完完全全不一樣了，因爲你做的一切，傷了我們大家的心，爸，你冷酷無情，你喜新厭舊！」

趙靖看著他疼愛的小女兒竟然如此說他，驚訝的站起身。

「在你眼裡我眞的是這樣的人嗎？就因爲我去照顧一個二十多年的老朋友，我就喜新厭舊？什麼是新什麼是舊？我跟那一家人的交情超過二十年，我又怎麼厭舊了？我有說不要這個家嗎？我有棄這個家於不顧嗎？」

「可是你的心根本就不在這裡！」士芬覺得自己不能再軟弱下去了，她做什麼說什麼都是要喚醒父親，爲了保持這個家的完整。可是她的話語卻一字一句傷著趙靖。

「士芬，你心裡一直很清楚爸爸最疼的是誰......你怎麼可以跟爸爸說那麼刻薄的話......」

士芬的身子輕輕震了一下，隨即回復平靜，冷冷地說著。

「你的愛......早就被汪家那一家子瓜分了，他們分享了你對這個家你對我的愛！」

「瘋了......瘋了！絕症治不好都還有解脫的一天，而他們那種病是要拖一輩子的，死了說不定都還有遺傳的陰影，這不就像是一種一輩子的詛咒嗎？」

在趙靖眼裡，士芬一直是個聽話溫順的小女兒，應該是最像他，最有一顆溫厚的心才對的。

「士芬......你就可憐亮亮吧，她跟你同年紀，從小就沒有父親，還要照顧兩個人，我告訴你，那種日子，你是一天都過不下去的。而她一個女孩子一個人扛了十幾年，你們何其幸運，就算可憐可憐人家，積點福報陰德可不可以？」

可是士芬的不語，讓趙靖越發覺得孤寂，他吁了一口長氣。

「秀女......我的話就說到這了，我只希望我們一家能夠好好的把日子過下去。」

說完，趙靖連早餐都不吃地拿了公事包就走了。

秀女則是兩行珠淚串個不停，士芬此時突然跟秀女說道。「媽，如果汪子亮是我們趙家的媳婦，你想......」

「你瘋啦，不管我喜不喜歡她，你沒聽你爸說那個病是會遺傳的，你跟他們一樣瘋啦？」秀女搞不懂士芬怎麼會說出這樣的話。

「我是說萬一，萬一她眞是我們家媳婦，她媽媽就是我們家的誰咧？」

「親家，我才不會跟我的仇人結爲親家咧！」秀女撇撇嘴。

「媽，你想想啊，不只是你的親家呢，她也是爸的親家啦，你想想，兩個兒女的親家能談戀愛嗎？再想想，那汪子亮如果眞的扒著我們的家，她爲了自己的幸福，還會像現在鼓勵她媽媽接受爸的照顧嗎？到時候啊，不用我們扮黑臉，自然有汪子亮去牽制她媽媽，這不是更好嗎？」

士芬嘴角陰陰地笑著，從那一天起，她眞的就迷戀上了玩弄心機的快感。

「ㄟ！那不行耶，那不是犧牲我兒子的幸福嗎？照你這樣說，不是叫我用兒子把丈夫換回來嗎？那怎麼可以，那不可以！」秀女突然想到。

「媽......你不要緊張，我只是鼓勵趙士元去追汪子亮，他未必追得到，就算他追到了，他也未必會娶人家，可是這汪子亮就抱著希望啊，爲了她的希望，就會牽制她媽媽，也就等於牽制爸，我們啊，只要回家坐著，等爸回來就好啦。」

「你呀～養你那麼大，就不知道你那麼聰明～」秀女鬆口氣。

「因爲你以前心裡面只有哥。」士芬小小埋怨地撒嬌道。

「他是老大嘛，又是兒子。」秀女眉目間浮現輕快的神色，對女兒多了一分貼心。

「他是老大我就不是么女啊？」

「你有你爸疼嘛～好啦～手心手背都是肉，等你將來出嫁的那份風光，你就知道你媽有多疼你了。」

士芬聽到嫁人，想起中威，害羞了起來，秀女看士芬突然扭捏的神態，不禁問。

「你怎麼啦？你有男朋友啦？怎麼樣個人？是不是三師啊？」

「媽，以後再跟你說啦，反正要記住我剛剛跟你說的方法，到時候，你的幸福，我的幸福，統統都有嘍～」士芬的雙關語只有自己懂。

「我想到我們家士元要跟汪家的人兜在一起就不甘心，她哪配得上我們家士元。」秀女不以爲然的嘆口氣。

士芬才不管這些門當戶對的問題，她只想讓亮亮跟中威的情緣在她的計畫中變得有緣無分。在她眼裡，亮亮才是個充滿心機的人，不配擁有中威的體貼關愛，不過想到此，她也要感謝亮亮讓她發覺過去的士芬的確太單純太愚蠢了。

士芬的臉陰陰地笑著，一切都有所不同了。

第七章

窗外的暮色正濃，冬日的夕陽落得快，妍秋越發急得著裝，披披掛掛的又是圍巾又是外套。

「媽，你要上哪去啊？」亮亮看著母親轉前轉後的瞎忙，實在有說不出的無奈。

「亮亮，你陪小敏吃飯啦，好不好？我不能陪你們一起吃飯，但是我都會把飯菜做好，你放心，唱完了我再回來，趙叔叔會帶我的。」妍秋現在對趙靖已經充滿了依賴。

「媽，你看著我，沒有長官，也沒有什麼演唱會。」亮亮試著和母親說理。

「傻孩子，你在說什麼傻話啊，哎呀！這個趙靖怎麼還不來，就要遲了。」

「媽！我跟你說他不會來的，一切都是假的！」亮亮想到昨日的種種難堪，一時氣急。

「亮亮！什麼叫作假的，昨天那麼一大堆觀眾是假的嗎？趙靖親口求我，千拜託萬拜託拜託我在他們俱樂部唱一個月，那會是假的嗎？」妍秋只當亮亮捨不得她唱歌又累又勞，和漢文一樣。

「是假的！」亮亮的口氣轉爲篤定。

「亮亮你再這樣我要生氣嘍！」怎麼這孩子同漢文一般固執。

亮亮深吸口氣，「媽我問你，難道你忘了，昨天唱到一半發生什麼事了？後來，誰來了？」

「誰來啦？」妍秋圓圓的眼睛像孩子一樣無邪。

「趙靖他老婆啊，她很生氣來鬧場啊，發了很大脾氣罵得很大聲，有沒有？記不記得？」亮亮一口氣說出。

「趙靖的老婆？亮亮，你一定是記錯了，趙靖的老婆都在南部，從不來台北的。」妍秋聞言巧笑。

「媽，那是過去，是以前，二十幾年前。」

「我差點忘了，要帶照片的，趙靖說要做海報。」妍秋一個轉身又把亮亮拋在腦後。

「媽～」亮亮又氣又惱，淚已經在眼眶裡打轉。

就在亮亮不知怎麼勸退妍秋時，小敏在客廳裡突然發出乖張的喊聲。

「小敏？你在跟誰說話啊？」亮亮耳尖。

「我在買車啊，亮亮。呵呵，這樣媽媽就不必走好遠的路去唱歌了啊！」小敏拿著電視遙控器當著電話在講著。

亮亮看著小敏的不正常和母親的恍惚，簡直心力交瘁。

當她走回到客廳，卻又發現母親已經不見了，急忙衝出去尋找，沒想到就看見母親在公園裝扮優雅的等著趙叔叔來接。

「媽？」

「喔，我事先出來等趙靖，省得他待會兒還要下車，麻煩。」

看著母親執意地等待，亮亮只好扯起謊。

「剛剛趙叔叔打電話過來，今天取消了，改天要唱再通知你。」

「不是吧？真的嗎？」妍秋半信半疑的，悶悶的任亮亮拉回家。

亮亮看著妍秋失望的表情，真是說不出的難過。「我想在外面吹吹風，媽你先回去吧。」

望著母親乖順走回家的背影，亮亮忍不住掩面哭泣了起來。

「誰敢娶我汪子亮，老天爺～你要是把我逼瘋了，我們家該怎麼辦？該怎麼辦？爸......」亮亮對著天發抖哭泣。

亮亮看著妍秋的背影心中羨慕著，在母親的世界裡還有父親存在，母親的世界還是和十多年前一樣轉動著，而她的世界早就已經崩毀了。

＊＊＊＊＊＊＊＊＊＊＊＊＊＊＊＊＊＊＊＊＊＊＊＊＊＊＊＊＊＊＊

「什麼！辭職了？」士元對著亮亮的課長大吼著。

「呃，是啊，前幾天她遞了辭呈，很快就批准了。」

「誰准她辭職的啊？誰逼她辭職的啊？是不是你？」

被士元一把抓起襯衫領子的課長，嚇得直搖頭。

士元得不到答案，只好匆匆跑去汪家找亮亮，士元一見到亮亮，就質問她爲什麼要辭職，亮亮看著焦急的士元，嘆了一口氣，表示她累了不想對付任何人了。

「累了？」士元不解的問著。

「你知道嗎？今天下午，我第一次在我媽面前哭，以前，我從來不讓她看到我傷心，可是……可是我今天眞的撐不下去了。」已經恢復平靜的亮亮聲音裡還有著細微的顫慄，畫面驀然又躍上腦海。

「我瞭解。」士元輕摟住亮亮的肩，想穿透她瘦細的肩膀給她一點力量。

「不！你不瞭解，那種累、那種疲憊，瘋狂荒謬明明滑稽卻讓人笑不出來，只是絕望的想掉眼淚，最可悲的是什麼你知道嗎？就算哭完了，你還是得擦乾眼淚，再重新過一遍那樣的生活，每一天、每一天……」亮亮像蚊子一樣微弱的聲音裡有很深切的悲哀。

「所以你更不應該辭職，現在你拿什麼養他們？」

「我有撫恤金啊，我哥哥他偶爾會寄錢回來，我姑姑她每半年會從美國匯錢回來，我媽還有點積蓄，在南部買了房子……」

「所以，你可以靠著那點積蓄，開始不用工作，然後每天過著那種可悲的日子，然後你每天痛哭一遍說你累了？」士元忍不住加重了擱置在亮亮肩上的手勁，他喜歡的是那麼樂觀開朗的亮亮。

亮亮馬上甩開士元的手，看著眼前這個養尊處優的少爺根本不瞭解她所受的委屈。

「你搞清楚耶！我靠的這個那個起碼都是我親人，總比我被誤解靠你們家好。士芬在中威面前毀謗我，說我不敬業不好好工作，害中威以爲我眞的是這樣的人。中威還說……」

「等等，中威是誰啊？」士元第一次聽到這個男人的名字。

「中威是我的心理醫生，你們見過兩次，一次在你工作室，一次在你家。」

士元想了起來，但是他和亮亮到底是什麼關係？爲什麼每次亮亮家裡大大小小的事這個人都要參與？

「他說的話有這麼重要嗎？」士元帶點妒意地說著。

「他是我的朋友嘛！」

士元突然將亮亮轉向他，用他有力的手把亮亮摟得發痛，他的眼睛熱烈而深邃的望著亮亮。「那中威會這樣子嗎？」

士元的頭俯了過來，雙唇炙熱地貼上了亮亮的唇，亮亮陷入一段神智昏懵的時間，一段迷離恍惚的時間，眼睛慢慢閉了起來，然後，睜開眼睛，看見士元直盯著她。

「中威會比我更喜歡你嗎？」

「誰准你吻我？誰准你把我當成戰利品？討厭！」亮亮又羞又氣的推開士元跑開！

「亮亮......」看到亮亮的嬌羞，唇上還有她的味道，士元心裡的漣漪擺盪得更加劇烈了。

亮亮躲進家裡，心還怦怦然的跳著。「二十五年沒被吻過，兩天之內兩個吻，一個是賭氣一個是同情，沒有一個是愛我。」長久以來扮演著家裡的精神支柱，使得亮亮不像一般的青春少女編織玫瑰夢幻，可是此時的少女春潮卻暗潮洶湧。

「亮亮......你開門啊......亮亮！」

士元納悶的搔搔後腦，搞不清女人在想什麼，一個不小心，撞上了迎面而來的中威。

「哦，心理醫生啊。」

「開心果？」

兩個大男人心裡各自有心事的並肩招呼，亮亮渾然不知自己已經成爲他們相爭的對象。

中威不理會士元挑釁的眼神，按著亮亮家的門鈴，亮亮以爲是士元繼續不應門。

「亮亮，亮亮，是我啊，中威。」

亮亮正好把耳朵摀住，不想聽也不想理睬。

士元看著依然不開的門對著中威得意的說。

「她在家，可是她不會開門的，她不好意思，剛剛我吻她，她害羞，不好意思開門。」

「你確定吻的是亮亮？汪子亮？」中威第一次覺得要保持呼吸那麼困難，更不要說保持理性了。

「這裡面還有第二個汪子亮？」

「亮亮是一個敢愛敢恨的女孩子，如果她讓你吻她，她不會不好意思躲起來，如果是強吻，那是另一回事。那她不是躲起來，她是生氣了，不願意開門見人。」中威說中了剛才事情發生的經過，不過士元並不認同亮亮是生氣了。

「那你讓她開門告訴你，如果她在生我的氣的話，幹嘛連你來也不開門？」說完士元就故意對屋裡喊著。

「亮亮～你的好朋友陳中威來了，你的心理醫生在外面，亮亮？亮亮！」

門依然緊閉著。

「SEE！你來了，她也不開門，難道你也惹她生氣？當然啦，我是不會說你強吻她啦，亮亮多敢愛敢恨啊，她如果對一個人沒意思，是連強吻的機會也不會給他的。」

「你除了說學逗唱，你還會什麼？」中威像看個小丑般地看著士元，不屑的眼神表露無遺。

「幾個月的說學逗唱比起五年的心理課程還來得有效多了!」士元則訕訕地暗諷著。

就在兩個互看不順眼的情敵要開始唇槍舌劍時，亮亮開門了。

「夠了！現在所有街坊鄰居都知道，我們家除了有兩個神經病外，還有一個要看心理醫生，我謝謝你們哦～」

「亮亮，我的禮物我不收回了，請你收下。」中威見亮亮出來了，馬上表明今天的來意。

「不管他送什麼，我也送你我加倍送！」士元狀況外卻又不甘示弱著。

「我送的你送不起！」

「你送得起我就送得起！」

此時亮亮臉上的神情卻又羞又憤地交替著。

「陳中威！請你替我保留一點自尊好不好，我不想讓全世界的人都知道，我爲我自己要求了什麼樣的禮物，眞的，現在所有的人都豎起耳朵來聽了。」

中威呆住，看著亮亮。

「如果你們眞的要送我禮物，請你們送我安靜，我今天眞的很累了。」

中威嘆了口氣，語氣轉爲柔和地對亮亮說著。

「禮物我暫時放在那邊，等你來拿。」

「亮亮，你不要難過，有我在，我明天一早就來看你。」士元一樣體貼著。

亮亮嘆口氣轉身關上門。

而兩人又開始像競技場上的較勁者怒視著對方。

「你只是個醫生耶！」士元要中威搞清楚自己的身分。

「醫生也要娶老婆啊！」

「可是你並不愛她啊！你愛她需要花五年的時間才發覺的嗎？你懂得別人的心理，你不懂得自己的心理，這叫什麼？這叫作醫者難自醫啊！我告訴你，這幾年來，你一直在觀察衡量自己到底能不能接受亮亮這一家人，你是一個投機分子，你愛你自己勝過於愛她！」士元從來沒發現出身富家的自己是多麼急切的爭取什麼，直到此刻他好想爭取亮亮。

「你不及格，你心理分析完全錯誤，我告訴你，我不是投機客，我是愼重，我認眞經營這段感情，五年的時間，我不是在衡量他們，我是給時間讓他們接受我！」中威只恨自己沒有這小子的死皮賴臉，多做了五年君子。

「那我覺得你也太差勁了！五年的時間只讓他們接受你，而我只花了幾個月就讓他們喜歡我了！」

「五年可以換一輩子長久，幾個月只是新鮮，對你對他們都只是新鮮！是蜜月期！」

「我跟她可以永遠蜜月！」

中威蹙緊眉頭，深思著看著士元。

「或許你跟亮亮眞的可以，因爲亮亮可愛，但是她媽媽呢？小敏呢？如果眞的有人可以長期忍耐而且享受，那爲什麼有精神病患被送到療養院？我告訴你趙士元，這是一場長期的抗戰，而不是幾個月可以解決的，仔細想想！」

士元語塞，他是沒想那麼多，可是......「我不可以，你就可以嗎？」

「所以我用了五年的時間證明，不是嗎？」

門內的亮亮聽到中威的一番話，一雙大眼濛上淚霧。

「亮亮我愛你～汪媽媽小敏我愛你們，所有汪家的人跟鬼我都愛～」士元突然大吼著。

他或許辯論不過中威，但是他深深覺得他對亮亮的愛不用懷疑不用試探。

「你瘋啦，士元～」亮亮大吃一驚的打開門。

看見亮亮開門的士元，急切又深情的對她說著。

「你知道嗎？讓你們接納我其實並不難！只要把自己當成你們的一分子就可以了，所以現在我是瘋子趙士元，汪子亮小姐請你不要排斥我，你要有愛心！愛心！」

亮亮看著士元這樣，也感動的笑了。

「神經病！」

「我是神經病！我是神經病！」

亮亮畢竟是年輕女孩，她需要的是毫不隱瞞直接又熱烈的愛。

看著亮亮被士元的話語逗得邊哭邊笑，頓時間，中威覺得胸口劇痛而五內如焚，在這一瞬間，他忽然有個強烈的預感，他要失去亮亮了。

＊＊＊＊＊＊＊＊＊＊＊＊＊＊＊＊＊＊＊＊＊＊＊＊＊＊＊＊＊＊＊＊＊＊＊＊＊

「爸！我要跟亮亮結婚！」士元在餐桌上突然對趙靖毫不猶豫地大聲宣告著。

趙靖和秀女一臉驚愕，唯有士芬臉上閃過一抹詭異的笑容。

「不可以！」

「爲什麼不可以？」士元不懂父親爲什麼這麼武斷地拒絕。

「你憑什麼娶人家？」

秀女雖然也不同意，但是卻不准趙靖這樣貶低自己的兒子。

「唉唷，我兒子是哪一點不好？哪一點配不上汪子亮？」

趙靖馬上說出士元經濟以及心智都不獨立的兩個理由，讓士元十分不諒解。

「爸！你這是爲了反對而反對吧？」士芬突然開口說話了。

但是她一看見趙靖明知道她也瞭解士元，知道自己的哥哥是一個怎樣個性的眼光時，心虛地臉偏向一邊迴避著。

「把臉轉過來！看著我說話！什麼叫爲反對而反對？」

「你一直對亮亮稱讚有加，這個好那個好，既然那麼好，爲什麼要反對呢？」士芬將焦點模糊強辯著。

「就是因爲她太好，我認爲士元配不上她！」趙靖覺得自己只是就事論事。

「那爲什麼媽不這麼認爲呢？或許爸你是擔心汪子亮變成我們家媳婦以後，你如果要再照顧宋阿姨，這不是很尷尬嗎？」士芬的這番話，讓趙靖有點不認識面前的小女兒了。

「對！你就是心裡有鬼，才這樣糟蹋說我兒子的！」秀女趕緊順著士芬說著，簡直要爲士芬鼓掌驕傲了。

趙靖無力的以手覆額。「我要怎麼說你們才......」

「爸，我是準備用我一輩子的時間照顧他們的。你以爲只有你有能力照顧別人嗎？你以爲你照顧得很好嗎？亮亮辭職了你知道嗎？她現在沒有收入你知道嗎？」士元管不了媽媽妹妹的許多心眼，他一心只想搶奪亮亮，他才不要輸給該死的心理醫生。

「我可以給她工作！但是我絕對不會答應你們結婚，因爲我不想害了她。」趙靖覺得經濟根本不是問題，更不是結婚的理由。

「好，可是爸我要提醒你，不管你多想取代亮亮爸爸的地位，你永遠沒有權利決定亮亮的想法！」士元不敢相信自己就這麼讓父親不信任。

「是嗎？那亮亮是決定要嫁給你嘍？」趙靖挑眉。

「我一定會讓她嫁給我的，不管你們怎麼想，我趙士元一定要娶到汪子亮。」士元直視著趙靖，固執而堅定的，一字一字的說。

「那我也會反對到底。」趙靖也意志堅定。

看著父子倆爲了汪子亮吵得吹鬍子瞪眼睛的，秀女憂心地在飯後和士芬討論著。

「我看你哥哥是假戲眞做了啦，士芬，他對那個汪子亮不是開開玩笑的樣子欸，我可不想跟她當婆媳啊！你眞的是害死我啦，士芬！」逐漸摸清兒子的堅持之後，秀女又懼又悔，現在年輕人給你閃電結婚什麼都幹得出來。

「媽，在你心裡是不是只有老公跟兒子？」

士芬幽幽地說著：「你忘了你還有一個女兒，你要幸福爸要幸福哥要幸福！我呢，我的幸福就不重要嗎？」

秀女此時才驚覺自己的態度是怎樣影響著女兒的內心世界。

「我也有喜歡的人，我也喜歡那個陳中威啊，只要沒有汪子亮，他是有可能會喜歡我的，沒人替我想，我只好自己想，最好哥把汪子亮娶走！」士芬剝去一向乖順的形象，她矜持了二十幾年，好不容易遇到自己喜歡的對象，她不想一輩子遺憾。

「士芬啊，可是你這樣不就害了你哥嗎？」秀女蹙眉。

「害他的不是我是他自己，有沒有我有沒有你，他都喜歡汪子亮，越多人反對他越喜歡！爲什麼你愛我不能像愛哥一樣多？我也是你的女兒耶，什麼事你都會替他著想，卻任由我自生自滅！」

士芬眼中閃著淚光。

「媽，我已經二十六歲了，好不容易有個喜歡的人，人家女兒可以傾吐心事，而我呢？我的心事，我的幸福，永遠都排在我們家的最後順位，沒有人看得見我！」看著同樣是自己掌心肉的女兒，秀女也心疼著。

「士芬，不是我看不見你，你一向是最乖的，最不要我操心。」秀女安撫的拍拍士芬，但是內心還在著急士元和汪子亮的新關係。

「不是，是你對我從來就沒有心，從現在開始，我不要當最乖的人，乖的人永遠分不到糖吃，我想要的我就要爭取，我要爭取陳中威，所以我要幫趙士元爭取汪子亮，對不起，媽！」士芬想起中威沈穩溫暖的笑容，更是吃了秤鉈鐵了心，要爲自己爭取到底。

「士芬啊！士芬啊......」秀女看著怎麼也喚不回來的女兒，輕搥著胸口哭泣了起來。

「怎麼了嘛？這個家是怎麼了嘛？個個都跟我作對！」

＊＊＊＊＊＊＊＊＊＊＊＊＊＊＊＊＊＊＊＊＊＊＊＊＊＊＊＊＊＊

車水馬龍的台北街頭華燈初上，亮亮帶著疲倦的笑容從一家咖啡連鎖店走出來，沒想到現在在台北要應徵個工讀生還要看老天給不給機會，像今天這樣徒勞無功的瞎忙，還要幾回呢？陷入在自己思緒裡的亮亮沒注意到出現在自己家門口的，正是幾個禮拜沒見的趙靖。

「準備改行啦？亮亮，做得好好的爲什麼要辭職呢？」看到亮亮手上一疊綠花花的履歷表，又夾著報紙又夾著廣告傳單，趙靖馬上猜到蹊蹺。

「就是因爲做得太好了，再好下去就是自取其辱了。」

「現在外面工作不好找啊。」趙靖難掩心疼的摸摸亮亮戴著鴨舌帽綁著馬尾的頭。

「誰說不好找？我今天面試三家公司，三家公司都搶著要呢，只不過啊，我不想替人家打工，我想自己做老闆，做一個不苛刻員工、不頤指氣使、不隨便上門罵人的好老闆。」亮亮意有所指的說。

「亮亮......」趙靖知道亮亮受的委屈。

「趙叔叔，如果你今天來是跟我談工作的事情，那就不要再說了，對不起，我不請你進去了，我不想讓我媽和小敏再受到任何傷害。」

「他們不在家，我等了一個小時了。」說到這，趙靖的神色比誰都著急。

亮亮連忙衝進去狂找，果然都不在，看到桌上的紙條。

「亮亮，晚飯我都煮好了，我唱歌去了，小敏跟我在一起，你放心，唱完我們就回來了。」

亮亮看到紙條差點沒暈倒，忍不住怪罪趙靖。

「都是你！都是你！既然做不到，爲什麼要答應她？爲什麼要給她希望？你隨口說說湊個熱鬧，我媽就當眞了，你知不知道？」

「我不是隨口說說啊。」

「不是？不是嗎？如果不是，會有今天這樣的結果嗎？正常人分得出眞假，可是我媽分不出來，她只知道這個世界上有兩個男人不會騙她，一個是我爸，一個就是你啊！結果呢？你把她騙得團團轉！你知不知道，她每天下午都穿戴整齊坐在家裡等著你接她去唱歌，家裡等不到你，她就到外面來等你，趙叔叔，你忍心去欺騙一個這麼相信你的老朋友嗎？」

「我沒有欺騙她，我眞的沒有，只是上次的事情處理得不夠完美，我不想再傷害到妍秋，所以……」趙靖想到那天帶給妍秋的難堪和傷害，又是一股不捨。

「所以你連一通電話也不給她？哪怕你是在電話裡騙騙她安撫安撫她，最起碼有個交代嘛，不要……不要讓她每天這樣……每天抱著希望，傻傻的在等。」亮亮護母心切，完全無法體諒趙靖的立場。

「對不起，亮亮，是我疏忽了。」趙靖自責道。

「趙叔叔，正常人禁得起疏忽，那是因爲我們強壯，我們會爲自己還有對方找理由，可是精神病患他們不會，一旦他們相信你之後，他就會你說什麼，他就信什麼，請你不要再給我媽媽承諾什麼了，既然你做不到的話。」亮亮幽幽道，母親連日來的期待和失落只有她看得到。

「我不會再有下一次疏忽了，不會的，我會實現每一個諾言。可現在當務之急是先找到他們啊！」趙靖想起自己這一個小時的焦慮等候，現在見到亮亮更是心急如焚。

「怎麼辦？他們到底在哪裡？到底在哪裡？」疲憊了一日的亮亮只覺得天旋地轉，真的好想要有個厚實的肩膀可以靠靠……一下下也好……

而此時，坐在計程車上的妍秋和小敏已經快繞遍了整個台北市，司機早已失去了耐性。

「小姐，你們到底要去哪裡啊？」

「俱樂部嘛！軍人的俱樂部啊！」

「你是不是在整我啊？」壯墩墩的司機吐了一口檳榔，越發失去耐心道。

「我真的是要去軍官俱樂部啊，我要登台唱歌，還有好多長官在等著我耶～」

妍秋跟司機解釋著。

「操他媽算我倒楣，下去下去，你們全都下去，老子認賠算了可以吧！」

司機不肯再繼續載他們，要強拉他們出去，小敏哪禁得起這種驚嚇，又犯起病來了，激動的揮了司機一拳。

「好呀，死小子，老子還沒動手你倒不怕死啊，來啊，打給你死！」司機也發狠地完全不管小敏的精神狀況，當真地狂打小敏，兩人扭打在一塊，妍秋看了上前阻止，卻被司機的鎖頭擊中，妍秋滿臉是血的，嘴裡還不斷地喊著。

「小敏乖，不要打架，亮亮會生氣……小敏乖……」

她終於眼前一黑，昏厥了過去。

趙靖焦急的打電話四處聯絡看妍秋有沒有到俱樂部去，得知的結果卻是沒有，亮亮的神情一陣慘白，身子站不穩地晃了晃。

「亮亮，我很抱歉。」趙靖現在就怕再出亮亮這一個意外，找不到妍秋小敏已經夠慘了，可千萬不能讓亮亮倒下啊。

「不要說抱歉，我只要他們兩個平安無事就好了，他們兩個一點方向感都沒有，沒有人帶著他們，他們根本分不清東南西北。」

「你要不要問問你那個醫生朋友？也許他們會去找他，我記得上次小敏出事，也是他帶著小敏他們回來的。」

「現在也只能試試看了。」亮亮拿起手機撥給中威。

不到半小時，亮亮家門口的電鈴想起。

電鈴乍響，亮亮衝去開門，卻看到士元站在門口，感到一陣失望。

「亮亮，我跟他們說過了，我要娶......」士元一心只想趕快告訴亮亮好消息，他可是爲了她跟家裡革了好大一場命。

「士元......」亮亮略微側過身，讓站在門口的士元看見坐在客廳的趙靖。

「那.....你大概都知道了吧，亮亮，我......亮亮！不要受任何人的影響，我們要有我們自己的看法，要結婚的是我們，是我跟你啊！」士元見到趙靖，更是大聲的說出自己心裡的話。

「我沒有要結婚，我沒有要跟任何人結婚！」士元還不知道現在亮亮的心煩意亂，她現在根本沒閒工夫去談自己的事情。

趙靖看到不懂事的兒子還在講著結婚的事情，情急之下，一陣惱怒。

「汪媽媽和小敏失蹤了，你那嚴肅認眞的婚事可不可以不要再提了。」

「他們去哪了？」中威猛地出現在門口。

亮亮看到中威終於忍不住依賴性的撲向中威，哭倒在他懷裡。

「亮亮，不要緊張，小敏有沒有戴名牌出去？」中威冷靜地解決問題。

「我不知道，可能有可能沒有。」亮亮根本不敢去想這裡面的可能成分有幾分。

「不要急，只要他有戴，有事一定會有電話打來的。」中威知道現在只有自己的冷靜才能幫助亮亮。

電話尖銳的刺響突然劃破令人窒息的氛圍。

士元一馬當先接起來。電話裡說明小敏他們被路人送醫急救，一群人連忙趕往醫院。

看到小敏傷痕累累，亮亮一邊急忙審視他身上的傷口，一邊搜尋著妍秋的身影。

醫護人員告訴亮亮，她的母親頭部受傷正在縫合。趙靖在一旁聽了，心一驚，交代醫院務必要妥善處理。亮亮開始受不了這一連串的打擊，抓著自己的頭猛敲，中威趕忙向前抱住她，不斷地安撫著亮亮。

看在士元的眼裡，則是滿腔的妒意，中威對亮亮的愛，不再隱藏，是明顯可見的了。

眼看母親的手術就要結束了，亮亮焦急地想要陪在母親和小敏身邊，卻因為這是一場打架傷人的紛爭，必須接受警察一一的盤問，不耐煩的亮亮根本無心回答，中威只好在一旁幫著回答警察的問題。

「汪先生以前有過傷人的紀錄嗎？」

「有暴力破壞的傾向，但是沒有傷人的紀錄。」

亮亮害怕警察會將小敏當成傷害犯，連忙補充著說。

「警察先生，我弟弟沒有前科，他是病人，你不要寫好不好，他不是故意的。」

「請問一下他有過這樣的經驗多少次？頻繁嗎？」

「不頻繁，兩次而已。就病史來看，六年才發病兩次，是屬於雙向合併躁鬱症，就是......」

亮亮打斷中威的話。「夠了沒有，要不要替警察先生辦個精神病患的專題講座呢？」

亮亮心煩的扭頭就走，而中威被警察攔下繼續做著筆錄。

亮亮走到了醫院的陽台，她想吹吹風，把煩人的問題先暫時淨空。

「亮亮！」背後響起了中威的聲音。

亮亮轉過身去，她知道中威在幫她，可是她真的好害怕小敏這一次的鬧事會影響到他們三人原本平靜的生活，萬一要將小敏帶走，母親妍秋是受不了失去小敏的刺激的，而她也無法放心小敏會遭受到什麼樣的對待。

「跟警察說那麼多幹什麼！就怕人家不知道小敏以前就有過破壞紀錄嗎？非要人家把他關起來你才高興是不是？」

中威看著亮亮並不諒解他對於事情處理的態度，試著和亮亮解釋說道理。

「我是為他好，在幫他。一定要向警方證明，他有這方面的疾病，他犯下這樣的錯誤才可以稍稍的被諒解。」

「你知不知道！他們可以以危害公共安全罪對他提起告訴！你知不知道！」

「亮亮，這是事實！精神病患對社會公共安全本來就有某種程度的傷害，這是一個不可否認的事實。」

「可是，他有病，他不是故意的，他不是故意的～」亮亮也慌了，怎麼事情會變成這個樣子呢？怎麼會……她一手努力保護著的家，就要全毀了嗎？

「所以我們才要清清楚楚讓警方知道他有病，不是嗎？」

「他們說要告他，結果怎麼樣，我不敢想，如果他被關起來，我媽就完了，我不知道……我不知道該怎麼辦，怎麼會這個樣子？」長期的精神壓力讓亮亮在瞬間崩潰，痛哭失聲了起來。

「工作沒了，一個親人躺在病床上，一個還可能吃上官司，天啊，你告訴我該怎麼辦？該怎麼辦～」

「要堅強，你要堅強！」中威只能心疼的陪伴她。

「我快崩潰了，我快崩潰了～」

「不可以，你不可以！」

「眞的！我快崩潰了！我快崩潰了！」亮亮想到所有的一切，全身的力量突然消退不見似地，軟軟地就要癱下，中威抱緊了亮亮，支撐著她，給她最後一點力量。

「亮亮，不會的，亮亮比任何人都強壯，亮亮，明天你要為小敏申請病歷醫生證明，只有親屬可以，我調不出來。」

「中威～你知道嗎？這就是我的噩夢，這就是我最怕的事情，小敏惹上警局，媽媽躺在醫院，十幾年來，我最害怕的就是看到這個畫面。

你告訴我，爲什麼？爲什麼人生是這個樣子？爲什麼？美夢總難成眞，噩夢躲也躲不掉！」亮亮淚流滿腮，想到接下的路數是一步比一步艱難，她簡直進退維谷。

「不會的，亮亮！人生是好壞參半，烏雲旁邊也會鑲著金邊的，是會有快樂，也會有眼淚，是有希望，也會有失望，跌倒了，是爲了重新站起來，亮亮，人生是這樣是這樣的。」

「跌倒了是爲了站起來，可不可以放棄？可不可以睡著了就不要再醒來了～」亮亮的情緒逐漸平復下來，只是臉上的疲倦刻畫得很深很深。

「亮亮，亮亮如果不醒來的話，明天就不會有太陽嘍！你有沒有看過太陽罷工不再升起來的？」中威溫柔深邃的眼神裡充滿對亮亮的肯定與支持。

「亮亮是個小太陽，要照亮汪家，是要照亮......照亮我的。」

亮亮緊緊抱住中威，只有一秒也好，就讓她沈浸在寬厚的肩膀，有力的懷抱裡休息一會兒吧。

＊＊＊＊＊＊＊＊＊＊＊＊＊＊＊＊＊＊＊＊＊＊＊＊＊＊＊＊＊＊＊＊＊

「漢文～」妍秋做噩夢驚醒，「翻車了......翻車了！」

害怕無助地嘶吼著，趙靖趕忙拿著漢文的錶，那只妍秋永遠帶在身上就如同漢文在她身邊的錶。

「妍秋，來，妍秋，在這兒在這兒。」

妍秋拿著錶放在臉龐上不斷地摩擦著，開始笑了起來。

「原來你在這啊？」過了一會兒，妍秋才看見趙靖的存在。

「我剛剛夢到漢文他的車......不是啊，是我，我跟小敏......小......小敏呢？小敏在哪裡？他們是不是又把小敏關起來了？」

趙靖安撫著妍秋，拉起了布簾，讓妍秋看著躺在隔壁床的小敏。

妍秋早已忘了先前發生的事，奇怪著小敏怎麼會躺在這兒，不斷摸著小敏熟睡的臉。

「小敏，你生病啦？小敏不怕，媽媽在這兒照顧你。」

「醫生打了一針讓他吃了藥，讓他睡一覺。」

「小敏又怎麼了？他又闖禍啦？那你不要告訴漢文，他會不高興會罵我耶～」

「你眞的什麼都不記得啦？」趙靖看著恍神的妍秋，搖了搖頭。

「記得啊，是要去唱歌啊～我們就去俱樂部，然後，小敏……小敏就生氣了，怎……怎麼辦？」

「什麼怎麼辦？」

「唱歌啊！趙靖啊，我是不是耽誤到你的事啦？那些長官跟弟兄們是不是都生氣啦？對不起唷～」

「沒有，沒有事……」

「我有準備耶，你看我還帶著套譜耶，我還準備兩套禮服，我在家天天練唱哦～」看著妍秋認眞的模樣，趙靖瞭解亮亮所說的了，心中的愧疚更加深重，聲音也哽咽了起來。

「我知道，我知道，我相信你，我相信你。」

「可是……我們找不到俱樂部耶，也找不到你呀，趙靖，你可是不要我了？是不是我唱得不好丟你人了，你不要我去唱了？」

「不是不是！你沒有唱得不好！你唱得很好。」

「騙我，你們都騙我，你跟漢文一樣都不喜歡我唱歌，說什麼做媽媽了別唱了，外面風大了別去唱了，我……我天天在家等耶，都沒有等到你，我在巷口等也等不到你。」妍秋委屈地埋怨著。

「公司有點事。」趙靖心疼著卻也是實話實說。

「漢文不回來……你也不過來……亮亮……亮亮哭了耶，她……哭了……我……我也不知道該怎麼辦，她只是說……說你太太生氣了耶～那……你太太來台北啦？我……我不知道她爲什麼不高興？好奇怪唷，我不知道大家爲什麼都要生氣、都要不高興呢？」

「妍秋～」趙靖看著妍秋天眞的表情，內心酸酸的。

「小敏也生氣，漢文也生氣，亮亮也生氣！我……我沒有做錯事啊，我有按時吃藥啊，我有把飯菜做好了才出去的，我沒有做錯事啊～他們為什麼要生氣～」

「妍秋～沒有，沒有人生氣。」

「趙靖，你最瞭解我了，你不會騙我的，你知道我還能唱，你讓我繼續唱好不好？」

「唱，唱啊！只要你能好起來，沒人不讓你唱，我一定讓你唱。」

趙靖拍了拍胸脯，給妍秋一個承諾的話語，這次他一定要做到。

「會，我……我會好起來，我會好起來，我答應你我答應你。」

看著愛唱歌的妍秋，卻不知道一切都是捏造出來的假象，趙靖內心感受複雜極了。

「別皺眉嘛，我不喜歡看你皺眉的樣子，趙靖，你怎麼啦？趙靖？你心裡很苦嗎？你……你心裡很苦嗎？」妍秋伸出了手，溫柔地撫摸著趙靖的臉。

趙靖許久未有人這樣溫柔地跟他說話了，更何況是妍秋，一個他早已愛戀好久的妍秋。趙靖再也克制不住胸中滾滾地翻騰，一滴淚水就這樣掉落了。

「沒有，我不苦，我很快樂。」

趙靖趕忙別過頭去，趙靖將眼鏡脫下，擦去流下的眼淚。

此時士元走進病房，看見父親落淚的樣子，第一次看見父親有著這麼真情流露的時刻，這個父親讓他感覺好陌生。

而妍秋繼續摸著趙靖的臉。

「你看，不皺眉了吧？是嘛，開心一點，看你這白頭髮，改天我幫你染一染，漢文啊可是沒有一根白頭髮，他看到你這個樣子準會笑你的。」

「好，染，你說了算，不過你得好起來才能去唱歌，替我染頭髮。」

「我一定會好起來的，我還要唱……士元？你來啦！」

背對著的士元，此時轉過身來，一語不發的將水果放好，

「下次進來，我會記得敲門的。」

士元冷冷地說完，就大步地走出病房。

「士元～」趙靖叫著。

「士元也生氣啦？」妍秋感覺出士元的不對勁。

「沒事兒，沒事。」將妍秋哄上床蓋好被，趙靖若有所思的走了出去。

「我想，爸你應該有話要對我說吧。」士元挺起肩膀，像個男人一樣站在父親面前。

「士元，我……」連日來的意外波折讓趙靖眞的覺得自己的確是變了，他不想再繼續僞裝下去了，他想做自己。

「爸，你不要用這個態度我很不習慣，我希望你就跟以前一樣。」

但是士元卻不認爲現在的父親是趙靖。

「看來你對我很不滿意。」

「我不敢，向來就只有你對我不滿意，我只是……只是很茫然，你要跟我說話，而我不知道該用什麼立場跟你說話，男人對男人？父親對兒子？誰的兒子？媽媽的？還是你的？如果是男人對男人，我對你的外遇大可一笑置之，如果是媽媽的兒子，我剛剛就應該把你們兩個推開，如果我是你的兒子，我……我不知道……」

士元繼續說，而聲音僵硬極了。

「可是有件事情我是可以確定的，我想現在，你應該不會反對我跟亮亮結婚，因爲你沒有立場。」

「你現在在跟我談判？」趙靖緊蹙眉頭，直視著士元。

「就算是吧，你自己都坐不正了，還拿什麼要求我呢？」

「我和妍秋之間什麼都沒有發生……」

「爸！這就是外遇。精神外遇也是外遇！」

是啊，他現在已無任何立場，趙靖嘆了口氣。

「所以你認爲我做了一件錯事，我就必須要理虧的去同意一件更嚴重的錯誤？」

「我娶亮亮是錯的？你的外遇就沒錯？就可以？」士元不可置信的喊。

「那是兩件事，我反對的重點是你們不合適！」

「我愛她！」士元的眼神堅定著。

「說你喜歡她就好了，不要輕易說愛這個字。」趙靖卻淡然以對。

「爲什麼不能說愛？我就是愛她！」士元感覺自己胸腔裡的熱情被踐踏了。

「你懂得什麼是愛？你們才認識五個月耶～」

「奇怪？你們怎麼這麼喜歡去強調時間咧？」

士元想起中威也是這樣說的。

「五個月不能夠愛上一個人嗎？五年，五十年的愛，難道不是從五個月開始的嗎？」

「等你到了五年、五十年以後再說吧。」

「就跟你跟汪媽媽一樣？五十年了，那也確實證明了你對她的愛是愛，可是結果又怎麼樣？男婚女嫁徒留遺憾。」

「我遺憾的不是時間的蹉跎，而是妍秋的選擇。」

趙靖說到此心又一緊，眼底閃過一絲淚光。

「既然如此，爲什麼不讓亮亮自己做選擇呢？」

「亮亮並不瞭解你！」

「爸！我真的有這麼差嗎？爲什麼你從來都沒有看到我的優點？我樂觀我開朗。我品行端正……我……」

趙靖打斷了士元。

「你跟任何一個女孩子結婚，都可以開開心心過一輩子，因爲你開朗樂觀品行端正，可是光這些娶亮亮是不夠的，亮亮需要的是一個陪她長期跑馬拉松的伴侶，那是需要無限的耐力愛心包容諒解，還有穩定的基礎，還要能夠跟她站在一起面對外界的歧視，她需要的不是一個玩伴，她需要的是一個跟她兩人三腳一起跑的好搭檔，你可以嗎？到時候你不會半途抽腿走人嗎？那時候摔倒的不光是你跟亮亮，還有她媽媽弟弟，我對漢文的愧疚，還有你媽的虛榮心，你想過了沒有？」趙靖最怕的就是看到這種憾事再度發生，他一定要阻止。

「士元，婚姻是一輩子的事情，你的人生哲學亮亮玩不起的啊。」

自己的兒子趙靖太瞭解了。

「我可以爲她做任何改變。」

士元不死心的替自己辯護。

「誰可以改變誰？看看我跟你媽，二十六年的婚姻，誰改變誰了？那是神話！」

「我可以爲她忍耐，爲愛忍耐總可以吧！」

趙靖搖了搖頭，士元的想法實在太天眞了。

「有人忍耐就有人會無奈，充滿無奈的婚姻幸福嗎？這對你對她都不公平。」

趙靖嘆了口氣。

「不是我不愛你，你看看我。我就是一個活生生的例子，一個充滿無奈的婚姻就算長期忍耐好了，到頭來......還是不堪一擊的。」

趙靖看著低頭不語的士元，拍了拍他的肩。

「士元，聽爸爸的話，我是愛你的。」

士元一個字也沒聽進去，激動的大吼著。

「現在你又要用父愛來說服我了？不管你是不是眞的愛我，或是......或是像媽媽她們說的一樣，不想跟汪媽媽結成親家，我只知道我愛，不單是喜歡，我愛亮亮，我從來沒有這麼希望得到一個人過，我要娶她，不管你們贊成或反對，我都要娶她。」士元轉身離去，趙靖伸出手想叫住士元，卻不知還能說什麼，嘆了口氣，將手慢慢垂下。

第八章

醫院的走廊，計程車司機家屬正在跟趙靖談著賠償的問題，亮亮一臉無神地坐在一旁。

「好，這一段時間，他們所有生活費我出好不好？」

「好啦，兩個月五十萬！」家屬提出這樣的要求，讓亮亮突然跳了起來。

「你們太過分了吧！過什麼樣的生活他一個月要花二十五萬呢？」

「他一天跑八千，一個月也差不多啊！」

「你們簡直是獅子大開口啊！」

「誰叫你們打人啊！」亮亮看著家屬跋扈的樣子，想著現在社會上眞是人善被人欺，不過她汪子亮可不是好欺的那一個。

「我弟也被打了，我媽媽也被打，我問你我要找誰賠？」

「你媽媽要上班嗎？你弟弟那個神經病......」

「ㄟ～吳先生，注意你說的話，不要做人身攻擊唷，我說我們會負責就會負責。」

家屬看願意出錢的趙靖說話了，勢利眼地馬上閉了嘴，陪笑著直說抱歉，亮亮最痛恨的就是這種人的嘴臉，馬上勸著趙靖不要當濫好人。

「趙叔叔～我不負責！他擺明在坑我們啊！」轉頭又對那個惡劣的家屬吼著。「我們爲什麼要賠你五十萬，一樣是打架，我們家被打就兩個了，要比是不是？好我先到工會告你哥哥態度惡劣，然後到法院去告你們！」

「你去告啊！神經病闖禍，新聞每天都在報，還有潑硫酸的咧，還有拿刀砍人的，你們啊，都是恐怖分子，最好判你們無期徒刑！」對方家屬抓到亮亮他們家的弱點半咒罵半威脅地嚷嚷，囂張的態度令亮亮大爲光火。

「我不負責就不負責，愛告你們去告好了！」

亮亮態度依然強硬地死瞪著他們。

「你！」

「先生，我說我會負責就會負責，我公司的人會跟你聯絡。」

家屬們點點頭訕訕地離去。

趙靖走近亮亮身邊。

「亮亮……」

「我不賠！他們態度太惡劣了！」

「凡是花錢能解決的事就不要鬥氣了。」

「我討厭他們的嘴臉，貪婪無恥多醜陋啊！」

「是啊！就當作我們做善事嘛，新台幣可以讓他們變漂亮一點嘛！」

「我沒有錢，我也不要跟你借錢。」

趙靖知道亮亮獨立不靠人的堅強本性，但是再怎麼堅強也不能硬撐啊。

「我也沒有要借錢給你啊，我借給漢文行不行？我借給妍秋借給小敏行不行？」

「趙叔叔……」

「如果你不能替他們答應，我只好去問他們嘍，萬一他們又受到刺激，知道自己闖禍了……」

「趙叔叔……」

「亮亮，是你自己告訴我的，若是做不到的事就不要承諾，在生活上照顧你們，這是我可以做得到的。」

「可是你沒有義務！」

「凡事如果都要用義務去規範的話，那就沒意思了，何況，我跟漢文的交情不是這一點錢可以衡量的。」

看著決意要幫忙的趙靖，亮亮感激在心裡，卻嘆了口氣。

「真的是被士芬的媽媽說中了，我在生活上要受到你的照顧了。」

「受我的照顧有這麼丟人嗎？我趙靖這一輩子，頂多也是這樣照顧我自己的家人，你們……漢文的家人就像是我的家人一樣。」趙靖此話的確是發自內心。

「我不知道要到哪一天才還得清？要還的哦，我不隨便欠人家的錢！」

「要還，當然要還，你不是欠人家的錢，你是欠趙叔叔的錢那就好算啦，慢慢還，我還怕你跑了不成？」

趙靖見亮亮終於肯接受他的幫忙，鬆了一口氣，眼角帶著笑意地點點頭。

趙靖從醫院趕回公司處理些公事，進了辦公室，瞥見辦公桌上有罐辣椒醬，而秀女就坐在沙發上，不出聲捧著茶杯慢慢喝著。

趙靖沒想到秀女會到公司來找他，慢慢走向秀女。

「來啦？」

秀女斜睨了趙靖一眼，鼻子裡悶哼了一聲。

「剛從醫院回來啦？換洗衣服給你帶來啦，還帶了一罐辣椒醬，醫院的伙食不習慣吧？正好，讓你們兩個一起配辣椒下飯！」

趙靖見秀女已經知道，就大方的向秀女談起。

「我正想要告訴你汪家出事了！他們......」

「不必了，全台灣只要有看報紙的都知道，又有兩個神經病鬧事了，已經三天了，你想得可眞久，我要不來，你趙董事長恐怕還會繼續想下去。」一天不見趙靖的秀女，怎麼可能乖乖在家等著，她早就已經去過汪家，向附近鄰居打聽到妍秋他們出事的事。

「這些天你就只有一個晚上，白天三小時待在俱樂部裡，其他時候你全待在醫院，我說趙靖啊，你爲他們一家子可眞是鞠躬又盡瘁的。」秀女話中帶著諷刺。

「你既然知道得這麼清楚也瞭解他們家的狀況，爲什麼不到醫院看看人家？」

「我不敢，我怕瘋病會傳染的！不是嗎？我們家兩個男人就被傳染上啦，老的爲老的瘋，小的爲小的瘋，我怕我去也被那小瘋子給傳染上暴力傾向，我很難擔保自己不會去殺人啊！」

「你什麼時候變得這麼尖酸刻薄？以前你只是任性，不會像現在，爲什麼要變成這樣？」趙靖聽著秀女牙尖嘴利地在口頭上不斷刻薄著人家，忍不住說了她。

「因爲我不平衡啊，你的照顧未免也太過火了吧？」

秀女昂著下巴，像是趙靖理虧地繼續說著。

「人家那個小瘋子出事，你趙靖是出錢又出力的替他擦屁股，你自己也有兒子吧？」

「他們的媽媽沒有瘋！士元也沒有去招惹別人，他就是去招惹亮亮！」

趙靖希望秀女不要在某些事情上總是被自己的情緒影響，而偏差得嚴重，可秀女卻完全沒聽進去。

「唷～亮亮～叫得可親了，別忘了，你也有女兒的，叫趙士芬！一天到晚操心別人家女兒的婚事，自己的女兒要不要嫁啊？」

「你在說什麼啊？我們在說的是士元和亮亮，關士芬什麼事？」

「唷～你是這樣瞭解你女兒的嗎？你女兒不也曾經是你心頭上的一塊寶嗎？連她的事都不知道？你不曉得你女兒已經有喜歡的人啦？」

「這關亮亮什麼事？」

「你女兒喜歡的是陳中威！」

趙靖想起那個十分照顧亮亮的心理醫生，思索了起來。

「唉呀，你怎麼樣啊？你到底是要陳中威去配汪子亮，還是要他去配士芬啊？唉呀，你說話啊！哪個人的幸福對你來說才重要啊？」

「怎麼會這樣？」趙靖不知道士芬什麼時候喜歡上陳中威的？

「趙靖！這叫你爲難啊？誰才是你女兒啊？」

「就是因爲士芬是我女兒，我才特別爲她心疼，看樣子她是注定要在愛情這條路上吃苦了，人家中威喜歡的是亮亮。」

「你廢人你死啦？你對他們汪家出錢又出力的，難道你對她一點影響力都沒有嗎？你可以叫汪子亮感恩圖報成人之美啊，你可以直接叫她退出！」

「是我聽錯了還是我瘋了？這是我可以影響的嗎？我能夠阻止別人追求幸福嗎？再說，我們趙家是施了什麼恩了，要人家用一輩子的幸福來交換？我看你眞的是瘋了！」

「你才瘋啦！我愛士芬，我是個正常的母親，是你不願意。」

看著不可理喻的秀女，趙靖一股氣也上來了。

「我是不願意，我還得顧著我女兒的自尊呢！這種讓渡的愛情算什麼名堂？」

「你不愛士芬！」

「你這種愛只會讓她難堪。你真的是腦筋不清楚！你是把亮亮當白癡還是把陳中威當傻瓜？到時候被人笑話的會是我會是你會是你女兒！」

秀女不等趙靖說完，就放聲大笑了起來。

「哼～謝謝你啦～拜你趙靖所賜，蔡秀女早就是個笑話啦～～你們老是說汪子亮多好多好，我這會兒倒要看看她是個多有良心的人，要嫁給士元啊？免談！嫁給陳中威？作夢！她這一輩子啊，就只能跟她那個瘋媽瘋弟三個人綁在一塊啦！」

秀女轉身離去，趙靖氣得血壓有些上升，頭有點暈。脫了眼鏡，揉了揉眼窩，腦子裡卻一刻不得閒地想著士芬。

「叫爸爸怎麼幫你？唉……」趙靖想著自己的一雙兒女，在愛情的路上都踏上了不歸路，不禁頹喪地閉起眼來。

秀女氣沖沖地離開趙靖的辦公室後，直往醫院去，她要自己找亮亮談，請她感恩圖報點，不要傷害到他們家士芬。

打探了病房在哪，秀女衝了進去，可亮亮的人還沒見到，卻看見士元正在照顧著妍秋和小敏。

「趙士元啊！」秀女惱怒地喊著。

「媽，拜託！」士元一看到母親，想著糟了。

「拜託什麼啊！老的小的全都在這當孝子了，我們趙家就剛好在這團圓了！」

「媽，拜託你說話小聲點，不要刺激到他們。」

士元比了比小敏，秀女想起上次小敏的一掐，學過教訓地也不好再大聲了，但還是帶點怒氣地說著。

「出去啦！順便把那個小瘋子也帶出去，我有話要好好跟她說。」

秀女瞪了一眼妍秋。

「你有話要跟我說啊？」妍秋看著眼前的秀女，恍惚地說。

「那你不能說話太大聲，也不能兇他，更不能……」

士元擔心母親的態度會影響刺激到妍秋，卻更惹火了秀女。

「你是不是很久沒挨K啦，你信不信我揍你啊？出去啦！」

士元帶走小敏後，秀女慢慢走到妍秋面前，直盯著她。

妍秋有些不安地閃躲著秀女的眼神。

「你有話要跟我說啊？我們認識嗎？好像有見過面喔！」

「是，我們見過面，也認識，紫秋小姐。」

「對不起，我不記得了。」

「夠了你，別裝了，這屋子裡現在沒有別人，趙靖不在士元也不在，我蔡秀女不吃你這一套，趕快把你的狐狸尾巴拿出來，省得大家浪費時間啊！」

「蔡小姐，我沒有什麼……」

「唉呀！你瘋病要瘋到什麼時候啊？」

妍秋看著秀女對她大吼，一時間又錯亂了。

「我們……我們家小敏又闖禍啦？我賠我賠，做錯事情我們一定賠，趙靖說過……」

「不許你提這個名字，趙靖是你的誰啊，整天趙靖趙靖的給我掛在嘴巴上！不要臉啊你！」秀女惡狠狠地警告著妍秋。

「我告訴你宋妍秋，你這一搞瞞得過別人，瞞不過我的！你自己應該心裡也明白喔！」秀女冷笑了一下。

「我真是佩服你啊，狐狸精有千百種，就屬你最高明，利用裝瘋賣傻勾引住我們家趙靖的心啊！」

「我沒有……我沒有啊！」

「你有，我說你有你就有！你沒瘋就沒瘋，我告訴你，趙靖是我老公，小心我告你妨礙家庭，還有你那個三八女兒，汪子亮！」

「亮亮怎麼了？」

「亮亮？亮亮！唷～你現在又清醒啦？你現在又知道亮亮誰啦？」

「我們亮亮是好女孩……」妍秋面對秀女的咄咄逼人，囁嚅地說著。

「屁～好女孩哪來那麼多心眼來勾引我兒子？我告訴你！你們家汪子亮想嫁給我們家士元！」

「這樣……這樣……」妍秋根本不懂秀女在說什麼，腦子裡一團亂。

「瞧瞧你眞是討厭啊，先是裝瘋現在跟我賣傻，你們母女倆玩什麼花招詭計我會不清楚？」

秀女再也忍不住用手指頭點了點妍秋的頭，要她不要再演戲了。

此時亮亮發現士元跟小敏在外頭，得知秀女和母親現在正共處一室，擔心母親又會受到委屈，急忙衝進去。剛踏入門，正巧聽到母親在跟秀女說著。

「我們家亮亮最聽話了，她沒有要嫁給士元，她如果要跟誰結婚的話，也會先問過漢文啊，漢文如果同意......」

「誰同意都不行啦！沒我的同意，誰敢嫁給我們家士元啊？」

秀女瞪著搞不清楚狀況的妍秋。

「你那個汪子亮哪一點配得上我們家士元，要學歷沒學歷，要家世沒家世，還拖著一老一小兩個裝瘋賣傻的神經病，誰娶她啊？」

秀女看了妍秋蒼白憔悴的窮酸樣，輕蔑地繼續說著。

「她以爲她漂亮，她以爲黏著趙靖，可以進門當我們家媳婦，勸你們死了這條心，這一點啊，我們趙靖心裡也清楚，連他都說你們家汪子亮配不上我們家士元，連他都反對！她憑什麼？我們全家都反對，你們憑什麼憑什麼呢？」

秀女甚至曲解著趙靖的話，想要眼前的妍秋接受這個事實，在門外聽到秀女淺薄又小氣的諷刺，亮亮再也忍受不了地衝到秀女面前。

「憑趙士元愛我！」

「亮亮，她......」看見亮亮突然出現，妍秋依賴性地挨近亮亮的身邊。

「眞是有家教啊，躲著偷聽。」

「如果趙媽媽願意光明正大的找我談的話，我就用不著偷聽了。」

亮亮瞪著眼前這個膚淺的女人，不屑的回應。

「好啊，小狐狸精，拐個彎來訓我，好，你給我聽清楚，你不瞧瞧你自己，從頭到腳一無是處，哪一點配得上我們家士元！」

「不准這樣說我們家亮亮！我們亮亮哪裡不好啊？又孝順又聰明又能幹！」

妍秋不忍秀女這樣說著亮亮。

「你醒啦？瘋子都可以人模人樣的說出這種話來，那麼你裝的啦！」

「請你離開！」亮亮指著門口對秀女下逐客令。

「我離開哪啊？住在我家鈔票上，花我的錢勾搭我家的男人，你有什麼立場叫我離開？你以爲我喜歡看到你們啊？氣死我了！」

秀女怎麼可能放過這個可以教訓這一對不要臉母女的機會，繼續趾高氣昂地說著。

「你們給我聽清楚了，我今天就是要告訴你們這一家子，離我們家那兩個男人遠一點，想攀龍附鳳，你們門都沒有！」

「媽！你太過分了！」跟著亮亮一起走進來的士元也看不下去母親這樣的刻薄。

「兒子啊，我哪一點過分啦，你看清楚，這樣的貨色，哪上得了台面，你看看那個叩機一輩子不離身的，家裡一老一小兩個瘋子得隨傳隨到，你娶了她，你一輩子倒楣啊，一輩子脫離不了苦海……」秀女看著不識相的兒子，竟然幫著外人說話，語氣更加加重地咒罵著。

「媽！」

亮亮緊握著叩機，全身顫抖著。

秀女知道自己說得有理，依然不放過。

「好啦，兒子，媽知道你是玩玩的，我現在給你台階下啦，都是媽不好，媽反對，玩玩可以收手了，放人家女孩一條生路，夠啦，我們對他們仁至義盡啦～出錢出力的，我們當作做善事啦～我們回家去啦～」

拉著士元，秀女擺出高姿態就要離去。

「我不回去！」士元甩開秀女的手，深情地看著亮亮。「我的愛人在這......」

亮亮看著士元，被他直接坦率的告白衝擊著，眼中的淚光閃閃。

秀女倒是臉上一陣難看，當兒子只是一時拗著脾氣。

「兒子啊，媽已經給夠你面子啦，你pose也擺夠啦，可以回去啦！來～」

士元沒有走向母親，反倒走向亮亮握起她的手。

「我會回去的，但是我希望可以帶著亮亮一起走，我喜歡她，我愛她，我也願意照顧他們一家人，以後不單是她會帶著叩機，我也會，我願意隨傳隨到。」

「趙士元！你知不知道你在說什麼啊？」秀女被士元的一番話氣得臉都脹紅。

「我知道我在說什麼！」

「他說他要結婚～他要娶亮亮啊～」妍秋重複著士元說的話語。

「你閉嘴啊！」秀女怒吼著，但妍秋完全在狀況外，開心地說。

「結婚好耶～還可以唱歌唷，唱〈花好月圓〉，浮雲～」

「不要唱啦！你們以爲你們贏啦？就憑你們這一窩瘋子我就會輸嗎？你給我聽清楚，二十幾年前，你娘當不成趙太太，二十幾年後的今天你也休想！」

秀女罵完亮亮，又回過頭對士元大聲嚷嚷。

「趙士元！你會回家的，我要是連你這一點都抓不準，我就枉費當你媽！哼！」

說完，冷冷地瞪了亮亮一眼就離去了。

秀女一離去，亮亮剛才勉強撐起的姿態一下子萎縮下去。

看著亮亮默默地哭泣，士元走向亮亮，想要將她摟入懷裡。

但是，亮亮只想要一個人靜一靜，推開士元，就這樣消失在走廊的盡頭，腦中迴盪的是秀女的諷刺話語。

「趙叔叔，在你心裡也是這樣看我的嗎？你也認爲我不配嗎？」

亮亮哭了起來，但又想起趙靖曾經對她說過的話，那樣誠懇地想要照顧他們一家子，還有士元剛才信誓旦旦的宣示。她到底該相信誰？誰說的才是眞的呢？亮亮十指緊箍著頭，覺得自己快崩潰了。

「到底什麼是眞的？到底什麼是假的？」亮亮心中吶喊著。

她哽咽無助地哭了起來。

✳✳✳✳✳✳✳✳✳✳✳✳✳✳✳✳✳✳✳✳✳✳✳✳✳✳✳✳✳✳✳✳

這一夜，輾轉難眠的中威，也在腦裡不斷回想著亮亮崩潰時說的可不可以睡著了就不要再醒來了的喪氣話，還有生日那天認定自己得不到幸福並沒有人會娶時顯露的悲情。

還有那個晚上的吻，還有亮亮最後始終沒轉過身的背影。

複雜的思緒又痠又痛又混亂地全攪在一塊兒。

此時門鈴響了，中威連忙爬起身，想著會不會是亮亮！趕快開了門，卻看見士芬步履蹣跚、站也站不穩地倒向他。

中威連忙將她扶進了屋裡。

「小心，怎麼啦？」

「嗨～」只見士芬醉眼惺忪地揮了揮手。

中威嘆口氣，倒了杯茶給士芬。

「喝杯熱茶。趁熱喝，茶可以醒酒。」

「可是……可是我不想醒啊！」

士芬眼角帶著一絲淒苦。

「爲什麼好好的要喝這麼多酒？這樣開車很危險的。」

「因爲……因爲要壯膽，因爲有話想對你說。」

士芬突然將臉靠近中威，全身充滿著酒氣，中威知道士芬要說什麼，但是卻不想在今天這個時候去面對，於是站起身，想要逃避。可是士芬用盡力氣地硬是抓住了中威的衣角，要他面對著她讓她把話說完。

「很多話……清醒的時候，是沒有勇氣說出來的。就像你現在這樣，不好意思當面拒絕我，只好背對我，是一樣的意思。」

中威低頭不語。

「當面承認跟當面拒絕，都是需要勇氣的。我沒有勇氣，所以我喝酒……」

中威此時轉過身，並不想繼續聽地對士芬說著。

「我送你回去。」

士芬拚命搖著頭，她的心不能再這樣下去了，總是撕碎般地疼著。

「中威不要拒絕我，我不知道，下次我還有沒有喝醉的勇氣，請你給我一次機會，讓我把話說完……」

中威把手抽走，態度冷冷地回應。

「有些話還是不要說吧，畢竟人清醒的時候比喝醉的時候多，有些話，你清醒的時候會後悔的。」

士芬再也忍不住地大吼。

「我喜歡你！」

士芬眼睛裡沒有告白的嬌羞，只有落寞又憔悴的眸光，印在中威身上。

「我喜歡你……非常非常喜歡你，我愛上了你，以前，我從來沒有這樣在心裡面喜歡過一個人，我不知道……喜歡一個人而不被接受，是件這麼痛苦的事，既然這麼多人都嚮往愛情，難道那不該是讓人快樂的事嗎？我不明白，爲什麼愛情降臨到我身上，卻常常……常常讓我流眼淚呢？」

「士芬，愛情是不能勉強的。」

中威同情士芬，但是他很清楚愛情不是一種施捨。

「喜歡我，是件需要勉強的事嗎？陳中威，爲什麼你總是看不見我？是因爲亮亮佔據你的心對不對？所以你看不到其他人，是不是這樣？」

中威不再迴避自己的心。

「是，你說得對，承認跟拒絕都需要勇氣，我花了五年的時間才敢承認，對我自己承認，我是喜歡亮亮的。」

士芬倒抽了一口氣，臉色蒼白得像張紙。

「而拒絕我只需要五秒鐘？」

「士芬！你是個好女孩，我拒絕的是你的愛情，不是你的友情，我並沒有否定你這個人，如果可以的話，我願意跟你做一輩子的朋友。」

「你告訴我，如果沒有亮亮，你的眼睛可以看得見我嗎？」

士芬整個將女人的尊嚴拋去，等待著中威的答案。

「愛情是不能用刪減法，去除某一部分再來選擇某一部分的。」

「你不能有一點點喜歡我嗎？」

「喜不喜歡一個人，跟另外一個人是否存在一點關係都沒有。」

中威平淡的語氣像講述著理論。

「不！你告訴我，如果沒有汪子亮，你有沒有可能會愛上我？」

中威沈默了一陣子。

「不會！」

士芬像是腦子裡轟然一響，耳鳴地再也聽不到任何聲響。

「很抱歉，我不會！」

中威對士芬十分的抱歉，卻也希望這樣直接殘忍的作法能夠讓士芬不要再對他有所期望與迷戀。

士芬開始像失了魂似地邊笑邊哭。

「就是說我……我連……退而求其次的第二選擇都排不上？你是心理醫生，怎麼連安慰人都不會，眞差勁！我……我要回去了。趁我酒還沒醒前，我先走了。」

士芬站起身來，酒的後勁讓她身體搖晃著，跌跌撞撞地往門邊走去。

「我送你。」

士芬聽到中威又說著這一句讓她所有自作多情開了端的話，苦笑了一下。

「你……你沒發現嗎？我們之間永遠都是你在送我，而不是來接我，你知道這代表什麼意思嗎？這表示，永遠都是我來找你，而你不曾主動找過我，我每次找你，每次刻意碰到你，於是你不得不禮貌地送我回去，這一次，我要自己回去，不再讓你送了，不需要！」

「士芬！」

士芬衝出了中威的診所，衝上了街道，在夜色中向前疾奔，踉踉蹌蹌。

士芬又再度跑到PUB裡，她要讓自己的眼睛更迷離，這樣就看不到中威冷峻拒絕她的表情，她要讓自己的耳朵如耳鳴般地閉塞，這樣就聽不到中威拒絕她的字字話語，她更要讓酒意摧毀自己的神智和麻痺自己的心，這樣她就不會再想起那一幕，心也就不那麼痛了。

士芬晃了晃手中的酒杯，喃喃自語著。

「如果沒有汪子亮，你會看見我嗎？」

「呵呵......」士芬喝了一杯又接著一杯。

「如果沒有汪子亮，你會不會有一點點喜歡我啊？」

「如果沒有汪子亮，你有沒有可能會愛上我呢？呵呵......不會，永遠都不可能會愛上我，可是，願意一次一次把我送回家，只要能夠把我送走，就很開心了吧？OK，乾杯～」

士芬孤獨的佇立著，大聲地向附近的人乾杯，顯得那樣寂寞與淒涼。

看了看牆上的鐘，士芬還沒回來，秀女踱步到她房間，打開了燈，看著床頭士芬笑得燦爛的照片，喃喃說道。

「士芬，你放心，媽不會讓你受委屈的，媽會幫你得到那個陳中威，要不然，我讓他天天日子都不好過！」

「士芬還沒回來啊？」趙靖也走了進來。

「回來了，你會看不見啊？」

「秀女......」

「你從來不說廢話的，有什麼你快說吧！」

「我打算讓亮亮到俱樂部來上班，我來找你商量，一來是尊重，二來我發現我在處理汪家的事情上，可能有些疏失，與其這樣每次都造成誤解，不如大家都把想法作法攤開來，大家商量。」

「是商量吧？」

「是。」

「那好，我反對！」

「秀女......」

「怎麼啦？不是商量嗎？我反對啊！」

「你爲什麼要反對呢？」

「我爲什麼要贊成啊？爲了你的同情心，我們做的還不夠嗎？爲了她媽媽要唱歌也唱啦！我面子也丟盡啦！她弟弟出事，你也出錢出力的把他屁股擦乾淨啦，你還要我怎麼樣？難道要我養她一輩子啊？」

秀女抱怨連連地說著。

「亮亮現在需要工作！」

「亮亮，亮亮，亮亮！亮亮是我女兒的情敵，我情敵的女兒！我說趙靖啊，在你的心裡她跟我們是一樣的重要嗎？你有多久沒關心過你女兒啊？她最近不吃不喝瘦了！你知道嗎？她失戀啦！」

「她不是失戀，人家從來沒有愛過她。」趙靖心裡清楚得很。

「都是因爲那個汪子亮，所以沒有愛過她！」

「也不能因爲這樣子就不給人家工作的機會呀！」趙靖看秀女完全就是遷怒。

「你要不對那個宋妍秋示好，我會爲難她女兒？」

秀女把罪全都怪在趙靖身上，絲毫沒有自省的意思。

「我們家士芬原來也把汪子亮當好朋友的啊，你看看她怎麼樣對待我們家士芬，既然知道陳中威喜歡的是她，還把他介紹給士芬，分明在耍士芬，分明是要給她難堪嘛。」

趙靖看著秀女依然無法溝通，吁了一口氣。

「愛情的事情......孩子們的事情，可不可以讓他們自己去處理？」

「別人家的孩子我不管，我的女兒我要保護！哪有那麼好的事？哼哼～傷了我女兒的心，還要我給她一口飯吃，我又不是聖人！」

「我已經答應她了。」

聽到趙靖回答的秀女，臉上一陣青白。

「你已經答應她啦？那你來跟我商量什麼？你這叫什麼尊重？趙靖！你太可惡了你！」

秀女正準備和趙靖大吵一場的時候，士芬醉醺醺的回到家中，碰碰撞撞地。

秀女和趙靖下樓看見女兒醉倒在地上，又哭又笑的，完全不知道士芬發生了什麼事，竟然喝得如此爛醉。

「士芬～你喝了多少酒啊？」

秀女忙上前攙扶，而士芬只覺胃液翻騰，低頭就狂吐。

「根本不能喝酒的人，怎麼這樣喝呢！你還自己開車回來？你知不知道這樣多危險？每年有多少人就是死在酒後駕車上！」趙靖覺得士芬實在太不像話了。

「夠了你，人都醉成這樣還訓她，爲什麼要喝酒？因爲她傷心啊！爸爸成了別人的爸爸！喜歡的男人又成了別人的男朋友，她傷心啊！你懂了吧！」

「爲了一個男孩子這樣不珍惜自己的生命，你有沒有想過，做父母的也會傷心也會難過？一段不成熟的感情就這麼重要嗎？一定要把自己弄得這麼狼狽，值得嗎？」

「值不值得就要你來告訴她啦，有誰比你更清楚啊？啊～」

秀女意有所指地諷刺著趙靖，趙靖別過頭去。

此時弄得一身狼狽的士芬，勉強用最後一點神智，向父母說著。

「爸，對不起，媽～對不起，以後......以後不會了......」

士芬跪在地上不停地頷首，紅腫的雙眼裡有著流不盡的淚，趙靖看著士芬傷心地哭泣，心揪在一塊。

「士芬，爸爸不是要罵你，爸爸是心疼......」

「是，我知道爸疼我......對不起！」

士芬邊道歉邊奮力地站了起來，失魂落魄的慢慢走進自己的房間。

「士芬，士芬啊～」

士芬聽不到耳後秀女的呼喊，只不斷地重複著片段的字句。

「我知道只有爸爸媽媽是愛我的......對不起，以後......不會了。」

趙靖躺在床上左翻右翻地就是睡不著，想著這些天，也眞的是忽略了士芬，看著她今天如此痛苦又失態的行爲，可見她這場單戀的確傷她很深。

有些話或許他應該要跟士芬談談，於是趙靖起身，走進了士芬房裡。

士芬一動也不動地躺著，似乎正熟睡著，趙靖看著士芬帶著淚痕的臉，在床沿邊坐了下來。

「士芬，也許你還醒著吧，因爲我知道，你一向都很難入睡，有些話爸爸要跟你說，不是爸爸不愛你，就是因爲爸爸太愛你了，所以特別心疼你，怕你在愛情這條路上摔跤，如果可以，爸爸眞希望能夠保護你一輩子，愛情的苦愛情的煩惱，不是可以由旁人代替的，就是最親的父母也不可以，你懂嗎？」

「士芬，士芬？睡沈啦？還是還醒著？」趙靖推了推士芬，士芬沒反應，開了燈，看見士芬口吐白沫，嘴唇發白，昏迷不醒著。

趙靖發現士芬的狀況不對，馬上大喊著。

「士芬？士芬！秀女快起來！士芬？」

士芬一點反應也沒有，僵硬的身體逐漸失去了溫度。

救護車匆匆地將士芬送進了醫院，秀女以及趙靖在病房外焦急地等候著。此時秀女打開了在士芬桌上找到的遺書，兩人心疼的逐字看著。

「我不快樂，我應該很快樂，可是我不快樂，我以爲我擁有一切，其實我什麼都沒有，媽心裡只有哥，爸也不再是我一個人的，我不知道該怎麼看我自己，一個一無所有、又不討人喜歡的討厭鬼，在愛情上，甚至連退而求其次的第二順位都排不上，我好不快樂。」

趙靖看著士芬信中所表露的自己，是如此寂寞地存在在這個家中，身爲一個父親所應該有的保護與關心，他疏忽了，心收緊，痛苦萬分。

秀女看完則是捶胸頓足地大哭，怨天咒地甚至詛咒著汪子亮和陳中威。

趙靖安撫著秀女的情緒，希望她冷靜點，這麼做於事無補。

秀女哭花了一張臉地嗚咽著。

「她灌了一瓶安眠藥啊，你叫我怎麼冷靜。我不像你啊，你沒心，要我怎麼像你那麼冷靜啊？開門啦～」

秀女急得想進去看看女兒是否平安，而怎麼說都錯的趙靖，只能抱著秀女不說一句地輕拍著。秀女怨懟地搥打著趙靖，趙靖心中著實也不好受。

「秀女啊～士芬是我女兒啊，父女連心，她受的苦我比她還心痛啊！」

「你會心痛嗎？你會心痛嗎？你還記得你有這個女兒？你只在乎人家的工作家庭感情，因爲她是宋妍秋的女兒，我們家女兒多敏感，你一舉一動她都看在眼裡，你讓我們士芬太傷心了，難怪她會說爸爸不是她的，士芬啊！」

趙靖想起士芬曾經撒嬌地對他說過她是貼他的心的，因爲她是爸爸的女兒，哥哥才是媽媽的。又想起他們最近的爭執，士芬求著他帶著他的心跟她一起回家，那樣的需要他，那樣的依靠他。而他卻沒有在女兒最絕望的時候，伸出雙臂讓她倚賴，士芬遺書裡每一行淒涼的字句，讓他發現女兒心中的苦竟然這麼沈重。

趙靖忍不住自責地落下了淚。

「士芬，爸爸永遠是你一個人的，給爸爸一次機會，讓爸爸親口告訴你，好不好？給爸爸一次機會......」趙靖在病房外心中輾轉呼喊著，希望昏迷中的士芬能夠甦醒過來，讓他這個做爸爸的能夠好好彌補她，不要留下缺憾。

而秀女看著趙靖痛苦的樣子，並沒有想要多加體諒的心，她要趙靖永永遠遠記得這一刻。

「趙靖！如果今天士芬沒有醒過來，這個家就是你一手毀掉的，我絕對不會原諒你，我生生世世都恨你。」

趙靖明白，不用秀女恨他，他自己都會恨死自己的。

時間一分一秒地過去，搶救仍在進行著。

秀女兩眼空洞，跌坐在地上，聲音已經哭啞，嘴裡直默唸著。

「士芬～你千萬不可以離開媽啊，媽是愛你的......媽是愛你的......士芬～」

＊＊＊＊＊＊＊＊＊＊＊＊＊＊＊＊＊＊＊＊＊＊＊＊＊＊＊＊＊＊＊

「爸！士芬怎麼啦？」匆匆趕到醫院的士元焦急地問著父親。

「在病房裡。」

士元看見秀女緊握著士芬的手，而士芬仍然昏迷不醒。

「媽，士芬是......昏迷了還是睡著啦？爸！醫生是怎麼說的？是怎麼說的啊？」

士元焦急地想瞭解狀況，秀女卻突然打起了自己的嘴巴。

「都是我這個烏鴉嘴啦～是我自己烏鴉嘴～我沒事在醫院說這個幹什麼啊？說什麼我們一家四口在醫院團圓啊，我怎麼來醫院說這個話～嗚嗚～」

「媽～你這是幹什麼啊～」士元忙拉住秀女揮舞的手，而趙靖聽著秀女剛說的話疑惑著。

「秀女......你什麼時候來過醫院？」

「是......是啊，我......我來跟姓汪的那家人好好談談嘛。」

秀女沒想到自己一時口快把話給說漏了。

「對，來好好談談，順便罵罵人家。」士元替汪家打抱不平。

「趙士元啊！」

「你真的去找亮亮談條件？我怎麼跟你說的？士芬有她自己的尊嚴，你怎麼可以......」

「我怎麼不可以！我當然要問問那個汪子亮，她到底喜歡哪一個，把我兒子迷得神魂顛倒想把她給娶回來了，竟然還霸著那個陳中威不放，她什麼意思啊？」

士芬其實早已悄悄地醒了過來，這些話全都入了她的耳裡，她聽著，淚珠一顆顆無聲地滑過臉龐。

「出去......」士芬虛弱地喊著。

沒人聽到，而秀女正繼續罵著。

「她明明把士芬介紹給陳中威的嘛，她知道士芬喜歡中威，還霸著他不放，眞是可惡！只要她願意讓出來，中威一定會喜歡我們家士芬的，他們兩個一定會有希望的嘛！」

「出去！請你們都出去......」士芬用盡了最後一分力氣，從喉嚨裡發出沈重的嘶喊。

這時大家聽見了，秀女看士芬醒了，心疼地握住士芬的手。

「士芬啊，士芬，你放心有媽在，媽給你作主！」

「出去......你們當我已經死了好不好，就當我這一次沒有被急救回來，這樣......或許我們就不會再吵，大家就不會再爭吵了......我也不會再有那些羞辱了。」

「士芬啊，媽怎麼會讓你受羞辱呢？我只是跟你爸爸說叫他先去講嘛，我沒告訴別人......」

「不要說了，什麼都不要說了......陳中威已經告訴我了，他並不喜歡我，有沒有汪子亮，他都不會喜歡我。」士芬的聲音裡透著絕望。

「亂講。」

「在他心裡面......我連第二順位都排不上......他明明白白的拒絕我了，他心裡只有汪子亮。」

「他是這麼說的嗎？你是因爲這樣才自殺的嗎？」

「既然汪子亮這麼重要......這個世界不能沒有她，那就乾脆沒有我好了...我，趙士芬，是個可有可無的人。」士芬心中空空洞洞的，好像靈魂和思想都已經脫出了她的軀體。

「士芬啊～」秀女抱緊失了神的女兒，還沒開口，趙靖就用著充滿憐愛的聲音對士芬說著。

「士芬，你不是多餘的，你是爸爸的寶貝，我們大家都不能沒有你！」

士芬聽了，也只是將頭撇了過去，靜靜地流淚。

一旁的士元將妹妹的痛看在心裡，拳頭不由自主的握緊了。

＊＊＊＊＊＊＊＊＊＊＊＊＊＊＊＊＊＊＊＊＊＊＊＊＊＊＊＊＊＊＊＊＊＊

在醫院的另一頭，亮亮看著母親站在窗口發呆，面無表情僵硬得像個雕像。

「怎麼不睡了？天才亮，不要站在這吹風，跟著又感冒了，接著又傳染給小敏了。」

亮亮幫妍秋披上了一件外套，就要扶母親入睡去。

妍秋突然幽幽地說了一句。

「亮亮，你好辛苦唷，像個媽。」

「不辛苦啊，只要媽媽跟小敏都好好的，亮亮就不覺得辛苦了，睡覺去吧。」

妍秋甩開亮亮的手，眼神裡充滿了擔憂。

「亮亮，你......你爸爸......你爸爸他......」

亮亮當妍秋鬧著性子，只好像往常一樣，開始編織漢文的存在。

「爸爸昨晚有來過，看你在睡覺，所以沒有吵醒你，他拿你們的眷屬症去申請醫療補助，他還特別交代我，要好好照顧你們，他還說啊，這兩天特別忙，等演習完了就會來看你們了。」

可是妍秋這一次並沒有像以前一樣相信著亮亮，她只是不停眨巴著空洞的雙眼，身體顫抖地喃喃說著。

「他不會來了......漢文不會回來了......」

「媽，你？」

「你們都在騙我，當我不知道，其實我心裡早有譜了！」

「你知道了？你都知道了？」亮亮心中一驚！母親醒了嗎？

「亮亮..他在外面有了人了是不是？其實......我心裡已經早就明白七八分了，他不愛回家他不愛我了，他不愛跟我說話，他眞的不愛我了。」

亮亮原本驚訝母親是不是清醒了，從她和父親的世界裡清醒了，但妍秋隨之而來的話語，還是粉碎了她的想法，並且讓她更憂心。

亮亮看著一把鼻涕一把眼淚的妍秋，實在不知道該如何向母親解釋。

在醫院的陽台上，亮亮將妍秋的狀況告訴來探病的中威。

亮亮覺得有些啼笑皆非的說著。

「我媽媽……居然把士芬的媽媽當成我爸外遇的對象，她角色完全混淆了，怎麼會這樣呢？」亮亮突然像害怕著什麼似的，緊張了起來。

「中威，我媽她會像小敏一樣有妄想症嗎？會不會？會不會？」亮亮焦急地看著中威。

「亮亮，不要急，不要急。」

「我很急我很急，這樣我不知道我該生活在哪個時空裡！」

中威看亮亮又陷入了不安的情緒裡，正要走上前去撫慰她時，突然感到腦後重重的一擊，中威倒地。

「陳中威！」中威回頭一看，士元正對著他大吼著。

在他還沒弄清楚發生什麼事情時，士元的拳頭又落了下來。

一頭霧水的亮亮拉著發了狂的士元，想要阻止兩人之間的衝突，卻被士元一把推開。

兩人新仇加舊恨地馬上就扭打成了一塊。

「住手！不要再打了～」亮亮聲嘶力竭地猛力一喊，兩人終於停住了手，氣喘噓噓地互瞪著。

「你長大點好不好！不要像個孩子，得不到糖果就伸手搶，搶不到呢，就動手打人。」中威抹了抹嘴角的血，繼續說著。

「大家都喜歡亮亮，可以君子之爭，根本沒必要……」

「你放屁！你以為我動手揍你是為了我自己，陳中威，你還不配！你是君子？什麼君子啊？偽君子！是個君子會把一個女孩子刺激到自殺！」

「誰自殺啦？」中威和亮亮兩人同時怔住。

「趙士芬為了你自殺啦，是！她是很傻很不值得，但她就是為了你做這一件這麼傻的事情。」士元為妹妹的不值怒吼著。

「她怎麼了？她現在……」中威關心地問著。

「對不起，讓你們失望她沒死，活了下來。」

「士元，我對士芬沒有一點芥蒂。」亮亮覺得士元的話語中似乎對她有些誤解。

士元看著亮亮，目光稍稍柔和一點。

「你不需要負一點責任的嗎？一點點......亮亮，你知道我捨不得罵你，但是今天士芬如果沒醒過來，你心裡不會有一點點的愧疚嗎？」

「是我的責任。」中威覺得這不關亮亮的事。

「你閉嘴，你躲不掉的，就是因爲你士芬她才會想不開的。」士元看著中威負責的態度只是一種虛僞的掩飾。

士元看著亮亮，搖了搖頭。

「我到今天才知道，原來他們兩個是你介紹的啊？你心裡究竟在想什麼啊？你在當中又在扮演什麼樣的角色？是紅娘嗎？如果你早就知道這個傢伙心裡喜歡的是你，爲什麼還要把他介紹給士芬？」

面對士元的指責，亮亮只能不斷地抱歉。

「對不起，對不起......」

「亮亮！這是我的責任！」

看著互相袒護的中威和亮亮，士元又開始激動地吼著。

「混帳！混帳！你們混帳！你們自己要玩著混淆不清的愛情遊戲，爲什麼還要拿我妹妹來做愛情的試探劑？」

「也許她個性彆扭，心眼小，但是她是認眞的，她不會耍花槍，我們大家都不會！」士元灼熱的眼光盯在亮亮身上。

「好朋友介紹一個好對象給她認識，她就認認眞眞的考慮去交往，她不知道你們把她當成工具了！」

亮亮看著徹徹底底誤會她的士元，趕緊解釋著。

「我沒有～我眞的沒有，當初我介紹他們認識的時候，我是很誠懇的，我不知道......」

「你不知道他喜歡你？他在你身邊跟前跟後了五年多，你不知道他喜歡你？很模糊！不明確！於是你正好利用士芬來看清楚，好了，我和趙士芬倒成爲你們之間的大功臣了！」

亮亮看著士元不斷曲解她的話，啞著口，也不知道該怎麼解釋了。

中威瞭解士元現在正處於盛怒之下，說什麼也聽不進去了，他只想馬上離去，去看看士芬。

「陳中威！」士元看著要離去的中威，獅吼地叫住他。

「我沒有心情在這裡聽你罵人，我要去看士芬，不管是不是因爲我給了她什麼刺激，我會勇敢面對。」

「我跟你一起去。」

「讓我單獨去面對。」中威知道亮亮的出現，只會讓情況更糟，何況這件事情全是因他而起。

中威選擇單獨離去。

陽台上，士元看著亮亮清澈的雙眸，那樣的烏黑深沈，裡面到底藏著多少隱瞞？多少欺騙？

「士元……」

「亮亮……你告訴我，我是不是像士芬一樣，也是你愛情的測試劑，你給我的友善熱情溫暖，也是爲了測試陳中威對你的愛情指數，你是把我當成工具來激起陳中威的注意嗎？」

「不，不是的……」

亮亮搖著頭。

「你在我面前的開心，全都是假裝的嗎？你的讚美你的鼓勵你全都是做給他看的。」

士元沮喪失望的表情，亮亮第一次看到，卻是因著她。

「不是的！不是的！我不是你說的這種人，我承認，我介紹他們認識，鼓勵他們交往是太輕率了，我沒有想到士芬會這麼認眞陷得這麼深，可是我從來就沒有利用過士芬，我更沒有利用過你！」

「唉～」

「請你相信我。」

士元凝視著亮亮，凝視得越久，心就越痛楚。

「亮亮，你可以不嫁給我，但是……如果你嫁給陳中威我會恨你，我會覺得……你在利用我們兄妹的眞心來做催化劑。」

士元說完掉頭大步離去，他願意用著坦率的方式去面對亮亮，去追求他想要的愛，他只希望愛著的對方也能如此以對，他一直都是相信著亮亮，用那樣天眞那樣爽朗的笑容。而今天，心中的那份堅信動搖了，他有點開始看不透眼前的亮亮，心裡到底在想些什麼。如果談戀愛都要玩心機的話，那麼，不談也罷。

看著士元頭也不回地離去，亮亮掩面搖頭哭泣，不知該如何解決這難解的三角習題。

＊＊＊＊＊＊＊＊＊＊＊＊＊＊＊＊＊＊＊＊＊＊＊＊＊＊＊＊＊＊

「你來啦？」趙靖看著中威。

「是啊，來看士芬。」

趙靖看著眼前這個傷害他小女兒最深的人，試圖保持著冷靜的口吻。

「士芬正在休息，你請回吧。」

「我想，我是說……我……」

中威試圖說些什麼，卻千頭萬緒著。

「唉呀！你到底想說什麼，就一次說個清楚嘛，都已經到了病房門口了，還有什麼不能說的呢？」秀女惱著中威吞吞吐吐的態度。「我告訴你啊，我們家士芬是個規規矩矩的好女孩，你大可大大方方的跟她來往，年輕人嘛，什麼事都可以溝通，有什麼不可以溝通的嘛？弄到今天要自殺的地步，我問你啊，陳中威，你……」

中威打斷了秀女。

「我想看看她，就是想看看她，看她好不好？」

「如果只是看看她就不必了，陳先生，我女兒好不好，你不該等到現在才問，當初你那麼殘忍的拒絕她之前，就應該多想一想。」

趙靖仍然深沈穩重，但語氣裡卻有一股極大的力量壓在中威的心裡。

「我現在可以告訴你，她不好，剛洗完胃，生理上很不好，受了那麼大的刺激，心理上更不好，還有什麼事情是你想要知道的嗎？」

「我......」中威的無言不是無話可說，而是不知如何說起。

「陳先生，記得我們第一次見面，是我女兒把你帶回來的時候，介紹認識的。你是我家士芬第一個帶回家的異性朋友。」

「是，我是送她回去。」中威記得那次。

「你順路送她也好，你們是普通朋友也好，或者你對她根本就沒有意思也好，我想我趙家的女兒，還不至於不堪的就因此而賴上你。你可以不喜歡她，但是你不該不懂得身為一個男人的氣魄，作為一個人的厚道。」

聽著趙靖的重話，中威搖著頭。

「伯父，我從來不曾傷害趙士芬！」

「你拒絕得不夠厚道！」趙靖緊緊地盯著他。

「伯父伯母，我不是拒絕朋友跟我接近，也不是拒絕推銷員上門推銷，我拒絕的是一份感情。」

「所以你更該懂得如何處理。」

「所以我用最直接的方式。」

「好讓她傷心絕望到尋死？」

「沒有迂迴空間，也就不會有二度傷害，這是我的本意。」

「還好她沒死啦！她要死了，你當然沒有二度傷害的機會啦！」

「別人不懂得溝通的技巧也就罷了，可是陳先生，你是個執業的心理醫師，竟然用這麼拙劣的方式傷害一個女孩子的心！」

趙靖話裡執意中威處理不當的口氣，讓中威也有些激動了。

「我很抱歉，但是，我認為我是對的，因為，不能給對方承諾，就不要給對方希望。我認為那樣才是不厚道，總有一天趙士芬會感激我的。」

秀女聽到中威說出士芬將來會感激他這樣的話，想到還躺在床上虛弱著的士芬，心一酸，火氣就湧了上來。

「是嗎？我問你，要是汪子亮也這樣拒絕你，她告訴你就算天下男人死光啦，她都不會要你，你也覺得她厚道？要是這件事情發生在你身上，你早已經在鬼門關徘徊了，你會不會跟她說她真好啊，她真是厚道啊，你會不會？會不會啊你！」

「我有話要對他說。」士芬蒼白著臉，像個遊魂般地突然出現。

「士芬啊～你剛不是睡得好好的嗎？」秀女連忙上前扶著她。

「我有話要跟他說。」士芬定定地看著中威。

第九章

空氣內飄散著一股女性柔美的香氣，淺粉色的緞料窗簾半掩著，窗台上的綠色長青植物迎向窗口，士芬隔著爸爸媽媽和中威站在窗邊，眼睛像望穿了什麼似的停留在很遠的窗外，悠悠的說。

「我有話要跟中威說。」

「有話大家客廳說，你站在這裡等一下要受風寒了。」秀女擔心道。

「我要單獨跟他說。」士芬的眼睛依舊在窗外，可是寸步不移的雙腳帶著堅持。

「秀女回去吧。」趙靖怎麼不知道年輕人的心事，拉了拉太太。

「不是啊，趙靖啊……」被扯著的秀女還要說什麼已經來不及，踉踉蹌蹌的出了門外。

「士芬？」一直在旁沈默的中威等著士芬對他的批判。

「沒有，我沒有話要跟你說，只是想替你解圍，我瞭解我父母，他們不會讓你進來，也不會輕易讓你離開，現在他們已經回去了，你也可以走了，我想，你以後應該也不會再來了吧。」士芬始終沒有轉過身來，身體的姿勢一直停留在那麼辛苦的角度，就像她一直受傷的心。

「很抱歉，我並沒有要傷害你的意思……」中威欲言又止。

「沒事，是我自己想太多……」中威最怕聽的就是她這樣說。

「士芬，你是個好女孩……」

「千萬別說你配不上我這句話，這種話更傷人，好女百家求，如果我眞的夠好，你會迫不及待的來追求，還是我不夠好吧。」

士芬解嘲道，內心的苦澀已經夠多，就再多添一分並不會太難受，就像久病於床榻的人，又哪裡在乎自己身上多一點不舒服。

「士芬，其實你並不是眞正瞭解我，如果你瞭解我瞭解你自己，你就會發覺我們並不適合。」

「我當然不瞭解你，你連讓我瞭解你的機會都不給我，我該從何瞭解起呢？你們......你跟亮亮是一見面就彼此瞭解的嗎？可是你願意給她時間給她空間，你們嘗試著彼此去瞭解。」士芬轉過身來，一臉戚然。

「士芬，那是因爲我們共同去面對很多事情。」

「我沒有生病的母親和弟弟，那不是我的錯，和你交往，一定要先有殘缺，才有時間才有空間才有機會嗎？」士芬忍不住內心小小的波動，難道一定要心理有病，才能和中威相愛嗎？

「不......不是的。」中威困難的思索著要怎麼讓士芬瞭解。

「那你眞的分得出來，你對她究竟是同情還是愛嗎？眞愛是沒有懷疑的，它不會讓你再歷經五年之後才讓你發現那是愛的。」士芬向前移步，身子有些激動的起伏，像是要求證什麼。

「士芬，你還沒有康復，不要這麼激動。」中威想自己是否錯了，在這個當口和士芬談亮亮，她不能接受是意料中的事。

「不要逃避我的問題，如果你是因爲眞正愛她而拒絕我，我雖難過，也就認了，但是，如果我是輸在你對她的同情上，中威，我一輩子復元不了。」

中威猛的抬頭看著士芬。

「我不服，我的愛情毀在我的正常上！我不服！」

中威攀住了士芬的肩，試圖安撫她的情緒。

「士芬，愛情不是賭局，沒有什麼輸贏的，能說什麼服不服嗎？你說我不公平沒有給你時間，如果眞要說到公平的話，亮亮對我也不公平啊，趙士元只花了五個月的時間就得到她的好感，這公平嗎？愛了就是愛了......」

「對，愛了就是愛了沒辦法，我愛你就像你愛亮亮一樣，哪怕她對你不公平，你都願意鍥而不捨的追求她，爲什麼我對你就不行呢？」

望著士芬渴望的一雙眼，中威嘆了口氣。

「士芬......」

士芬抓住中威。中威的雙手好無力的垂在身體的兩側，就像他心裡的沈重和無奈一樣。

「請你給我一個公平競爭的機會，我非常......非常非常愛你，我只差不能提供一個瘋媽媽瘋弟弟，可是我願意為你做任何事，請你不要拒絕我，哪怕，你現在不願意接受我對你的喜歡，中威......」

中威握起了士芬的手，只說了一句。「不要再自殺了，好嗎？」

＊＊＊＊＊＊＊＊＊＊＊＊＊＊＊＊＊＊＊＊＊＊＊＊＊＊＊＊＊＊

半夜裡，趙靖聽見士芬的房裡有些動靜，往前一探，看見秀女感傷的翻著舊時的照片。

而秀女看著照片裡的小士芬笑咪咪的一張一張慢慢長大的模樣，忍不住哭了起來。

趙靖拍了拍秀女。

「秀女，不是說好了明天要起個大早去醫院照顧士芬的嗎？你這樣明天怎麼起得來呢？」

趙靖拿走相本，秀女仍繼續默默流著淚。

「趙靖啊，我們差一點就失去這個女兒啊，我怎麼睡得著，我一想起來我就怕啊～」

「不怕不怕，士芬現在好好的在醫院裡休養，再過幾個小時就可以看到她了，」趙靖安撫的說，再多的眼淚都不能改變什麼了，發生了就是發生了。

「醫生說，她吞了太多藥了，會傷到她的肝跟腎臟......」秀女哽咽著。

「唉～所以她現在在醫院裡面留著做檢查嘛，放心，醫生有辦法的。」

「一想起來，我就心疼，這麼小小個人，她從小就怕苦，怕吃藥，她不曉得有多傷心，要一次吞那麼多藥，她眞是狠心啊，她怎麼沒有想到媽媽呢?她怎麼沒有想到媽媽睡一覺醒來就看不到她了......」秀女哭倒在趙靖身上。

「不哭不哭了，你擔心的事情沒有發生嘛，是不是？」趙靖輕拍著秀女的背脊。

「她這樣子做叫我下半輩子，怎麼能睡個安穩的覺啊！我怕我一閉上眼睛，我就會再失去她了。」翻到一半的相本，歪斜的倒在床上，秀女淚眼汪汪，幾乎看不清楚照片裡的小女兒的臉。

「我們沒有失去她，我們永遠不會失去她的。老天爺是眷顧我們的，所以才會讓我半夜睡著了以後，會想要起來看看她。」

「這次有老天爺保佑，那下一次呢？」秀女拉著趙靖衣袖，孩子氣的要什麼保證，天下父母心，她就這麼一個寶貝女兒，怎麼可以就這樣差點走了。

秀女走向士芬房間裡放的相片看著，又哭了起來。

「萬一有下一次，她哪能那麼幸運啊，我生的女兒我自己瞭解，士芬的個性是很死心眼的，悶葫蘆，她拗起來十條牛都拉不轉啊。」

「我們做父母的真的要留點心了。」趙靖點著頭說著。

秀女突然轉身。「爲她留多少心我都願意啊，她是我懷胎十月生的，我看著她受苦，比我自己受的還心疼，可是你願意嗎？趙靖！」

趙靖堅定的看著秀女，他知道這一陣子他是疏忽了士芬的情緒，但是不代表他不愛她啊。

「我把手邊的工作安排一下，騰出點時間來，我們帶她出國一趟，到了國外如果她喜歡的話，可以住下來，我們做父母的輪流陪著她，就算是到那邊充實一下學點什麼都行。」趙靖沈吟著，或許換個環境，對士芬是好的。

「她忘不了他的，她喜歡那個男的，爲他死她都願意了，就算帶她到北極去，她的心也是掛在人家身上啊。」

「時間會沖淡一切的。」趙靖心中是如此希望著。

「會嗎？時間會沖淡一切嗎？時間對某些人來說只是更加重他們的思念，誰生的孩子就像誰，你女兒跟你一樣長情。」秀女想到那個宋妍秋就有氣，哼，士芬的死心眼就是跟趙靖一個樣。看著不說話的趙靖，秀女繼續說著。

「不是嗎？二十幾年過去啦，時間有沒有沖淡你對宋妍秋的依戀啊？感情是沒有沖淡，倒清清楚楚的沖出你趙靖的原形啦！」

「都五十郎當的人了，面對那個宋妍秋啊，活像一個情竇初開的小夥子，又唱歌又跳舞，變著花樣去討人家歡心！」秀女忍不住翻起舊帳。

「秀女，我們談的是士芬啊，談的是孩子們的事嘛。」趙靖不想在這個節骨眼上，和秀女吵起來。

「沒錯！所以我才要提醒你，你女兒跟你是一個樣的。」秀女走向趙靖眼神犀利。

「你可以爲了那個宋妍秋不顧身分，你女兒可以爲陳中威去死，在你們心裡把愛情看得比天還大呢！」秀女哽咽著，全都沒有她的份，她的丈夫，她的女兒，所流的眼淚付出的感情，都不是對她蔡秀女......

「你把她帶到南極，帶到哪去都沒用嘛～」

面對秀女的指責，趙靖無奈地嘆了口氣。

「我所能做的只有這些了，我總不能強壓著陳中威來愛我們家士芬吧？強摘的果子不甜，強求的姻緣不圓啊。」

「我沒有要那個陳中威現在來娶我們家士芬嘛，我是說至少給士芬一個機會啊，我前幾天就求過你了，叫你叫那個汪子亮放手你又不肯，我不管你是爲了士芬的自尊，還是爲了你自己好強都好，現在不一樣啦，你女兒都鬧自殺啦，你還要堅持你那一套人格自尊的嗎？到底有什麼東西比士芬的生命還重要啊？」秀女想不透，是不是眞的要她或是士芬出了什麼差池，趙靖才會對這個家有所珍惜。

「就算我去求人家，人家......人家也未必願意啊。」趙靖覺得好爲難，何況這種感情的事，哪裡又是你一言我一語可以規範的。

「所以我才更恨那一家子，什麼便宜都給他們佔去啦，我的丈夫我的兒子，全給霸在手裡！你看看那個小狐狸精啊，硬要卡在陳中威跟士芬中間，她可惡極了她，那一家子啊......」

「好好好，我就去試一試，好不好？」看著秀女越說越激動，趙靖乾脆答應了她，但是面露難色，這些要他如何去講如何去說啊。

「你說眞的啊？趙靖！」秀女睜大眼睛瞧著趙靖。

「如果她眞的不是那麼喜歡陳中威的話......」

秀女擦了擦眼淚，她才不管趙靖在喃喃自語些什麼，總之她是聽見他答應了。

「先說好啊，我......我可先跟你說喔，她不喜歡陳中威也不可以來喜歡我們家士元，我可不是在跟她談什麼條件交換的啊。」

「說眞的，士元要是眞喜歡人家，我們還眞一點辦法也沒有。」

趙靖提醒著秀女自己兒子的個性。

「怎麼會沒有辦法，對士芬，我是一點辦法也沒有，她連死都不怕，對付那個趙士元，我多得是辦法，哼！」

秀女氣呼呼離去，趙靖對著她的背影長嘆了一口氣。

士芬終於從醫院回到家裡休養，卻偏偏日日躺在床上，秀女來來回回好幾趟啦，可端的東西，士芬連看都沒多看一眼，不要說吃了，湯湯水水也不喝一口，秀女正苦口婆心的好言好語勸說著，士元卻突然莽莽撞撞的衝進來，一古腦的喊著。

「媽，媽！」

「催魂啊你，你妹在休息，你大呼小叫的幹什麼？」秀女不耐的說。

「媽，我領不到錢啊。他說存款不足耶！」搞什麼，一大早出這種樓子，叫他趙士元糗翻了。

秀女搧著扇子，沒說什麼的走開，並不想理會士元。

「媽～媽～怎麼會存款不足呢？今天是六號早該入帳啦！」士元像隻無頭蒼蠅似的在秀女後面團團轉。

秀女逕自走到餐桌旁倒了杯水，好整以暇的收收桌面，她就等趙士元今天來問她，等了可久了。

「媽，我要付給廠商錢，雜誌都已經在印了......」

「那你就付啊，該誰付錢誰就付錢嘛。」秀女瞅著士元緩緩地說，彷彿置身事外。

「可是我沒有錢啊～」士元抓抓頭，急得很。

「雜誌不是每個月都在出刊的嗎？都賺不到錢啊？沒錢關我什麼事，我又不是社長，又不是發行人，找我幹什麼？」說著轉身就要去忙自己的。

「媽，你不要這樣子好不好？你不就是那個贊助人嗎？」士元覺得自己冤大了，媽媽向來可是最挺他支持他的，怎麼這會兒對他這麼冷淡。

「趙士元你聽清楚了，沒什麼贊助人了，混不下去你大可關門大吉啊，你那個雜誌社是個不大不小的錢坑啊，我不是塡不起，你要看我願不願意，我要高興呢，就當買個貴一點的玩具，哄哄我那不成材的兒子開心，可我現在不願意了，因為我不開心！」

秀女扇子一收。

「你那個坑我不準備塡了，順便告訴你，以後你的生活費我也不負責了，你那個房租呢我也止付了。你要是覺得過不下去呢，大可以搬回家裡住啊，家裡有的吃有的喝......」

「你不高興是因為我喜歡亮亮！」士元氣呼呼的打斷。

「沒錯！」秀女倒也大方承認。

「就因為我喜歡一個你不喜歡的人，所以你用經濟來封鎖我？」士元不敢相信，他都幾歲的人了，竟然連自己要喜歡誰都無權決定嗎？

「對！」秀女乾乾脆脆，她今天可不是哪個對不起孩子的母親，從小兩兄妹用好的吃好的，沒有一樣讓他們委屈過，今天受了點苦，應該更明白媽媽的心意。

「媽，你太過分了！」士元憤怒極了，這還不是威脅嗎？

「你可以不要被我封鎖的啊，你看看你，長得那麼壯那麼大一個人，好手好腳的，你大可以為了你那偉大的愛情出去奮鬥。可我問你啊，趙士元，值得嗎?」秀女挑明了講，「你不要愛情小說看太多了，你以為捲起衣袖來賣麵洗車養活一家子，就是偉大的愛情萬歲啦！告訴你趙士元那不是你，你從小到大連一個杯子都沒洗過呢！」

「媽，你怎麼可以這樣侮辱我？」士元退了一步，不敢相信竟然是自己的母親對自己這麼沒有信心。

「士元，媽不是侮辱你，媽是愛你啊，媽比你自己還瞭解你，你眼睛瞎了媽幫你看清楚啊。那個汪子亮喜歡你什麼？你今天要啥都沒有她會要你嗎？你清楚點好不好？她是爲了那一窩瘋子，要不然她不會跟一個一文不名的窮光蛋......」

「媽，夠了！我趙士元不是除了錢，就一無是處了，亮亮喜歡我，也不是因爲我們家有錢！」士元覺得受傷了，不只是面子上，心理感情上也是。

「是因爲我的溫暖，我的愛心，跟我的開朗，她都是一直這樣看我的！」

「那好！以後你們就吃愛心喝溫暖過日子，瘋子要犯病呢，你就給他們呑兩顆開朗丸，病就好了啦！」

士元看著原本疼著他的母親，這樣的尖酸刻薄地刺傷他，他轉身就要離去。

秀女則不放過地在後頭跟著叫著。

「我已經跟會計部交代了，不准讓你請款，南部的阿媽阿姨舅舅們，我也交代了，誰都不准給你錢，你不要去自討沒趣。」

士元頭也沒回的揚長離去，這讓計畫不順的秀女氣得跺腳。

士芬的聲音從後面幽幽傳來。「你很少這樣罵哥的，不怕他眞的生氣把他給罵跑啦？」

「不會，我生的兒子我自己瞭解，他呀，連生個氣都不長，他會吃到苦頭的，他口袋裡沒錢，他兜不開，就會回家的。」

士芬安慰著拍了拍秀女，兩人肩並著肩，站在門口望著背影漸遠的士元。

「可悲啊，當媽的還得這樣子將兒子的軍，希望他回頭，他啊，遲早會離開那個汪子亮的。」秀女暗暗的想，希望這一切都是值得的。

而這一天，答應了秀女眼淚攻勢下的要求，趙靖來到亮亮家，將該說的話全說了。亮亮氣定神閒的泡了一壺茶，等到趙靖喝了第一口，才幽幽開口。

「趙叔叔請你先告訴我，你今天來是爲了士芬做請託，還是爲了士元？你是希望替士芬爭取到陳中威？還是替士元製造機會，希望我能跟他在一起？」

「不不不，亮亮，你跟士元是不適合的，我反對你們在一起。」趙靖一字一句的斟酌著要怎麼告訴亮亮，自己的兒子他很瞭解，幾斤幾兩重又怎麼會不清楚呢。

「所以......所以士芬的媽媽說的是眞的，你是眞的反對我，不希望士元來追求我？趙叔叔，我以爲你跟別人不一樣，原來你們都是一樣的，你也認爲我配不上你兒子？」亮亮把杯子放回桌面上，手指有細微的顫抖。

「不，亮亮，你錯了，我沒有這樣的意思，我認爲是士元配不上你......」

「你認爲士元配不上我？趙叔叔，也許我不夠聰明，但你這個謊編得太拙劣了，你不是這麼想的，你心裡對我還是有歧見，你可以同情我幫助我照顧我，但是你不容許自己的兒子喜歡一個有神經病遺傳基因的神經病女兒！」神經病神經病，這三個字從她小時候就一直是她的陰影，今天終於有個正常的男人不在乎這三個字，願意用另外三個字帶給她幸福了，可是......

亮亮傷心的開始激動了起來。

「亮亮，亮亮，你誤會趙叔叔了，你聽我說......」

「我不聽！我不聽！」亮亮狂搖著頭，眼眶裡的淚霧蒙住視線，趙靖的身影變得模糊。「全世界歧視我都不會比你對我的歧視傷害更深！當我站在病房門口，聽到趙士芬的媽媽勝利得意的說出你也反對，我不相信，我認爲是她好強是她騙人的！原來都是眞的......你也反對我！」亮亮不可思議的抬起頭，趙靖一直都是那麼叫她敬重的一個長輩，現在卻也這樣的攻擊她？

「對，我是反對，沒有人比我這個做父親的更瞭解趙士元，他配不上你，他不會是一個託付終身的好對象。」趙靖爲難的說。

「沒有一個做父親的，會把自己的兒子說的這麼不堪，你這些都是藉口！」

「是眞話，很可悲，但卻是眞話，我是爲你好啊......」

趙靖希望亮亮能夠諒解。

「你比士芬的媽媽更差勁，她瞧不起我就明明白白的說出來，可你不是，你明明不願意跟神經病沾上邊，卻編一些冠冕堂皇的理由。」亮亮忍不住說出心中的想法，或許急切了點，可是她一直有的一些自卑情結，此刻一湧而上，她痛恨這種感覺，而趙叔叔卻讓她又再度感受到。

「亮亮！你要我怎麼說呢？再說下去，連我這個做父親的都要替士元感到不堪了。」

「他本來就沒有那麼不堪，不堪的是我是我！」亮亮激動的喊著。

「你瞭解他嗎？你眞的跟他生活在一起過嗎？你知道他的成長過程嗎？別人不知道內情，我不能假裝不知道毀了你一輩子，婚姻是一輩子的事嘛。」

看著趙靖有些痛苦的表情，語氣是那樣的誠懇，亮亮的情緒稍稍有些和緩，趙叔叔和士元之間應該是存在著些誤解吧。

「趙叔叔，士元也沒有你說的那麼糟，他有很多優點，你應該試試看去......」

「唉～相信我，我比任何人都期待發現趙士元的優點，我試了二十七年了，當然，我會繼續試下去的，做父親的不應該對兒子絕望，是不是？」

趙靖嘆了口氣。

「可是，亮亮，我沒有理由拖著你，要你用一生的幸福一起試，這樣漢文會罵我的。」趙靖覺得再難以開口談的生意都比這簡單一百倍，他要評斷的對象是他的親生兒子。但是面對著摯友的女兒，他是眞心希望亮亮開心幸福，而士元不是有那個能力和肩膀的男人啊。

亮亮還是不相信趙靖所說的，義無反顧地爲士元辯解著。

「士元......士元他的溫暖他的熱情他的開朗他的樂天，難道你們都沒有發現嗎？還有，他對小敏的愛心，對我媽的耐心，對我們家……」

「能持續多久？能夠持續多久？當他厭倦的時候，他跑得比誰都快！他是個站不起來的人，你沒發現嗎？」

趙靖舉著例子，要亮亮自己判斷。

「好，他說他在外面租房子，說是要獨立，結果呢？他眞的在那個房子裡住了幾天？他離不開家的，在家裡面，他可以跟他媽要錢要得更快！」

亮亮沈默著。

趙靖深吸了一口氣。「你不相信我的話？」

「我只聽說癩痢頭兒子都是自己好。」

「我沒說趙士元有多壞，我只是說他不是一個好伴侶，他不會是你的好伴侶。」

「因爲我的家世背景？因爲我家有兩個神經病？」亮亮又不自覺拿自己的矛刺自己的盾牌，讓自己血淋淋。

「唉～你的家庭背景也是個事實，但是如果你跟士元在一起的話，只會增加一個需要照顧的人，你會幸福嗎？」

亮亮咬著唇點了點頭，瞭解什麼似地說著。

「也就是說，如果今天我沒有那麼重的包袱，你也就不會這麼反對了，哼……說來說去還是我的問題，只是你把它美化了，說起來像是爲了我好……」

「讓我這麼說好了，如果我有女兒，我絕對不贊成讓她嫁給趙士元，我這麼說你明白嗎？」

趙靖的這番話更讓亮亮不解了，張著一雙水汪汪的眼睛，看著趙靖。

「你是有個女兒，你希望她嫁的是中威，你說你爲了我好，不要我嫁給士元，中威是好的，你卻要讓我退讓好給士芬機會，我到底要怎麼做呢？就是把你跟士芬媽媽的要求加起來，她認爲我配不上她兒子，所以我不該跟士元在一起，你希望士芬嫁給中威，所以我更不應該跟中威在一起。那我乾脆消失嘛。」

怎麼這麼自私呢，怎麼能這麼自私呢，怎麼他們趙家的人的幸福，就要比其他人重要許多許多倍？亮亮完全扭曲了趙靖的話。

「愛情是不能勉強的，如果你跟中威彼此喜歡，就當我什麼都沒說，但如果你喜歡的是士元，亮亮，請你三思，這就是我的意思。」

趙靖多說多錯，已不想再多說些什麼了。

「趙叔叔，你的話我會考慮的，畢竟介紹他們認識的是我，我應該為我的行為負責任。我現在才明白，有一對健康而正常的爸媽真的很好，我羨慕士芬，可是我同情士元，他並不是你們以為的那麼糟，他只是比較單純比較簡單，不會為他的行為做掩飾，才會讓你們覺得那麼不堪！」

趙靖看著態度堅決的亮亮，無語的低下頭，他盡了最大的努力，也只能這樣了。

＊＊＊＊＊＊＊＊＊＊＊＊＊＊＊＊＊＊＊＊＊＊＊＊＊＊＊＊＊＊＊

士元繳不出房租，正氣悶的埋頭整理東西。看了看這些才剛搬來沒有多久的新潮家具，和他一手布置的家居環境，一切都必須算了。想起母親說的話，沒有錢，你什麼都不是。

該死的世界就是這麼現實！趙士元，你醒醒吧。他自我削減志氣的想。

「不想跟我當鄰居了是不是？怕啦？怕神經病對不對？」亮亮突然出現，帶著笑，笑裡充滿了自嘲。

亮亮繞到士元身邊，可是士元始終低頭不語。

「我跟你一國的唷，我挺你唷，我聽你的話不嫁給陳中威，夠意思吧，將來我要是變成了老處女，你可要養我一輩子唷。」亮亮等著士元給她一臉笑，就像每天他出現在她家門口那樣明朗的笑容。

可是士元竟然流下了眼淚，連頭也抬不起來的說。

「我養不起你……」

「我很好養的啊，吃飽就好啦。」亮亮慢慢蹲下來，和蹲坐在書堆裡的士元一樣高度，輕輕拭過他的淚。

「我已經連我自己都養不起了。」士元認眞著，他不是在跟亮亮開玩笑。

「士元，怎麼回事啊？」亮亮其實已經猜到七八分。

「亮亮，我一無所有了……現在他們讓我知道，原來以前我以爲我有的，都不是我的，我的錢，我的工作，我的自由，我的瀟灑，當他們不想給我的時候，他們隨時都可以拿回去，我第一次發現自己是這麼無能，我不知道過去這二十六年來我是怎麼過的，爲什麼會連愛一個人的能力都沒有。」

士元抬起頭看著亮亮。

「亮亮……我愛你……我是眞的眞的愛你……他們說那是喜歡，我不同意，我知道那不只是喜歡的。」

亮亮也熱淚盈眶，溫柔的對士元說。

「謝謝你……」眞的，士元，亮亮在心裡想，這一刻，她等了很久。

「我想娶你，我好想每天眼睛一睜開就可以看到你，我是眞的希望能夠名正言順的養你一輩子，可是……我不行了。」士元撇過頭去，站了起來。

「亮亮，我好恨我自己，爲什麼這麼沒用，我爲什麼那麼沒有用！」士元搥打著自己的頭。

「士元，你不要這樣好不好？士元……」亮亮抓住了士元的手，她心疼著。

「亮亮，我想你，我好想你，可是我不敢來見你，我不知道拿什麼來見你。」士元轉過身去，擦了擦眼淚，他現在是多麼的狼狽啊。

「你以前是拿什麼來見我，用鈔票嗎？家世嗎？還是背景？從來都沒有過，對不對？」

亮亮深情的看著士元。

「你帶給我們溫暖、開朗、快樂，難道這些都沒有了嗎？這是他們都收不回的啊。」

「吃溫暖喝快樂？當我以爲我擁有一切的時候，我都不敢奢望你會嫁給我，現在我一無所有了，我連在你面前都自慚形穢。」

看著眼前的士元如此頹喪哀傷，亮亮走向前一把抱住了士元。

「誰說你什麼都沒有，你有我……你永遠都有我……」

亮亮邊笑邊哭的說。

士元心中一驚，滿是感動，卻越發覺得自己的無能。

「可是亮亮，我眞的養不起你……」

亮亮搖了搖頭，清澈的眼眸有著強韌的目光。

「第一，我很好養，我吃溫暖喝快樂，第二，我可以養你，我們一起努力，餓不死我們的。」亮亮把頭緊緊埋在士元胸口，「不要閃躲，不要怕，他們說你沒有責任感，他們錯了，士元，尊嚴是要靠自己爭取的。」

亮亮纖細的手捧起士元孩子般哭泣的臉。

「士元，你願意娶我嗎？」

「亮亮……」

「我在跟你求婚，你～願～意～娶～我～嗎？」亮亮一字一字的說著。

士元擁抱住亮亮，看著亮亮那麼清澈的雙眼，內心有說不出的激動。

兩人沈浸在愛的世界裡，似乎雷電打在他們身邊，都引不起他們的注意，激情的兩唇相貼吻了起來。

＊＊＊＊＊＊＊＊＊＊＊＊＊＊＊＊＊＊＊＊＊＊＊＊＊＊＊＊＊＊

回到家裡的亮亮，心情起伏。母親在窗邊發著呆，亮亮慢慢走到她身邊。

「媽，我要結婚了，有人要娶我，有人知道我們家的情形，不是同情，也不是心理醫生一樣的瞭解，就只是愛，愛你的女兒，他要娶我......」亮亮哽咽地對著神情依然恍惚的妍秋說著，而妍秋慢慢的轉頭似懂非懂地看亮亮。

「我不知道現在你心裡聽不聽得懂我說的話，可是請你......請你先把爸爸暫時放在一邊，他在你心裡佔據太長太久的時間，太多的位置。」

亮亮乞求著。

「媽，請你先忘了他，先看看我，好不好？」

妍秋皺起了眉頭。

「媽，你給我一點點祝福好不好？沒有人祝福我們，我給自己打氣的聲音太孤單了......」

亮亮低下頭去顫抖著，將母親的手貼著臉龐。

「媽，你祝福我們好不好？像一個正常的媽媽一樣，跟要出嫁的女兒說些什麼好不好？」

妍秋依然恍惚的走向窗邊唱起了歌，亮亮看了，只能難過的在心底吶喊。

「我好渴望一個正常的家庭，我可以有嗎？我會有嗎？」

亮亮失望地提步準備要回房，妍秋突然大聲的開口說了。

「亮亮，脾氣要改一改，你脾氣不好，這樣子做人家太太是不行的，要改唷。在婆家，公婆都是很重要的，你要愛他們就像愛自己家人一樣，嘴巴甜一點，可千萬別擺臉色給人家看。」

亮亮不敢相信自己的耳朵，驚訝地停住了腳步，而妍秋還繼續說著。

「要學會自己燒菜，都要嫁人了，總不能把媽帶過去替你煮飯吧？」

亮亮回頭看著妍秋，眼睛裡有什麼在分泌著，母親正在對她說著話呢，那樣的正常，就像個普通的母親對著要出嫁的女兒說著話呢。

「媽......」亮亮的眼眶一熱，剛剛在士元懷裡晾乾的眼淚又要潮濕起來......

「媽說的話你一定要記得，一定要記得唷！」

亮亮跑了過去，趴在母親的腿上，眼淚沿著眼角太陽穴默默流入頭髮，可是這是第一次，她覺得好幸福，好幸福，她的眼淚是快樂的眼淚，她要結婚了，而且她的媽媽在祝福她。

「媽......我捨不得離開你，我要照顧你和小敏一輩子，結了婚......我還是要住在家裡。」

「傻瓜，都要嫁人了還說傻話，結了婚嫁了人怎麼還能跟媽媽住呢？你不用擔心我們，家裡有你爸在，你爸會照顧我們的。」

被妍秋摸著頭的亮亮聽到母親又提起了父親，知道她自己只是暫時地擠進了他們之間。

「媽，從來也沒有人知道，在你心裡是不是眞的明白爸爸已經走了的這個事實，你在我們眼前恍惚也好逃避也好，無論你選擇什麼樣的方式活下來，我都愛你，都心疼你，因爲你是我的媽媽......」

妍秋的手沒有停下來，撫摸著亮亮。

「我等了十八年了，日日夜夜盼望這一刻，我盼望我有個正常的媽媽，能夠跟我說說話，我眞的好希望，時間就在這一秒停下來......」

亮亮的淚水濕了妍秋的膝蓋，妍秋捧起了亮亮的臉對她說。

「我們亮亮要嫁人了咧，你爸要是知道了一定好高興，亮亮要出嫁了，亮亮......要乖哦，要聽話，不要任性哦，外面風大了，別出門，小孩都在家，要留在家裡陪小孩......」妍秋突然又皺起了眉頭，像是想起了什麼不好的事情，喃喃說著。「要聽先生的話，否則......否則你會後悔一輩子的。」

亮亮抬頭看著掉淚的妍秋，小手輕輕撫上媽媽的臉龐，媽媽還是活在那件事情的陰影裡，從來沒有走出來過，這些年來，他們當孩子的辛苦，一直自責著的媽媽又何嘗不苦呢......

「媽，你是清醒的對不對？我相信有些時候你心裡是清楚的......」

「漢文......」妍秋又開始左右張望著尋找著那個能令她安定的身影。

「我們都清楚，爸爸......爸爸已經走了，再也不會回來了，我知道要完完全全的忘記痛苦是很難很難的......」亮亮緊握住母親的手，「但是媽媽，請你試著走出來，請你試著張開雙眼，請你試著讓自己清醒。」亮亮想趁媽媽半夢半醒時讓她聽進去一點她說的話，哪怕只有一點點......

「漢文在外面有女人，是趙靖介紹的......」妍秋還是跳開了，突然露出恍惚驚恐的神情。

「不！沒有！爸爸沒有女人，請你面對現實，不要再逃避，再自欺欺人了！」亮亮搖晃著母親。「爸爸這一輩子只有愛你一個人！只有你讓他思思念念......一直到......一直到......一直到他爲你出了車禍。」亮亮一口氣說完，她知道這樣對媽媽很殘忍，根本就是要媽媽清醒著痛苦面對殘忍的事實，可是有時候，人是需要當頭棒喝的，或許就醒了呢。

「不，不是我，不是我！」妍秋站起身跑到窗邊，不停的呼喊著。「漢文，漢文～」

「爸爸已經死了，已經死了！在那個颱風夜裡......」亮亮絕望的對著妍秋大喊著。她何嘗不希望父親還在，可是疼愛她的父親的確眞眞實實地永不存在在這個世界上了。

「不要再說了......不要......不要再說了......」

妍秋像被打醒一般，頹喪無力地跌坐在地上，亮亮趕忙向前抱住了母親，心裡又自責又氣，她自責自己不該太急，讓媽媽又受苦了，可是也氣媽媽爲什麼這麼多年了，不願意爲了她和小敏醒一醒。

「媽！爸爸他不會恨你，因爲他愛你，他也不會怨你，我們都不會恨你怨你。因爲你是媽媽，我愛你......媽媽，本來我一輩子都不會像今天這麼殘忍，只要你快樂，只要你能從躲避中活下去，我願意陪你一起瘋，可是現在......我要嫁人了，我不能再像以前一樣，寸步不離的守著你們，媽媽......請你清醒好不好？爲了我，請你清醒好不好？媽......」

妍秋看著亮亮，淚流滿面，摸著亮亮的臉頰，無辜天眞的臉龐眞的看不出在想什麼，有孩子似的單純。

「乖！告訴你爸了嗎？記得......要去跟你爸說一聲啊！」

聽到比自己多當了好多年孩子的媽媽這樣說，亮亮忍不住抱住妍秋相擁而泣。

隔天一大早，小敏和亮亮就尾隨著妍秋，士元則打著呵欠牽著亮亮的手，今天他們說好，四個人一起來向漢文報告一聲亮亮的喜事。

就像當初漢文死時一樣，墓前擺滿了百合花，妍秋鋪排完花朵後，忍不住拈了一朵戴在頭上，嬌羞地低著頭，看起來像默默訴說著什麼。

站了許久，汪家三人都靜靜地看著墓碑上漢文的照片，妍秋的手中始終緊握著漢文的那只錶。

一旁的士元腿站得發麻，逐漸而生的不耐，讓他忍不住對亮亮說。

「亮亮，人家是默哀三分鐘，我們都已經站在這裡三十分鐘了，你媽媽......」

「噓～我媽媽在跟我爸爸說話呀。」

小敏把手指頭放在唇上，作勢要士元小聲點。

「你看，連小敏都知道。」亮亮微笑著朝小敏點點頭，小敏乖巧的站在妍秋身邊，一會兒看看媽媽手上的錶，一會兒盯著媽媽的臉龐若有所思似的。

「他們用這種腹語交談都交談了老半天了，還沒談完啊？」

「ㄟㄟㄟ，我媽媽總要跟我爸爸介紹你吧，我爸爸又不認識你，」小敏突然插話說。

「那我自己自我介紹不是快一點嗎？」

士元一跨步就要向前。

「士元，不要這麼沒耐性，他們十八年沒見了，他們有許多悄悄話要說。」亮亮將士元拉回來，小聲的說。

「那也真夠悄悄了，都沒人聽得見。」士元努努嘴，覺得有些啼笑皆非。

「我爸爸聽得見的。」亮亮看著天空，雙眼發亮著，身子有些顫抖，雖然爸媽天人永隔了十八年，可是他卻覺得世界上，感情最好最好、最相愛最相愛的一對夫妻，是她的爸媽，亮亮驕傲的想。

「嗨，爸爸，這個是趙士元，他要娶亮亮了。」小敏突然也跟著亮亮看著天空說起話來了。

「嗨～汪伯伯，不，岳父大人，你可能不認得我了，但你認得我爸爸，我爸趙靖他可是你拜把兄弟，我不會太差的啦，這樣可以哦！」士元也對著天空喊。

小敏點點頭，亮亮抱住兩人開心的笑。

此時的妍秋摸著漢文的照片，低頭想著。

「漢文，他們說你走了，是眞的嗎？我們有那麼多年沒見了嗎？可是......爲什麼我總是見到你呢？是夢嗎？爲什麼夢裡又那麼眞呢？我總是見到你笑，見到你對我說話......」

妍秋耳邊響起了漢文的聲音，開始微笑著。

「他們都說你走了，你在天上了，他們都看不見你，只有我看得見，你只來到我的夢裡嗎？是因爲你放心不下我吧。漢文......我好想你......我眞的好想你......」妍秋親著漢文的錶，微笑著落淚。

在回程的路上，小敏貼著妍秋，忍不住細細問。

「媽，爸爸都跟你說了什麼？」

「他說了好多好多事情唷，他說......」

不等母親說完，亮亮竟插話道。

「爸爸說小敏一定要按時吃藥！」

小敏聽了嘟了嘟嘴，不情不願地點了點頭。

逗得亮亮妍秋哈哈大笑，在一旁的士元牽著亮亮的手，大家一起慢慢走回家。

今天，亮亮眞的覺得自己好幸福。

「亮亮，我等你很久了。」中威突然出現在往汪家的巷口前。

「亮亮，我們回去！」士元看到陳中威，心中就有股氣，拉著亮亮就要走。

「什麼時候亮亮連自由進出家門的權利都沒有了?」中威擋住兩人，很有禮貌很平靜的問，可是聲音裡有不容質疑的堅持。

「這你就不懂了，我們就要......」

「士元，你先進去，我跟中威說說話。」亮亮打斷了士元的話。

「那不要太久了，我們下午還要買床。」士元得意的向中威看了一下，逕自牽著小敏和妍秋回去了。

看著他們遠走的背影，亮亮和中威一路沈默的慢慢踱步到附近的公園，這個公園對中威來說眞是百感交集，感觸良多。畢竟五年多來，他不知道多少次送亮亮回家前，他們都會先到這裡談心。也不知道有多少次，他沒讓亮亮知道，自己默默的跟在她後頭看著她進門，是出自於一份早就超越醫生病人關係的關懷。

「亮亮，爲......」中威想問卻開不了口。

「爲什麼他自己要睡的床要你陪他買？」還是問了。

「因爲我也要睡，我們要買的是雙人床，我們要結婚了。」亮亮沒有抬頭看中威，不知道爲什麼，她總覺得中威眼睛裡也有好深好深的憂傷，她怕自己望一眼，就忍不住會落淚。

中威再驚訝不過的倒抽一口氣。

「亮亮，你不可以衝動，你有沒有仔細的想清楚你眞的瞭解他嗎？亮亮你不可以，結婚是一輩子的事情，你冷靜一下好不好？」

「在今天以前，我冷靜了五年，我花了五年的時間去冷靜......」

亮亮的表情有些埋怨，中威知道亮亮在怪他。

「亮亮......」

「要瞭解嗎？」亮亮抿著嘴笑，中威眞是讀不出她眞實的情緒。

「我......」

「我用五年的時間去瞭解一個人，也讓那個人瞭解我，可是我得到什麼呢？」亮亮冷冷的看著中威。

「可是，那個人並沒有走開啊，三年五年十年，他永遠守在你的身邊的。」中威多麼著急的想告訴亮亮，他這一生只想守候著她一個人。

「三年五年十年，很快就老了，人老心老......中威，我不是第一次衝動對不對？」

亮亮的眼神透著哀怨，回想起許多他們共同的回憶。

「在我生日那個晚上......我爲我自己要了個禮物，要一個求婚，還有比這個更衝動更尷尬的事嗎？」

「我並沒有拒絕你啊，我說過禮物永遠存在我這，你隨時......」

「那不一樣的！你並不愛我，其實......其實士元說的沒有錯，你愛你自己多一些。」

「我不是！」中威大聲的反駁，他到此刻已經好清楚好清楚的聽見自己心裡的聲音，他再也不要禮貌斯文的掩飾了。

「你是！你記得你自己說過的話嗎？是的，亮亮，我『也』喜歡你，你也不比別人喜歡多少，就這麼多了。」亮亮看著中威，繼續說著當初中威說過的話。

「對不起亮亮，不好意思我不是上帝，記得嗎？你不能完完全全的既愛我又愛我媽又愛我弟弟！」此時亮亮激動的哭起來，在說這些的時候，她沒辦法不想到剛剛歷歷在目的，士元一手牽著小敏，一手牽著媽媽回去的景象，這就是她要的男人，可以完全毫不考慮的包容她的家庭，不容許一絲猶豫。

「為什麼你只記得我說的，不看看我做的呢？」中威覺得再無力也沒有了。

「五年來，我陪著你一起走過來，有多少快樂悲傷我們一起分享，有多少事情我們是一起經歷的？」

「但是你從來沒有說過我愛你！從來沒有......沒有一句，『亮亮，我愛你』，我只是一個平凡的女孩子，我想像全世界所有女人一樣，渴望聽到一句我愛你。」

「亮亮，難道你為了這三個字，你寧願......」

「我不是寧願，我是心甘情願，我愛你這三個字，是所有女人夢寐以求的，如果是眞愛，為什麼沒有勇氣說出來，為什麼不敢讓全世界的人知道？」

中威站到亮亮面前，一臉嚴肅地說。

「亮亮，你可以氣我，你可以不嫁給我，但是......你不要不要急著做烈士，不要......」

亮亮甩開中威的手，激動喊著。

「不要再分析我的心理了好嗎？不要再分析了，不要再評估不要再建議了！不要啊～」

亮亮深深瞭解這就是她和中威之間的問題，中威永遠無法忘記他們是從醫生和病患的角色開始的，所以他說不出口！亮亮忍著淚水跟中威說著。

看著亮亮激動的搖頭，中威覺得心中一陣痛楚，似乎有個預感：我已經失去她了。

「你愛他嗎？」中威聲音虛弱得不得了。

「我拒絕回答，這還是一個醫生在問病人的語氣，我拒絕回答！」

「你愛他嗎？」中威像是用盡了身上所有的力氣，又問了一遍。

「你覺得呢？用你的專業去分析啊。」亮亮帶著些許的諷刺，只是在做著些防備，她不想正面的回答這個問題。至於爲什麼不想，或許是因爲她還不知道，也或許因爲她沒辦法在中威面前說謊。

「你不愛他，你不愛他。你跟他在一起的時候，你會想念我，你忘不了我的，亮亮。我們有過去的，你會想念我們過去的那一段日子，你會想念我的耳朵，我的肩膀，我的友誼。」

亮亮的眼淚終於如瀑布流下。她記得，她記得，她怎麼不記得，她和中威的一點一滴，在小斗室裡的密談，一句一句中威安慰她的溫柔話語。

「在小小的諮詢室裡，我陪你哭過，我陪你笑過，我……」

「我也許會想念你……」亮亮鐵著心面無表情的掛著兩行清淚，「但是請你祝福我，永遠不必再走進心理諮詢室。」

中威啞然，呆望著亮亮，亮亮心中有些不忍，但是有些話她現在必須說清楚，她不要來不及，就像中威對她說這些已經都來不及了。

「我就要嫁給他了，從今以後，禍福跟他同享，苦樂跟他同當，我要用我一生來回報他勇敢愛我的勇氣！」亮亮說完轉身要走。

「亮亮……我祝福你。我眞的希望你永遠永遠……不再需要心理醫生了……」

亮亮頓了一下的腳步再度邁開，忍著一臉酸楚離開。

而中威隱忍多時的男兒淚，終於也緩慢的滴下了。

＊＊＊＊＊＊＊＊＊＊＊＊＊＊＊＊＊＊＊＊＊＊＊＊＊＊＊＊＊＊

中威在打電話前猶豫了一下，他真的要如此做？這樣小人地去破壞他們的婚事？中威抓了抓頭，這樣倉卒的決定，只是更證明了亮亮根本就不瞭解趙士元啊，他給了自己一個理由。

他真的沒有辦法承受，他知道自己有多自私，他知道士芬是喜歡自己的，可是他沒辦法忍住不去利用士芬對他的喜歡，來阻止亮亮和士元即將結婚的事實。

中威撥了電話。

士芬接到中威的電話，這是他第一次對她提出邀約，士芬打扮得體之後，滿懷高興的趕去赴約。一走進酒吧，士芬就看到已經喝得醉醺醺的中威獨自一人坐在沙發內。

「對不起我遲到了。」士芬興匆匆的走向前，掩不住嬌羞的說。

中威已經有些喝醉，帶著些酒意的說：「你......你請坐。」

「小姐要喝些什麼？」一旁的服務生馬上遞上菜單。

「你......你身體還沒有康復，不要喝刺激性的東西，喝果汁好了。」

士芬就是喜歡中威的這份體貼與細膩，笑著抬頭回了服務生。

「嗯，麻煩給我一杯柳丁汁，謝謝。」

「士芬......」中威有難言之隱。

「嗯？」

看著士芬天眞害羞的表情，中威又多飲了一杯下肚。

「士芬......」

「嗯，我在聽。」

「我.....我可....可不可以請你幫我一個忙？」

「好，只要你說。」有什麼不可以的，士芬在心裡想，她的生命都可以為了中威起伏，只要中威說出口，哪怕再難，她也要努力看看。

「亮亮......亮亮......亮亮她要結婚了......」中威顫抖的說，顯得很悲傷，「她要嫁給趙士元......」中威撫著頭痛苦不堪，士芬則一臉驚訝。

她看著中威竟然在她面前落下了眼淚，士芬心疼的想伸出手摸他，可是一想到這些痛苦的眼淚都是爲了亮亮，顫抖的手摸不下去。

「他怎麼......他們怎麼會這樣，怎麼可能結婚？」中威還在不斷的說著。

「不會的，士元沒有那個勇氣，我瞭解我哥哥。亮亮......你的亮亮不會被搶走的。」士芬默默的低下頭，要在自己喜歡的人面前說這種話，眞的要很勇敢很勇敢，她知道自己是溫室裡的花朵，是爸媽的小公主，可是這一刻，她也只是一個期待眞愛的女人。

「這是眞的，士元或許沒有這個勇氣，可是亮亮有，她會讓人有這樣的勇氣，她會讓人......願意爲她做任何事情。」士芬看著中威的表情，根本就是中威自己的眞心話。

「你不用擔心，我爸我媽都反對，我媽甚至已經封鎖他的經濟了，沒有錢，沒有享受，對士元來說會是莫大的痛苦，他不會再去愛......」

「不！他們明天就要公證結婚了，我可不可以......請你幫我一個忙......幫亮亮......也幫你哥。」

中威鬆鬆領帶，換了一口氣，酒精在體內揮發得很徹底，因爲他的意志完全不想抗拒。

「我相信你父母一定還不知道這件事，我......」

「你是要我去告訴他們，請他們即時去阻止這場婚禮？你是這個意思嗎？」

「我知道，我知道你會生氣，可是，士芬......」

「不生氣，我不生氣......」士芬眼中帶著淚。

中威爲自己的行爲感到有些不堪，轉身又喝了一杯。

士芬拿起了中威的酒杯，晃了晃冰塊，琥珀色的酒液，眞的能讓人解悶嗎？

「被人在乎才有資格生氣，」士芬大口的喝下了一口酒，看著中威。「還有什麼事我可以幫你的呢？除了請我父母出面阻止婚禮之外，我還能做什麼呢？」嘴裡的酒苦澀刺辣的通過士芬的喉嚨，酒苦，眞的好苦，可是心，更苦……

「要不要我去勸勸我哥哥？讓他把亮亮還給你？或是我告訴亮亮讓她知道你愛她？你說啊，沒關係，我願意的。」士芬又喝了一大口，頭有點重了，很好，這就是喝酒的滋味吧，可以讓人昏沈，可以讓人麻痺，麻痺了，就不痛了嗎……

「對不起……」中威說，他好猶豫好痛苦，他不知道怎麼辦，他的人生從沒有出過這樣的差池，怎麼會到這一刻，才對著另一個女人訴說自己有多喜歡亮亮，他好可悲。

「不要說對不起，我願意爲你做任何事，死我都願意了，傳句話有什麼難的呢？」士芬拿起酒杯，又要入口，被中威阻止。

「士芬，不要這樣子，不要這樣子。」

士芬放下酒杯，眼睛像兩口深井一樣望著中威，他到底懂不懂，他現在是拿著多麼伶俐的刀，一劃一劃的刮過她的肉。

「中威，我願意爲你做任何事，因爲我不忍心看你這麼痛苦，如果……你不能接受我對你的愛，最起碼，我可以得到你的尊敬，這個世界上不是只有汪子亮是磊落的。」士芬發抖的吸一口氣，講到汪子亮三個字，牙齒都會切切打顫。

「謝謝，我……我眞的感激你。」

感激？只有感激？士芬嘆了口氣。

「不，你不欠我什麼，眞的。」

中威不知該說什麼，眼睛一閉，一杯杯的喝著。

士芬這輩子再也沒有那樣悲哀的一刻了，中威找她出來只是爲了亮亮的事情，想起亮亮是怎樣在中威心裡烙下痕跡，又想起哥哥爲了亮亮跟家裡的爭執，爲什麼亮亮在每一個人心中都這麼重要呢？

「我該不該告訴爸他們呢？」士芬問著自己，心中複雜極了。

士芬神情黯然地回到了家中，阿惠告訴他秀女出去打牌，父親住在俱樂部不回來，要加班開會。

「都不回來了，今天都不回來了……」士芬喃喃的說著，心裡想著怎麼這麼巧？她有事情要告訴他們的時候，他們一個人都不在？這是暗示我不要說嗎？

但腦子裡浮現起中威痛苦的臉，苦苦拜託的請求，士芬猶豫著。

而此時趙靖打電話回來，士芬接起。

「士芬啊！一個人在家啊！還沒睡啊？」趙靖關切的問。

「嗯。」士芬默默的說。

「你叫阿惠煮點東西給你吃，吃完了再睡啊。」趙靖細心的叮嚀著。

「喔。」士芬心不在焉的應和著。

「士芬，你的聲音不大對唷，是不是有什麼事情？」趙靖感到疑惑。

「爸……」士芬支支吾吾不敢說出口。

「怎麼了？有事情就跟爸爸說啊。」趙靖慈祥的說。

「沒事……沒有事。」士芬搖搖頭，她還是說不出口。

「好，那你好好睡，爸忙完了就回來了。」

「好，爸，晚安。」

士芬默默地掛上電話，她厭惡著自己的行爲，可是她更愛中威。或許這樣做，她跟中威才有機會，既然亮亮要嫁給士元，那也是她自己的決定，她應該自己去承受這些後果。士芬企圖催眠自己自私的行爲是對的，就這樣走上樓去，隻字不向任何人提起這件事情。

第十章

這一夜在汪家，士元在客廳沙發上躺著，又擠又小的沙發讓士元翻來覆去，整夜無法入睡。

此時士元忽覺眼前冒出一陣黑影，還不停晃動著，他微微睜開眼，發現妍秋出現在眼前，嚇了士元一跳。

「汪媽媽，你還沒睡啊？」士元趕緊坐起身，慌張的問著。

「汪媽媽，幹嘛一直這樣盯著我看啊？」妍秋走近士元，瞪大眼瞅著士元看，士元愣住了，有些不安的問妍秋。

「你怕我呀？」妍秋還是目不轉睛直盯著士元瞧，突然認真的問。

「不怕，我怎麼會怕你呢？你真的吃過藥了嗎？」士元扶著妍秋坐下，仍是不放心的問。

「你真的要娶我們家亮亮啊？」妍秋抬起頭，認真的注視著士元，嚴肅的問。

「是啊。」士元一臉堅定的回答。

「你愛她嗎？」妍秋再問。

「愛，我愛亮亮。」士元誠懇的點點頭。

「你會好好對她嗎？」妍秋突然抓住士元的手，不像個問句反倒像是句交代。

「會，我會的。」士元緊握著妍秋的手，肯定的回答著，要汪媽媽放心把女兒交給自己。

「那你答應我，一輩子都會善待她，好不好？」妍秋再三確定著，要親耳聽見士元答應。

「汪媽媽～我會的，很晚了，快去睡吧，今天大家都累了一天了。」士元有些不耐煩，欲催促妍秋回房休息。

「不，我不累也不睏，我們家亮亮要嫁人了，可是漢文又不在，我又沒個人商量，我心裡好慌耶，嫁人可是一輩子的大事，如果……如果你對她不好，漢文可是會怪我的。」妍秋低下頭一個人喃喃自語。

「我會一輩子對亮亮好，你不要擔心啦。」士元拍拍胸脯向妍秋保證。

此時亮亮出了房門，想看看士元被子有沒有蓋好，卻正好聽到母親和士元的這一番談話。

「不要再讓她受委屈，不要再欺負她了。」妍秋叮嚀著士元，士元趕緊搖搖頭，否認有欺負過亮亮。

「有！」妍秋看著士元，肯定的說。

「你們有！我人雖然恍惚，可是我不傻啊，我也會看啊。你要娶亮亮，你們家也不來個人，不聞不問的，你們家人不喜歡我們亮亮。」妍秋嘟著嘴埋怨著，「我知道，我難過……可是我不想讓亮亮知道我難過……我怕她會傷心。我就這麼個女兒，她是全世界最貼心最乖巧的女兒，我不知道你們家的人爲什麼不喜歡她？這趙靖……」妍秋搖搖頭，神情黯然的說道。

亮亮聽到此早已忍不住淚流滿面。

「趙靖我們也是認識的啊，爲什麼趙靖都對她這麼冷淡呢？難道他認爲亮亮不會是個好媳婦嗎？我不能說，我只能把這份心疼藏在心裡，我心痛……這麼個好女孩，嫁入你們家，沒人理，沒有婚禮，也不請客，你們就是欺負她嘛！」妍秋爲亮亮抱不平，不滿的說。

士元一臉的誠懇，認眞地對妍秋說。

「我喜歡她，我愛她，這才是最重要的。」

妍秋笑了，是啊，什麼都比不上有丈夫疼來得重要。

「好，好好待她，好好珍惜她，她沒有錯……是我……是我跟小敏的病拖累了她，她爲了這個家，苦了十幾年了，面對我，永遠是一張笑臉，沒有一句怨言。」妍秋緩緩的說著，眼裡珠光閃動。

「我懂，我知道，我都知道。」士元點點頭，輕聲安撫妍秋。

「讓她享享福，讓她眞的開心起來，好不好？我在這裡拜託你了，如果她爸爸知道也會感激你的，我拜託你了……」妍秋近乎祈求的口吻，誠懇的拜託士元。

「你放心，汪媽媽！不......媽～你放心，我絕對不會辜負亮亮的，不要難過了，不要把亮亮吵醒了。

士元改口叫著妍秋媽，並且將妍秋擁在懷裡，輕輕的哄著，徹徹底底的成了妍秋的半子，甚至像個兒子一樣。

亮亮看著這一切，微笑著落淚。

＊＊＊＊＊＊＊＊＊＊＊＊＊＊＊＊＊＊＊＊＊＊＊＊＊＊＊＊＊＊

汪家，士芬無助地躺在床上。窗外天已經亮了，刺眼的陽光斜射在士芬臉上，她抬起頭，時鐘已經指向八點半了，士芬一夜沒睡，緊緊盯著時間一分一秒過去。

士芬呆坐在床上，想起中威誠懇請求她的模樣，想起士元和亮亮甜蜜的身影。

她睜大著雙眼呆呆望著天花板，還在猶豫，到底該不該說。

＊＊＊＊＊＊＊＊＊＊＊＊＊＊＊＊＊＊＊＊＊＊＊＊＊＊＊＊＊＊

此時，汪家處處貼著大紅喜字，妍秋和亮亮母女倆在房裡梳妝打扮。

汪家一片喜氣，妍秋忙上忙下一刻不得閒。

「媽，這樣好不好？看起來比較整齊，比較好看耶。」亮亮坐在梳妝檯前，輕施脂粉，並在大紅洋裝胸口前別上一朵蝴蝶圖案的別針。

「嗯嗯。」妍秋看著鏡中嬌豔動人的女兒，心中感到滿意卻也不捨。

「媽，我幫你別一朵小紅花好不好？你今天是丈母娘了耶。」亮亮輕輕幫母親別上亮眼的紅花，配上一身素色的旗袍，妍秋頓時年輕了幾歲。

妍秋看著胸前的花，突然站了起來，走到亮亮的身後，要幫亮亮梳頭。

「亮亮，來，媽幫你梳梳頭。」妍秋站在亮亮身後，溫柔的耙梳著亮亮黑亮的長髮。

「媽，不用了，我的髮型很簡單的。」

「傻瓜，你幫媽梳了十幾年頭了，今天當新娘耶～女人啊，就屬今天最大了，哪有今天做新娘還自己動手梳頭的道理啊？你放心有媽在，媽幫你梳，媽今天啊一定要把你打扮得漂漂亮亮的送出閣。」妍秋邊梳邊說著。

「別人不喜歡我們家亮亮，我還把她當成寶呢，心疼得不得了。來，把口紅塗一塗。」妍秋找著抽屜裡的口紅，要爲亮亮畫上口紅時，卻見亮亮早已激動的掉著淚。

「不能哭呀，做新娘不能哭的耶，做新娘子要開開心心的漂漂亮亮的，傻瓜，你放心好了，士元有答應過我會一輩子對你好的，傻瓜，你別再哭了，哦～」妍秋看見亮亮哭了，一時之間也慌了手腳，輕聲的安慰著亮亮。

亮亮一把抱住妍秋，淚水怎樣也止不住。

「乖，別哭了……」妍秋擁著懷裡的亮亮，柔聲地哄著。

「媽～我愛你，我愛你～」亮亮聽到母親的柔聲安慰，哭得更傷心了。

「媽也愛你，你是媽的寶貝。」妍秋欣慰的點點頭，輕拍亮亮的背脊。

士元看著這一幕輕輕地帶上門。

「怎麼啦？」小敏看妍秋和亮亮抱在一起，天眞的問。

「她們兩個又哭了。」士元搖搖頭，一副無可奈何的模樣。

「女人嘛，都是這樣子的。」小敏擺擺手，像是一個情場老手般的說著。

士元笑了。

「你倒是很瞭解啊你。」士元拍拍小敏的肩膀，打趣的說著，忽然眼睛一亮的打量著小敏全身上下。

「ㄟ！小敏你今天穿得比我還帥唷。」

「帥，我知道，我很帥。」小敏開心的點點頭，天眞的說著。

「我也拜託你客氣一點，謙虛一點好不好？」士元看見小敏信心滿滿的樣子，不覺笑了出來。

「我爲什麼要客氣啊？我是比你帥啊。」小敏不解的看著士元，又看看自己，得意的說。

「是是是......小敏最帥了。」

此時電話響了，士元邊笑邊接起。

「請找亮亮。」中威聽見是士元的聲音，生硬的說著。

「對不起她在化妝。」士元冷冷的回答。

「請找亮亮！」中威惱怒了起來。

「你聽不懂嗎？她在化妝，我們已經......」

「你怕什麼？你都快要結婚了，難道你們之間的愛情連一通電話都經不起嗎？」中威冷笑著，譏嘲著士元。

士元最恨別人激他，轉身叫著房裡的亮亮，亮亮還聽不出士元不悅的語氣，微笑著把電話接了過去。

「喂！」

中威沈默了一下。

「亮亮......我愛你......」中威深情的喊著，亮亮沒想到是中威打來的，又聽到他這樣的開場白，不知該說些什麼，神色顯得有些不自在。

「是眞的，我愛你我一直都愛你，亮亮......我沒有對你說，那是因爲我不敢，我不是不敢愛你啊，我怕我說出來，會把你嚇跑了。亮亮......」

多麼晚的一句話，但還是觸動著亮亮的心，亮亮眼眶一熱，卻感覺到士元直視的眼神，貼緊著話筒，轉了過去。

「一直以來，你是那麼單純天眞那樣的依賴著我，我怕我說出來，會改變我們之間的關係，我怕我說出來，以後......以後每個星期，我再也見不到你。」

亮亮咬緊了唇，聽著，始終不發一語。

「亮亮，所以我守在你身邊五年，沒有對你說，但是，我也沒跟別的女孩子，任何一個女孩說過，那是因爲......亮亮，我只愛你。」中威一個字一個字緩緩的說著。

亮亮的雙手顫抖著，抓緊了自己的肩頭，淚水稍一傾斜就要流出。

「我以爲你懂，我以爲你知道，我以爲你永遠明白，我總是守在你身邊的，我知道......現在我知道錯了，愛是要即時說出來的。」中威後悔的說著，語氣中盡是懊惱和悔恨。

「亮亮......不要嫁給他，我愛你，我求你，給我最後一次機會。」中威對著沈默的話筒，苦苦哀求著亮亮。

亮亮猶豫著。

「亮亮，我求你，我求你啊......」

亮亮竟然有些動搖了，她趕緊將電話掛上，臉上的兩行清淚卻讓士元覺得不是滋味。

「亮亮？」

「他祝我們百年好合。」亮亮趕緊擦拭掉淚水，隨口編了個謊，她瞭解士元知道了肯定會發火的，今天是他們大喜的日子，要開開心心的。

可是士元看著亮亮哭花的妝，怎樣都不相信事情眞有那麼簡單。

「你爲什麼在哭？你在爲他流眼淚？爲什麼爲他流眼淚?你捨不得他？在爲他難過？」士元連番地猜測，不滿的說著。

「你就要嫁給我了，卻爲另外一個男人在流眼淚？他爲什麼可以讓你難過？他爲什麼可以影響你的情緒？」士元完全打翻了醋罈子，高聲的說著。

此時刺耳的電鈴聲又響起，劃破了寂靜。

士元要接電話，亮亮慌亂的阻止他。

「亮亮，你在害怕什麼啊？」士元硬是把電話接起，緩緩地將話筒交給亮亮，不相信地看著亮亮。

「中威，我們夫妻倆謝謝你的祝福，過幾天請你來玩，我先生很好客的，謝謝你，你是個好朋友。」亮亮忍住淚水，故作平靜的對著電話裡的中威說，一說完就將電話掛了，緊緊抱住士元。

「士元，不要怕，不要怕……他讓我流淚，你讓我笑，所以我嫁給你了，士元……」亮亮勉強的擠出一絲微笑，安撫著士元。

「對不起。」士元溫柔的擦乾亮亮的眼淚，低頭輕吻著亮亮。

而另一頭的中威，電話被亮亮掛上的瞬間，淚也潰堤，話筒垂在一旁，痛苦的走著，每走一步就像是要耗費很大的力氣，腦中全是亮亮的身影，和她殘酷的說著：「你是個好朋友。」

中威抱著頭，跌坐在地上，痛苦不已，世界天旋地轉。

＊＊＊＊＊＊＊＊＊＊＊＊＊＊＊＊＊＊＊＊＊＊＊＊＊＊＊＊＊＊＊

趙靖一開完了會，就急忙從公司趕了回來，電話裡士芬吞吐的語氣，讓他始終掛念著，放心不下。

「先生回來啦？」阿惠拿過趙靖的公事包。

「是啊，回來換個衣服，士芬呢？」

「小姐還在房裡，大概還在睡吧。」

趙靖看了看手錶。

「都十點多了還在睡啊！沒事吧？」趙靖擔心的問道。

此時秀女剛好也進門看見趙靖，打著呵欠。

「你是要去上班還是下班回來啦？」秀女心不在焉的問趙靖。

趙靖不理會，嫌惡的走開。

「喂！你這臉色擺給誰看啊？跟你說話又不回答我，唷，換衣服，那不表示你自己也晚回來。」秀女看見趙靖冷淡的態度，不滿的抱怨著。

「我要是你，我一句話都不會說，」趙靖面無表情，冷冷的對秀女說。

「我幹麼不說話啊？」秀女提高聲量質問趙靖。

「你在外面打麻將打了一夜，把士芬一個人留在家裡面！」趙靖不悅的責怪秀女。

「不光我唷，你昨晚不是也去加班沒回來嗎？還好，不是到宋妍秋那裡去啦，說話就可以大聲啦！」秀女也不甘示弱的回應。

士芬根本就沒睡的聽著父母爭吵的聲音。

「你明明知道現在狀況不一樣，士芬現在心裡是最脆弱，最需要家人照顧安慰的時候，你是她母親耶，你能不能犧牲一下，只會哭著擔心害怕會失去她，流著眼淚說不希望她怎麼樣。」趙靖搖搖頭，不想理會秀女。

「我的眼淚可都是眞的，不曉得是誰說了，做父母的都要費一點心，忘啦？」秀女故意譏諷趙靖。

「我在做了，我已經在做了，你沒看到嗎？我工作再忙，也會抽空回來跟她吃吃飯說說話，即使不回來，我也會打個電話來關心一下。你呢？」趙靖憤憤的對秀女說。

秀女還是吊著一張臭臉，但有些許的自知理虧，眼神也不再這麼咄咄逼人了。

「我現在已經沒去汪家了，怕的就是她難過，我已經努力在做了，爲了這個家你能不能努力配合一下？」趙靖無奈的請求著秀女。

秀女站起身，兩眼瞪得跟個銅鈴似的。

「趙靖啊，我也一直在做耶，喔，說我不管趙士元，說我寵愛他溺愛他，好，我現在一毛都不給他了，我也在磨練他啊。說我不陪趙士芬，我陪她有用啊？昨晚姓陳的打個電話就把她給約出去了。」秀女冷冷的說著。

「你爲什麼讓她出去呢？爲什麼不阻止她呢？」趙靖聽到是陳中威，激動的喊著。

「你滑稽啊，你怎麼知道我沒有阻止，我阻止她有用啊？她聽我的啊？我什麼話都說啦，她硬是要出去，你們趙家誰聽我？誰理我？誰讓我管啊？」秀女提高聲量，尖聲的說著。

「你可以打個電話給我啊。」

「我打去有用啊？說不定我打去人家會以爲我是查勤，想利用女兒牽制他。」秀女在這時候還不忘冷嘲熱諷一番。

「你無聊，女兒不是我的女兒啊？我會用她做口實？你應該打個電話給我，無論如何在這個時候你都不應該讓士芬單獨出去跟他見面。」趙靖看見秀女的態度，更是氣得破口大罵。

「趙靖你煩不煩啊？見個面會怎樣嗎？你不是都已經去跟那個汪子亮談過了嗎？你不是要求她不要霸佔著陳中威不放的嗎？這不表示你也希望士芬跟陳中威有機會可以來往的嗎？」

「你聽不懂我說的話呀？我說不要在這個時候，最起碼等士芬的情緒稍微平靜沈澱一點的時候，等她稍微康復一點，如果亮亮願意的話，他們可以順其自然……」趙靖氣得渾身發抖，厲聲的說著。

「為什麼要等那個汪子亮願意啊？」秀女一聽見亮亮的名字，心中又是一把怒火升了上來。

士芬終於忍不住了，大步的走到客廳裡，憤怒的對爭吵的兩人說：

「不要再吵了！哥要結婚了。他跟汪子亮今天公證結婚。」士芬不耐煩的走了下來，終於說出在心中悶了一天的話。

留下趙靖和秀女兩人驚訝著一張臉。

而此時在法院裡，亮亮和士元正在結婚證書上蓋上印章，兩人有默契的相視而笑。

「我宣布你們兩人，趙士元和汪子亮，在中華民國憲法下合法結為夫妻。願你們白頭偕老永結同心。」公證人微笑的祝福了兩人。

妍秋小敏在一旁開心的笑著。

士元和亮亮看著對方，都覺得幸福極了。士元溫柔地吻了亮亮的額頭，亮亮嬌羞的笑了。

妍秋看著這感人的一幕，既欣慰又感傷，心中想著，如果漢文也能看到亮亮這麼漂亮地出嫁，該有多好。

完成了公證儀式之後，亮亮一家人開心的在餐廳裡自己擺了一桌慶祝著，一片喜氣洋洋的歡樂聲中，亮亮看著母親與小敏高興的模樣，再看看士元，不禁露出了幸福的微笑，真的是一家人了耶，亮亮心裡安慰的想著。

「小姐，總共是五千六百元。」

亮亮拿出錢交給服務生，轉頭看著士元和小敏勾著肩親密的在玩著，士元臉上紅撲撲的，顯然已有些醉態了。

「士元等下幹麼啊？」小敏酒足飯飽，開心的問著士元。

「等一下啊......等一下先回家啊......明天再帶你出去玩。」士元脹紅著臉，醉醺醺的說著。

「出去玩啊？好耶......穿這樣，穿這樣好不好？」小敏喜歡今天身上穿的，開心的拉著士元的手。

亮亮始終帶著微笑在一旁看著他們，將來士元也是這個家的一分子了，一想到這，亮亮心中就有一種微溫的幸福。

「都可以啊，隨便啊，我們可以先去看電影啊......」士元打著飽嗝，根本也不知道自己在說些什麼。

亮亮幸福的走到士元身邊，用手環繞住她可愛的丈夫。

「新郎倌，我們可以回家了嗎？」亮亮柔聲的在士元耳邊輕輕說著。

「新娘子，可以回家，我們回家去鬧洞房！」士元趁著酒意，吻了吻亮亮的臉頰，打趣的說著。

「洞房耶，亮亮，洞房好耶。」小敏一聽，興奮的跳了起來，大聲的叫著。妍秋在一旁笑著搖頭。

「好，小敏乖，幫姊姊拿皮包啊。」亮亮拍拍小敏的肩膀，柔聲的說。

士元跌跌撞撞的站了起來。

「士元小心點啊。」亮亮趕緊攙扶著士元。

「亮亮......亮亮我跟你說一件事，我們今天不要回家好不好？」士元藉著酒意，撒嬌的對亮亮說。

「傻瓜，今天不回家，我們要睡哪裡啊？」亮亮不解，疑惑的問著。

「酒店啊，好不好，你今天不要回家，我帶你去住豪華大酒店。」士元輕擁著亮亮，開心的說著。

「士元......」亮亮看了看妍秋和小敏，有些爲難著。

「好不好嘛，亮亮，以後我們就要一堆人窩在一起了，可不可以今天就屬於你跟我兩個人？今天，就今天啦。」士元低聲哀求亮亮。

亮亮避開士元炙熱的眼神，嬌羞的點點頭。

招了一部計程車，吩咐司機將妍秋和小敏送回家，兩人就來到了豪華的酒店。

一進房間，士元開心的大聲哼著結婚進行曲，抱住亮亮跌坐在床上大聲嚷著好開心。

亮亮溫柔地幫士元解開領扣，扶他躺在柔軟的床鋪上。

「亮亮，你是不是也很開心啊？」士元突然緊抓住亮亮的手，不安的問著。

「開心～我眞是破紀錄耶，自己訂旅館，自己開房間，我看我不像新娘，倒像你媽媽。」亮亮反握住士元的手，幽默的說著，試圖安撫士元的情緒。

「亮亮～我愛你！」士元親吻著亮亮的手，一臉深情。

「我這輩子只愛你一個人，我會比全世界任何一個男人都愛你，比你爸爸，我爸爸，小敏，比那個陳中威都還愛你！」士元在酒意當中還不忘示威性的宣示著他對亮亮的愛。

「我會一輩子對你好，因爲你是我的太陽，是你讓我變勇敢的，有了你，什麼都不怕了。」士元緊擁著亮亮憐愛地輕撫著她的臉，眞心的說。

「是嗎？」亮亮感動的問著。

士元急忙用力的點著頭，深怕亮亮不相信。

亮亮輕躺在士元身旁，溫柔地摸著士元的頭髮，回應著他。

看著亮亮嬌媚的神態，士元再也忍不住了。

「亮亮，我好愛你。」士元深情忘我地吻著亮亮，而亮亮也沈醉的慢慢閉起了眼睛。

兩人十指相扣，髮絲交纏，士元溫柔地褪去了亮亮的衣裳，亮亮嬌羞回應著。潔白無瑕的胴體泛起嬌豔欲滴的紅潤，慾望滋長，蓓蕾初放。激情的夜晚，窗外一片寂靜，只剩下閃爍的星子無語地唱著祝福。

＊＊＊＊＊＊＊＊＊＊＊＊＊＊＊＊＊＊＊＊＊＊＊＊＊＊＊＊＊＊＊＊＊＊＊＊＊＊

夜很深了，汪家門口趙靖和秀女在等著他們回來，他們已經等了一個大白天了，到現在還沒見到半個鬼影回來，秀女不安的走來走去咒罵著。

「回去了吧。」趙靖疲累的說。

「我不回去，我要在這裡等著。難不成趙士元還有那個本事，帶他們一家子全部去度蜜月啊？諒他也沒這個耐性，我要在這等著，帶他回去。」秀女氣憤的說著。

「你為什麼總是要這樣子處理事情呢？有什麼事情可以好好講好好溝通的嘛。」趙靖無奈的搖著頭，擔心秀女會為難亮亮和妍秋。

「我是啊，我是等他們回來好好講，好好溝通啊！」秀女狠狠的說著。

趙靖嘆了口氣，秀女仍不閉口地咒罵著。

「哼！趙士元，你敢帶別人的娘出去玩，我跟你沒完沒了！」

而此時，一台計程車停在汪家門口，秀女見狀，馬上衝了上去，急性子地自己拉開了車門，目光在車內迅速地搜尋著士元的身影，卻沒瞧見，最後停留在妍秋喜悅的臉上，怒視著。

就這樣，趙靖秀女妍秋小敏四個人面面相覷地坐在汪家的客廳，秀女一臉怒氣，趙靖無奈著，可是妍秋嘴邊盡是微笑，發著呆在回想什麼似的，對眼前的事物一點也不關心。

沒有人開口，氣氛異常安靜。

秀女不耐煩地打破沈靜，沒好氣的對妍秋說：

「ㄟ～你說說話好不好？你可不可以告訴我他們到哪去了？」

妍秋仍是帶著一抹笑沒反應。

「ㄟ！」秀女看妍秋沒反應，氣憤的叫著。

趙靖趕忙插話。

「妍秋，我們沒有別的意思，是這兩個孩子太年輕太不懂事了，彼此不瞭解也不適合，就這樣草率的結婚，那不是兒戲嗎？要爲孩子們好啊。」趙靖語重心長的勸著妍秋。

「我再也不相信你說的話了。」妍秋撇過頭，收起笑容冷淡的說。

秀女一聽，大發雷霆。

「我管你信是不信啊，都什麼時候了，你清醒一點好不好？ㄟ！回魂啦～趕快告訴我他們到哪去了，各自把他們領回去就算啦。」秀女氣憤的對妍秋吼著，妍秋仍然沒反應。

「他們去洞房花燭夜了！」小敏咯咯的笑著。

「ㄟ！你知道他們去哪啦？你快說！」秀女一聽，激動的衝到小敏面前，狠狠的盯著小敏。

「我不知道......」小敏被秀女突如其來的大吼嚇到，害怕的低下頭。

「你......」秀女被氣得臉發青。

趙靖試圖緩和這緊張的氣氛，輕聲的對妍秋說道。

「妍秋你可以告訴我他們到底到哪去了，我不是反對亮亮，他們要交往也可以，我可以給他們時間，最起碼讓他們彼此認識一點嘛，交往個一年半載，等你們對士元瞭解了，可以接納他的時候，這樣......至少將來孩子們不會怨我們這些做大人的沒有在他們身邊提醒他們。」

「ㄟ！你這麼說什麼意思啊？意思是說都是我兒子不對啊！」秀女一聽，提高音量尖聲地質問趙靖。

「唉！你就別再找碴了行不行？」趙靖不耐煩的怒斥著秀女。

「你們爲什麼要這麼反對他們啊？是反對結婚，還是只是反對亮亮啊？亮亮沒有錯耶，士元也是個好孩子，而且士元也答應我會一輩子對亮亮好的......」妍秋不悅的質問趙靖和秀女。

「士元昏頭啦，他答應的事情可多了。」秀女在一旁冷哼著。

「我不管士元以前跟你們說過什麼，我更不懂這世界上怎麼會有父母對自己的孩子這麼失望的。我相信我們家亮亮，不管我現在是清醒還是恍惚，我都相信我們家亮亮是對的。」妍秋一臉堅定的說著，小敏也在一旁附和著點頭。

「對不起唷，如果你們要等就繼續等了，不奉陪了啊。」妍秋冷漠的站起身，往房間裡走去。

「我也不奉陪了。哼！」小敏睨了趙靖和秀女一眼，也跟著妍秋一起回房睡了。

「哎呀，你看看這什麼態度啊！我看他們以前根本就是裝的，哪來的病啊，一點都沒瘋。」秀女看妍秋小敏母子倆相偕離開，大驚小怪的叫著。

「小敏啊，你把外面那個大燈關了，留一盞小燈就好了，說不定今天晚上你爸會回來唷。」妍秋突然想起什麼似的，停下腳步，吩咐著小敏。

「喔。」小敏出來關了燈，嘴裡還說著。

「說不定今天晚上我爸會回來哦。」

秀女聽了發毛，趙靖深深的嘆了口氣。

「才說他沒病，他又病了，你看看啊，這種人怎麼當親家啊你～」秀女東張西望沒好氣地對著趙靖直抱怨。

＊＊＊＊＊＊＊＊＊＊＊＊＊＊＊＊＊＊＊＊＊＊＊＊＊＊＊＊＊＊

激情過後，士元躺在床上呼呼大睡，而亮亮躺在士元的懷裡，臉上泛著初爲人婦的羞怯，心中無限感慨。

「士元，我們已經是夫妻了，我有說過我愛你嗎？」亮亮一臉幸福的抱著已經睡著的士元。

「士元，我愛你，我會好好的做你的妻子。一輩子跟你禍福同享，我們會有孩子，將來等他們長大以後，我們一定要讓他們知道，他們的爸爸媽媽有多麼的勇敢。」亮亮輕撫著士元柔軟的頭髮，微笑的說著。

士元用打呼聲回應。

亮亮微笑著。

「士元，不管全世界的人怎麼反對我們，只要我們勇敢的面對，就什麼都不怕了，對不對？」亮亮將頭倚靠在士元厚實的肩膀上，放心的閉上了眼睛。

✻✻✻✻✻✻✻✻✻✻✻✻✻✻✻✻✻✻✻✻✻✻✻✻✻✻✻✻✻✻✻

這一次是這個月第幾次這樣喝著酒了？

中威看著酒杯裡的冰塊，像他逝去的愛，慢慢的化了。

中威一杯又一杯地喝著烈酒，越是不想再有回憶，腦子裡卻越是充滿著亮亮的身影。亮亮開心的笑著，像小女孩一樣嬌羞的神情，一幕幕都揪著他的心。

他將酒灑在灰燼裡，那些灰燼全都是亮亮的病歷。中威想要用一把火把回憶燒盡，卻只是更加痛苦不堪，他神情漠然，整個人頹喪地陷入沙發裡，毫無力氣。

門伊呀的開了，士芬出現在中威的面前，臉上帶著哀傷，望著狼狽不堪的中威。

「不要過來，不要靠近我！」看著士芬進來的中威，喝了一大口酒，大聲的對士芬喊著。

「你在生氣？你以爲我沒有說？我說了，你要我說的我都說了。」

「你沒有......」中威搖著頭，沈痛的說著。

「我有，我說了，我父母都趕去了，如果今天你有去法院的話，你應該會看到他們的。是你沒去，你不敢......」士芬面無表情的說著謊話，這一字一句都狠狠地傷透了中威的心。

「我不是不敢，我不是！」中威激動了起來。

「我不想......我不想趙士元爲難亮亮，今天......是亮亮一生中最重要的時刻，我不想...因爲我的出現，讓她痛苦讓她難過讓她不開心，今天是亮亮的大日子。」中威又倒了一杯酒，一飲而盡。

「中威，你別騙自己了，如果她已經那麼開心那麼高興去嫁人，怎麼還會因爲你的出現而難過呢？她早已經不受你的影響了，你不出現她快樂得理直氣壯，你出現，她快樂得有點心虛而已。一樣都是快樂......」士芬在一旁幫腔，故意責怪亮亮的無情。

「夠了！夠了！不要再說了！」中威激動的站起身對著士芬吼著。

「趙士芬，你為什麼要這麼可惡？你在幸災樂禍嗎？」中威狠狠地盯著趙士芬，厲聲說道。

「有什麼災？有什麼禍？只不過是對相愛的男女結婚了。他們……」士芬幽幽的說，眼中中威的憤怒只是因為新郎不是他，心中又一痛。

「他們可以結不了婚的，你什麼時候告訴你父母的？如果你昨天晚上就告訴你父母的話，他們是可以被制止的！」中威把唯一能阻止的希望放在士芬身上，她卻這樣漠然的處理，中威控制不了自己一時的憤怒，緊抓著士芬手臂。

「你什麼時候告訴他們的？今天早上？八點？九點？十點？還是……他們行完禮之後你才告訴他們的？」士芬閃避著中威質問的眼神，嚥了嚥口水，不語。

「趙士芬，你根本就是故意的！」中威大吼著。

「這樣你舒服點了嗎？」士芬看著中威，虛弱的聲音裡充滿了委屈。

中威看著士芬，受酒精影響的理智慢慢恢復，把手鬆開，轉身，卻痛苦的緊抱著頭。

「沒有人可以阻止得了他們的，不管我說的是早是晚，她心裡已經不愛你了。」士芬的話一句句刮著中威故意模糊事實所起的霧氣，硬逼著他看清。中威心碎地哭泣了起來。

在一旁的士芬，鼻也酸著，心中何嘗不也是如刀割。

「中威，她看不見你為她掉的眼淚，就像……你看不見我為你掉的眼淚，是一樣的。」

士芬走上前，有點害怕的輕拍著中威的肩膀，試圖安慰他，見中威沒有拒絕，更毫無顧忌的緊緊擁住了中威。

深沈的夜裡，中威喝得爛醉，口中直喊著亮亮的名字，整夜陪在他身邊的士芬只能努力撐起中威，送他回家。

中威門一開就跌跌撞撞的進屋。

「中威，你還好吧？沒事吧？我帶你回房間去啊！」士芬攙扶起中威，關切的問道。

「來，中威這裡，小心點啊。」

士芬好不容易將中威扶上了床。

「水，我要喝水。」中威喃喃囈語。

「水馬上來，你等一下。」士芬急忙去拿水。

士芬不但拿了水，還細心的拿了毛巾擦拭中威的臉手。

她看中威有些不舒服地扭了扭身，於是緩緩的幫他鬆了鬆領口，開了襯衫上的幾顆鈕扣。

而半夢半醒間的中威突然抓住士芬的手。

「我愛你，我愛你！」中威激動的喊著，緊緊抱住士芬。

士芬心一驚，身子一抖，不敢相信她所聽到的。

「亮亮，給我一次機會，讓我告訴你，我愛你。」

可是當她聽到中威只是錯把她當成亮亮，她整個人溫度驟降。

「不要嫁給他，不要，不要！」中威無助懇求的話語，讓士芬內心激盪著，必須花費好大的力氣才能強忍著不流淚。

「嫁給我，我們結婚好不好？我帶你去巴西，還有小敏還有……還有你媽，他們會喜歡那裡的，我媽，還有我們全家人，一定會喜歡你的，一定會喜歡你的，亮亮，我愛你，我愛你。」

中威越說越急切，望著不發一語的士芬，以為亮亮還在怪他，他再也忍不住壓抑已久的情緒，粗魯的吻了下去。

士芬還來不及反應，已被中威壓在身下，炙熱的親吻像雨點狂落。

「亮亮，我愛你，我愛你，嫁給我好不好？跟我結婚，我帶你去巴西……亮亮……我這一輩子只愛你一個人……」

士芬原本要抵抗的手，緩緩放了下來，看著中威痛苦萬分的臉龐那樣深情的望著自己，沒有了自尊只有更多的不捨，士芬只是躺著靜靜的流淚。

而中威的酒意此時也整個上來了，並沒有多做什麼，就翻過身，昏睡過去了。

士芬看著中威熟睡的臉，深邃的眼眸裡一直都沒有自己的存在，她知道是因爲亮亮一直佔據中威的心，士芬一想到此，就更加痛苦的低下頭。

士芬突然頭一抬，牙一咬，慢慢地將自己身上的鈕扣也解開了。

她沒有想到從小被母親教導著要潔身自愛的自己，今天也會爲了一個男人，做出這樣的事情，不禁用力地抓著頭，認爲自己竟然可以爲愛瘋狂到這種地步。

「可是我愛他啊，難道愛一個人也有錯嗎？」士芬神情專注地看著中威，此刻的她是下定了決心。她緩緩將全身的衣物脫去，躺進了中威的懷抱裡。

＊＊＊＊＊＊＊＊＊＊＊＊＊＊＊＊＊＊＊＊＊＊＊＊＊＊＊＊＊＊

汪家，趙靖和秀女已經等到天亮了，秀女還是不安的在屋裡走來走去，趙靖卻已經疲累的靠躺在沙發上，一臉的倦容。

電話突然響起，劃破了寂靜，秀女急忙要接，卻被小敏搶先接過去。

「喂？」

「喂，小敏啊，怎麼這麼久才來接電話啊？媽媽呢？吃過早飯了沒有？你們好不好啊？」一晚不在的亮亮在電話那頭關心的問著。

「亮亮，我們很好啊......」語未畢，秀女一把把電話搶去。

「不好，很不好，我們都不好，哼，現在除了你汪子亮誰會好啊？你勝利啦，你得意啦......」秀女經過一夜的等待，憤怒的斥責著亮亮。

「秀女！」趙靖制止秀女繼續說下去，從她手中接過了電話，一臉嚴肅。

「亮亮。」

「趙叔叔......」話才一出口，想到她自己現在的身分，有點生澀地改了口。「爸......」亮亮不安的叫著。

趙靖知道亮亮的用意，不方便跟她多說什麼。「你叫士元聽電話。」趙靖一臉怒氣，厲聲說道。

「士元，接電話，接電話，爸爸打電話來。」亮亮慌張的搖醒士元。

「我不要……」士元睡眼惺忪地轉頭又睡去。

「士元，接電話～」

士元仍舊沒反應，把頭埋在棉被裡逃避著父親可能對他的責難，怎樣就是不肯起床。

亮亮看著士元這樣處理事情的態度，顯得有些不開心，但又無可奈何，只好對著話筒另一頭的趙靖解釋著。

「爸，士元他……士元他……」亮亮支支吾吾，答不出話。

而亮亮聲聲叫喚士元的聲音早就都傳到趙靖的耳裡了，他自己的兒子是怎樣的個性，他可是一清二楚。

「他不肯接電話是不是？很好，亮亮，這就是你要嫁給趙士元的第一課，從現在開始，你要代替他去面對每一件他不想、他不敢、他不願面對的事情，他會想盡各種荒謬的理由去逃避，而你卻沒有理由去推託。」趙靖語重心長地對亮亮說。

亮亮聽著，心中有些難過，看著士元動也不動的身影，對於趙靖的話語也不得不有些相信。

「如果你已經做好心理準備，就請你們回家吧。記著，帶著趙士元一起回來，我們在這等著。」趙靖嚴肅的對亮亮說。

掛上電話的亮亮，看著還在裝睡的士元，硬是拉起了他，要他把衣服穿上回家去。

「我不回去，我腦筋壞啦，放著好日子不過，回去找罵挨？我又沒有神經病！」

此話一說完，亮亮睜大了眼瞪著士元，像是要將他瞧透似地，她剛剛託付終身的丈夫真的是別人說的那樣的懦弱嗎？

亮亮狠狠的瞪了士元一眼，點著頭。

「好，我自己回去，我有神經病，我也是個勇敢的神經病，我真不知道你在怕什麼，既然敢公證，爲什麼不敢回去面對家人呢？」亮亮憤憤的說，拿著皮包就要走，士元也知道自己說錯話了，趕緊抓住她的手。

「亮亮，你這是在幹什麼啊？」士元無奈的問。

亮亮用力甩開他的手。

「爲什麼要在新婚第一天就讓我失望？我們眼前還有一大段路要走，你爲什麼要在第一步就讓我失望？爲什麼？我們不是做錯事，也不是要回去面對債主，我不懂你爲什麼要左閃右躲的就是不敢回去見你的家人，爲什麼？」亮亮不滿的質問士元，對士元軟弱逃避的態度毫不保留的感到厭惡。

「我不是不敢，我是不高興！」士元知道亮亮說的沒錯，但是這是他面對事情一貫的處理方式，他不是不處理，只是不想在刀口上兩敗俱傷，他有些不服地辯駁。

「那你就給我高興起來，像個男人，不要像個孩子！不要讓人又哄又罵還是拿你一點辦法都沒有！請你成熟一點勇敢一點！」亮亮堅定的說著，希望士元有所擔當。

「我還不夠勇敢嗎？能夠把你娶回來不怕神經病，我還不夠勇敢嗎？」士元受不了亮亮斥責的話語，一時激動地說出一些口無遮攔的氣話。

亮亮不敢相信士元竟然說出這樣的話，心中刺痛，突然呆住，難過的哭了起來，而士元也開始後悔剛剛的言行。

「亮亮，對不起啦，我不是故意的，對不起，你原諒我好不好，亮亮，我說錯話你罵我好了，我欠罵你罵我好了，亮亮......」士元知道自己做錯事，低聲的和亮亮道歉。

「我現在就回家，我現在就陪你回家。」士元看亮亮粉淚串串落，傷心的模樣，心中不忍，斷然的說道。

「不是陪我回家，你是......」亮亮抬起頭，紅撲撲的臉配上迷濛的雙眼，讓士元忍不住就是只能好好將她擁入懷裡，好好疼惜。

「好......是，那是你陪我回家，好不好？誰陪誰都一樣好不好？

我們回家，我們現在就回家。」士元握住亮亮的手，輕聲安慰著亮亮。

「士元，永遠不要說那一句話好不好？答應我……」亮亮抬起頭傷心的看著士元，希望他瞭解神經病這三個字，就是因著外人的眼光跟隨著他們家這麼多年，也傷害著他們。

「對不起啦，亮亮，對不起！」士元一臉歉疚。

「不要哭了……」士元擁著懷裡的淚人兒，心中也一陣痛。

＊＊＊＊＊＊＊＊＊＊＊＊＊＊＊＊＊＊＊＊＊＊＊＊＊＊＊＊＊＊＊

「亮亮，亮亮回來了。」妍秋看見亮亮和士元攜手進了家門，開心的迎接亮亮，直拉著她的手。

趙靖和秀女沒想到亮亮竟然勸得動士元，有些訝異的看著入門的士元。

而士元一見到爸媽，表情有些尷尬。

「爸，媽，你在等我們啊！」

「我在等你！」秀女大聲的說著。

「媽，對不起！」亮亮歉疚地說。

「你閉嘴呀你，跟你講了幾百次了，不要叫我媽，你的媽在那呢！」秀女指了指妍秋，高聲的叫著。

「媽，你不要這樣好不好？」士元不自在的看了看亮亮，低聲的對秀女說。

「趙士元，我告訴你……」秀女正要發飆，趙靖冷冷的對秀女說。

「叫孩子們回來吵架的嗎？」

秀女氣得轉過身不想看到趙士元這個背叛她的兒子，卻也閉上了嘴。

「妍秋啊，你先坐下。」趙靖輕聲地對妍秋說。

「秀女，你也坐。」趙靖轉過身對秀女說。

「不坐啊，馬上就要走啦。」秀女兩手插著腰，不理會趙靖。

「媽，你慢走啊。」士元此時竟然還不知輕重的回了一句。

「你不要以爲你結了婚我就不能揍你了。」趙靖看了士元一眼，嚴厲的說道。

秀女青著一張臉也只好哼了一聲坐下。

趙靖看秀女坐好之後，平靜的對亮亮和士元說著。

「你們兩個，今天把朋友的名單列出來。」

「什麼名單啊？」秀女一臉訝異的問。

趙靖並不理會，轉頭繼續跟妍秋說著。

「妍秋，漢文的老同學老朋友我都知道，還有沒有其他的親戚朋友？要不要也列出來？」

「趙靖啊，你說這話什麼意思啊？什麼叫把名單列出來啊？難不成你同意他們的婚事還要替他們辦桌啊？」秀女知道趙靖的用意，不可置信的質問著趙靖。

「沒錯。」趙靖堅定的回答。

「你瘋啦，我們在這裡等了一夜，不是在等你的瘋言瘋語的。」秀女氣呼呼的怒斥著丈夫。

「秀女......」

「我不答應！我絕不同意的啦！我今天在這裡是等著我兒子，我要把他帶回去的啦！」秀女不理會趙靖的制止，逕自說著。

「你帶得回去嗎？你口口聲聲說你兒子你兒子，你兒子已經長這麼大了，你看看他願不願意跟你回去。」趙靖看了看士元，轉頭對秀女說。

「我不願意唷。」趙士元馬上回答了趙靖的問題，連想也不想。

秀女氣得吹鬍子瞪眼，眼神狠狠的盯著亮亮。

「我相信今天要不是亮亮的話，他還不一定回來呢。」趙靖搖搖頭說著，事情已成定局，目前能補救的方式，只是把善後的事情做好，趙靖希望秀女明白這一點。

「我們是一定會回來的，我們不會逃避的。」亮亮倒是非常肯定的對趙靖說著，想證明士元並沒有如此畏縮。

秀女看見她的態度，心裡著實不是滋味，哼了一聲走到士元身邊。

「趙士元，睜開眼睛看清楚，你看看，這一家三口就兩個瘋子啊，你真的要成爲他們的一分子嗎？你要成爲這個老瘋子的女婿？裡面那個小瘋子的姊夫？你還要跟她生一窩小瘋子？」秀女眼神嚴厲的掃了妍秋和小敏一眼，指著他們對士元說。

「亮亮很正常，她沒有神經病的。」士元斷然的阻止母親。

「但是你不能否認那是會遺傳的。」趙靖說著。

「沒錯，我知道那有六分之一的機率我知道的。」士元低聲回答。

「天哪，要死啦，六分之一的機率啊，趙靖啊，叫你兒子回家！」秀女尖聲叫道，這種事情對於一向重視面子的她而言是不允許的。

「媽，我們已經結婚了耶。」士元覺得荒謬極了，這段婚姻他可不是當兒戲在玩。

「結了也可以離啊，會遺傳的，當然要離。何況你們還沒登記呢。」秀女一臉嫌惡，緊接著說道。

亮亮始終沈默著，這一直是她心裡的痛，也是她一直不敢大膽去追求愛接受愛的原因。

在一旁的妍秋看著自己的女兒漸紅的眼眶，只當面前的秀女和趙靖正欺負著亮亮，再也忍受不了，突然起身。

「你們......你們爲什麼要這樣欺負人？爲什麼要這樣？」妍秋認真的說著，緊握著拳頭，一臉的憤怒。

「好啊，免得人家說我們欺負人，我們就當離婚來談好啦，既然是沒登記那也無所謂啦，要多少錢你們說！」秀女看妍秋激動的神情，也不顧慮什麼了，以爲用錢就可以解決一切。

「我不要錢！不管我汪子亮婚姻有多久，一天或是一輩子，都是我自己選擇的，都有我自己的尊嚴，你開不了價，因爲那是無價的。」亮亮起身，嚴厲的盯著姿態高傲的秀女，憤然的說。

「我們趙家的形象、血統、尊嚴，也是無價的。」秀女哼的一聲，別開臉，繼續驕傲的說著。

「要分就分，我不會爲難士元的。」亮亮斷然起身，轉過頭專注地看著士元。

「好，那就由趙家的當事人自己決定吧。」趙靖開口看著士元。

「趙士元，你不顧父母的反對自己跑去結婚，現在請你像個男人一樣，在雙方家長面前說清楚，你自己的決定是什麼。」趙靖也鄭重地對士元說。

「爸，我......」士元有些慌張了，事情為什麼一定要羼雜這麼多情緒，互相喜愛結婚有什麼不對？為什麼非得弄得像談公事談生意？他實在不瞭解。

「請謹慎，這是一輩子的承諾跟責任。」趙靖嚴聲的說著，他要教導他的是負責，他要士元親口說。

亮亮閉起了眼睛，眾人的目光都集中在士元的臉上。

「我已經做了決定，昨天我已經娶了亮亮，這一輩子她都是我的妻子。」士元看了亮亮一眼，毅然決然的說著。亮亮聽得清清楚楚，感動的笑了。

秀女一聽，氣得差點沒昏過去，臉色難看的直瞪著士元。

趙靖則點著頭，內心裡希望士元能說到做到，給亮亮一個幸福的家庭。

「好，立刻訂酒席！該照相的就要照，請客就在自家的俱樂部請了。」趙靖臉部線條逐漸緩和下來，臉上也開始有了一絲微笑。

「趙靖，你！」秀女杏眼圓瞪，直瞅著趙靖怎麼還在一旁瞎起鬨。

「俱樂部也有教堂，既莊嚴又隆重，」趙靖並不理會秀女，看著妍秋說道。

「我不同意，我絕不同意！」秀女見大家都將她的話當耳邊風，個個露出愉快的神情，更是不滿地大聲吼著。

「不可以，不結婚也就罷了，既然要結婚就要明媒正娶，我絕不能讓漢文的女兒拎個皮箱就寒酸的進我趙家的門。」

妍秋在一旁聽著覺得趙靖有重視亮亮的心，感到欣慰。

「這個婚禮該有多風光，就有多風光！」趙靖心意已決。

「爸，我覺得......」士元開口想要阻止趙靖，婚禮繁瑣的儀式對他來說並不重要。

「你自己嫌麻煩，難道也要亮亮跟著委屈嗎？」趙靖不悅的責怪士元。

「沒有一個女孩子不希望有一個風光的婚禮，一輩子就這麼一次，我們家既然辦得到，爲什麼要虧待人家？」

「謝謝，我代漢文謝謝你。」妍秋放下了心上的大石頭，知道亮亮過去趙家，趙靖會善待她的孩子，有些感激的說著。

亮亮走到母親的身邊，緊握著她的手，也一臉深受感動的看著趙靖。

「妍秋，士元這孩子不懂事，以後你要多擔待了。」趙靖語氣誠懇的看著妍秋，一臉的拜託。

妍秋知道趙靖是希望從此以後大家心中不要有芥蒂了，就當成自家人，她微笑地看著這個故交點了點頭。

秀女看著這一切無法阻止，也只能咬著唇，一個人生悶氣。

＊＊＊＊＊＊＊＊＊＊＊＊＊＊＊＊＊＊＊＊＊＊＊＊＊＊＊＊＊＊＊＊

而此時，士芬正在中威家中做著早餐，一會兒烤吐司，一會兒煎蛋，一臉賢慧的主婦模樣。

中威被廚房傳來的聲音吵醒了，起身看看時鐘，時間已經不早了。

他疲累的摸著正疼的頭，看見桌上有兩只手錶擺著，嚇了一跳趕緊起身，看見牆上掛著士芬的衣服，慌忙地走到廚房，看見士芬穿著他的襯衫，正在做早餐，神情愉快的哼著歌曲。

「士芬，士芬，這是怎麼回事？」中威慌張的問著。

士芬還在猶豫著要不要回答，乾脆故意閃躲話題。

「蛋你要幾分熟的啊？牛奶我已經倒好了在桌上，咖啡也正在煮了。」士芬自顧自的說著，完全無視中威急切的眼神。

中威上前將爐火關掉。

「請你告訴我，昨晚......發生了什麼事？」中威鄭重的再問了一次，眼神專注的看著士芬。

士芬轉過身去，還是不說話。

「士芬，你說話！」中威一時心急，扳過士芬的身子，不安的問道。

士芬嘴唇顫抖著，心中想著。「你愛他，趙士芬，你愛他，勇敢一點，你有機會得到他。」士芬好不容易鼓起勇氣，語帶顫抖的說。

「你把我當成亮亮了，所有你對她的渴望，你對亮亮會做的事，你都……你都對我做了……」士芬一說完，更是心虛的低下頭。

中威訝異的整個人呆住，緩緩地走到客廳，雙手緊摀著頭，痛苦的坐了下來，將臉埋入雙膝中，不住的搖著頭。

士芬看著中威痛苦的模樣，心中有些不忍，轉身回臥室，關上門，將衣物穿戴好，看到中威和亮亮的合照，痛苦地閉上眼將照片蓋上。

走到客廳仍見中威還是一臉的不可置信，悔恨懊惱的喃喃說著。

「怎麼可以……怎麼可以發生這種事……」

士芬心中一陣抽痛，跟她發生關係眞有如此不堪嗎？士芬邁開腳步直想離去。

而中威見士芬穿好衣物要離去，趕緊走到士芬面前，一臉歉疚的模樣。

「士芬，我……我……」中威搖搖頭，不知該如何面對士芬。

「你的襯衫我已經幫你收好了，昨晚吐的衣服，我不知道要不要送乾洗，所以我沒有處理……」士芬假裝沒聽見，逕自岔開了話題，她知道有些自尊她還是有的。

「對不起，我……我昨天晚上喝醉了，我不是故意的，眞的，我眞的不知道。」中威後悔的說著，祈求著士芬的原諒。

「你不知道是我，可是我知道……我知道你抱著的不是趙士芬，吻著的不是趙士芬，都是汪子亮……沒關係的，你不用負責，你醉了，可是我很清醒，我心甘情願當一個替代品。」士芬緩緩的流下了眼淚，義無反顧的說。

「不要這樣說，士芬，不要這樣說，對不起，請你原諒。發生這種事情，是無法被原諒的，士芬，我不知道爲什麼會這樣子，我眞是可惡。」中威神情痛苦地自責。

「不要再說了好不好？我已經夠難堪了，再說下去，我只有更無地自容，我都說了我願意，我心甘情願被當成亮亮，我願意......」士芬激動的哭喊了起來。

「對不起，士芬，我對不起，對不起......」

「中威......」中威溫柔的聲音，讓士芬再也忍不住上前抱住中威。

「我眞的眞的很愛你，我不要你負責，不要你痛苦，我是自願的，一個女孩能夠把她的第一次奉獻給她最愛的男人，那是一種幸福，中威......我永遠永遠不會忘記你，你是我第一個男人，我愛你......」士芬坦誠的說著，語氣中絲毫沒有後悔。

「士芬，我不管你是不是清醒，我都不應該這樣做，但是......請你相信我，我不是一個可惡的男人，無論是酒醉還是清醒，我都應該也願意......爲我的行爲負責任！」中威誠懇的說著，試圖彌補已經犯下的滔天大錯。

「那你要怎麼負責呢？你心裡愛的不是我，昨天晚上對我來說，是一個美麗的錯誤，它就像一場夢，天亮了，夢也該要醒了，我沒有權利硬要你爲這個錯誤賠上一輩子。」士芬無奈的搖著頭，拒絕了中威，心裡卻認定中威聽她如此說是更不可能丟下她不管了。

「士芬，孩子做錯事是可以被原諒的，可是，大人做錯事，就要懂得如何去彌補，我們給彼此一次機會，讓我們重新認識，重新適應，如果在我們重新認識交往之後，都能接納對方，那麼昨晚的錯就不是一個錯誤，它可以是一個美麗的開始。」果然中威聽見士芬委曲求全的告白，心中有了一絲的感動。

「你究竟是什麼意思？」士芬眼睛一亮，知道自己已經成功一半了，心中竊喜著，假裝抬頭疑惑的問中威。

「士芬，我們彼此給對方一點時間，我願意負責任，我願意付出更多，如果，將來你對我失望，不愛我了，我也可以答應你，在你沒有結婚之前，我不會娶別的女孩子，這是我對你的承諾，我願意信守我的承諾。」中威認真的對士芬說，神情中仍掩不住歉疚。

士芬感動的抱緊中威，這一刻對她來說曾經是多麼的遙遠、多麼的夢寐以求。

「你等等我，我換個衣服，我送你回家。」中威輕聲地說道。

「不用...」士芬假意的拒絕了。

「不，我不會讓你在外面一整晚之後，獨自回家面對你的家人，等我。」中威堅定的說著，快步的走回房間。

而士芬看著中威的背影，楚楚可憐的臉龐卻閃過一絲不相稱的笑容。

第十一章

趙靖焦急的在客廳裡來回踱方步，雪白窗簾外的日色已經露出魚肚白，逐漸燃燒起的光線也一束束照射在他擰緊一夜的眉宇間。

「他都沒有跟你聯絡啊？你們很久沒聯絡啦？麻煩你，如果......喔好好......」秀女嘆口氣把話筒掛上，回頭跟趙靖說著。

「我在士芬房裡找了半天，也沒什麼留書啊，幾件日常用品衣服什麼的也都沒帶走，不像是要離家出走的樣子。」秀女心裡慌得很，突然想到有一種可能。

「ㄟㄟㄟ，她會不會是去找那個陳中威啦？」

「一整夜嗎？我們家士芬不會這麼做的。」趙靖臉色大變。

「你管她怎麼做，先找到她再說啦！」秀女衝到門口想出去找找，沒想到門剛好打開。

「媽......」士芬站在門口吶吶的說。看見秀女身後的父親，臉上憤怒著急交雜的表情，怯生生地也喊了聲。

「爸......」

「士芬啊～你還知道要回家啊？你這一整夜到哪去啦？我跟你爸急得差點要報警啦！」秀女急急忙忙審視士芬，就像怕她身上燒出個洞什麼的。

「伯母伯父......」中威有點沈重的表情說明了一半。

「你先上樓去！」趙靖面色嚴厲的看著士芬說道。

「士芬啊，我們可是有家教的人家啊，你跟誰學的啊？連電話都不曉得要打一通回來？跟你爸說說話啊！」秀女趕忙打圓場，先說說士芬兩句。

「你先上樓去！」趙靖只是堅持的盯著士芬。

「對不起，伯父伯母，昨天晚上......」中威不忍士芬一人承擔趙靖的責備。

「你上樓去！」趙靖打斷。

「爸，你聽我說，我們......」士芬就怕向來疼自己入心的爸爸會對中威怎樣。

「你上去！我不會把他吃了，他要是眞欺負我趙靖的女兒，我把他宰了也是應該的，給我回房去，不知輕重！」

士芬默默低頭走上樓。

「ㄟ，我說陳先生啊......」秀女話還沒說完，趙靖就叫秀女上樓去看看士芬，他想單獨和中威談談。

「伯父，你聽我解釋。」中威單獨面對著趙靖責難的眼神。

「是，我是要聽你解釋，爲什麼把一個女孩子帶出去一整夜，也不打個電話回來？你不知道做父母的會擔心嗎？現在你解釋吧！」

「我......我無話可說，除了抱歉，我無話可說。」中威大方承認自己的錯，趙靖卻沒得到個滿意的答案。

「我問你，你昨天是抱著什麼心態把士芬約出去的？我相信你不會不知道，昨天士元和亮亮公證結婚的事情，事實上，還是你讓士芬回來告訴我們的。不是嗎？結果呢？沒有能留得住亮亮，晚上便約了士芬啊？」趙靖簡直越說越氣，他趙靖的女兒就那麼不成氣候，要靠這樣拴住一個男人嗎？

「你把士芬當成什麼了？先是利用她當工具，試圖阻擋亮亮，接著再來塡補你空虛寂寞的空檔？」一個個難堪的畫面跑過趙靖腦海，他清白單純的女兒......

「他不是這樣的人！中威不是這樣的人！」在二樓的士芬聽到父親這樣爲難心上人，急得眼淚都快滴下來，忍不住跑下樓要跟父親解釋。

「爸！我們昨天是在一起一整夜，他要送我回家，是我不願意又哭又鬧，只好把我帶去他家，睡醒了把我送回來，就這樣。」

「眞的就這樣？」趙靖懷疑的挑眉，「是這樣的嗎？」又轉頭質問中威。

「是這樣......」中威看著士芬對他微微搖頭地示意，他心虛地說著。

中威覺得無比的沈重，在士芬送他去牽車的路上，兩人始終低著頭不言不語。

「為什麼要說謊？我願意負責也願意承認。」中威終於打破沈默。

「承認哪一部分？全部嗎？包括你在醉意之中把我當成亮亮，所以才發生一切？如果連這一部分也都承認，我只有更難堪，我爸只有更氣你。」士芬的聲音像蚊子一樣微弱但卻聽得出其中的堅定。

「你爸生氣是應該的，因為他愛你呀。」中威相信坦承才是最好的辦法。

「你不用急著向我或是我的家人解釋你是個有擔當的人，我記住你的話，重新給彼此一個認識的機會，我願意等待，你回去吧，我們家眞的是多事之秋呢，不曉得我哥他們的事現在怎麼樣了？」

士芬的話讓中威想起了亮亮，心又開始絞痛。而士芬察覺出中威心裡的那份痛，開始悲傷了起來。難道中威眞的都看不到她？看不到她那份眞摯誠心的愛嗎？

中威看見士芬眼中的淚霧凝聚成一顆顆淚珠，滑落，以為士芬為著昨晚的事情難過著。

「我很抱歉，眞的很抱歉，我......」中威張口欲言卻說不出什麼，只能將士芬擁入懷中。

「我知道，我昨天晚上傷害了你，你還好嗎？要不要我陪在你身邊？你的身體......你的身體......」他輕輕溫柔的撫著士芬的背脊，這也是他唯一能做的了。

「這樣就可以了，這樣就好了......」士芬眼眶裡滿含淚水，只覺得酸酸甜甜的幸福第一次湧了上來。

＊＊＊＊＊＊＊＊＊＊＊＊＊＊＊＊＊＊＊＊＊＊＊＊＊＊＊＊＊＊＊＊

躺在亮亮的狹小臥室裡，士元直起身，要亮亮幫他按摩。

從小養尊處優的士元，無心的說。

「還是自己家的床舒服。」他忍不住呼出口氣。

亮亮臉一沈。

「亮亮，你看爸爸今天答應我們的婚事，是不是代表我解禁了，可以不用蹲在這個冷宮咧？」士元背對著亮亮，渾然不覺背後人的臉色陰晴不定，自顧自說著。

「你覺得這個甜蜜的小窩是冷宮？」亮亮的聲音裡有聽不分明的危險。

「是，是很甜蜜啊，可是甜蜜是感覺也是味覺嘛！明明一個不好吃的東西要你每天吃，那個感覺還會甜蜜嗎？」士元打著比喻。

「你已經覺得這是一段不好吃的婚姻了？我們才結婚......」

亮亮起身看著鬧鐘。

「我們才結婚三十六個小時又二十分鐘，你就感受不到它的甜蜜了嗎？」

「亮亮，你不要像個刺蝟行不行啊？我愛你我也愛我們的新家，可是如果爸媽他們接納我們，可以過舒服的日子，我們又何必自找苦吃呢？」

「士元，你眞的一點也不能吃苦啊......」亮亮嘆口氣。

「沒有人喜歡沒事找苦頭吃的，而且我也不願意委屈你啊，身爲趙家的媳婦，卻沒有一個像樣的地方住，多沒面子啊！」士元坐起身。

亮亮聽著臉色一恙，士元知道自己說錯話，連忙起身安撫。

「亮亮......我也是心疼你嘛。」

「士元，你眞的都不知道我要的是什麼，我要的是......一個家，一個平凡的家，一個正常的家，有先生，有小孩，有家人......」

「那你要讓你的家人小孩住在這裡嗎？他們可以有更好的生活環境，爲什麼要被剝奪？」士元打斷亮亮，試著跟她講道理。

「你要這樣說我也無話可說，可是士元你不覺得你想的這些都太早了，也許你爸根本沒有要我們搬回去的意思啊！」

「我爸不會，可是我媽一定會，你等著瞧好了，因爲我媽才捨不得把我放逐在外面，因爲她比任何人都還愛面子。」

士元笑著躺上床去，不到一會兒就呼呼睡死去了。

躺在一旁的亮亮開始思索著士元依賴家裡的態度，讓從小就獨立的亮亮有些些的不安。

而另一頭的趙家客廳裡，氣氛冰冷，完全沒有一點喜氣。

秀女冷冷地看著坐在一旁的趙靖。

「要我去給他們提親下聘主持婚禮，我都同意啊。沒辦法啊，爲了我兒子。可我有一個條件。」

「你有什麼條件？」趙靖挑眉，說不出的不好預感。

「結完婚他們得搬回家來住，怎麼不答腔啊？我的要求過分嗎？所謂娶就是要進門，而門就是我們趙家的門。」

「你知道亮亮的情況比較特殊，她跟一般人的環境不一樣，她媽媽弟弟都需要她照顧。」趙靖皺著眉，希望秀女體貼點。

「ㄟ～那她就不要結婚啊！我已經夠讓步嘍，我從當初反對到現在同意，還給他們有模有樣的辦婚禮，不要婚禮過了，我兒子跟她回娘家，是怎樣？入贅啊？」秀女冷哼。

「不是的，你爲什麼一定要讓他們搬回來住呢？你明明不喜歡亮亮的啊。」

「所以才要回來啊，學著討我歡心啊，讓我喜歡她啊。」

「秀女，你這是……」趙靖吞下到嘴邊「強人所難」的四個字。

「爸！其實媽說的也沒錯啊，我們家就哥一個獨子，這是他的責任也是他的義務啊，你不是常說哥的責任感不夠嗎？那現在他結了婚，不是剛好就可以……」士芬當然也想看亮亮是怎麼在她和媽的臉色下求生存。

「唉呀，你爸是心疼汪子亮和宋妍秋，怕她被人欺負啊。」

秀女目光瞅著趙靖。

「是，你是說的沒錯，你會讓亮亮進門以後有好日子過嗎？」趙靖倒是問得很坦白。

「看她自己表現啊！」秀女也不是省油的燈。

「你要是打定主意不喜歡她，她再怎麼表現也不會合你的意的。」

趙靖不相信的揮揮手。

「爸，你護她也護的太明顯了吧，是她自己心甘情願要嫁給哥的，就算要她爲哥擔待一些委屈，那也是應該的嘛。本來做人家媳婦就不比在自家做女兒的啊！」士芬在一旁不斷幫著秀女答腔。

「可是妍秋也眞的需要人照顧啊。」趙靖終於說出最在意的心事。

「我看汪媽媽也沒那麼糟糕嘛，她日常生活也還可以打理啊，否則亮亮也不能去上班了嘛，呃......如果眞的要擔心的話，那不如......」士芬沈吟著。

「怎麼樣？」

「那不如把阿惠調過去。」

「阿惠？」趙靖想著。

「ㄟ！」秀女搞不懂士芬在想什麼，阿惠可是她最滿意的家管啊。

「妥當嗎？」士芬看父親在考慮著，繼續說下去。

「當然不能跟亮亮比啊，不過時間久了，我想就會適應了吧。」

趙靖沈默思考著。

「爸～讓他們搬回來嘛，一來有個照應，二來讓媽可以天天看到哥，三來最主要的哥也能夠在你的管轄範圍之內，讓他在外面，他不就無法無天啦？」

士芬的說法也不無她的道理，趙靖點了點頭。

卻不曉得這讓一個充滿欺騙的悲劇拉起了序幕。

秀女在趙靖離去之後，不解地問著士芬。

「我說趙士芬啊，你把阿惠調過去，那這個家上上下下......」

她越來越不懂士芬心裡在想什麼了。

「阿惠跟亮亮有什麼差別？什麼事阿惠能做的汪子亮不能做？」士芬冷笑道。

「你......你叫汪子亮到我們家當下女啊？」秀女倒覺得新奇。

「媽～她住在這個家，爲這個家盡點心不應該嗎？再說把阿惠調到汪家，多方便啊，趙士元是個叛徒，阿惠可不是唷！到了汪家一有個什麼動靜，她會像哥一樣瞞著你嗎？」

秀女看著士芬的小腦袋裡，竟然想得這麼透徹，開心地笑著。

「要死哦，趙士芬，這下倒好啦！我可以天天看到我兒子，說到照顧嘛，我們出人出力也出錢去照顧啦，到時候要有什麼風吹草動，我坐家裡全知道了，可這要怎麼跟你爸說啊？那個汪子亮肯啊？」秀女心裡擔憂的還是那個個性倔強的汪子亮。

「媽～你放心，趙家這碗飯可不是這麼好吃的，她做也得做，不做也得做，做了累死她！不做嘛～不做最好！要是生氣了，正好讓爸看看她的眞面目！哼！」士芬簡直恨亮亮入骨，爲什麼中威那麼喜歡這個虛僞的女人呢？

「士芬啊，你眞的那麼討厭她嗎？我記得以前，你還爲了那個汪子亮跟我大吵了一架。」

「我不是討厭她，我是恨她。我恨她明明跟陳中威之間有著什麼，卻還要把我介紹給他，她是什麼心理，利用我來刺激陳中威？她就這麼瞧不起我？認定了陳中威不會被我給搶走？我恨她！她認爲我只是個插曲，來裝飾點綴，我就要讓她跌破眼鏡！」士芬憤恨的摘下客廳桌上插著的向日葵，像是那一片揉得粉碎的花瓣就是汪子亮。

「我說士芬啊，愛情那玩意怎麼到了你們嘴巴裡就變得那麼複雜啦？」秀女不解的搖搖頭

「不，它很簡單，只要用對了方式，它就很簡單。」士芬若有所指喃喃地說著，猛地突然回頭笑看著秀女。

「媽～我和中威......我們會有結果的。」

秀女看著神情怪異的女兒，腦子裡不知道在想些什麼，但旋即一想到她那兩全其美......不！三全其美的妙招，秀女也跟著笑了起來。

＊＊＊＊＊＊＊＊＊＊＊＊＊＊＊＊＊＊＊＊＊＊＊＊＊＊＊＊＊＊＊＊＊

「我不搬回去！」亮亮對著士元堅決地反對著。

「爲什麼？亮亮，爸爸好不容易點頭答應讓我們回去耶！」

士元不懂亮亮爲什麼反應要這麼激烈，態度要這麼強硬。

「士元，我媽她......有病啊，小敏也是啊，我們家裡的情況你也是知道的，不是嗎？」

亮亮覺得別人不能體會，但是士元怎麼能忘記她愛護家人的心呢？

「亮亮～媽已經說過啦，阿惠會過來照顧媽媽和小敏的。」

「她是外人啊！我不放心！」

「拜託～亮亮～不是只有你會照顧人好嗎，你爲什麼老是把別人想得那麼差勁呢？什麼事情都要攬在身上，我和你也有我們的人生要過啊！」

「士元，住在這裡，我們就不能過我們自己的人生了嗎？非要搬回家去？」

「我......」士元語塞。

亮亮搖了搖頭，心裡明白得很。

「士元，你根本吃不了苦......」

「亮亮！不是我吃不了苦，而是我們有更好的生活爲什麼不去過，偏偏要跟自己過不去，生活在一無所有的窘境裡呢？」

「我就是因爲你一無所有，才嫁給你的！」

亮亮激動地看著這個曾經說過要陪著她一起建立家庭的男人，他是給過她承諾的，怎麼現在全都忘了呢？

「亮亮，搬回去吧，這種生活我沒有辦法忍受，我已經沒有錢了，沒有大房間，甚至沒有一張舒適的床，我還有一堆卡費等著繳呢！」

亮亮失望透頂的眼神，冷冷地落在士元身上，士元受不了亮亮用這種眼神看著他。

「亮亮，你不要這樣......我也是爲了你好啊！」

「爲了我好就留在這裡。」亮亮一個字一個字地說著。

士元忍受不了亮亮固執的態度，那冰冷高傲的神情讓他覺得自己好像凡夫俗子般地俗不可耐。大吼一聲，甩門離去。

亮亮整個人癱下，掩面哭泣著。

此時被兩人爭吵聲驚擾到的妍秋，進門看著亮亮。

「亮亮......」

亮亮一看見母親，抱著妍秋哽咽著。

「媽，我是不是錯了，其實，我根本不該嫁人的。」

「亮亮，你愛士元嗎？」妍秋摸了摸亮亮烏黑的長髮。

「我不知道，我以為我應該是愛他的，是，我應該是愛他的。」亮亮的口氣那麼不確定又迷惘。

「你愛他些什麼呢？」這時候的妍秋依稀是個正常的母親在關心孩子。

「我愛他的善良本質，我愛他的溫暖開朗沒有心機，我跟他在一起不用懷疑不用猜忌沒有迂迴，就是一顆明明白白簡簡單單的心，我愛他……我愛他對我的家人好，可是現在沒有了……他嫌你們煩，他沒有耐性。」結了婚就是這樣嗎？亮亮想才兩天呢。

「亮亮，要嫁給他的是你，將來要一起生活一輩子的人也是你，你就不要顧慮我跟小敏了，不要讓我們成為你的包袱。我的病時好時壞，有的時候清醒，有的時候又恍恍惚惚的，可是，我愛你的心希望你幸福的心，跟一般正常的媽媽都是一樣的。」妍秋握緊亮亮的雙手。

「媽，我從來就沒有怨過你們，因為我愛你們。」亮亮也以同樣的力道反握住了妍秋。

妍秋看著亮亮不捨的神情，她知道亮亮對他們的關愛，但也更知道亮亮為他們所受的苦。

「亮亮，如果你真愛他，就高高興興的嫁他吧，你看媽，最近都有按時吃藥唷，你就別再擔心我們了，不要讓我們成為你一輩子的包袱，他們要你搬回去住，就表示他們喜歡你，他們真的接納你，搬去住吧，做個好媳婦。」

「媽……」亮亮含淚。

「乖，別再吵了，要懂得珍惜啊，人生無常，明天會怎麼樣誰也不知道，如果有一天，有一天……孩子，別讓自己有任何遺憾，知道嗎？」妍秋想到了漢文，一個永遠活在她心裡的遺憾。

妍秋看著在她懷裡啜泣著的亮亮，將她擁得更緊，衷心期望著亮亮會有一個幸福的開始。

士元和亮亮補辦的婚禮，就在趙家俱樂部裡的教堂舉行。

一個禮拜前就已經開始精心布置的會場，布滿了潔白芬芳的百合花，一切都按照秀女的指示，典雅隆重卻不失氣派。秀女滿意地點了點頭，這可是她兒子的婚禮，可不能讓她在親朋好友前丟臉的。

賓客一一入場，秀女帶著趙靖滿場熱絡的招呼著。

著一身筆挺西裝的士元神情喜悅地接受著大家的祝福，他環視著結婚會場看有無遺漏的好友未打招呼時，卻瞥見一臉心事重重的中威站在教堂外的陽台邊呆立著。

士元大方的走向中威，對他微笑著。

「恭喜你，你會好好的對她，對不對？」

中威看見士元走來，保持風範地伸出手，兩人握了握手。

「我不會再讓我的老婆去看心理醫生了。」

中威聽得出士元示威性的語氣，有感而發。

「亮亮……亮亮是一個非常需要安全感的人，她的堅強她的開朗，有一大部分是僞裝的，她比一般人更需要一個溫暖的家庭。」

「你是在教我怎麼跟我的老婆相處嗎？你是在教我嗎？」士元恨透了中威那自以為多瞭解亮亮的口氣。

「我只是建議。以我對亮亮的瞭解……」中威也恨自己不再是那個有身分提供亮亮保護的人。

「我相信現在以及以後最瞭解亮亮的人，會是我，所以她選擇嫁給我。」士元得意的說道。

「士芬邀請你來參加我們的婚禮，我很歡迎，其他的一切我跟我老婆會學著彼此適應，你大可放心。」語氣中盡是對中威暗示著亮亮只屬於他了。

「我關心她，不管她是不是選擇我，我永遠都關心她，如果你能善待她，我不但放心而且感激你，可是，如果不……」中威的聲音暗下去。

「如果不，你想要怎麼樣？」士元睜大了眼，捏緊了拳頭。

「我不允許亮亮受到傷害，她不是沒有朋友......」中威語帶暗示。

「我最討厭別人威脅我教導我命令我！規定我要做什麼事情，容我再提醒你一次，陳中威，你已經是個局外人了，局外人要學會識相。」士元也不甘示弱。

「誰說中威是局外人？中威他是自己人。」士芬突然走入兩人之間。

士元原是怔了一下，馬上又意識到士芬臉上幸福的表情，活像個沈浸在戀愛中的女人。

「哦，原來是這樣的，動作滿快的，我說你是個投機分子你還不承認，一點時間也不耽誤。」士元哈哈大笑，語氣嘲謔著中威。

不等中威解釋，他就走入會場等待即將開始的儀式。

「中威，我們也進去吧。」士芬勾住中威的手，不管中威一臉彆扭的神態。

此時〈結婚進行曲〉的音樂響起，賓客們紛紛回頭注視著慢慢步入禮堂的新娘。

士元看著亮亮一身白紗禮服包裹出婀娜修長的曲線，烏黑的秀髮盤成高雅氣質的髮髻，那張美得迷人的臉，那對大而黑的眼睛，睫毛翹得那麼勾人，實在美麗極了。

亮亮臉上帶著一抹嬌羞的神情，看著士元，兩個酒渦在頰上動人的跳動著，不只是士元，眾人都目不轉睛的盯著亮亮讚嘆著。

亮亮的美麗迷人當然也看在中威眼裡，但這一切都不再屬於他了，中威蹙著眉緊咬著嘴唇，坐在一旁的士芬冷眼看著。

妍秋看著自己的小女兒披上婚紗嫁作人婦了，內心歡喜激動個不停，嘴裡不斷地重複著。

「亮亮結婚了，漢文，我們的女兒結婚啦......結婚啦......」

妍秋此時慢慢地陷入了她和漢文的回憶裡，開始幽幽地唱起了歌。

秀女一開始就擔心妍秋會在婚禮中犯病，要不是趙靖堅持，原本並不希望她出席的。如今又聽到那擾人的歌聲，周遭的親友紛紛覺得怪異交頭接耳著。秀女生氣地用手肘頂了頂趙靖，要趙靖叫姸秋閉嘴，可趙靖卻一副事不關己的態度，任由姸秋的歌聲突兀地搭配著典禮中的音樂。

儀式繼續進行了下去。

牧師在神壇前莊嚴地問著。

「趙士元，你願意娶汪子亮爲妻，與她終身相守嗎？」

「我願意。」士元毫不猶豫，今天的亮亮多麼美啊！

中威此刻整顆心像被千萬隻螻蟻啃食著，一點一點的刺痛，擴大成整個的劇痛。

中威低下頭去，雙眉痛苦地緊蹙著。他還是無法衷心地祝福，他心中有太多的不捨與缺憾。士芬的手輕柔地放在中威的頸子上，他微涼地抬起頭看著士芬眼光中透著的哀怨，像是時時提醒著他，身邊存在著一個他必須去負責的女人。

「汪子亮，你願意以趙士元爲夫，與他終身相守嗎？」

「我……」亮亮含羞地欲回答她對婚姻的誓言，目光卻被遠處高樓陽台邊的影像給定住了。

「小敏！」亮亮看著小敏在陽台邊搖搖欲墜的玩耍著，驚恐地大叫了出來，不顧婚禮的進行，衝了出去。

眾人覺得納悶，也往窗台望出去，卻看到一個傻了的大孩子，瘋瘋癲顛地當起超人欲往樓下跳去，都驚呼了起來。士元、趙靖和中威也都快步跑去幫忙。

突發的事件，讓整個會場亂成一團，秀女看著滿場賓客狐疑的眼神，而姸秋還在那傻傻地唱著，感到顏面盡失，心裡著實地恨死亮亮這一家人了。

這一晚，亮亮的新婚之夜，並沒有充滿著甜蜜，一旁早已喝得爛醉的士元，東倒西歪地攤在床上。樓下的秀女爲了今天婚禮上的事情扯著喉嚨大罵著，亮亮在房裡聽著怒吼聲，不安極了。這是她第一次離家的夜晚，也是即將在這個家裡生活的第一個夜晚，可是卻沒有丈夫溫暖的擁抱，有的只是婆婆兇狠又淒厲的叫罵聲迴盪著。人家說春宵一刻值千金，而在亮亮的處境裡，春宵卻難受得一分一秒在挨著。

而隔壁房裡的士芬聽著母親的吼聲，看著中威的照片，嘴角泛起一絲陰冷的微笑。

趙靖累了一天了，對於秀女不停的咒怨並不想多加理會，婚禮雖然開頭出了點事，但畢竟也都圓滿落幕了，趙靖打了個呵欠。

「秀女，別再罵了，去睡吧。」

看著趙靖並沒什麼反應的態度，秀女的火氣怎樣都消不了，她氣沖沖地往樓上走去，推開士元和亮亮的新房房門，用手指著正愁著眉的亮亮。

「你啊，你可得意啦～我不答應你嫁給趙士元，你也嫁啦，我讓士元搬進家裡住，你不高興，今天，你也整我整夠了吧～」

「我......弟弟病了。」亮亮囁嚅地說。

「是啊，把事情都推給瘋子，一瘋天下無難事，告訴你我不吃這一套！你正常！」秀女這輩子還沒這麼糗過。

「秀女...走啦，回房間去。」趙靖上前打圓場。

「我不要，這是我家，哪一個房間我都可以自由進出。」秀女甩開趙靖的手，下巴昂個高角度，斜睨著亮亮。

亮亮不是第一次面對秀女霸氣凌人的姿態，但是從現在起，她已經嫁給士元了。秀女是士元的母親，也就是她的母親，將來大家要共同生活在一個屋簷下，很多事情她必須要忍受，爲了他們的婚姻，亮亮不想再製造衝突。

「媽......」亮亮輕輕喊道，想要跟秀女賠不是。

怎料秀女一個轉身，一聲響亮的巴掌打在亮亮的臉上。

亮亮整個人呆住，一旁的趙靖抓住秀女的手。

「秀女，你太過分了！」

「我警告過她啦，不准叫我媽，你不配！」秀女兇狠的怒瞪。

「你拉著我幹什麼啊？那個小狐狸精，我告訴你，規矩我都還沒跟她說啊......」秀女被趙靖拉上樓，還一路嚷嚷著。

亮亮摸著發燙的臉頰，看著呼呼大睡的士元。

「士元，你不是要保護我嗎？不是要保護我嗎？」

那種未來日子迷迷茫茫，混雜著心痛的感覺在她心上咬噬，亮亮伏在床邊痛哭了起來。

隔天一大早，亮亮被鬧鐘吵醒。

「還好，還好沒有晚起。」

亮亮緊張的爬起身，想起昨晚就這麼趴在床沿邊，也不知哭了多久就迷迷糊糊地睡去了。推了推士元，還在熟睡著，嘆口氣就走下樓去了。

一下樓，就聽到秀女在跟趙靖通著電話，要他出國放心，家裡有她，亮亮也聽出趙靖在電話裡要秀女多體諒包容的話，而秀女悶哼了一聲並不十分情願地答應。

「起床啦！」秀女掛上電話，看著低頭下樓的亮亮。

「媽，早。」

「叫士元媽媽，以後你都這樣喊。」秀女臉色微恙地說。

「你每天都是茶來伸手飯來張口嗎？等你媽把早餐做好叫你起床嗎？」

「不是的，因爲......」

「因爲還早嗎？我告訴你，比我起得早叫早，比我晚叫晚太多，看著嘍，一家四口人吃兩種早餐，士元爸爸吃中式，豆漿燒餅油條稀飯都叫中式的，你要變換著花樣給他準備。我跟士芬士元吃的是西式的，牛奶每天早上都一定要有，我喝新鮮果菜汁要現搾的，你可不要前一天搾好給我偷懶唷！」

「士芬喝柳橙汁，士元要優格，士芬的吐司不塗奶油，士元要花生醬，我吃全麥麵包。」秀女連珠炮似地還沒完，而亮亮在一旁努力的背誦。

「每天大家早上吃維他命，我吃維他命E，士芬吃維他命B，士元和他爸吃綜合維他命，兩份早報放桌上，士元爸爸要看的，前一天晚上得把家裡男人的鞋都給擦好了，放在玄關，每天早上十點以前，你得把當天要吃的菜全給買回來，要當天的。」

「能不能兩天買一次，這樣比較節省時間。」亮亮計算著。

「節省時間？哼！你現在多的是時間啦，你節省來做什麼用？」

「我......我想上班。」亮亮怯生生的說。

「上班？哼！每天中午以前你得把衣服洗好晾著，士元爸爸不喜歡乾衣機烘過的衣服，他喜歡太陽曬過的，每天下午我有喝下午茶的習慣，有固定要吃的點心，你得事先準備好，家裡的床單、枕頭套，三天換洗一次，男人們的衣服襯衫都得燙，我跟士芬的衣服你得用手洗，大件西裝你就送洗。我告訴你了，晚餐要開兩次，士元爸爸一回來要吃到熱湯熱菜，我們家晚上有吃消夜的習慣，你得重新煮過，有什麼不懂的地方，打電話問阿惠，你接替她的工作，這就是你要上的班！你還有什麼意見啊？」秀女擺明著亮亮是來當傭人的。

「沒有，我沒有。我去洗衣服了。」亮亮低下頭灰心的說。

「等等！」

「還有什麼要交代的嗎？」這句話多像個貼心的女傭啊。

「你過來～吃一顆。」

亮亮看著秀女手中的藥丸。

「我沒有吃維他命的習慣。」

秀女瞪了亮亮一眼。

「避孕藥啊！來，吃一顆。」

「為什麼？」亮亮一聽是避孕藥，不可思議地看著秀女。

「你給我聽清楚，每天早上，你都要當著我的面，給我吃一顆。」秀女兇狠的說。

「我不要啊，我不要～我不要吃避孕藥，我要懷孩子，我要當媽媽，我要生孩子。」這是她的夢想啊。

「你生什麼孩子啊！那種瘋病是會遺傳的，六分之一呀，你們家就是現成的例子，你看看你媽媽和你弟弟。」秀女的臉色嫌惡到極點。

「我求求你，我拜託你......」亮亮哭著跪了下來，請求秀女不要扼殺了她想當一個母親的心願。

「不行，我跟瘋子做親家，我認了！我倒楣～可是要我有一個瘋孫子，我告訴你，我可不想我們趙家蔡家毀在你手裡啊！」秀女毫不心軟。

「媽……」亮亮急切地喊著。

「嗯？」秀女白了一眼。

「士元媽媽，請你給我一個機會，除了那六分之一，還有那六分之五，請你不要剝奪我六分之五的機會。」

「你求我？我求你啦～萬一生下來不正常呢？他會拖累全家一輩子的，誰負責啊？」秀女想到妍秋和小敏，簡直無法容忍。

「我負責我負責，我的孩子我養他。」亮亮多期待的就是當個正常的母親，正常的愛她正常的小孩。

「你負責？你要能夠負責，你家今天就不是這個樣子了。你唯一能負的責任也是你該負的，就是避免悲劇發生，吃下去！我叫你吃了它！」秀女將藥丸湊到亮亮的嘴邊，就差沒有硬塞入她的嘴裡了。

亮亮抖著手，拿起秀女手中的藥丸，淚一流，就這麼吞下去了。

「你這麼做，士元會恨你的，他會恨你的！」亮亮抖著身體，感受到徹骨徹心的寒冷。

「是嗎？他怎麼會知道呢？剛剛忘了告訴你，做我蔡秀女的媳婦第一件要學的事情，就是不准告狀！不准枕邊細語嚼舌根，不准離間我們一家四口的感情，如果你想好好過日子，就牢牢記住我說的話。」秀女現在可是肆無忌憚。

「我上去補個覺，不一定什麼時候起來。」

秀女狠狠瞪了亮亮一眼，就上樓去了。

陽光普照的清晨，空氣卻刺冷地籠罩著，亮亮一個人無助且無聲地啜泣了起來。

✻✻✻✻✻✻✻✻✻✻✻✻✻✻✻✻✻✻✻✻✻✻✻✻✻✻✻✻✻✻

新婚後的日子，亮亮每天一大早就是到超市採買一家大小的日常用品。

洗衣服，曬衣服，切菜煮飯，過著像個下人的生活。

忙了一天又一天，想起每天吃的避孕藥，閉著眼睛總是要哭泣一次。

以前曾經夢想過要有一個自己的家，會有孩子，有了孩子，就會有好多好多的歡笑。可是瘋病會遺傳並且有六分之一機率的這些話，是事實也並非秀女胡謅，亮亮的夢想每碰到她身上所帶著的遺傳因子，就被強迫夢醒了。

又是操勞的一天過去了，在床上，亮亮全身腰痠背痛的，加上避孕藥的作用，亮亮一直覺得疲憊不堪。

士元洗好澡，看著躺在床上的亮亮，整個人壓了上去。

「亮亮......？」

「洗過澡啦？那早點休息嘍。」

年輕氣盛的士元哪這麼容易放著嬌妻不碰，就這麼虛度兩人共枕的時光？

他開始親著亮亮的額頭、鼻尖、嘴唇。亮亮有些回應地抱了抱士元，但是仍敵不過睡意，慢慢閉起眼睛睡著了。士元原以為亮亮是舒服的閉上眼睛，直到他聽到一絲絲細微緩慢的鼻息聲，他才發現亮亮已經熟睡了。

士元掃興地翻過身去，稍稍的震動讓亮亮突然醒來，看著身旁的士元嘴鼓得脹脹的，不開心的瞪著天花板。

「對不起，對不起啦。」

「亮亮，你眞的很無趣耶～」士元背對著亮亮，有些埋怨。

「我累了......」

「這種理由是起碼結婚十年以上才用得著的藉口耶，我們才半個月，你不會覺得太早了嗎？」

亮亮想到每天這樣的生活，她是眞的累了。

「士元，你救救我......救救我......」看著士元的背影，亮亮無聲地哭了起來，細細弱弱的聲音飄散著。

「亮亮，跟我親熱眞的有那麼痛苦嗎？」

士元翻過身來，突然看見亮亮狂掉淚的眼眸，嚇了一跳。

「亮亮？亮亮？」

「士元，你可不可以救救我，我快要死掉了。」

「亮亮？你怎麼了？生病了？你哪裡不舒服？」

士元緊張的看著亮亮。

「我不能再這樣過下去了，你救救我，你救救我，這種日子......」

「到底是怎麼一回事？『這種日子』是什麼意思？這不是你最嚮往的日子嗎？一個正常的家可以讓你打理，你可以當家作主......」

士元急得大聲問著亮亮。

「我求求你，小聲一點......」

「那你要告訴我啊，嗯？」

亮亮看著士元關切的眼神，忍不住想要把心中的委屈說出來。

「士元，你不知道，我......」

士芬這時突然連門也不敲地衝了進來，一進來就對著亮亮臉色難看地大吼著。

「汪子亮，你動過我東西！」士芬手中拿著一個相框，裡面框著的是她跟中威的合照。

「我......那是......我替你整理房間的時候......」

「誰叫你亂動我的東西啊？」

士芬神經質的狂吼著。

「趙士芬！你在兇什麼啊？」

士元看著跋扈的士芬，要她少欺負人。

「問問你老婆有沒有家教，別人的東西不要亂翻啊！」士芬故意對著士元說。

「是，你有家教，又是你老婆又是汪子亮，她是你嫂嫂，連嫂嫂都不會叫。」

「我管她是誰，都不可以亂翻我的東西。」

「我沒有，我已經跟你說過，我替你整理房間。」

「所以，你看到我跟中威的合照，你就不高興啦？」士芬話有玄機的刺她。

「我沒有。」亮亮向士元拚命搖著頭。

士元清楚亮亮和中威過去的那一段情，雖然心中曾有過懷疑，但是他對自己有信心，他願意相信亮亮。

「你就有，都已經嫁給別人做老婆了，還想著舊情人，你變態啊？」

士芬不放過地繼續吼著。

「趙士芬！你再說一句試試看！你說誰變態啊？」

「你老婆變態，她偷窺狂！」

士元一隻手高高舉起，眼看就要揮落下來。

「幹什麼啊？手舉那麼高想打人啊？想打妹妹？」

秀女突然出現在門邊，大聲喝止著。

「她說話太惡毒了啦！欠修理！」

「閉嘴啊你！我沒死～該修理該教訓的還有我在。」

士芬看母親出現，忙上前告著狀。

「媽～亮亮亂翻我的東西。」

「我沒有，我幫她整理房間，她相框髒了，我幫她擦乾淨。」

「對啊，這不關亮亮的事啊。」

士元是站在亮亮這一邊的。

「就關她的事，要不然你們現在吵什麼啊？叫你整理家裡，你亂動人家東西幹什麼呢？要不要我打把鑰匙啊？還是盯著你盯著家裡的東西啊？」

「請你不要侮辱我。」亮亮盯著這一對完全不講道理的母女。

「你自取其辱啊，人家阿惠進到這個家六七年了，上上下下哪個對她不是滿意得很，你倒好了，才進來半個月，就......」

「媽，你怎麼把亮亮跟阿惠比在一起了？」

士元不懂母親怎麼這麼嫌惡亮亮。

「對哦～那是不行比的啊，她怎麼比得過阿惠呢？」

「媽，你們太過分了！」士元對著秀女大吼。

「ㄟ！你幹什麼啊？兇完你妹妹兇你媽啊？造反啦？」

秀女聲色俱厲。

「媽，別生氣，汪子亮！不要在我哥面前裝著一副小可憐的樣子，我知道，你根本就是有意到我房裡去翻東西的，我知道你心裡不舒服，但是，對不起啊，不舒服你也只有認了，當初是你把我介紹給陳中威，現在，我只是照你的意思跟陳中威在交往，你有什麼好不舒服的呢？」

亮亮抬起頭看著士芬，她接觸到的是一對無比銳利又無比森冷的眼光，士芬恨著她，亮亮不禁打了個寒顫。

「哥～想想你老婆的心態吧，已經嫁給你了，還要到我房裡看別的男人的照片，是遺憾？是思念？還是捨不得？」

士元內心有些動搖的看了看亮亮，士芬繼續挑撥著。

「唉～我不知道啦～你倒是自己問她吧，不過，不曉得她會不會跟你說眞話，媽～我們走吧，他們夫妻倆應該還有話要說才對。」

「哼！好好問清楚～」

秀女交代著兒子，在士芬的攙扶下離去。

空氣靜謐著，士元看著亮亮，想要開口。

「趙士元，如果你眞的敢開口問我，我一輩子都不會原諒你的。」

亮亮突然吼著。

士元被亮亮情緒化的話語惹惱了，這個家裡每一個人都有情緒，就他不能有嗎？士元氣得抓起衣服甩上門就離去了。

亮亮看著士元並沒有體貼的安慰她，反倒在她最需要他的時候，卻不願意面對她的情緒，就這樣走了。亮亮咬著牙，承受一切委屈，淚，迷離了她所有的視線。

＊＊＊＊＊＊＊＊＊＊＊＊＊＊＊＊＊＊＊＊＊＊＊＊＊＊＊＊＊＊

看著牆上的鐘，士元已經出去好幾個鐘頭了，亮亮在客廳不開燈的等著，心慌慌的不知道士元會到哪兒去。

「很著急是吧？」突然出現的秀女，在黑暗中走向亮亮。「這種等待遲歸丈夫的心情，很難受啊？」

亮亮今晚已經受夠了，她不想再看到秀女嘲弄的眼光，轉過身去不想回答。「我在跟你說話啊，看著我啊！」

秀女走到亮亮面前，嘴還是不停。

「我是說，你這種心情我瞭解。好幾個晚上趙靖去陪著你娘的時候，我就像你這樣一直等啊等的，等到大半夜的，心有如刀割一樣的痛，可你說我能怎麼辦呢？」

秀女看著亮亮，認為現在這些都是報應，大快人心的說著。

「唉～男人不愛回家啊，在外頭給鬼迷了心竅唷，你說我能怎麼辦啊？還好啊，老天有眼，只是沒想到這麼快，你已經體會到我當時的那種痛苦了。不！恐怕你還體會不到我當時那種痛，最起碼我們家士元不是因為外面有了姘頭，才不回家。」

秀女說著說著還是不忘藉機羞辱妍秋。

「你為什麼這麼恨我？我這麼努力這麼謙卑的遵照你的要求在做，你為什麼要這麼恨我？」

「你真的都照我的指示去做啦？我怎麼說的啊？第一個規矩，不准告狀！第二，不准挑撥離間，你都做到啦？」

「我什麼都沒說。」

「你什麼都沒說？可以弄得他們兄妹倆差點打起來，弄得趙士元跟我頂嘴？」

「是士芬跑到我們房間，對我興師問罪，我根本什麼都沒做。」

「奇怪啦～你到人家房間去啥都沒動，就只看到那張照片，誰會不起疑啊？」

「你們不喜歡我討厭我，打定主意聯手起來整我！」

秀女看亮亮直接點破，也就大方的承認了。

「對，我們就是不喜歡你，就是討厭你，就是要整你，你如果不甘心被整，你可以離開啊。就現在啊，直接走出去，不要回頭，那以後就沒人整得了你啦。」

亮亮看著秀女咄咄逼人的態度，骨子裡的韌性又再度復甦，不認輸的眼神直視著秀女。

「我不會走，我不會離開的，我愛士元，比你愛，你只顧著把你對我媽媽的恨，發洩在我身上，你完全不顧士元的幸福，你有沒有想過士元的感受？士元的需求？」

亮亮不管秀女聽不聽得進她所說的，繼續說著。

「他愛我，他渴望一份幸福美滿的婚姻，可是你不給他，因爲你恨我，你恨我媽，你婚姻失控，所以你要駕馭別人的婚姻，你自己不幸福，你也不允許別人幸福，哪怕那個人是你兒子你都不管！」

又是一巴掌，秀女仍是擺著權威的架子教訓著亮亮。

亮亮瞪著秀女，倔強地說著。

「你打不走我的，我不會離開，以前我爲了我的家人，比這個更糟糕一百倍的環境，我都忍受過，現在，我會爲了愛士元而忍受。」

「愛士元？我看你是無路可走啦，你以爲還會有第二個傻瓜會娶你這個有遺傳病基因的二手貨？」

秀女尖酸刻薄的話語，像利刃刺著亮亮。

「隨便你怎麼說，我愛他，我心疼他，我不相信士元不配擁有一個完美的婚姻。」

「你不用拿士元當藉口啦！你根本是想巴著我們趙家不放，貧窮低賤沒有背景沒有出身，你當然不能要陳中威嘍，因爲他什麼都不能給你～」秀女鄙夷著亮亮的惺惺作態。

「哼～像你這種蒼蠅心態的人我見多啦，盯準哪塊肥肉趕都趕不走，不知羞恥，瞪著我幹什麼？」

「儘管侮辱我吧，沒關係我會忍受的，你一切苛刻不合理的要求，我都會忍受，或許在你眼裡，趙叔叔、趙士元、趙士芬，他們都是一塊肥肉，可是在我眼裡，士元......士元他是很可貴的，如果有一天我會離開，不是因爲我輸了我屈服了，那會是因爲士元不再愛我了，否則我不會離開這個家的。我在聖壇前發過誓，不棄不離，是我對婚姻的承諾。」亮亮的聲音冷峻而有力。

秀女聽著氣得臉都綠了，正待發作，大門一開，士元喝得醉醺醺的回來了。

亮亮趕忙衝上去扶住士元。

而士元還在傻笑著哼著歌，像是宣告著他在外面度過了多歡樂的一夜。

亮亮看著士元衣服上的口紅印，心裡的溫度驟降到冰點，彷彿剛剛自己所說的一切都在自打著耳光。

亮亮發了狂地搖撼著士元。

「士元你起來呀，起來呀！說你愛我，說你愛我......起來啊，士元，你說，你告訴我，說你愛我，說你會跟我並肩作戰，士元......你說你愛我，你說你愛我！」

秀女在一旁冷眼旁觀著亮亮怎麼搖著他，士元回應的只有他的醉言醉語和打呼聲。

在秀女冷哼著上樓去後，亮亮的淚更加洶湧而出，一發不止了。

✻✻✻✻✻✻✻✻✻✻✻✻✻✻✻✻✻✻✻✻✻✻✻✻✻✻✻✻✻✻✻

半個月過去了。

這半個月的婚姻生活，沒有讓亮亮容光煥發，反而因為操勞的家事，顯得有些憔悴。而今天，亮亮趁著買菜剩餘的一些空檔，偷偷的來到自己家門口。

亮亮思念母親思念小敏，她急切地想看到他們，好好的擁抱住這世上眞心眞意愛著她的母親和弟弟。

按了門鈴，來應門的是阿惠，亮亮禮貌性的向阿惠問候了幾句，就急著往裡面找尋著妍秋。

妍秋早就在屋裡聽到亮亮的聲音，開心的從椅子上站起身來。

「媽......」亮亮一個箭步，抱住了母親。

「亮亮？回來啦？你終於回來啦？」妍秋不斷拍撫著亮亮。

亮亮看著母親，心中有好多好多思念的話語想要跟母親說，卻不舒服地感覺到身旁的阿惠像是監視犯人的眼神。

「阿惠，我這裡有些菜和水果幫我放進廚房去，裡面有一條魚，晚上可以煮來吃。」

「喔！」阿惠拿了進去，並在廚房裡翻著亮亮買的東西。

亮亮拉著母親進到臥房裡。

「亮亮啊，怎麼這麼久都不回來看看媽媽和小敏呢？」

亮亮看著妍秋眼中充滿著對自己的思念之情，心也揪成一團，她何嘗不想快點回來看看他們，可是趙家上上下下大大小小的雜事都要她打理，秀女又整天盯著她唸著她，她根本已經心力交瘁地擠不出半點兒時間。

「媽，我……我跟士元去歐洲度蜜月玩了半個月，這幾天才回來的。」

亮亮知道母親不能再受刺激了，她怎麼能讓母親清楚明白她所受的苦，硬生生地吞下衝到嘴邊的委屈話。

「回來之後，士元媽媽又忙著帶我去見親朋好友，他們都直誇我，說是士元娶了一個漂亮的老婆呢！」亮亮對妍秋強做出喜悅的神采。

「好，那就好，到了人家家裡，要討人歡心啊，要做個懂事的媳婦啊。」

妍秋笑著點頭。

「媽，你放心，他們都很疼我，你看我手上的金戒指，這一個是士元媽媽送我的，這一個是小姑送我的。」亮亮秀著手中的戒指。「好土唷，戴著這些，可是他們有錢人就是喜歡送這些。」亮亮吐了吐舌頭。

妍秋看著亮亮的手，卻覺得亮亮的手變得不再白嫩，反而有些粗糙，再定眼仔細瞧著亮亮。

「可是……亮亮，你怎麼瘦了？臉色不太好，下巴也尖了呢！」

亮亮內心的苦楚翻騰著，她頓了頓，語氣顫顫地說。

「媽，你也知道的……士元他……他好玩啊，在歐洲一天到晚帶著我到處玩，玩到天黑都不知道休息，我這是玩累玩瘦的，你不要想太多。」

「那你自己要多注意點，媽還是喜歡你以前圓圓的臉。」

許久沒有聽到妍秋說著這些溫柔的言語，亮亮再也忍不住，一把抱住母親，一疊連聲地說著。

「媽，我想媽媽......我想小敏......我想家......我想媽媽......」

一個激動，淚水，又滾落了面頰。

妍秋將亮亮緊緊摟著，像亮亮小時候那樣搖晃著哄著。

「好哇，想家就在家裡多待幾天吧，你想睡多久就睡多久，媽煮你愛吃的菜好不好啊？」

亮亮多麼想就這樣照著母親的話去做，但她只能擦擦眼淚，離開母親的懷抱。

「不行，今天我公公從美國考察回來，大家都要在家，一塊吃飯。」

「是哦，我都忘記亮亮是個有婆家的人，不能再像以前一樣膩著我了。」

亮亮的淚，又不聽使喚的滾落了，再度撲向母親的懷抱。

「乖！」而妍秋只當亮亮離家不習慣，心疼地不斷摸著亮亮的頭。

＊＊＊＊＊＊＊＊＊＊＊＊＊＊＊＊＊＊＊＊＊＊＊＊＊＊＊＊＊＊＊＊＊

亮亮失神地回到趙家，一入門，就趕緊進廚房忙著。

秀女陰冷的目光盯著亮亮，在一旁冷言冷語的奚落著。

「你們娘家今天晚上大概也跟我們吃一樣的菜吧？」

「你說什麼？」亮亮抬起頭不解地看著秀女。

「唷～裝傻？我說你做也做得大派一點，像這樣小鼻子小眼睛的，像什麼呢？摳點菜回娘家也不算什麼啊？你要嘛，就大大方方的跟我說，我多拿點錢給阿惠，叫她買就是啦。」

亮亮想起阿惠的眼神，瞭解了一切。

「我沒有用趙家的錢買東西回我家，我家再窮，也不會叫女兒從娘家帶東西回去，每一分錢，都是從我汪子亮口袋裡拿出來的。」

秀女最討厭的就是看到亮亮這一副光明磊落的假胸襟，脾氣又要發作了。

門外的士元此時大喊著，「媽，爸回來了～」

「小家子氣，難看啊。」秀女拋下這一句，就開開心心地出門迎接趙靖了。

「我說老爺子啊，十幾個鐘頭的飛機，累壞你啦？」

「骨頭都快散了。」

「爸～你回來啦！」士芬開心的抱著趙靖。

「嗯，是啊，亮亮呢？」趙靖沒瞧見亮亮，問著。

「亮亮在做飯。」士元回答著。

「爸！亮亮正在做一桌好菜，讓你大飽口福呢！」

趙靖笑著點點頭，看來不在家中的這幾天，亮亮已經開始慢慢適應在趙家的日子了。

不一會兒，亮亮端出一道道美味的佳餚，呼喚著大家開飯了。

「亮亮，辛苦了。」趙靖舉起酒杯敬了敬亮亮，秀女在一旁冷眼著。

「嗯！眞好吃！我老婆的手藝眞是好啊！」

士元夾了一塊梅干扣肉咀嚼著，爲了上一次晚歸的事情盡力討著亮亮歡心地說著。

趙靖看著士芬空拿著筷子卻不夾菜，神情不專地老望著屋外。

「士芬，怎麼不吃啊？」

門鈴此時突然響了，士芬臉上露出開心的笑容。

「來了～來了～中威來了～」

還在廚房忙的亮亮聽到士芬的叫喊，心頭一震，杓子裡的湯差點燙到手。

中威一臉木然地出現在趙家，士芬熱絡體貼的招呼著他，儼然一副女朋友的樣子。

亮亮從廚房裡端著湯走了出來，她早已感覺到中威灼熱的目光在看著她，但她刻意低頭避開。

秀女開始閒聊起來，問著中威的家庭狀況、學歷背景，活像這是一個提親餐宴。士芬搶著幫中威回答，像是已經對他的一切瞭若指掌。

亮亮幫大家裝著湯，輪到遞給中威時，中威的指尖輕觸了亮亮的指尖，亮亮的手抽動了一下，湯差點灑出來。

「小心，燙。」中威關切著。

「沒關係，沒關係。」亮亮趕忙將手放下，坐了下來，目光始終不正視著中威。

秀女看得出女兒臉上露出微微的不悅，故意刁難著亮亮。

「盤子都滿啦，骨頭沒地方放啦。」

「我來～」亮亮趕忙站起身，幫家中每個人收著小盤子。

「我不用。」中威說著，士芬的臉更難看了。

「士元～不會去幫幫忙？」趙靖看著忙進忙出的亮亮，一刻不得閒，示意著士元，而秀女聽了又在一旁嚷嚷著。

「唉呀～男孩子進廚房像什麼呀？我說老頭子啊，我什麼時候要你去廚房幫我啦？中威啊，趙媽媽敬你啊～別客氣啊！」

中威看著要起身的士元又坐了下來，完全處於被動狀態。

此時窗外飄起絲絲細雨，才剛入座的亮亮又衝了出去收著屋外的衣服。

趙靖又要士元去幫忙，秀女卻又阻攔著。

中威看著屋外淋著雨的亮亮，趙士元連把傘都不撐地仍坐在餐桌前大快朵頤著，這趙家的大大小小簡直把亮亮當個下人在使喚著，中威心裡思索著，亮亮到底在趙家過著什麼樣的生活？

一旁的士芬看著中威老是出神的模樣，連她跟他說什麼，都只是虛應著。

士芬的眼光投向窗外看著亮亮，她知道爲什麼了，嘴裡的一塊肉突然令她作嘔了起來。

隔天早晨，亮亮如往常一樣提著大包小包從市場裡慢慢地走回家。

快走到家門口時，中威突然出現在眼前。

「亮亮......」

她看得出中威眼底的思念之情，但是如今兩人的關係已經不像以往那樣單純了，她所能做的只是閃避。

「來接士芬去上班啊？」亮亮語氣中透著疏離。

「我不是來找士芬的，我有話對你說。」

「我很忙，我還有很多事情要做。」

中威知道亮亮在故意找著藉口。

「就在附近說完你可以馬上離開。」

亮亮拗不過中威，又怕到時被趙家任何一個人看到，又有的說了，只好跟著中威來到附近的公園。

巧的是，士芬剛好就看到兩人離去的背影，按捺著心中的怒火悄悄地跟了過去。

「你有什麼話要跟我說的？」

亮亮神情木然地看著中威。

「你過得好不好？」他終於說出了這些日子來一直想對亮亮說的。

「我很好。」亮亮的眼神猶疑著。

「不好。你在說謊，每次說謊你的眼睛都不敢看人。」

「我很好，我很幸福，我很快樂！」

亮亮抬起頭定定地看著中威。

中威端詳著亮亮，那原本水亮的眼眸失去了光彩，烏黑的秀髮早已失去原本的柔順。

「幸福？幸福到連一頓晚餐都沒有時間好好吃完？快樂到沒有時間打扮自己？亮亮～你記不記得自己的名言。我是亮亮我最漂亮！以前就算你再沒空，也會把自己打扮得漂漂亮亮，可是現在呢？」

「現在我還是很漂亮啊，我老公覺得我很漂亮，他喜歡我這個樣子。」亮亮強辯著。

「他喜歡你蓬頭垢面？他喜歡你委屈？」中威不懂亮亮為什麼要這樣委曲求全。

「我不覺得委屈！可以理直氣壯的變成一個黃臉婆，也是一種幸福啊！我結婚了我有家了。」

「是啊，你一直希望有一個家，但是這個家是你想要的嗎？」

「對！這就是我的夢想，很忙碌很熱鬧，我照顧家人的三餐，我覺得自己很重要！」亮亮越說越大聲。

「大聲有什麼用？越大聲越心虛，越大聲越空洞！」

中威握住亮亮的手，語氣激烈。「切菜切到的？亮亮，不要委屈自己，洗衣買菜做飯，全方位的照顧他們一家四口，你是嫁人，不是做女傭！不要再騙自己，不要再騙我了，這不是你要的家，你不快樂！」

「是嗎？你不用替我感覺。」

「但是我瞭解你。我知道你要的是什麼！」

亮亮無語背對著中威，聽著他繼續說著。

「你一直想證明，你跟一般的女孩子一樣，可以擁有一個美好的歸宿，但是這個歸宿是包括你媽媽和弟弟在內的，你希望你的快樂是和他們結合在一起，而不是像這樣！」中威激動萬分。「亮亮，你知不知道你現在像一棵連根拔起的植物，而又水土不服，亮亮。你知不知道你快要枯萎掉了！」

「就算我快枯萎掉了，也是我自己的選擇，沒有人強迫我連根拔起，是我自己要換個環境的，人生裡，本來就有不同的階段要適應。」亮亮低低的淡然地說。

「是啊，你適應不良。」

中威替亮亮的生活下了個定論。

「那是我自己的事。半個月適應不良，半年，十年？總有一天我會適應。」亮亮固執著。

「這種婚姻你可以維持十年？」中威激烈的喊；「一個專橫跋扈的婆婆，一個長不大的丈夫，還有一個任性小心眼的小姑，你可以五年十年這樣忍受下去嗎？」

躲在樹後聽著的士芬全身僵硬，胸中一團火燃燒著。

「中威，我要這個婚姻長長久久，指望的不是任何人，是我自己。我看好這個婚姻，它會幸福的，是因爲我要它幸福，不管其他人幼稚任性也好，跋扈也好，那都是他們，他們能改最好，不能改，我忍，忍無可忍，我會重新再忍，我不相信老天爺他會永遠看不到我。」

「你是拿自己的命運在賭！」他看著亮亮，心疼不已。

「你不也一樣嗎？明明知道士芬她任性小心眼，你還是跟她交往，這不是在賭嗎？跟命運賭跟愛情賭，這跟我有什麼不一樣？」

「亮亮......我......我有我的苦衷......」中威語氣緩慢而顫抖，有些事情他不知道如何講起。

士芬聽到中威說出苦衷兩個字，猶如她是被施捨者而非能夠對等的戀人，內心受到極大的羞辱，再也聽不下去轉身離去。

亮亮看著中威吞吞吐吐的態度，嘆了口氣。

「不會多苦的，這都什麼時代了，誰會勉強自己跟自己不喜歡的人交往？」

「不是這樣的，你不瞭解。」

「你不用跟我解釋，眞的，中威，我們再也不可能回到以前那樣了，也許將來有一天，你眞的娶了士芬，你得跟著她喊我一聲嫂子。那會是我們的新關係，我們都必須學著適應，所以你們的事，我不想知道太多。」

「亮亮......」

「士芬......她很敏感的，我得罪不起。」亮亮看了中威一眼，慢慢地走向她所謂的家。

中威看著亮亮離去的背影，心中隱隱作痛，情緒激動澎湃，簡直不能自已。

＊＊＊＊＊＊＊＊＊＊＊＊＊＊＊＊＊＊＊＊＊＊＊＊＊＊＊＊＊＊＊

「人啊，眞是不能做半點虧心事，眞的就這麼巧被人看見了。」

士芬坐在沙發上，對著剛剛進門的亮亮意有所指地說著。

亮亮心一驚。

「士芬！你聽我說。」

「好哇，你慢慢說，我會很有耐性的。」士芬突然站起身，步步逼近亮亮。「不然，又有人說我任性小心眼啊，ㄟ？這跛扈的媽媽，幼稚的哥哥都沒起床啊？要不要叫他們一塊起來聽？說啊！我在聽啊！可憐委屈的小媳婦，不！還有曾經愛漂亮的汪子亮，怎麼不說話了呢？」

亮亮聽著士芬重複著她與中威剛才的話語，搖了搖頭。

「我沒有什麼好說的。」

士芬狠狠地瞪著亮亮。

「不！當然有，能說的可多著呢，比方說，這是你們第幾次見面？每次都在同一個地方嗎？有可能哦，最危險的地方也是最安全的地方。每次都藉著買菜的時間見面？會不會你每天晚上做的菜都是他最喜歡吃的口味啊？」

士芬多疑的猜測讓亮亮忍受不了。

「夠了，都不是，之前我們從來沒有見過面，今天是第一次見面。」

「那下一次是什麼時候見面？」

「不會有下一次了。」

「你不要說我小心眼，我不相信耶，就只見一次面，就剛好被我看見了？」

士芬挑著眉盯著亮亮。

「士芬，我記得你以前跟我說過的話，你很恐懼，你怕你以後越來越像你媽，你不覺得......你不覺得你現在很像你媽嗎？」

士芬心中有某個部分被觸動了，神情頓了一下，但隨即又被強烈的嫉妒心覆蓋住。

「那你的意思是說，我的任性小心眼是遺傳我媽啦？」

「不是，我不是這個意思，對不起，我說錯話了。」

「你不只說錯話，還做錯事，你已經結婚了，還跟老情人藕斷絲連，在他面前告狀訴苦，挑撥我跟他之間的感情，你錯的可多啦～」

聽著士芬說著那些欲加之罪，亮亮趕忙辯白著。

「士芬～我都已經跟你說了我沒有，事情不是你想的那樣子。」

可士芬完全聽不進去，厭惡地看著亮亮。

「我不是用想的，我是用看的！我看到你們在約會，我看到你牽他的手，我看到你誣衊我的家人，我看到！我親眼看到！」

「好，你看到了，那......你現在要怎麼樣？」亮亮放棄再去多說什麼了。

「沒怎樣啊，只是想讓你知道我知道，就這樣。」

亮亮清楚士芬的用意絕對不只這樣。

「士芬，我們曾經是好朋友，我求你，拜託你，不要告訴他們，我問心無愧，可是我不希望士元誤會，可以嗎？」

「如果我不答應，你會說我小心眼，對不對？我要上班了！你的請求我考慮考慮。」

士芬瞅著亮亮，她在中威面前遭遇愛情的挫敗，她要亮亮卑微地償還。

亮亮看著士芬拎著公事包，得意的走出大門，心中忐忑不安。

＊＊＊＊＊＊＊＊＊＊＊＊＊＊＊＊＊＊＊＊＊＊＊＊＊＊＊＊＊＊

這天休假，趙家一家子全都在家吃飯。

午飯過後，亮亮在廚房削著水果，準備下午茶秀女要吃的點心。

趙靖看著報紙喝著茶，士元和秀女看著電視談笑著，士芬則在客廳坐著目不轉睛的看著亮亮。

亮亮端著削好的水果出來，經過士芬身邊時，士芬突然開了口。

「哥～你知道嗎？我們家每天吃什麼、喝什麼、誰不開心、誰挨罵了、中威他統統都知道耶。」

亮亮一怔，心噗通噗通的跳。

「趙士芬，你很無聊耶，幹嘛什麼事都跟人家說啊？」士元叉起一片水梨吃著，不以為意。

「ㄟ～你說對了一半，無聊是真無聊，可惜不是我，我護自己的家人都來不及了。」

「我說趙士芬啊，你到底想說什麼啊？」在一旁的秀女覺得士芬話中有話。

而士芬喃喃自語似地故意說給亮亮聽，越講越大聲。

「你以為沒事了是不是？你以為我不會說了是不是？我想想，我會不會說啊？」

「士芬～我不喜歡你這個態度，你這個話好像是在威脅誰，這屋子裡都是我們自己家的人，有誰應該被威脅的嗎？」

趙靖說話了。

「爸說該說耶！」士芬的眼神流轉到亮亮身上，亮亮顫抖著。

「你煩不煩啊？到底什麼事啊？」秀女開始沒耐性了。

「我昨天早上去上班的時候，看見我們家的新娘子，提著菜和我的男朋友陳中威，幽！會！」士芬冷冷地看著亮亮，一個字一個字地說著。

全家人一震，空氣凝結著。

士元的臉因憤怒而脹紅，對士芬大聲吼。

「你再說一遍！誰跟誰幽會？」

士芬斜睨著亮亮。

「誰頭抬不起來就是誰，你直接問當事人不是更好？」

「亮亮？」士元隨著士芬的目光轉向亮亮。

「士元，不是的，不是像士芬說的那樣......」

「那是怎麼樣啊？」秀女在一旁煽風點火。

「好了，秀女～不過就是跟老朋友見個面嘛。」

趙靖相信亮亮的為人，她絕不會是士芬說的那樣不堪。

「ㄟ～不要在我面前提老朋友三個字，我現在最痛恨這個。」

秀女心頭上的舊恨又翻了上來。

「是呀～老朋友見面為什麼要偷偷摸摸見面？老朋友見面可以牽你的手嗎？老朋友見面可以一起數落趙家的不是嗎？」

亮亮看著士芬咄咄逼人的不斷誣陷她，怎麼說都不對，只能拚命搖頭。

「你呀～趙家哪一點虧待你啦，要你去跟外人告狀！」

秀女想不到亮亮竟然這麼不知好歹，氣得臉發青。

「我沒有......我沒有......」亮亮急得滿眼眶都是淚水。

「有，你說的可多著呢，我媽跋扈，小姑任性小心眼，先生就......」

士芬看了一眼身旁的士元，繼續尖銳地說著。

「就說先生任性幼稚長不大嘍～」

士元很快的看了亮亮一眼，他心底像被一把利刃刺透，亮亮......亮亮是這樣跟陳中威說著他的嗎？

「亮亮......你太過分了！」說完，士元轉過身子，就大踏步的直衝出趙家的客廳。

「士元啊～士元啊～」

秀女看著兒子被氣跑了，轉過身，惡狠狠的彷彿要將亮亮生吞活剝般地瞪著她。這時，傳來「匡啷」一聲清脆的聲響，趙靖將手中的茶杯重重地摔在地上，粉碎。

「夠了！亮亮！你太不懂事了，我們趙家是這麼冷酷這麼不堪的家嗎？不過是要你做點家事，你也需要向外人訴苦？」

「爸......」亮亮驚訝地看著從未如此憤怒的趙靖，她昏亂了，慌張了，手足無措了！

「結婚才多久，不到一個月，你太不像樣了，難道你在自己的家裡都不做家事的？還是你的時間太多了，逮到機會就要向別人告狀？」

趙靖板著一張臉繼續說著。

「我們趙家沒那麼刻薄，你要不高興你就不要做了，有的職業婦女羨慕你都來不及，結了婚有婆家養著，你還不知道自己惜福！好！明天開始你跟我到公司上班去！看你還有沒有時間去嚼舌根！人在福中不知福！」

說完，趙靖就逕自上樓去了。

「你呀！從來沒見過老爺子發那麼大脾氣啊～你好本事啊。」

秀女忿忿地吼著，跟著趙靖的腳步也上了樓。

亮亮看著士芬手抱胸前得意的對她冷笑著。

「你以爲我不會說？你以爲你可以挑戰我和我爸之間的感情？現在，你該知道在我爸心中誰輕誰重了吧？你......哼！無恥！」

士芬看著跌坐在地上的亮亮，沒人同情她，滿意於這樣的結果。

「不哭，汪子亮不哭。」

亮亮心中對自己喊著，可是眼裡仍是蒙上了一層淚光，她看不清楚了，眼前一切的東西都在淚影中浮動著。

第十二章

士元又到PUB裡喝了個爛醉，腦子裡不斷迴盪著士芬說過的話，幻想著亮亮和陳中威在幽會時是怎樣的訕笑著他，越想越惱怒，越想越不甘心，杯中的酒精已經完全不能澆熄他胸中的怒火。於是，他來到了中威的診所樓下，一看到陳中威出現，就衝上前去。

「陳中威！」

中威詫異著。

「你爲什麼會在這裡？爲什麼要喝得醉醺醺的？你知不知道亮亮在家……」

士元不等中威把話說完，就是一拳。

「不准提亮亮的名字，她是我老婆！」

中威撫著下巴，看著眼前這個長不大的士元，啐了一口血水。

「你告訴我你愛亮亮的，你告訴全世界你愛亮亮的，可是現在呢？你們還是新婚，你就在外面混到三更半夜的，這叫作愛亮亮嗎？你怎麼對她的？你給她過的是什麼日子啊？」

士元激動的怒吼著。

「我的日子都是被你給毀的！你是個局外人，卻又不甘寂寞，你沒有本事娶亮亮回家，整天……跟個鬼魂一樣陰魂不散的跟著亮亮，亮亮日子過不好就是因爲你啊！」士元搖搖晃晃地，眼前出現著許多中威可鄙的臉孔在望著他。

「趙士元，我問心無愧！我祝福她。」

「你放屁！祝福？你怎麼祝福啊？用挑撥來祝福？用搧風點火來祝福？偷偷跟她出去，陷她於不義來祝福？」

士元的心揪成一團，表情痛苦著。

「陳中威啊，你不要以爲你的勾當沒有人知道，趙士芬全告訴我了，你齷齪！泡了我妹妹又忘不了亮亮！你齷齪～」

中威再也忍受不了士元的瘋言瘋語，顧不及他是否喝醉了，重重地打了士元一拳，士元踉蹌地跌坐在地上，半天爬不起身。

「趙士元你給我聽清楚，齷齪的不是我，是你們趙家！我跟亮亮不能見面嗎？見面就一定有什麼勾當嗎？只有齷齪的人才往那邊想，結婚之前我警告過你，要好好對亮亮，你沒有做到！我再說一遍，如果你是男人，就好好的對她好好的待她，否則我會齷齪到底，不要以為你們趙家可以完全掌握亮亮的一切！」中威豁出去了，他不再壓抑自己的情緒怒吼著。

「對！你說對了！我們家永遠永遠都會掌控亮亮，你再接近亮亮試試看！我最痛恨別人威脅我的，我會讓你看到，你給亮亮帶來多大的痛苦！」

士元搖擺地站起來，一步拖著一步慢慢消逝在巷口的盡頭。

中威不放心魯莽的士元會對亮亮做出什麼，也跟了上去。

＊＊＊＊＊＊＊＊＊＊＊＊＊＊＊＊＊＊＊＊＊＊＊＊＊＊＊＊＊

街燈光禿禿地立著，趙家偌大的庭院是那樣寂靜，那樣淒冷。

幾天前月還圓著，現已彎成一抹笑，一抹向下的苦笑。

亮亮怔在月光下面，仰望滿天星斗，都成淚光......好一會兒，才回過神來。

「亮亮......士元還沒回來呀？早點去睡吧，別等了。」

趙靖柔聲地說著，他知道亮亮在庭院不睡等著士元。

「爸......」對於突然出現又恢復以往慈愛的趙靖，亮亮有些不知所措。

「爸爸先跟你說聲抱歉，今天兇你，是故意讓你不要再繼續待在家裡，跟著我去上班。」

「爸......」亮亮知道趙靖並沒有誤會她，濕潤的眼角帶著笑意。

「這個家每一個人，我老婆兒子女兒，每一個人是什麼樣子？我很瞭解也很清楚，你後悔了？」

「不後悔，是我自己的選擇。」亮亮堅定的搖了搖頭。

「像你爸爸，倔脾氣。」趙靖微笑著看亮亮。

「我愛士元，我不會後悔的。」

「那就不要再跟陳中威見面，至少不要私底下跟他見面，我信你，但你何苦落個話柄，而且，我也愛士芬，我看得出來她爲了一個男孩子用情多深，爲他死都可以......」想起上次的事情，趙靖的眼神裡有些痛楚。

「我捨不得讓她再一次受到傷害，既然你跟士元都已經結婚了，就別再刺激她了。」趙靖帶點懇求的望著亮亮。

「爸，他們......他們不合適......」亮亮誠實的回答，卻引來趙靖無奈的笑。

「這句話我不也勸過你嗎？你跟士元，你怎麼回答我的，讓你們自己去選擇，現在就讓士芬自己去選擇，反正姻緣都是天註定的，早點去睡吧，明天開始要去上班。」

趙靖拍了拍亮亮的肩頭，突然又語重心長的嘆了口氣。

「亮亮，士元......如果你眞的愛他，就趕快幫助他長大吧。」

亮亮看見趙靖的眼中充滿了煩惱和無奈，略顯老態的身軀被路燈拉出一條長長的影子，更加地單薄瘦削。

夜已深，趙家的人都入睡了，亮亮依然在庭院裡，冷風吹亂了她的頭髮，她依然坐在那，就坐在那，靜靜的等著士元，靜靜的。

士元醉醺醺推開了鐵門，強烈的撞擊聲打破了先前的闃靜，亮亮連忙衝上前去。

「士元～你怎麼又喝醉了啦。你看，這樣開車多危險！」

士元甩開亮亮的攙扶，諷刺地怒吼著。

「走開～走開～你！要不要再去告狀啊？」

中威此時早在屋外的車子裡，聽著看著趙士元如何對待著亮亮。

「除了你丈夫幼稚長不大之外，現在又多了一個罪名，酗酒啊！你去告啊，去告啊，我不怕，我不在乎，有人心疼你，是嗎？你用眼淚去博取他的同情啊！」亮亮的心不斷地被刺痛著，眼裡強忍著的淚霧凝結成淚珠滑落。士元的心情複雜極了，他知道自己不該這樣刺傷亮亮。但他的心此刻也負著傷，流著血，他不知道該如何去癒合自己的傷口。

「手割破了他很心疼哦，那……如果再挨揍的話，他不是要心碎啦！」

無法控制情緒的士元此時手已經高高舉起就要落下，但他看見亮亮渾身抖著，牙咬著無血色的唇，眼底透出的盡是恐懼，頓時收了手。取而代之的是瘋狂般的搖撼著她，大吼大叫著。

「亮亮，你怎麼可以！跟老情人告狀，你居然……讓他碰你，你是不是忘了自己結了婚了！」

亮亮握住了他那狂暴的手，哀懇的請士元不要這樣。

而在車子裡的中威血脈賁張，激動萬分，整個人往前撲，似乎隨時準備衝出去。

士元卻突然強吻了亮亮。

「你搞清楚，只有我才能夠碰你，不管你丈夫多麼幼稚不堪，也只有做丈夫才有這種權利，你給我牢牢記住。」

中威在車裡看著，只能將握緊的拳頭慢慢鬆開。

士元大吼完之後就跌跌撞撞進屋去了，獨留亮亮一個人在風中呆立著顫抖。中威在遠處看著亮亮哭泣，心一下子就收緊了，收成了一團，不斷想著——

「亮亮……你在過著什麼樣的日子呢？」

＊＊＊＊＊＊＊＊＊＊＊＊＊＊＊＊＊＊＊＊＊＊＊＊＊＊＊＊＊＊

士芬才剛進中威的診所，就聽見助理在幫中威訂著飛往美國和巴西的機票，士芬心中猜想著中威去美國做什麼呢？回巴西是要看親人嗎？

進門看見中威正在專心的看著病歷資料。

「中威！」士芬輕聲叫著。

「我半個小時後有病人。」中威連頭抬都沒抬的回應。

「我知道，今天禮拜三，你的行程都排到晚上七點了，等你下了班我們去吃飯，天氣有點冷了，我們去吃小火鍋好不好？」士芬緊迫盯人的個性，怎麼可能不跟助理問清楚中威的一切行程。

「我恐怕忙不完。」中威冷漠地一口回絕了士芬。

士芬不死心地繼續問著。

「準備回去看家人啊？準備回去多久呢？還要在美國停留四天，美國有朋友啊？什麼時候約好的呢？打算什麼時候回來呢？」

「你可不可以......停止這種打探。」中威抬起頭，訝異及厭煩地看著士芬。

士芬不懂中威為什麼要用這種態度對她，她的關心是打探，那他對亮亮的關心是什麼？士芬嫉妒了起來。

「我如果不問你的話，你到底什麼時候要告訴我？還是......你打算不告而別？亮亮知道嗎？汪子亮知道你要回巴西嗎？你們今天又在小公園......」

中威猛的把手中的資料一放，站起身瞪著士芬。

「趙士芬！你給亮亮穿的小鞋還不夠嗎？就是因為你從中挑撥，亮亮吃盡了苦頭，她不幸福你快樂嗎？你知道......你看到我跟她見面的情形，根本沒有什麼。你為什麼要......」

「所以她又跟你告狀了？」士芬從中打斷中威。

「她沒有，我們之間沒有聯絡過，是你哥到這裡找我，你永遠都要這樣子嗎？永遠猜忌永遠懷疑不相信任何人，自己看到的事情都可以把白的說成黑的！」

中威痛恨嫌惡地說著。

而士芬迅速的抬起頭來，她的臉已經脹得通紅。

「不，不是我愛懷疑，是我不相信她，我永遠不相信汪子亮！她不值得我相信！」

「你還要她怎麼樣，她已經嫁給趙士元了。」

「但她忘不了你！」士芬大吼著：「而你也始終忘不了她......」

士芬看見中威默認的坐下抱著頭，像是又陷入了他與亮亮的回憶裡，而她又像個透明人般地存在著。

士芬的悲情轉成了怒火，她將中威面前的病歷資料一把拿去。

「這是她的檔案？她的生日她的叩機，永遠都留在這裡，即使我們已經有這麼親密的關係，汪子亮還是像空氣一樣無所不在！」

說完就把一疊資料全都扯個稀爛，丟在地上。

而心中早已疲憊的中威，彎下身慢慢撿起了地上的紙張，木然地說。

「士芬，我們分開吧。」

士芬睜著眼，心神俱碎。

「是，終於說出來了，分開……這是你們的計畫嗎？先是你提出分手，汪子亮跟趙士元也要離婚，是嗎？」

「不是，只是我累了，如果我的存在讓亮亮痛苦的話，我選擇離開。」

看著中威到頭來還是只為了亮亮，士芬抵不住滿腔的苦澀與憤怒，聲淚俱下地吼著。

「你可惡！你為了她要離開，你有沒有為我想想？你要我如何自處？我完完整整一個人奉獻給你，被你當成了汪子亮跟你發生了關係。」

「士芬……我很抱歉！但我需要呼吸，自由的呼吸。」

中威表情痛苦著，不是他無情，他整個人生活已經大亂了。

「我可以陪你一起自由的呼吸啊～中威！」

中威搖了搖頭。

「還是為了她，對不對？留下來或是離開，都是為了她，你並沒有自由的呼吸，你的呼吸被她掌控，她開心，你快樂，她難過，你痛苦，她掌控了你所有的情緒！」士芬喊著，傷心而絕望。

「我們分開吧，最起碼讓彼此冷靜一段時間。」

「我不答應，那一夜之後，你已經掌控了我的人了，這是你的責任，你說過要負責的，你必須對我負責！」

士芬咬著牙惡狠狠地看著中威，她沒有辦法像亮亮一樣掌控他，但是她要像個枷鎖一樣永遠拴住他！

中威的心被士芬的話重搥了一拳，痛苦的閉上了眼睛。

✱✱✱✱✱✱✱✱✱✱✱✱✱✱✱✱✱✱✱✱✱✱✱✱✱✱✱✱✱✱

在俱樂部裡，亮亮坐著發呆，趙靖看了走過去拍了拍她。

「爸……」

「一個人在這想什麼？快下班了，我們一塊兒回去吧！」

「爸，我可不可以回去看小敏和媽？」亮亮思念著他們。

「好啊，我跟你一塊去。」

「不用啦，我一個人去就好了，以免士元媽媽她……」

趙靖知道亮亮的顧慮。

「沒關係，我去打個電話回家，就說今天晚上我們要留在公司加班。」

「謝謝爸！」亮亮開心地笑了

「你在這等我一下。」

趙靖馬上撥了電話，跟秀女交代了幾句，就跟亮亮一起回到了汪家。

而才快要到家門口的兩人卻看見妍秋神色慌張，而小敏躡手躡腳地將門帶上，亮亮疑惑地出聲叫住了他們。

妍秋嚇了一跳，小敏回過身看見是亮亮，像是委屈的小孩般地抱住亮亮。

亮亮摸著小敏的頭，問著妍秋。

「媽，怎麼了？」

妍秋開始抱怨著。

「我想去透透氣啊，可是……可是她一天二十四小時一直盯著我，我哪也不能去，什麼也不能做，還一天逼我們吃好幾次藥呢。」妍秋手指了指屋內，又怯生生地收了回來，不解地望著亮亮。

「亮亮，我真的不舒服耶。她爲什麼要這樣盯著我們啊？」

亮亮心疼的看著母親和弟弟。

「阿惠？」趙靖臉上布滿疑惑，一向做事周全的阿惠，會做出這種事？

「是她朋友叫她盯著我們的！」小敏突然說出這一句話，趙靖和亮亮心中都明白了，小敏口中的「朋友」指的就是阿惠的女主人秀女。

趙靖拍了拍手，不想讓今晚的氣氛被搞壞。

「小敏！我們今天出去吃館子，大家開心開心。」

這件事情他會解決的。

「可以嗎？」妍秋還眞被阿惠影響到了，以爲她和小敏是禁止出門的犯人。

「當然可以啊，女兒回娘家有什麼不可以的？」

小敏開心得手舞足蹈，此時阿惠正好爲了找他們母子倆，開了門。

阿惠看到趙靖站在門口，心虛地愣了一下。

趙靖看了亮亮一眼。

「亮亮，你先帶著媽媽跟小敏到車子上等我。」

趙靖看著他們走遠，轉過身嚴肅地看著阿惠。

「阿惠，是太太要你盯著的，是不是？」

阿惠低著頭，什麼也沒說。

「你自己覺得這樣對不對？你自己也有父母啊，如果你的父母也這樣一天二十四小時給人監視著，你高興嗎？該怎麼做自己決定啊！」

趙靖對阿惠曉以大義，希望她能以同理心待人，而阿惠的臉上一陣青一陣白，仍是不說話。

趙靖認爲阿惠已經在反省了，口氣緩和地說著。

「你要不想出去吃，我們會給你帶回來。」

可惜，阿惠的貼心是向著太太秀女的，她一看趙靖離去，馬上就通風報信地打了電話告訴秀女，先生正和汪家大小開開心心的上館子吃飯。

掛上電話的秀女，臉色簡直難看極了。

「哼！他們啊，只要能在一起，吃個飯唱唱歌他都開心啊。」

「是啊媽，汪子亮跟爸簡直是互相掩護！」

士芬在一旁幫著忿忿地說。

「汪子亮！我看你還有多少好日子過！」

士芬看著秀女臉色一沈，不曉得母親腦子裡又想出什麼辦法折磨亮亮了。

吃完飯後，亮亮帶著小敏先回去，而趙靖則陪著妍秋在公園裡散步著。

兩人一直沒說話的走著，趙靖突然從口袋裡掏出了一個東西，放到妍秋的手裡。

「妍秋～這是我在國外買的，送給你，這有鬧鈴裝置，我特地調在九點鐘，時間一到它就會響，提醒你跟小敏要吃藥了。」

妍秋看了看，那是一只素雅又精緻的錶。

「謝謝你，錶我有，我一直都用漢文的錶呢。」妍秋將錶交回到趙靖手上，從腰口裡拿出了一只破舊不堪的錶，疼惜地貼在耳邊。

「它不會響，可是它卻一直提醒我，就像漢文一直提醒我，妍秋，該吃藥了，妍秋，該吃飯了，妍秋，天涼了加件外套吧，每一句話，都像是漢文在提醒著我呢。」

「妍秋......」

「我知道你要跟我說什麼，也就是這長久以來，你一直不敢跟我說的話......」

趙靖心一驚，看著妍秋語氣平和字句通暢，和往常不太一樣的說著。

「漢文走了，不是出任務，不是演習，也不是加班，他就是走了。再也不會回來了。」妍秋臉上的兩行淚隨著話語緩緩地滑落。

妍秋臉上帶著幽柔的悲悽，看著眼前這個頭髮白了許多的男人。

「趙靖，這些日子以來眞是爲難你了。」

趙靖心中激動不已，看著妍秋的眼眸子此刻特別的清亮。

「妍秋，你好啦？」

妍秋搖了搖頭，淺笑了起來。

「好？什麼是好啊？怎麼樣又是不好呢？我不知道耶，長久以來，我一直不敢想，我怕回憶，好多事好像是眞的，又好像是夢，夢裡漢文在，子荃也在，小敏是健健康康的，夢裡沒有悲傷沒有眼淚，多好的夢！好希望可以別醒來，可以永遠都別醒來……」

「妍秋，你想怎麼樣就怎麼樣吧，只要你快樂。」

妍秋擦了擦眼淚，對著趙靖笑了笑。

「你跟亮亮一樣寵我，總是由著我……由著我不想醒過來，一年一年過，不想不想，也就眞的不想醒過來了，糊塗了，瘋了，也許是眞的吧，也許我是眞的有問題，否則小敏怎麼也會瘋了呢？」

「不要再去想這些了，眞的也好，假的也罷，對我來說都一樣，你就是當年我認識的宋妍秋。」趙靖激動的說著。

「可是我不能再繼續糊塗下去了，苦的是亮亮，一顆心掛兩頭，趙靖！你可要多照顧亮亮啊，她是漢文最心愛的女兒，你多照顧她，漢文在天上也會感激你這個老弟兄的。」妍秋一想到自己一直是亮亮身上的重擔，壓得她沒過過一天正常女孩應該有的日子，心就一陣酸。

「你放心，我會的。」趙靖握住妍秋的手，衷心的承諾著。

「可是亮亮不快樂啊，我要亮亮快樂。爲了我的孩子，我什麼都願意做的。我什麼都願意……我要當一個媽媽，不要阻止我當媽媽……」

趙靖看著又恍惚了的妍秋，一把抱住，內心喊著。

「我也願意，妍秋，爲了你……爲了你快樂，我什麼都願意。」

＊＊＊＊＊＊＊＊＊＊＊＊＊＊＊＊＊＊＊＊＊＊＊＊＊＊＊＊＊＊

「親家母？」妍秋開門看見一大早就出現的秀女，有些驚訝。

「您請進。」

秀女瞅著妍秋，冷笑了一下，就大搖大擺的走進去。

「我們家阿惠乖嗎？」秀女喝了口茶，問著妍秋。

「乖......」

秀女看著妍秋站著必恭必敬的回答，好像挺害怕她似的，想著妍秋一定是心虛心裡有鬼。

「坐呀，親家母，你看我反倒像主人你像客人似的。」

秀女皮笑肉不笑地故意親熱著。

「你這個女兒啊眞是不錯耶，在家洗衣拖地煮飯收拾家裡，樣樣做得好啊，一個抵三個啊！」

「是您不嫌棄。」妍秋生硬的客套著。

「我哪敢嫌棄啊，我到哪再去找一個那麼勤快的媳婦啊？早上五點鐘起床，做好四份早餐擺在桌上，等我一起床呢，她衣服洗好晾上竹竿啦，該燙的衣服，該擦的鞋，前一天啊，全都做好了。」秀女睨了一眼妍秋慢慢訝異的臉，繼續更尖酸地說著。

「我這人啊，平常就很討人厭，有一點點灰我就要罵人啊，你家那個亮亮耐罵啊，我越罵她做得越勤快耶，您眞是教得好。」

淚珠此時在妍秋的眼眶中滾動著，亮亮在趙家是這樣被對待著？趙靖不是答應過她了，會好好照顧亮亮嗎？

「唉呀～你知道嗎？亮亮去上班了耶，她現在每天下了班，捲起袖子先做飯，做完飯把廚房收拾乾淨，她接著就要擦地洗床單換枕頭套什麼的，等她一忙完，接著又做消夜嘍，勤快得很呢。」

妍秋想起亮亮先前說她過得很好，成天除了吃就是睡要不就是玩，都是騙她的，而眼前的秀女，也並沒有像亮亮所說的善待她，亮亮並不快樂，她的小女兒並不快樂。

秀女看著妍秋的淚珠不停的落下，心裡得意了。

「你看看我，來這裡坐了半天了，重要的事情都還沒說，我說親家母啊，今天晚上你有空嗎？有件事兒我想麻煩你啊～」

妍秋看著眼前笑得虛情假意的秀女，眨巴著一雙盛氣凌人的眼，不知道該用哪種態度面對她，妍秋像往常一樣溫順的低下頭去。

＊＊＊＊＊＊＊＊＊＊＊＊＊＊＊＊＊＊＊＊＊＊＊＊＊＊＊＊＊＊

亮亮下了班，還沒進屋裡，就聽到洗麻將的聲音，亮亮搖了搖頭。

秀女瞥見脫了鞋剛進屋的亮亮，故意提高音量說著。

「我今天手氣特別好，因爲有個『來福』在啊～」

亮亮聽見秀女的這句話，目光往麻將間望去，霎時，整個人呆住了。

她看見妍秋站在麻將間的門邊，不知站了多久的唱著歌。

而此時秀女尖細刺耳的聲音又傳了出來。

「我們這親家母啊，二十幾年前可是當紅的歌星紫秋啊。什麼歌都會唱，你愛聽什麼她都會唱。唱得好，可得打賞的唷。親家母，這給你打賞的。」

說著就丟了幾張紙鈔在妍秋的身上。

亮亮不敢相信她眼前所看到的，她一直保護著的母親，今天竟然站在這裡給她的婆婆羞辱，聽到秀女說著這樣的話，不止是刺耳，簡直是刺心，她含著淚，五臟六腑都絞扭成了一團，可是，她什麼都不能說，她只能恨她自己，恨她自己的婚姻反而給母親帶來這樣的屈辱。

妍秋看見亮亮，歌聲戛然而止。

亮亮慢慢地走向母親，臉上布滿淚痕，聲音哽塞著。

「媽……」

妍秋望著她，淚珠也跟著滑落。

「親家母啊～怎麼不唱啦？」

亮亮再也忍受不了秀女的霸道，拉著母親要往外走。

「站住！怎麼不喊人啊？你沒見到一屋子的客人啊？沒家教啊！」

秀女看見亮亮要走，厲聲教訓亮亮，在妍秋面前更加羞辱她。

「唉呀，秀女啊～沒關係的。」牌友們尷尬地說道。

秀女瞪著妍秋，臉上揚起一抹奚落的笑。

「我是沒關係，孩子又不是我生的，丟又不丟我蔡秀女的人，我是替她家裡的大人丟臉啊，光生不養，光會唱歌又有什麼用，不是有一句話，唱的比說的好聽。」

亮亮看著秀女不帶一絲情感的臉，寒得徹骨，血紅的嘴張著把她和母親所剩下唯一的自尊吞噬咀嚼。亮亮直想就此帶著母親衝出趙家的門，再也不回來。可她忽然感覺手心一緊，妍秋正將她的手握得死緊，用堅強的眼神給亮亮力量，緩緩地說著。

「不可以，亮亮，爸爸在天上看著你。」

「媽......」看著妍秋要她去面對這難堪的一切，亮亮有些不解。

「乖，乖，不哭，不哭了，乖，不哭。」

「去吧。」

看著母親依然堅定的眼神，似乎早已知道她在趙家所遭受的一切，但是卻要她勇敢面對。亮亮擦了擦眼淚，咬著牙，走向秀女那一桌子的人。

「蔡阿姨，周媽媽，不好意思，茶涼了，我幫你加熱水。」

亮亮的聲音抖抖地。

「唉呀～要什麼就說啊～反正有人伺候著呢！」秀女帶著勝利者的口吻斜睨了一下亮亮。

「要不要切點水果？」亮亮忍著。

「唉呀不用了，餓了呢，等很久了。」

「對不起，我馬上去做。」

妍秋看著亮亮，低著頭進去廚房的樣子，心疼不已。

這就是女兒口中的善待嗎？這就是亮亮口中疼她的婆婆嗎？

但是妍秋只能流著眼淚什麼也無法做，這是亮亮選擇的生活，她就必須自己去克服改善。妍秋看了一眼仍在張嘴大笑摸牌的秀女，希望有一天她能夠發現亮亮的好，真心的接納亮亮。讓她這個沒有用的母親安那麼一點心就夠了，妍秋想到這裡，淚霧又蒙上了眼，歌聲有些顫抖。

晚餐用畢，牌桌上還在沸沸揚揚，而在趙家的庭院裡，亮亮看著母親抬頭望著天，瘦削的背影黯然。亮亮走了過去，輕輕的環繞住母親，頭倚著妍秋的背，流著淚。

「媽，你都看見了，這就是我的生活，沒有快樂，沒有幸福，沒有歡笑，沒有......什麼都沒有。有的就是這一些，你今天所看到的這一切。」

妍秋嘆了口氣。

「亮亮，這就是過日子啊，哪一個家庭主婦不招呼客人，不張羅柴米油鹽？」

亮亮搖著頭。

「別人是人過日子。我是日子過我，一天過完一天，永無止境的折磨，沒有希望……」

聽著心愛的女兒說著毫無希望的話，妍秋轉過身將亮亮抱緊。

「不，亮亮，你不可以這麼看事情，這個世界上，有幾個人生是十全十美的呢？太完美是會招天譴的，我們不是苦過來了嗎？我們……」

當初就是她跟漢文共組的家太完美了，漢文才會……妍秋想著淚水都衝到了眼眶。

「媽，你不要安慰我，你不敢讓我知道你心疼，我都明白，就像我不敢讓你知道眞相，其實你早就知道了對不對？」

「亮亮……」妍秋沈重的望著亮亮。

「你不問我士元去哪裡，你不跟我要度蜜月的照片，你也不問我，爲什麼是我公公陪我回來而不是士元？你從來不打電話給我，因爲你不忍心聽我編謊言，其實你早就知道了對不對？」

「亮亮，記得你曾經跟我說過，媽，只要你快樂，不管你選擇用什麼方式活下去，瘋了也好，逃避也罷，我都愛你。」妍秋抬眼看著亮亮，愛憐的說。

「亮亮，我也一樣，不管你用什麼方式來告訴我你婚姻的眞相，我都愛你，亮亮，媽愛你才是最重要的，你告不告訴我眞相我眞的不在乎。」

「可是我在乎，我不要你認爲我不幸福，我要讓你認爲我很快樂。」

妍秋輕輕地撫著亮亮的髮絲，一遍又一遍。

「那你就快樂起來嘛，至少在媽面前，不必再戴著面具強顏歡笑啊，在親人面前演戲那是最痛苦的，有太多出嫁的女兒，總是要在娘家人面前強顏歡笑，至少我宋妍秋的女兒不必這麼辛苦。亮亮，媽幫不了你什麼，但至少你可以在媽面前，擁有眞眞實實的自己啊。」

亮亮感受到妍秋撫摸著她的時候只有憐愛，只有深切的關懷和心疼，母親的懷抱讓她變回了曾經天眞無慮的亮亮，膩著母親。

「媽～」

「乖，傻孩子，爲我女兒在別人面前唱唱歌有什麼了不起？我可不在乎，我當是念佛呢，唱一句是念阿彌陀佛，唱了一下午，我當是在爲我女兒積陰德添福壽，心裡可喜樂得不得了呢。」妍秋捧起亮亮的臉，對著她笑了起來。

「亮亮啊，我今天下午啊在那裡顚來倒去的亂唱，她們都沒發現呢，笨得要死。」亮亮眼裡帶著淚也跟著笑了。

「媽，你眞的好了耶。」

「我女兒需要我，亮亮，讓我們一起努力，讓我重新學習做個媽，你也一樣，你也應該要做一個母親了，如果你跟士元能夠有個孩子，也許情況會更好。」

「媽……」亮亮喉中哽著，聲音嗚咽著，心中澎湃洶湧著，有多少事、有多少話想和妍秋說呀！

「怎麼了？你不想生孩子？亮亮，你是不是有事瞞著我啊？」

原來，任何人內心深處的委屈，一旦被說破了，瞭解了，會使人眞正放聲一慟的。亮亮低下頭去，哭得更傷心了。

＊＊＊＊＊＊＊＊＊＊＊＊＊＊＊＊＊＊＊＊＊＊＊＊＊＊＊＊＊＊＊

在咖啡館裡，看著第一次主動約他的妍秋，趙靖有些詫異。

「我不想讓人知道，家裡有阿惠，你公司裡有其他員工，我相信他們都認識士元的媽媽。」妍秋一臉嚴肅的說。

「怎麼啦，妍秋，是不是發生了什麼事情了？」

「趙靖，你說話不守信用，你說你會疼亮亮的，你答應過漢文會替他照顧亮亮的。」妍秋看著趙靖的臉，有些埋怨地搖著頭。

「不，你不是。你跟著他們一起欺負她。」

趙靖怔了一下，隨即笑了起來。

「妍秋你誤會了，秀女的脾氣不好，亮亮在家裡她的日子不會好過的，所以前幾天我發了一頓脾氣，故意不讓亮亮待在家裡……」

「你們爲什麼不讓亮亮做母親？」不等趙靖說完，妍秋打斷了他。

「你說什麼？」趙靖一臉驚訝的看著妍秋，充滿著疑惑。

「士元的媽媽不讓亮亮懷孕，每天逼她吃一顆避孕藥，你不知道嗎？」

想起昨晚亮亮跟她訴說的委屈，妍秋心疼的說著。

「我不知道啊！」

「我不認爲你不知道耶，這麼大的事，這還關係到士元和亮亮將來的幸福，你怎麼可能被蒙在鼓裡。」

「妍秋，我眞的不知道，是你現在跟我說，我才……」趙靖心中也是充滿了憤怒，還有更多的愧疚。

「亮亮渴望婚姻，渴望幸福，更渴望有個孩子讓她來疼讓她來愛，她渴望有一個正常的家庭，來彌補她成長過程中的不足，爲什麼？爲什麼你們可以這麼忍心，把一個女人這麼卑微的心願給抹殺了？」

趙靖面色凝重帶著誠懇。

「妍秋，我再說一次，不是我們，我完全不知情啊，老實說，前幾天我看見亮亮吃飯時不舒服，想吐，我心裡還在想是不是有了，要做媽媽了？」

不是妍秋不相信趙靖，而是這一切的發生都讓妍秋感覺到荒謬和心急。

「怎麼可能？士元媽媽明明白白告訴亮亮，不准懷孕，不准生孩子，逼她吃避孕藥，就是怕遺傳，趙靖，你太太每天逼著亮亮吃避孕藥，甚至連生理期也不放過，亮亮怎麼可能懷孕？」

面對著妍秋的指責，趙靖腦中一片天旋地轉，這些事情秀女竟然做得出來，趙靖按捺著，但是面容已經十分難看了。

趙靖氣沖沖地開著車回到家裡，他要找秀女好好的問個清楚。還沒進門，就聽見秀女尖著嗓子的聲音。

「好啦！我告訴你，我讓你進我趙家門已經夠丟臉了，我還讓你生孩子啊？給我把藥吃了，給我吃下去......你給我吃下去！」

「我......我眞的不能再吃藥了，我體質不適合，已經產生很多後遺症了，我......每天早上噁心想吐，生理期已經大亂了，我問過醫生，醫生說長期服用避孕藥得乳癌的機率高出一般人的六倍，這是醫生說的，有醫學根據。」亮亮哀求的聲音，趙靖聽得一清二楚，臉上一陣紅一陣白，衝了進去。

「放開她！我說放開她！」

「你要她吃什麼？你在逼她吃什麼藥？」

「維他命啦......」看見趙靖突然出現的秀女，努力保持著平靜語氣扯著謊。

「維他命？」趙靖搶過了藥，看了看，憤怒地在手中捏碎丟向睜眼說瞎話的秀女。

「你混帳！」

趙靖像一頭爆怒發狂的野獸大吼著。

「你還是不是個人啊，你像不像一個做母親做婆婆的？逼著自己的媳婦吃避孕藥，你知不知道這樣一顆小小的藥丸，對一個女人的傷害有多大？你要她吃多久？一輩子？一輩子不能生，一輩子活在癌症的陰影下？」

趙靖鄙視地瞪著秀女。

「你還有沒有一點人性啊？這就是你有家教有背景的大家閨秀所做出來的事？」

「你閉嘴啦，你憑什麼那樣罵我？」秀女哪忍受得了趙靖如此罵著自己，依然不知自省的和趙靖互吼。

「今天我蔡秀女不管做好做壞，我爲的是士元，爲你們趙家！你呢？表面上你對她不滿意，你跟著我罵她，暗地裡弄到你公司，弄到你眼前，兩個好一起去私會宋妍秋啦你們！」

秀女惡狠狠地瞪了一眼亮亮，回過頭指著趙靖。

「你以爲我不知道啊，跟她娘都勾搭了二三十年了，現在還把她的女兒捧在手心當個寶......你幹嘛呀你，表面做一套，暗地裡做一套，你不要臉啊你，衣冠禽獸！」

看著完全不可理喻，沒有對錯認知的秀女，趙靖眞是覺得自己只是在白白浪費唇舌，看著一旁吞著淚抖著身體的亮亮，想起妍秋的指責，心一揪。

「走！亮亮，上去把你的東西收收，我們走。」

趙靖此刻是一秒鐘都不想繼續待在這。

「我警告你啊～」見到秀女帶著威脅的口氣站在門口想要阻擋，趙靖再也忍受不住了，抓著秀女的手臂瘋狂的搖撼著。

「是我警告你！你已經瘋狂到不可理喻的地步了，你的言行舉止已經完全背離了一個正常人的行徑，你把全世界的人都羞辱了，我沒有辦法再跟你相處一秒鐘，惡果你自己嘗吧。走，亮亮！」

趙靖將秀女推倒在地上，帶著亮亮，頭也不回地離去。

秀女不可置信地看著趙靖離去的背影，冒火地將所能見到的物品都拿起來摔，怎麼摔也摔不掉滿腔的怒火跟委屈，頹喪地跌坐在地，放聲大哭了起來。士芬早就在樓梯間靜靜地看著母親崩潰......慢慢地走了下來。

「現在他們大概要離婚了吧？」

士芬輕握著母親的肩頭，而秀女緊握著的拳頭，露著青筋，一條條像是纏繞緊攀的藤蔓。

「我不會讓他們離婚，我死都不會讓他們離婚......我嫁給你爸爸三十年了，他倒是護著汪家那對狐狸精，不是跟我動手，就是對我大呼小叫！」

秀女流著淚，咬著牙，從齒縫裡擠出聲音來。

「我不會放過那對母女的，我怎麼會讓她們自由！」

第十三章

趙靖開著車，一路上他愧疚又憤怒的無法開口。他不敢想像，亮亮這弱女子在他看不見的地方，承受了多少壓力、多少委屈。看著靜靜坐在一旁的亮亮流著淚，這是漢文和妍秋心愛的女兒，在趙家卻受到這樣非人的待遇，趙靖知道沒辦法再把亮亮交給士元跟秀女了。

「亮亮，今天晚上你就暫時住俱樂部吧，明天再回去。什麼事等明天起來再說吧。」

「爸，對不起，你跟士元媽媽......你們......你們怎麼辦？」亮亮很感激趙靖的維護，可是也知道趙靖的爲難處，不想害他與家人撕破臉。

趙靖嘆了口氣，「我的一生大半輩子都過了，好壞都是這樣子，還能怎麼辦呢？倒是你，你該怎麼辦？你還這麼年輕啊。」

「這是我的選擇，我必須爲了選擇負責。」

趙靖知道亮亮是堅強的，但是這種事情不該要亮亮負責。

「這值得嗎？我相信趙士元到現在還沒有回家。」趙靖不平地說，「我知道，他經常在我睡覺以後或趁我不在家的時候，偷偷溜出去荒唐去了。你不敢在客廳等他，連房間的燈都不敢開，明天早上大家都不提，你照做他的早餐，當作沒這回事，我都知道。」

趙靖看著亮亮閃了閃的眼眶，繼續說著。

「亮亮，這個家裡有太多公開的秘密，大家只是心照不宣而已，你覺得這樣的婚姻還值得你去期待嗎？」

「爸，我冒昧問你一句，你的婚姻......你這樣的婚姻，爲什麼也能維持了將近三十年呢，你又在期待什麼？」亮亮問趙靖。

「我不一樣，我是爲了孩子。」

「我也一樣，我也希望將來我能有孩子。」提到孩子，亮亮整個人充滿了母性的氣勢，她挺胸道：「爸，大部分的人都會介意神經病的遺傳基因，當初我爲什麼會嫁給士元，就是因爲他的勇氣，他讓我感動，他的愛是無懼的，他接納整個汪子亮，我的外表，我的個性，以及我血液裡看不見的陰暗面……」

「我到哪裡再去找一個這麼可愛這麼勇敢的男人呢？」

趙靖瞭解到亮亮的心裡還是相信著士元，眼神是那樣的堅定固執。

「唉！希望士元不會辜負你，永遠不會辜負你。」事到如今，趙靖只能期待自己的兒子爭氣。

他起身離去，亮亮自己一人呆坐著，當初士元對她的追求、他的承諾他的好統統浮現在腦海，亮亮按著額頭，希望它不要再劇痛下去了。

夜似乎過得很長，亮亮整夜的翻覆無法好好入睡，等終於閉上眼睡去時，時間卻快轉般地，進了日光。

一陣急促的敲門聲驚醒了亮亮。亮亮下床開了門，只見士元一臉怒氣地抓著她就往外走，不顧她一身單薄的衣裳。

「士元，你放手啊你～」亮亮掙脫著士元壯碩的箝制。

「你爲什麼要離家出走？」士元吼著。

「我是被趕出來的，我不回去！」亮亮不曉得秀女她們又是怎麼跟士元說的，他竟然成了離家出走的逃妻！

「誰趕你了？明明是你拿著包包跟爸爸一起出去的，整個情形我都很清楚！」

亮亮看著眼前的丈夫，竟然什麼都不知道地就誤解她。

「你清楚嗎？你眞的很清楚嗎？你幾乎天天都不在家，要不就喝得爛醉回來，你如何清楚呢？你知道我過什麼樣的日子嗎？」亮亮含淚控訴著。

「我忙我累我心裡苦，這些我都認了，可是你知道嗎？你母親連我媽都一塊羞辱了，難道你都沒有發現我過的是什麼日子嗎？結婚兩個月了，我喊你媽媽不是叫媽媽，而是叫士元媽媽……」

「這又怎麼樣了嗎？媽媽跟士元媽媽只不過是個稱呼而已，有這麼重要嗎？」

亮亮搞不懂士元是眞的不夠細膩，還是故意粗心大意視而不見。

「對！那表示她根本不接受我，她不認爲我是這個家的一分子！」亮亮對士元吼道。「你媽媽不許我懷孕！她每天強迫我吃避孕藥，每天！在她面前，她剝奪我做母親的權利，趙士元你聽見了沒有？」

「我聽見了！我聽見了！」

士元手一鬆，音量不自覺放低了，跟之前的盛氣凌人相比，顯得虛軟許多，他眼神閃爍，沒有直視亮亮。

亮亮看著士元的反應，立刻察覺了異狀。

「士元……你知道的？你一直都知道的，是嗎？原來你早就知道了。」

看著士元更加迴避的轉身，亮亮的思緒簡直像陷入了無底的深淵，被拉扯到最黑暗最無望的想像裡。

「我恨你，趙士元，我恨你！」亮亮瘋狂地捶打著士元，嘴裡不斷地哭吼著。

「冷靜點，你看看你現在這個樣子，像個瘋子一樣啊，你敢有孩子嗎？眞的生下來像你這樣，你怎麼辦呢？」士元反抓住亮亮的手，惱羞成怒。

「趙士元！你混蛋你是個孬種！」

「你夠了！我是孬種嗎？在這個世界上，只有我趙士元敢娶你汪子亮！陳中威敢嗎？！」亮亮不可置信的聽著士元吐出殘忍的一字一句，「我可以忍受有一個瘋岳母，也可以忍受一個神經病的小舅子，甚至……甚至你瘋了我都認了，可是沒有必要非要我去成爲一個瘋子的爸爸，這對我不公平嘛！」

「你答應過我的，你承諾過我，要給我一個正常的家，我們可以有孩子的，在家裡跑來跑去，這些都是你承諾過我的。」亮亮整個人像是懸在半空中，抓不到也踏不著，她原是如此以爲士元是她最後的一個依靠啊。

「是！我是答應過你，承諾過你……」

「趙士元，你忘了嗎？是誰在我家門口發著瘋的喊愛我全家？是誰搶著認自己當瘋子，只爲了要我接納他，是誰？」

「是，我承認那是我，可是......那是在戀愛嘛～」士元理所當然地辯解。

「那現在你的愛都死了嗎？你的狂熱，你的勇敢，都隨著婚姻的開始結束了嗎？」亮亮的心涼了一半，因爲看來這不該是問句而是肯定句了，以前那個士元已經隨著婚姻而走入歷史。

「亮亮，我還是愛你的。」

「那就讓我當母親！有這麼困難嗎？」

「不要那麼快！不要那麼快可不可以？我不想這麼快就要去面對這麼大的義務和責任，我連做我自己還沒做夠做過癮，爲什麼要我去做父親呢？你不要那樣看我！」

「也就是說，今天就算你媽媽不逼我吃避孕藥，你也會想盡辦法不讓我懷孕是不是？也就是說，你當初給我的承諾都是敷衍我，是不是？」亮亮的心碎了一地，「也就是說，你媽媽可以有恃無恐的逼迫我，是因爲經過你的默許，你認同她的殘忍，你像隻鴕鳥一樣！」

「是是是......你說的都是！這樣你滿意了吧！你有沒有覺得......你現在心理很扭曲很變態？如果我不想立刻做個父親，在你眼裡是罪大惡極的話，那麼你太想立刻做個母親，是不是很不正常呢？」士元將自己的行爲完全合理化的質問著，「你一直希望，任何人用正常的眼光看待你，你爲了證明你自己是正常的，你是健康的，於是你拚了命似的要在結婚一年內懷孕生子，這樣就已經是很不正常了。」

「任何正常的新婚夫婦，他們都希望兩人世界過得越久越好，只有你，懷孕懷孕！一直想要把孩子明天就生下來，你到底在害怕什麼？你把我當成了什麼？」士元兩手一攤忿忿地說。

「你是在嫁人還是在嫁匹種馬啊？」

士元看著不斷啜泣的亮亮，他不需要承受這些，這些令他愧疚的眼淚，這一切的一切都令他想逃，想逃......

「亮亮，我受夠了，我們兩個人的婚姻認知落差太大！我要的，是快快樂樂和和氣氣的日子，我再也忍受不了你的眼淚，你的抱怨！你的......忍耐！我完完全全不知道你在忍耐什麼！你讓我充滿了罪惡感！」士元說完之後，大踏步地掉頭就離去了。

亮亮看著他的背影哭泣。爲什麼？爲什麼？老天又跟她開了一個大玩笑，繼媽媽弟弟之後另一個大玩笑，就是趙士元！所不同的是，這一次她原本以爲老天爺看見她的可憐、聽見她的呼求了，所以派一個天使來給她，想不到、想不到……哈！哈哈！亮亮想著，不禁神經質地笑了起來。

隔天，亮亮沒事般地在趙靖的辦公室裡談著公事，趙靖卻從亮亮的眼神裡，發現她並不是很專注地在談話，就連他提到俱樂部將有人事異動，徵詢亮亮業務經理該由何副理晉升呢？還是讓空降部隊接任？亮亮也只是嗯、嗯地回應。

「亮亮，有心事？」趙靖在她眼前擺擺手，引起她的注意，「在想什麼？」

「爸，士元來過了，他要我回去，爸，士元他要我回去。」亮亮像囈語般地說，最後才傻傻地看著趙靖。

「我聽到了。」趙靖回應亮亮。

「我該回去嗎？」亮亮的神情寫著無助。

「你是在問我的意見嗎？亮亮，我的立場很尷尬，我能說什麼呢？其實你應該問你自己，你想不想回去？」趙靖盡量溫和地給予開導。

「我不能永遠不回去，我嫁給士元，我是他的妻子，可是……可是我氣他，原來他早就知道我吃藥的事，他居然不聞不問。」內心深處那塊敏感的角落又被刺痛了，亮亮撫住心口。

「這我一點也不訝異，這就是趙士元的作風，小事大事對他來說都是一樣，小事，他睜一隻眼閉一隻眼，大事，他乾脆連兩隻眼睛都一起閉上，最好是連耳朵也關上了聽不見。」沒人比他趙靖更瞭解這個長不大的兒子了。

「他一直都是這樣子的，他並沒有騙過你，只是你把他美化了，你對他有過高的期待，現在你該知道誰不瞭解誰了吧？」趙靖要一次讓亮亮認清士元的眞實個性。

「他媽媽是瞭解他的，她清清楚楚的知道她兒子懦弱逃避的個性，所以強迫你吃避孕藥，因爲她知道到頭來，趙士元還是會站在她這一邊。」

「爸，士元媽媽討厭我，士芬不喜歡我，士元愛我卻膽怯，爸，你是站在我這邊的嗎？在這個家裡，我......我不會完全孤立無援的吧？」亮亮纖細的肩膀抖索著，最終把求助的眼光投向趙靖。

「孩子，我要你明明白白的認清一件事情，我會盡我最大的能力來照顧你，但終究這婚姻是你的，不管是誰贊成也好誰反對也好，誰都無法代替你過日子啊。」趙靖心疼的眼光是父親的慈愛，但他選擇說出事實，「你問我，你該不該回去？其實是在問，你該不該繼續？亮亮，沒有人可以替你決定。」

亮亮搖搖頭，轉過身去。

「我說過我的立場很尷尬，做父親的可以鼓勵自己的兒子跟媳婦離婚嗎？我能夠做到最大的極限，就是約束我的兒子，以及支持你最後的決定。」

「謝謝爸爸......」

趙靖的話語像冬陽，和煦地灑在亮亮冰冷的心田上，可是，光有陽光是不夠的，種子還需要空氣、水才能健康生長。空氣是亮亮僅存的、不向命運輕言低頭的堅韌氣息，水呢？誰才是那珍貴的生命之水？

****

晚上七點，士芬出現在中威的診所。

推開門，不見中威，到處尋找都沒看到中威，士芬便去查看中威的行程表。

質疑晚上的約診爲何都取消了？士芬聯絡不到中威，心情爲之一怒。

士芬曾跑去中威家找他，那天晚上偷來複製的鑰匙如今派上用場了，她開始了她偷窺的行爲。

士芬聽著中威的答錄機留言。

「中威你在嗎？」

「中威你回來了沒有？」

「中威如果你回家了，請盡快與我聯絡。」

全都是自己的留言。

她不放棄，持續在床上尋找女人的頭髮。

她走遍家裡東翻西找，像個已經變態的女人。

「我等你回來！」士芬在空蕩蕩的房裡，自顧自笑了起來。

而上午和趙靖談完後的亮亮，一下班就收拾了一些行李搬回家探視母親和弟弟，順便平復一下心情，思考未來的道路。

妍秋看著在房間裡正在整理放置衣物的亮亮，正想開口詢問亮亮，是否眞的決定搬回來了。

突然門鈴響了。

「會不會是士元來接你啊？」妍秋在身後高興地說。

亮亮忐忑的將門打開了，卻是中威，神情落寞地站在門口。

「怎麼會是你？」亮亮驚訝地說著。

「我要回巴西一趟，我想臨走前，來看看汪媽媽和小敏，來跟他們辭行。」中威看到亮亮也是同樣驚訝。

「亮亮，是誰啊？」妍秋發現女兒站在門口不動，好奇地問。

「快走......不然要被阿惠看見了。」

亮亮拉著中威就往外走，想躲過趙家安置在母親身旁的眼線，但還是被眼尖的阿惠看到了。

阿惠立刻打電話跟士芬通風報信，士芬在中威家等了一整晚，她不怒反笑，隨手拿起電話撥給了趙士元。

亮亮一路拉著中威到住家附近的小公園，發現離得夠遠了，才敢停下腳步。

「你爲什麼知道我回家了？」她邊喘氣邊問。

「我不知道，我剛才說過了......」中威是來跟妍秋與小敏說再見的，萬萬沒想到亮亮竟然也在。

「天啊，怎麼會這麼巧呢？如果被他們知道了，我跳到黃河都洗不清了，怎麼辦？」亮亮焦急的神色溢於言表。

「亮亮，你在怕什麼？你看你聲音充滿了不安，你心裡充滿了恐懼，你不快樂，這個婚姻讓你不快樂，你怕的是莫須有這三個字。」中威凜然道。

「莫須有？」亮亮喃喃道。

「不是嗎？你做錯什麼了？一個妻子媳婦該盡的義務，你都盡了，你有背叛你的婚姻嗎？你有不孝敬你的公婆嗎？你沒有照顧你的丈夫嗎？都沒有！你反而做得更好更完美，那你在怕什麼呢？亮亮，你怕的是那些欲加之罪，但是你又犯了什麼罪呢？」中威揮舞著手上的西裝外套，亮亮不該漠然的接受這種充滿猜忌的婚姻，這樣活在懼怕中的人生。

「我不該再跟你見面了。」看得出來亮亮是眞的手足無措。

「這也是罪嗎？一個人結了婚就不能有朋友嗎？那個趙士元不但有老朋友，而且每天還在PUB交新朋友，我知道他每天晚上在外流連忘返，喝酒飆車賭博，外加泡妹妹，他是有名的趙公子，人人都知道的。我相信你也知道。」中威知道這些話會傷了亮亮，但是他並不打算給士元留任何餘地。

「他只是愛熱鬧而已，他不會認眞的，士元他愛熱鬧愛刺激愛朋友......」亮亮叫著，摀住耳朵拒絕再聽。

「就是不愛你，不愛家，不愛負責任！」中威使勁踢開地上石頭。天殺的！趙士元他憑什麼擁有亮亮！

「中威......」亮亮顫巍巍地，快支撐不下去了。

中威將亮亮轉過身來。「亮亮，你承認吧，不要再爲他找理由了，你們還是新婚，可是這個婚姻給了你什麼樣的快樂，什麼樣的幸福，把你變成了什麼樣子？」中威充滿憤慨的眼神，突然轉爲不捨。

「我跟蹤過他回家，那天晚上他喝醉了，我怕他開車出事，我親眼看到他兇你吼你，甚至親手打你，亮亮～你的害怕就是這樣開始的，每一天每一天的生活裡，你為什麼還要忍受？像這樣的日子你為什麼還要繼續過下去呢？他不疼惜你，你為什麼......」

突然一陣稀稀落落的掌聲從兩人身後響起，士元出現拍著手鼓著掌。

「多麼慷慨激昂的一段話啊，眞不愧是心理醫生，心疼她，捨不得她。」

士元邊說邊走到亮亮身邊，突然伸出手輕拍了亮亮的臉，亮亮被士元突如其來的舉動嚇得痙攣了一下。

「趙士元！」中威冒著怒火，他看出士元是故意挑釁。

「怎麼樣？我不是差點動手，我就是動手了怎麼樣！」他輕浮地說。

「你......」中威緊咬著牙，額上青筋暴突。

「不會痛吧，亮亮，我只是輕輕的碰了一下，我看看......不能哭喔，不能掉眼淚唷，眼淚不可以掉下來，笑一個給我看看。」

亮亮看著面前完全陌生的士元，將她從他原本呵護的掌心裡，丟落在他的腳下踐踏著，亮亮整個人顫抖著，眼淚再也止不住了。

「叫你笑你偏要哭，你欠揍啊！」士元一把抓起亮亮，作勢就要打人。

「趙士元～你太過分了。」中威再也無法忍耐，猛地一拳擊中士元的下顎，士元吃痛，彎下腰來，但他也不是省油的燈，馬上忍住身上的疼痛，跳起來與中威扭打成一團。

「不要打了，不要再打了！」亮亮拚命地想分開兩人。

此時妍秋聽到門外的打鬥聲，焦急地跑了出來，卻一眼看見士元大力地推倒亮亮。

「亮亮！」她衝了過去。

一片混亂之中，士元拿起手邊的木棍就要往中威身上打去，「不！」亮亮驚叫一聲，用身體護住中威，被木棍一棍擊中。

「亮亮！」妍秋、中威、士元三人同時叫出，說時遲哪時快，亮亮倒在母親的腳下。

趙靖聞訊，十萬火急地趕到亮亮家中，而秀女也堅持跟著趙靖一起過來了。

趙靖看到亮亮頭上腫了一個大包，他二話不說，揪住士元就打。

「趙士元！你打人，你打人啊，我把你養這麼大，你給我打女人！」

「你打我兒子幹什麼？你不要打了！」秀女嚇了一跳，忙設法拉住趙靖，阻止他把兒子揍得太兇了。

「混帳東西，還當著你岳母面前打你老婆，你還是不是人啊！」趙靖的衣衫在一陣打下凌亂不堪，士元懂事以來第一次讓他氣到失去理性。

「ㄟ！你幹嘛都不問就動手打人啊？也不問清楚發生什麼事情啊？」秀女埋怨丈夫，心疼地看著兒子臉上的傷。

「就算發生什麼事情也不能動手打人啊，還當著人家媽媽的面前打人，你簡直無法無天了。」趙靖對士元怒斥道。

「她都可以當著自己媽媽的面前偷人了，她不該打啊？」秀女輕蔑地看了亮亮一眼。

「我沒有。」亮亮輕聲但果斷地說。

「我女兒清清白白循規蹈矩，你不要侮辱人。」妍秋指著秀女要她不要含血噴人。

「她呀～自取其辱！士元，快告訴你爸，你爲什麼要動手打她？」秀女自認爲兒子做得對，理直氣壯的拱著士元把原因講清楚。

「有什麼好說的？畜生！」趙靖並不想聽士元說的話。

「我沒有要打她，我要打的不是她！」士元突然開口，他知道自己做了件荒唐的事。

「快！快告訴你爸啊，繼續說啊，媽養你這麼大還捨不得打你呢，今天爲這個爛女人挨打啦。」秀女嚷嚷。

「你......」趙靖瞪大了眼睛。

「你幹什麼啊？你也想動手打人啊你。」秀女不甘示弱地瞪回去。

「好！你給我說清楚！」趙靖命令士元。

「我要打的是陳中威！」士元對亮亮說，「我去公司求你回家，你不回家，非要搬到這裡，就是爲了方便跟他見面，」士元激動的指著中威。

「我沒有，我不知道他會來。」亮亮實在是不知該怎麼解釋。

「你騙人，他晚不來早不來，偏偏在這個時候來見你媽媽，他怎麼知道你躲回娘家？你們約好的啊？之前我半信半疑的，現在我都親眼看到了，你還有什麼好說的！」想到中威對亮亮的袒護，士元又妒又恨。

「你都看到了什麼了你？」秀女要士元說出來。

「我看見她告狀，我看見陳中威心疼她，慫恿她跟我離婚！」士元大聲說。

「你啊～你又告狀，又告狀啦！你眞是不要臉耶，你眞的有那麼多苦好訴嗎？」

要不是礙於趙靖在場，只怕秀女的話更難聽。

「我眞的什麼都沒說啊！」亮亮無力地說著。

「沒說人家會要你離婚？」秀女步步進逼。

「於是你就動手打人啦？」趙靖眉一挑。

「我要打的是陳中威，是她自己要擋在中間的。」士元撇開臉不看趙靖跟亮亮。

「趙靖啊，你聽聽這話中有玄機啊，她今天護的是誰呀？她要護的是士元的話，她挨的就會是陳中威的拳頭啊～她就是去護那個姓陳的，才會挨到士元的拳頭啊～」

秀女先煞有介事的對丈夫說明情勢，跟著教訓亮亮：「你說呀！你老公爲了你跟別人打架，你竟然護著別人你是什麼心態啊？」

「你不要含血噴人，不管亮亮今天護的是誰，如果士元眞的愛她的話，是絕對打不下去的！」趙靖喝住秀女。

「打不下去？要是我手上有刀啊，我都殺人啦～送給老公一頂綠帽帶，這種老婆還疼，我神經病啊我？」秀女誇張地說。

「我沒有～士元媽媽，我跟中威之間是清清白白的，他……他是來跟我媽我弟他們辭行的……」亮亮睜大著眼，猛搖著頭。

「爲什麼我看到的不是跟他們辭行，而是跟你約會？」士元馬上接口道。

「好了！現在什麼都不要說了！趙士元你道歉！道歉！爲你自己惡劣的行爲道歉！」趙靖被吵得頭也疼了，總之，打老婆就是大錯特錯。

「不准道歉！他又沒有錯爲什麼要道歉！」秀女可不准兒子在汪家母女面前低頭。

「好，我趙靖教子無方，我道歉！」趙靖神情肅穆地說，然後九十度鞠躬，「亮亮，爸爸對不起你，爸爸跟你道歉！」

「妍秋……」他轉向妍秋，準備再一次鞠躬致意。

「你敢！你敢在她面前低頭，我死給你看！」秀女大呼著阻止趙靖。

「趙靖，不必道歉，我們要的不是道歉，我們都愛孩子，現在孩子們都出了問題，我們對不起漢文啊。」妍秋哀傷地說。

「媽……」亮亮的心揪緊了。

「亮亮，我收回我先前說過的話，你可以離婚！」趙靖沈痛地對亮亮說：「我現在不阻止你了，我趙家對不起你，你可以自由的離開！」

「不，我不離婚，我絕不離婚！」士元隨即表達抗議，他心底還是愛亮亮的。

「我問的不是你！亮亮，我相信你跟中威之間是清白的，可是如果你真的有那麼多委屈要跟他訴苦的話，表示這一樁婚姻對你而言是痛苦的，現在你自己決定，要不要繼續？」

士元看著亮亮，亮亮並沒有馬上回絕父親的建議，雖然流著淚卻感覺得出她在猶豫，她在思考。

「你會答應的，爲了陳中威你會答應的。」他苦澀地說。

「亮亮，你自己決定。」趙靖不希望任何人對她施加壓力。

「趙靖啊～你這麼任由她啊，要結要離都由她決定！」秀女感到荒謬至極。

「要不然你決定啊？」趙靖覺得秀女的言論簡直無稽。

「他們可以分居啊～分居個兩年再離啊～到時候我再留她啊我跟她同姓啦！」秀女爲了士芬的計畫，故意拖延時間的說出這個建議。

「讓我考慮考慮。」亮亮轉身跑開。

「妍秋，讓她考慮幾天好了，這幾天讓她在家休息，不用上班了。

趙靖看著亮亮的背影，對妍秋說。秀女在旁檢視士元有沒有受傷，還一邊冷諷著趙靖的處理眞是太可笑了！怎麼可以幫著偷人的媳婦打兒子呢？還任由她決定要離婚還是不離？這傳出去給人知道豈不成爲大家的笑柄了嗎？趙靖只當充耳不聞，偷眼瞧著不語的妍秋，內心除了複雜還是複雜。

****

中威拖著疲憊的身心回到了家中，嘴邊的傷還比不上心裡面的傷來得痛。

正想就此躺在沙發上倒頭睡去，卻聞到一股焦味，中威循著氣味，赫然發現家中的瓦斯爐上的湯鍋裡正燒著一鍋辨認不出是什麼的東西，鍋底乾得黑焦就快燒穿了，牆壁也燻得烏黑。中威趕忙將火關滅，驚魂未定地想打電話報警時，卻發現電話旁他與亮亮的合照上插著一把刀，旁邊還寫著一張字條：

「回來得早，有湯好喝。回來太晚，是很危險的。每個人都不回家，不是家破人亡了嗎？ 等你回來喝湯的士芬。」

中威看完將紙條揉成一團，覺得士芬實在是變了個人似的叫人心寒。

顧不得現在已是半夜，中威來到趙家，敲打著大門。

「趙士芬～你給我出來！」

中威的舉動驚醒了趙家全家人。

趙靖打開了門，一臉不悅。

「趙士芬已經睡了，請你有話明天再說！」

「請她出來！」

「陳先生，請你自重！」趙靖口氣不佳。

「我說陳中威啊，你今天惹的事情還不夠啊？打了我兒子還來罵我女兒～你……」穿著睡衣的秀女揉著睡眼，罵起人來可一點兒也不含糊。

「麻煩請她出來！拜託你們！」中威堅持不肯離去。

「秀女去報警。」趙靖說，這年輕人的態度也太令人惱火了。

「很好，我也想報警，請警方來處理。」中威回說。

「我出來了，你有什麼事啊？」士芬打著呵欠走了出來，看到中威，還伸了個大懶腰，心中自然明白著。

「你是不是瘋啦？你告訴我，你是不是瘋啦？」中威質問她，她何時變成一個那麼心態恐怖面目可憎的人了。

「你究竟想要幹什麼？先是造成亮亮的困擾，跟我兒子大打出手，接著又三更半夜跑到我家來找我女兒的麻煩，你有什麼問題？」趙靖擋在女兒前面。

「是誰有問題？你問問你女兒到底是誰有問題！他差點把我家燒了，你知道嗎？」中威無法克制心中的憤怒，瞪大了眼看著士芬，「她擅自闖到我家，翻了我的東西，然後在瓦斯爐上燒了一鍋湯，她就走了。當我回到家，鍋也乾了，廚房冒著煙，我差點報一一九，你知道嗎？」

「ㄟ～你憑什麼說是我們家士芬做的啊？」秀女提出懷疑。

中威拿出紙條，趙靖看字跡的確是士芬的。

「士芬啊！這……」秀女一看也愣住了。

「我在紙條上不是寫得清清楚楚的嗎？回來得早……爲什麼你不早點回家，你看，這不是可惜了一鍋湯嗎？」士芬重複著紙條上所寫的，語氣帶著抱怨一臉無辜地瞅著中威。

「你怎麼可以進入我家？亂翻我的東西，查我的行蹤，現在更離譜的是，在我家做出這麼危險的事情！你有什麼權利進入我家？」中威被她的回答激怒了。

「我不可以嗎？我不可以嗎？憑我們之間的關係，我不可以嗎？」士芬叫道，好啊陳中威，我正愁沒機會抖出來呢！「我又不是第一次進你家了，你的內衣褲老是放錯抽屜，我幫你放好，你又放錯！窗台那盆花總忘了澆水，要說幾次，床單跟被套不要跟衣服一起洗，不衛生......」

「你怎麼進入我家的？我從來沒有給過你鑰匙啊！」這些事情是從什麼時候開始的？中威不斷的想著，更加覺得趙士芬恐怖。

「我有潔癖耶，床單不衛生睡了會過敏，全身會癢。」

「你在說什麼，你在說什麼啊？」

「我說什麼你不懂嗎？我喜歡整齊清潔，按規矩來，該做什麼做什麼！每個人有每個人的位置，東西該放哪裡放哪裡！每個人該幾點回家就該幾點回家！」

「夠了，士芬！你跟我說清楚，你到底想說什麼？」趙靖出言制止，女兒跟這陳中威的關係看來非比尋常，他要立刻知道。

中威默然不語。

「說啊，我爸在問你啊，你不是說你願意坦白的嗎？告訴他們，我們親密的程度！告訴他們，我有沒有權利進入你家，有沒有資格爲你煮一鍋湯？」士芬瞪著中威。

「要死了你呀～陳中威啊，沒想到你是這種人，你都動了我們士芬啦，你還去招惹我媳婦做什麼！」秀女一聽，氣得推了中威一把，她一生栽培的女兒，就這樣給糟蹋了。

「我不是不願意負責任！只是......我沒有辦法繼續跟她交往下去，我們像兩個世界的人。她的猜忌，她的懷疑，她的小心眼，快要讓我窒息了！」

中威抱著頭痛苦的說著，「我沒有辦法愛她，再這樣下去，我快瘋了！你們今天也看到了，如果我晚回家一步，我的家就要被燒了！」中威表明自己的感受，別說先前沒喜歡過士芬，現在要接受她更是不可能。

「那你就要早回家啊！」士芬秀女同時說出這句話。

「你們......」中威啞然看著這對母女。

趙靖聽了苦笑了起來。

「陳先生，你回去吧，很抱歉我女兒造成你的困擾，府上毀損的部

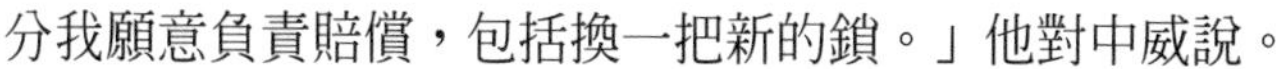

分我願意負責賠償，包括換一把新的鎖。」他對中威說。

「爸！你……」士芬氣得跳腳。

「不要再說了，不要再說了……」趙靖對女兒心灰意冷。

「伯父……」中威覺得趙靖跟趙家其他人不太一樣，是講道理的，他也不想令趙靖太難堪。

「你請回吧，很對不起，我保證我女兒以後不會再去騷擾你了。」趙靖轉身往房裡走去，腳步踉蹌。

中威希望事情真能如趙靖所說的，以後士芬不會在無故地出現在他的周遭，他需要平靜。

「中威！中威！」士芬在他身後叫著，中威頭也不回地消逝在黑暗裡。

「趙靖啊趙靖！」秀女又是不解地搖搖頭，趙靖這人到底是吃錯了什麼藥啊？

而整件事情的進行並不如士芬所想的一樣，她不敢相信父親竟然會這樣決定。

還沒進到屋裡的趙靖，頹喪地突然跌坐在地上，本來還想上前嘮叨趙靖幾句的秀女，嚇得衝上去要扶起趙靖，卻發現趙靖微微顫抖著肩膀，哭泣了起來。

「這就是我的家，兒子不爭氣，只會暴力傷人，女兒更瘋狂，會放火燒別人的房子，我努力奮鬥了一輩子，他們就用這一些來回報我……」

看著向來有苦不說有淚不掉的趙靖，秀女和士芬心中也十分不忍，眼眶跟著紅了。

趙靖斷斷續續地哽咽著。

「人家到這個年紀早就退休享清福了，我還跟隻老牛一樣拚命在做，我不敢休息，為的是讓老婆在娘家面前有面子，為的是讓孩子們有好日子過，我做得還不夠嗎？還不夠嗎？為什麼要這樣對我？為什麼？」

趙靖無言地起身，撇開秀女的攙扶，一個人失了魂似地進屋去。

「你傷了他的心，趙士芬啊，你這一回啊，眞的是傷透了你爸的心啊，你居然還由著他......什麼時候的事啊？」秀女回頭掉著眼淚，對著士芬就是一頓責怪。

「他要求的。」士芬說。

「他要求你就給他？我說過女孩子要矜持些......」秀女快要昏倒了，士芬是名門閨秀、千金小姐耶。

「什麼都沒有發生，我跟他之間沒有發生任何親密關係。」士芬面無表情的說著。

「可是他剛剛......他說......」

「我讓他以爲有了什麼，其實沒有。」

「你這孩子把話說清楚，這種事情有就有，沒有就沒有，怎麼以爲啊？」秀女困惑不解。

「哥結婚那天晚上他喝醉了，錯把我當成亮亮，然後......」士芬把頭附到母親耳邊。

「那不就是有啦！」秀女失聲叫道。

「然後他就睡著了，什麼也沒做，接著我脫了衣服，躺在他身邊，他睡醒以後什麼都不記得了，我說有，那就是有了，這就是以爲。」士芬帶著微笑說著自己的妙計，簡直太佩服自己的聰慧了，卻看見秀女要往屋裡衝。

「媽！你要幹什麼？」她趕忙伸手把母親拉了回來。

「快去跟你爸爸說啊，叫他放心，不要那麼難過，什麼事都沒有發生過。讓他開心啊。」秀女催促女兒。

「媽，你是眞的不瞭解爸，如果他知道，我用這種方式騙中威，他只會覺得更氣，更難堪，更覺得羞辱，不能告訴爸，不能讓任何人知道眞相。」士芬交代母親一定要保密。

「士芬啊！你明明自己都還是個處女呢，幹嘛去騙人毀了自己的名譽啊！那你以後怎麼辦啊？」秀女擔心女兒的將來。

「怎麼辦？要他負責啊，陳中威不是個玩家，他不敢不負責，只要汪子亮不離婚，我就永遠有希望，我是處女耶，有家教守規矩的好女孩，我把我第一次奉獻給他，他敢不負責嗎？」士芬顯然對中威下了很深的功夫。

「可是，士芬，這明明不是眞的耶。」

「我說了是眞的，那就是眞的。只要我深深相信，就沒有人敢懷疑，他就是一定要負責到底。」

在這方面，士芬對自己是很有自信的，她想：汪子亮你等著！看誰才是中威最後要共度一生的人。

隔天，士芬在俱樂部門口看著亮亮開著一部新車上班，等她停好了車，士芬直挺挺地擋在她面前。

「新車？爸送你的？不便宜吧？」她不懷好意地笑道，「所以當我們趙家媳婦還是不錯的嘛，住有屋行有車，身分提升，見識增廣，出國手續都辦得差不多了吧？這是你第一次出國吧？」士芬早就打聽到亮亮要去國外出差，這麼巧？跟中威一樣要出國？士芬冷笑著。

「找我有事嗎？」亮亮並不想多回答士芬的冷言冷語。

「你什麼時候要回家？眞的打算要離婚放棄這一切？你們是不是已經計畫要雙宿雙飛了？」士芬緊迫釘人地問著亮亮。

「第一，我不確定我什麼時候回趙家，我覺得我跟士元彼此分開冷靜一段時間會比較好，第二，我不確定我是不是要離婚，既然當初結婚太兒戲，我就希望我自己能愼重處理這個問題，這跟捨不捨得趙家給我的一切，沒有關係，要眞的說捨不得，我比較捨不得跟士元曾經共有的這段感情，是讓我遲遲未做決定的原因。這樣子，我是不是可以不用回答你最後一個問題？」亮亮俐落地一口氣說完。

「不可以！你告訴我，你們是不是決定要雙宿雙飛了？」士芬一定要問出個明確的答案。

「我沒有！」

「你發誓！用你媽媽弟弟的名義發誓！」

「我爲什麼要發誓？」亮亮不解地看著士芬，臉上寫著，你無理取鬧也該有個限度吧！

「說到底你就是不敢！因爲你們心裡有鬼！你就是有跟中威在一

起，你們就是有背著我們兄妹倆偷偷幽會！趙士元都親眼看到你們單獨私下約會！」士芬控訴亮亮的罪狀。

「我不明白你心裡在想什麼，你應該希望我跟士元好好過日子，可是你不是……你一直在惡意破壞我跟他之間的感情，你不正常，你心理眞的有病！」亮亮瞇起眼睛，開始同情起眼前這個已經失控的士芬，「你心裡不安全不踏實，所以你處處在防人，一直在比較！」

「你們就是這樣在私底下討論我的嗎？毀謗我剖析我？得到什麼結論？離趙士芬遠一點，還是利用她的弱點打擊她？」士芬覺得自己的怒氣又要到達頂點了，可惡！亮亮這女人一定在背後不斷離間她跟中威，不然中威昨天怎會看到她像看到瘟神一樣呢！

「你眞的病得不輕耶。」亮亮搖了搖頭，轉身離去。

「在你們的討論之中，他有沒有跟你坦白過我跟他之間的關係？他有沒有告訴過你，我們在肉體上已經有了更親密的關係？他有沒有告訴過你，他要對我負責，一輩子等待著我，他有沒有……」士芬以一個勝利者的姿態不斷的說著。

「你有心理上的暴露狂嗎？你們之間的私事那都不干我的事。」亮亮停下腳步，但沒有回頭看士芬。

「顯然他並沒有告訴你，那他對你並不坦白啊。」

「我不想知道，那跟我無關。」

「是嗎？你的中威，你以爲那個永遠深愛你的中威，早在你結婚那天就背叛你了，你以爲他會心疼你？說說罷了，同情而已，現在他已經是我的人了。」士芬不可一世地說：「你知道嗎？每一次當我們在一起最親密的時候，他都會跟我說什麼話嗎？他都很滿足的摟著我說：能夠擁抱一個正常的女人是件多美好的事啊！」

「既然他這麼嚮往一個正常的女人，那他爲什麼不跟你求婚？」亮亮冷哼的反問。

「因爲我不願意啊，我年輕健康，也沒有不良的遺傳基因，何苦巴著一個男人，非要嫁給他不可呢？」士芬說得好像是自己的眞心話一樣。

「那你現在在急什麼？在怕什麼？你年輕健康正常血統優良，他又那麼愛你，你還需要時時質問我盯著他嗎？」亮亮犀利地說，她的眼神沒有愁苦，反而藏有洞悉一切的笑意。

「你......汪子亮！」士芬恨得牙癢癢的，卻又拿她莫可奈何，只能徒勞地看著她的身影走進俱樂部的大樓裡。

士芬心裡實在氣不過，她到亮亮的車子旁，悄悄地剪斷煞車線。可是，才做完她就後悔了，畢竟那是一條人命啊！

士芬心虛的跑回家，連士元的叫喊都無心聽，慌張的上了樓抱著棉被，想著亮亮出事的慘狀，士芬也不懂自己怎麼會變得如此可怕，竟然這樣輕易地想要摧毀一個人的性命。

電話鈴聲突然響起，士芬趕忙將棉被摀住了頭，但當士元接起來時，耳朵卻豎起聽著士元的反應。

「什麼！亮亮出車禍！」士元大叫著。

沒想到亮亮真的出車禍了，士芬知道原因，她趕忙跳出了棉被衝下樓，什麼都還沒問地劈頭就說。

「她死了沒？」

「我不知道，爸叫我趕快到醫院去。」士元匆匆忙忙地抓了件衣服就走，留下不知所措的士芬。

士元匆匆忙忙地趕到醫院裡。

「亮亮，亮亮呢？」士元趕到急診室，差點撞上焦急守候在外的趙靖。

「胸腔受到擠壓，好像有內出血的現象。」趙靖喃喃地說。

「那現在人呢？」士元問。

「醫生說要動手術，現在在幫她做手術前的處理。」

士元撫著頭，昨天還好好的一個人，怎麼今天就......他整個人像鬆了發條的玩偶，呆呆然地坐在趙靖身邊。

經過一個世紀般的等待，好不容易亮亮被推了出來。

「亮亮，亮亮......」父子二人搶上前去。

「爸......」亮亮氣若游絲地伸出慘白的手。

「我在這！」趙靖握住她。

「爸，不要告訴我媽，她不能......不能再受一次車禍的刺激了。」

「我知道你放心，我不會告訴她的，勇敢一點，只是個小手術。」

「爸爸會保佑我嗎？他知道我要照亮汪家......」麻藥的作用令亮亮神智開始渙散。

「對，照亮汪家，你要聽你爸爸的話啊！」趙靖激動地對亮亮喊著。

亮亮點點頭，意識陷入昏迷。

「亮亮，我愛你，我愛你啊！亮亮，你不要丟下我啊，亮亮～」

士元叫著亮亮的名字，再多的懊悔也沒有辦法喚回亮亮的安康，士元忍不住痛哭失聲。

＊＊＊＊＊＊＊＊＊＊＊＊＊＊＊＊＊＊＊＊＊＊＊＊＊＊＊＊＊＊

午後，偶有幾陣涼風吹過，一名長髮飄逸的女子從窗外進到屋內，她在哭泣。是亮亮！

妍秋訝異地看著亮亮，想要她過來，讓媽好好看看......亮亮跟她說：媽，我愛你，接著就要離去，無論妍秋怎麼呼喊，亮亮就只是不斷地回過頭，不捨的望著她，腳步卻不停地離她越來越遠。

妍秋手往前抓著，從午睡中驚醒了過來，發現在作夢，但心裡的擔憂卻不斷在擴張。

突然電話鈴響了，是趙靖打來的，他跟妍秋說亮亮爲了公事臨時出國去了，要去幾天還不確定，看處理的狀況，所以今天晚上就不在台灣了。

妍秋想再多問，趙靖卻將電話掛上了，怎麼這麼趕呢？妍秋還是滿心的疑慮，想起剛剛的夢，微微地不安了起來......

第十四章

秀女放下電話，是趙靖從醫院的來電，秀女哼了一聲，並不爲亮亮的車禍感到一絲絲的擔憂。可她卻看見士芬魂不守舍,愣愣地坐在沙發上，面容還殘存著悸怖的痕跡。

「現在可好啦，連個做飯的人都沒啦～」她哼了一聲後埋怨。

「媽，汪子亮出車禍了，我不知道，我什麼都不知道......」士芬突然恐懼地抓住她的手，拚命搖著，眼淚也跟著掉了下來。

「我問你啊，你爸跟士元是不是又到醫院伺候著？眞是的！」

「媽，你要不要去一下醫院？」士芬擦了擦臉，其實是想要母親去醫院探聽亮亮的傷勢。

「不要，黃曆說這一個月忌醫院，我不去！」爲汪子亮那女人犯忌諱根本沒必要。

「媽，你還是去一下吧，以免到時候人家......說你......」

「說我是個惡婆婆，媳婦出車禍了也不敢到醫院看一下，哼！我早就把汪子亮離家出走，把我們趙家弄得雞犬不寧的事情昭告天下啦～現在外頭的人笑的是她～」

「可是爸在醫院啊，汪媽媽一定會去的，你不怕他們兩個......」士芬提醒氣頭上的母親。

「對哦～他們兩個逮到這機會，不會患難見眞情啊，那你怎麼不先到醫院去盯著呢？走！跟我去醫院！」秀女如夢初醒，氣急敗壞地就要拉著女兒往外走。

「媽，我不舒服，我頭痛。我先上去睡了。」士芬哪敢到醫院面對亮亮，心虛的跑上樓，又鑽進了被窩裡。

秀女覺得女兒的行爲有些怪異，但也不疑有他的收拾了一些東西，就趕忙到醫院去了。

醫院裡手術房外，靜謐的氣氛讓趙靖和士元兩人沈默了好久好久。

士元腦中盡是對亮亮的回憶，亮亮的一顰一笑，亮亮的樂觀，亮亮的堅強與勇敢，亮亮和他共有的夢想，組織一個家，一個......擁有小孩再正常不過的家。

士元撫面痛苦的啜泣了起來。

坐在一旁的趙靖看著兒子痛苦不堪的神態，知道他內心後悔不已，但是這陣子以來所吞忍的話還是一股腦兒傾瀉而出。

「四個月以前，你信誓旦旦的跟我說你要娶亮亮，不管我怎麼勸你，你就是堅持要娶，說你會好好待她，我還記得你說的話，亮亮也沒忘記，可是你卻忘了。」

「我沒有忘，我是愛她的，我還是深愛著她的！」士元把頭埋在雙掌之間，聲音中透著深深的疲累與無比的懊悔。「唉～本來我都已經打算要把她接回家了......」他長嘆。

「本來？打算？士元，這二十七年來你本來打算的事太多，你永遠在計畫當中，可是眞正應該計畫的終身大事，你卻毫無計畫的做了，這就是你魯莽行事的後果。現在你的新婚妻子躺在手術床上，生死未卜，如果她走了，那心裡面是帶著多大的恨跟遺憾？」趙靖差點要指到他臉上，你還有男人的肩膀嗎？

「亮亮出車禍難道全都是我的錯嗎？」士元不懂父親爲什麼總是先定他的罪。

「不是你的錯難道是別人的錯嗎？她一定是心情不好，開車的時候胡思亂想，想著你們的婚姻...」

「她要是沒有車呢？如果她不是自己開車，不管她再怎麼分心，也不會發生像今天這種慘劇嘛！」士元推卸地辯解。

「你......」

「對呀，士元說的沒錯啊。」甫踏進病房的秀女接口道，最看不慣趙靖爲了汪家的人這麼動怒，好像姓趙的才是外人一樣。

「她要是沒車，不就什麼事都沒有啦？我早說過了，什麼人過什麼命，她天生就不是......」

「沒錯你說的沒錯，等她好了以後我給她請個司機。還給她請個秘書，叫阿惠撤回來，我給他們家另外請個看護！」趙靖轉過身，神情複雜地看著病床上的亮亮。

「你......等她好了，你乾脆把你的家當全給她好了，你趙氏企業也叫她管好了！」秀女在背後憤慨地叫嚷。

「你說的對，我正有此意！」趙靖認眞地說。

「你敢？你敢給我試試看！別忘了，我娘家還有百分之五十的股份呢，搞不清楚啊你！哼！」

「是你搞不清楚，你們娘家的股份早在三年前就已經陸續撤資了。你大哥釋出了百分之三十的股份到大陸去轉投資了，現在的趙氏企業是名副其實的趙氏企業了，就連你們娘家在大陸越南的廠，我趙某人都擁有百分之四十的股份！所以，現在是我趙靖說了就算，我叫誰接棒誰就接棒，聽清楚了嗎？」他絲毫不理會恐嚇，看著張牙舞爪的妻子，難得說出了重話。

「你......我詛咒她不能活著出來，讓她不能接棒。」秀女氣瘋了。

「媽！你夠了！亮亮在裡面動手術耶，你這樣詛咒她不是太過分了嗎？」士元攔住盛怒的母親，畢竟躺著的是他心愛的老婆。

「你有沒有良心啊你，我現在爲誰爭啊你！」

「我不在乎！我管他什麼企業，屬於誰的，跟我一點關係都沒有！」

「你有沒有出息啊你，那麼大的企業落到外人手裡，你竟然跟我說你不在乎！」

「我本來就不在乎，此時此刻我在乎的是躺在裡面的亮亮！我在乎她能不能活著出來？其他的一切我都不在乎！」士元拳頭緊握吼道，布滿血絲的眼睛閃現瑩瑩的水光。

秀女自知理虧，語氣稍微緩和，不過換了個話題。

「宋妍秋呢？什麼時候來？」

「沒有通知她，怕她受刺激。」

「是嗎？該不會我前腳走，人家後腳就跟著來啦～」這才是秀女來醫院的目的。

「難道人家不該來嗎？裡面躺著的是她女兒耶，當初趙士芬鬧自殺的時候，你不也哭哭啼啼的在床邊守了一整夜嗎？」趙靖厭惡著秀女的雙重標準。

「那不一樣啊。我心疼我女兒呀，我可不像人家啊，找機會就搞七拈三的......」病房裡的氣氛已經夠凝重了，眼看著另一場戰爭又要掀起。

「好了，媽，你就回去吧。」士元不耐煩地。

「你呀，你走不走？」秀女轉過頭盯著趙靖。

「我不走！我留下來好處理一些事情。」

「那我也不走，我是婆婆啊，我得守在手術室外面，免得人家醒過來沒看到我，哼！」

秀女手插在胸前，一屁股坐在趙靖和士元中間，活像個雕像似地再也不動了。

＊＊＊＊＊＊＊＊＊＊＊＊＊＊＊＊＊＊＊＊＊＊＊＊＊＊＊＊＊＊＊

一個人在家的士芬，屋裡屋外的風吹草動，都讓她覺得鬼影幢幢。

乾脆閉起眼睛，悶在被窩裡。

可是整間大房子，沒了人聲，顯得特別安靜，沒有視覺的士芬聽覺變得更加敏感。

「士芬......」一絲細細微弱的聲音，從遠方傳了過來。

是誰在叫我？士芬手顫顫地掀起被窩一角，不可思議地尖叫了起來，亮亮帶著神秘笑容的纖影，從窗外飄進房內，就在她的床前停了下來。

士芬猛地驚醒，跌跌撞撞衝出自己的房間，將屋裡的燈全開了。

「士芬......士芬......」

「不要，不是我......不是我的錯......不是我......」士芬揮舞著雙手，聲音卻仍從四面八方傳來，她再也受不了摀著雙耳躲在角落哭泣。

此時有人按著門鈴，士芬過了好久才聽到，顫抖的問著是誰，卻沒人回答。她悄悄開了門，看見沒有人在屋外，差點崩潰！

突然妍秋出現，嚇了士芬一跳。

「亮亮，我來看亮亮......」妍秋探頭往屋裡看。

「她...亮亮不在，不在......」士芬心虛的吞了吞口水。

「你不要騙我，你讓我看看亮亮嘛，好不好？」她用充滿哀憐的語氣。

「汪媽媽，亮亮出國了，她不在......」士芬試圖說服不知現在是正常還是發病的妍秋。

「你騙人！是不是士元又打她了？她怕我難過，所以不敢回來看我？」

「不是的，汪媽媽，亮亮眞的出國了。」

妍秋衝進亮亮的房間，果然沒看到，卻看著掛在牆上亮亮的巨幅結婚照，開始撫摸了起來。

「原來你在這啊，你這孩子，可把媽嚇壞啦，媽以爲你們又吵架了，士元不要再打亮亮了，你看你們小倆口，現在這樣不是挺好的嗎？士元，你不是答應過我一輩子都會對亮亮好，是不是？」妍秋此時將整個人都貼近了相片，彷彿這樣便能保護受盡欺侮的女兒。

士芬看著這一切，害怕的躲到樓下。

「士芬，你怎麼啦？」從醫院歸來的秀女和趙靖目睹女兒瑟縮在客廳的沙發裡，全身顫抖著。

「汪媽媽......」士芬看往樓上的方向

趙靖衝上樓去，看見妍秋摸著照片發病。

「士元乖......亮亮乖......亮亮是個好孩子，亮亮，媽做了一晚上的噩夢耶。媽叫你，你怎麼也不回頭呢？媽還看到你哭了，到底發生了什麼事？你要告訴媽媽啊......」

跟上來的秀女一看妍秋在這，好像看見了百世的仇人現在在當乞丐一樣，「跑到這發神經了～」她萬分不屑道。

「媽，那亮亮她……她死了沒？」士芬害怕地問。

「還沒啦！」

「不要胡說！」趙靖叱喝了一聲，接著轉身按住妍秋的肩膀，很輕地。「妍秋。」

「我來看亮亮……我做了個噩夢，我怎麼叫她她都不應我，我……我怕……」她像個被人搶走娃娃的小女孩，眼神裡充滿了恐懼。

「不是跟你說過了嗎？亮亮出國去了。妍秋，我送你回去好不好？回去了，小敏還在家裡等著呢。」他溫和但堅定地攙扶起她，把她拉向門外，繞過秀女跟士芬時眼光停留了一下，像是警告似的要她們不准再多說一句。

秀女也知道現在的趙靖惹不起，但還是不甘心小聲的嘟囔著，「眞是神經病啊！神經病啊！氣死我了！」秀女的怨念可想而知。

＊＊＊＊＊＊＊＊＊＊＊＊＊＊＊＊＊＊＊＊＊＊＊＊＊＊＊＊＊＊＊

趙靖拍拍神情恍惚的妍秋，柔聲的說。

「到家了，進去好好睡一覺，一覺起來，就可以接到亮亮從美國打來的電話。」

只見妍秋蹙著眉想著什麼似地搖著頭。

「怎麼了？忘了帶鑰匙啦？沒關係，我陪你等一會，等天快亮的時候，再叫阿惠開門。」趙靖把外套披在妍秋身上，忍不住叨唸起來，「妍秋，你這樣怎麼行呢？三更半夜的跑出來，多危險啊！今天又忘了帶鑰匙，要不是我送你回來，你怎麼辦？藥還是要記得吃，一不吃藥人不就恍惚了嗎？要按時複診，你也沒有去，嗯？不聽話！這怎麼行呢？」

妍秋對著趙靖微笑著。

「奇怪？你也從來沒要求過什麼，爲什麼我總覺得好像欠你的，巴不得用我這一輩子來還給你。」趙靖看著妍秋自問自答的說著，「是不是我上輩子欠了你什麼？」

妍秋這時感到有些冷地搓了搓手，趙靖握住妍秋的手，將她的手放進口袋裡，將外套扣好，看著妍秋的笑臉。

「謝謝。」她的笑眞誠而無害。

「唉～我們這大半輩子就這麼過去了，什麼都有了，也什麼都沒有了，下半輩子，我只要能夠這樣安安靜靜的跟你坐在一起，那就是福氣了，心滿意足了，什麼都不求了。」一個大半輩子不愁吃穿的企業家無限感慨又溫柔地說。

妍秋並沒有聽進去多少，又開始哼起了歌，趙靖笑著搖了搖頭，也跟著沈浸在妍秋的歌聲裡，哼了起來。

＊＊＊＊＊＊＊＊＊＊＊＊＊＊＊＊＊＊＊＊＊＊＊＊＊＊＊＊＊＊

趙靖陪妍秋回去後，秀女就一直坐在客廳等著，士芬倒也不想一個人獨自上樓，陪著母親一起乾坐著，眼看天就要亮了。

「哼！送人送了三個鐘頭！」

「媽，亮亮現在到底怎麼樣啊？」

「算她命大，沒死啦！」

「那......有沒有後遺症啊？」士芬不放心地追問。

「我怎麼知道啊，才剛動完手術啦！」秀女才沒空管那麼多。

「那......醫生有沒有......」

「唉呀，你要知道就自己去醫院問醫生啊！」秀女抬頭看了看時鐘，「不行，我這樣等下去不是辦法！」她的忍耐已達極限，伸手開始撥電話，來勢洶洶。

「媽！你要......」

「阿惠啊！你睡死啦？沒有？宋妍秋回去沒？先生呢？都沒回去？哼！我去抓他們啊～再怎麼逍遙，他總得送那個瘋子回家吧！」秀女啪一聲掛斷，抓起皮包準備出門。

「媽，你不要去，不要留我一個人在家，我會怕......」士芬幾乎要流出眼淚了。

「士芬啊，不要鬧啦，自己先上去睡覺，我一定要去抓他們。」說著甩上門。

士芬看著偌大的屋子，又開始害怕了起來。

秀女又急又快的腳步在寂靜的巷子裡發出聲響，突然沒有預警地停止。

只見秀女心裡淌著血，看著趙靖和妍秋在自家門口的花台上唱著歌，一副快樂的樣子。

秀女震驚傷心的看著他們兩個，又氣又傷心，喘著氣，悲哀了起來，眼淚掉了下來，又惡狠狠的看著妍秋。好不容易等到趙靖離開，她馬上衝進汪家質問，剛剛那一幕是怎麼回事。

「趙......趙靖走咧。我......我忘了帶鑰匙，然後......然後......」妍秋邊回想邊描述。

「你說話的聲音怎麼這麼心虛？你做了什麼虧心事嗎？有沒有啊？」秀女恨不得把妍秋撕成碎片，「只不過是兩個人守了一夜，靠在一起唱歌是吧？啊！」

看著秀女兇狠的眼神，妍秋閃躲著顫顫地說。

「你......都看到啦？」

「是，我看到了，我全都看見了。可是我看見沒有什麼了不起，怕只怕呀這個汪漢文看見了，看見他老婆和他的好兄弟，親親熱熱的唱著歌。你相不相信報應啊？我告訴你，這個世界上是有報應的，而且很快！」秀女暗諷著，就怕妍秋沒聽懂。

「你這是什麼意思啊？」

「你認爲你女兒的婚姻爲什麼不幸福？你認爲她既乖巧善良又孝順，這麼好的女孩，怎麼會婚姻不幸福呢？報應啊，你種的惡因報在她身上呀～她爲你受罪呢！」

秀女煽動著言語，就是要嚇唬妍秋。

「我沒有......我沒有......」妍秋連忙搖著手，她怎麼可能會害自己最親愛的女兒呢？

「你破壞別人的家庭，迷得別人的老公神魂顛倒的不愛回家，你女兒的老公也不愛回家，也兇她，你讓別人受什麼，老天爺就讓你女兒受什麼！而且還會加倍！」

「你不要胡說好不好......」

「抬頭三尺有神明啊，不報在你身上，就會報在你女兒身上！」秀女乘勝追擊。

「我沒有做錯什麼。」妍秋虛弱而無辜的眼看著秀女。

「你沒有錯？你就錯在愛上了趙靖～你還不承認！你愛上了趙靖你不知道？他帶你出去玩，你開心，他陪你唱歌，你開心，他陪你吃藥看病，你乖乖聽話～這就是愛，你不承認？」

「不是～」妍秋狂搖著頭，請求秀女相信她。「我們是老朋友，三十年的好朋友。」

「你問問你自己，如果汪漢文還在，你跟趙靖的這些行為，他准不准啊？你和趙靖敢不敢啊？可憐喔～汪漢文死得早，保不了妻子，護不了女兒，眼睜睜的看著你女兒在為你受罪，你羞不羞！你羞不羞啊你～」秀女說到激動處，用手指不斷戳著妍秋肩膀，一種想潑汽油的感覺又來了。

「不要再說了，我沒有對不起漢文，我也沒有叫亮亮代我受過！」妍秋躲開她的步步進逼，縮回沙發上。

「那你離開啊，證明給汪漢文看，給老天爺看啊，你要是眞清清白白的，你有什麼捨不得的？搬離開台北！怎麼？捨不得趙靖啊？」

「我......我捨不得亮亮......」

「捨不得亮亮？當年你都捨得汪子荃了，你騙鬼啊！」

「你......你就這麼恨我？非要我離開不可？」

「宋妍秋啊，你女兒嫁到我家做媳婦，你跟趙靖勾肩搭背的，他會有好日子過嗎？我......會讓她好過？能讓她好過嗎？」她一定要達到此行的目的，讓這討厭的女人徹徹底底從她和她丈夫眼前消失。

妍秋抬頭望著秀女。

「你在威脅我？」

「隨你怎麼想，不過我相信所有的婆婆遇到這種事，心裡當然都會不舒服，難免就會遷怒唷～」秀女故意揚起了語氣，要妍秋自己斟酌點。

「我家亮亮已經在考慮離婚了。」妍秋突然想起。

「哈哈，你們家亮亮怎麼訴請離婚呢？喔～是家事太多了？還是小倆口一天到晚吵架呀？我看這個法官大概是個白癡，離婚也得雙方蓋章，只要我們家士元不同意，這婚怎麼離呢？」

「我懂了，你就是拿著我們亮亮的幸福來威脅我，就算我是清清白白的，你也想盡辦法讓我看不到我女兒！」妍秋有些明瞭地看著秀女。

「你是要每天見得到你女兒很痛苦，還是見不到你女兒知道她很快樂呢？」

「你不會讓她快樂的。」

「會，我會讓她快樂的，只要你離開趙靖！」

「你連孩子都不讓她生！」

「生，她當然可以生啊，只要你離開，消失，我就讓她生孩子。」

「只要我離開，你就會對她好？」妍秋評估著秀女話中的眞實性。

「你們家亮亮又不討人厭，她是在替你受過嘛。唉～我無能啊，管不住先生，所以只好來求你了，你就可憐可憐我吧。」秀女竟挽著妍秋的手，眼看計謀將成，拿出哀兵政策。

「你想想你女兒的幸福，你要是走了，我疼她疼得跟自己的女兒一樣，趙士元敢欺負她，我第一個不饒過他！」

「讓她當母親。」妍秋只希望這一點秀女能說到做到。

「當，當，當！我們趙家人丁單薄嘛，亮亮能生能養那多好。」

「好，我會帶著小敏走得遠遠的。」妍秋答應了要求。

「謝謝你啊，妍秋，這是我們之間的秘密了，如果趙靖知道了你受委屈了，發火，我難過，亮亮就難受嘍～」秀女得意地補上臨門一腳。

「你不要再拿亮亮來威脅我，我是爲了我女兒的幸福，我既然答應你我就不會說了！」妍秋的聲音僵硬。

「妍秋，謝謝你，我就知道你是識大體的人，我們之間的關係怎麼會搞成這樣？要不然我們還能成爲好姊妹呢。」秀女虛僞的笑聲，包覆著整齣狡詐的戲碼，妍秋和亮亮都成了她的傀儡，就等著她走哪一步就是哪一步了。

＊＊＊＊＊＊＊＊＊＊＊＊＊＊＊＊＊＊＊＊＊＊＊＊＊＊＊＊＊＊＊

自從亮亮從手術房裡推出來後，士元一天一夜寸步不離地守在她的身邊，終於盼到亮亮醒來。

他看著亮亮失焦的眼眸，只露出一條細縫，虛弱的呼吸聲慢慢的平穩了起來，他知道亮亮醒著，士元輕輕握起亮亮的手，將他的臉緊貼在她的手上，沈重的啜泣了起來。

「亮亮......原諒我......我會改，我會保護你......我會更愛你。」他急忙許下誓言，更緊抓亮亮的手，生怕稍有不慎，亮亮就會從他眼前消失。

「你會......讓我生孩子嗎？」亮亮費盡力氣吐出的話語，仍是那一句。

士元心收緊，痛楚著。

「我會，我會。」

「永遠......輕易承諾，永遠.......輕易忘記，我不再相信你了。」亮亮撇開了頭。

「亮亮.....」士元充滿了哀求的聲音，「我差點失去你，我不要再經歷這樣一次痛苦，你再給我一次機會，好不好？」

「士元，你記得嗎，我媽媽弟弟犯病的時候，你願意當個天使，你的家人反對我們的時候，你的愛也很有勇氣。但是......一旦阻力沒有了，一旦平平靜靜的過日子，你的愛就沒了......」亮亮對這個口口聲聲愛她的男人說。

「我......」

亮亮慢慢努力地睜開眼睛，凝視著士元，凝視得越長久，心中越痛楚，這個男人！她那麼渴望要和他擁有一個家庭的男人！可是，現在，她得到了什麼？

「士元，你是為了愛而愛，還是為了挑戰而愛？我不想在危機中才能感受到你的愛，我只想……只想過著平靜簡單的生活，對你來說是無趣的日子，對我而言卻是單純的幸福，這就是我要的……」凝視著，凝視著，淚光又使一切朦朧了。

「我給，我給，你要什麼，我都給！」

又是不斷的承諾……亮亮緩緩地閉上眼睛，一個字一個字的說。

「士元，我們離婚吧！」

「不！我不離婚！」士元像聽到宣判死刑般，臉色蒼白痛楚地喊。

「亮亮，我不會答應跟你離婚的，我會改，我愛你啊，你希望我怎麼做？搬出去嗎？好啊，我也願意為你結束現在遊手好閒的日子，出去找一份工作，你答應過我，不離不棄我啊，我們還是有機會重新開始的啊！不要在這時候放棄我們倆的婚姻啊！」

「我從來都不輕易放棄，是你……是你先放棄我，你用你的懷疑你的猜忌和你的拳頭……你用你的拳頭，粉碎了我們的感情。」亮亮心寒地拉被單蓋住身體。

「是，我錯了，我錯了，我不應該動手。」士元抓亮亮的手摑自己。

「士元，不要，不要這樣……」

「亮亮……」

「不要這樣……」

「原諒我好不好，那你原諒我，我們……我們重新開始好不好？我們過我們自己的日子，不要理會其他人的看法好不好？不要離婚好不好？亮亮。」

「誰說要離婚啦？我說趙士元你懂不懂事啊你，亮亮剛開完刀呢，你不好好照顧她說什麼離婚啊？」病房裡突然出現了一位「陌生」的客人——笑容可掬的秀女。

「可憐喔，亮亮，傷口痛不痛啊？媽給你帶了鱸魚湯，人家說喝鱸魚湯傷口收得快～對了，什麼時候可以進食啊？」她俯身端詳亮亮的面容。

亮亮無語。

「趙士元啊，問你話啊！」秀女睨了一下兒子。

「護士說暫時還不能吃東西。」

「那什麼時候可以吃呢？」

「我不知道......」他失神地回答，不敢相信夫妻情分已然決裂。

「問你什麼你都不知道，留你在醫院照顧人照顧到哪兒去啦，眞是的！」

秀女竟然爲了她沒好氣的說著士元，這讓亮亮感到有些詭異。

「唉呀～誰開的窗戶，剛開完刀的人抵抗力是最弱的啦～還好還好......沒發燒。」秀女摸了摸亮亮的額頭，坐在病床邊，充滿關心眼神的看著她，「我說亮亮啊，這一兩天你開完刀，要忍一忍，等過幾天可以吃東西了，媽再從家裡煮。」秀女熱絡得好像是巡房的護士。

「士元媽媽，不用麻煩了。」亮亮輕輕地開口。

「你說這什麼話，自己媽媽還叫麻煩，對了，來......來～給她打個電話啊，我們不敢跟她說你出車禍，說你出國考察啦，那你現在跟她打個電話，就說你平安到達啦，你知道啦，母女連心嘛，你不跟她聯絡，她會著急的，快跟她報個平安啊！我幫你撥號啊......ㄟ～別讓你娘聽出什麼啦～」她拿出手機撥汪家的電話，交到亮亮的手裡。

趁著亮亮和妍秋通著電話的空檔，士元將母親拉出去病房外問著。

「媽，你到底要幹什麼啦？說實話。」他兩眼直視著異常的母親。

「我能有什麼把戲，不就突然發覺喜歡她。」秀女把胳膊抽出兒子的掌控，臉上寫著「你大驚小怪」等字。

「媽～我知道你的脾氣，你怎麼可能在一夜之間有這麼大的轉變，媽我已經沒有心情跟你玩了，她已經決定要跟我離婚了！」

「你答應她啦？」秀女眉毛一挑。

「我當然沒有，我愛她啊。」

「算你聰明，哼！」

「你還說你沒耍花樣，你原本是這麼討厭她的，現在居然不希望我們兩個離婚，為什麼？你一定要告訴我真相。」

秀女心想士元一定是護著亮亮，決計不說。

「唉呀，真相就是......你娘愛面子啊，現在外面傳得難聽啦，說我這個惡婆婆逼自己的媳婦去撞車啦～這傳出去多丟人啊，你叫我怎麼做人嘛！」

「就這樣？」士元實在不信。

「再說你爸都要把趙氏企業給她啦，萬一你爸真生氣給了她，你又跟她離婚了，那我不虧大了！」

秀女看著士元還是一臉狐疑的樣子，故意面色凝重的壓低聲音，「我告訴你唷～趙士元，這幾天你給我收斂點，別去惹你老婆～你不為了我們趙家，也為了你娘，還有趙氏企業。」

看著母親慎重叮嚀的模樣，士元也就相信了。

「我本來就沒有為了那麼多！我說了，我就只是愛她。」

「那不就好了，你管你娘心裡想什麼，好好照顧她就好啦，哼～」

你娘怎會讓你這死小子來壞我的計畫呢？秀女悻悻地想。

隔天一大早，秀女又再度來到汪家，這一次，她可是來向妍秋要她的承諾的。

「打算搬哪去啊？高雄？花蓮？什麼時候搬啊？我看就這一兩天吧，拖久也沒意思。」她難掩飛揚的神采，喜孜孜地道。

「這麼快？為什麼這麼快啊？」妍秋錯愕。

「我們不都達成共識了？還拖著幹什麼呢？早搬晚搬都得搬嘛，除非你根本就在誆我，你不想搬？」秀女逼視著妍秋。

「我答應你的事我一定會做到，我打算搬回屏東老家，那是我跟漢文結婚時候住的老房子。我總要等亮亮回來再搬吧！」

「等什麼等？要搬就搬啊！」

「你要我們母女離開，難道連話別的機會也不給我？」妍秋難以接受。

「話什麼別啊？不是都在台灣嗎？等你亮亮一回國她要想你，隨時可以去看你！」

「你不覺得你太過分了！我都已經答應你了耶！」

「那就答應得爽快些！萬一你們母女見面，你說溜了嘴，到時候不但家搬不成，還惹出一堆是非來，不是更麻煩！」秀女差點變臉。

「你就連這點信心也沒有？多留這幾天你就一定會失去趙靖？你們夫妻都做了快三十年，你對他對你自己，這麼沒信心？我宋妍秋如果眞有什麼歹念，也不會等到今天讓你有趕我的機會啊！」妍秋實在不懂秀女爲何要如此咄咄逼人。

「你有沒有什麼歹念你自己心裡明白，至於我們趙靖是不可能的，他找了你們十五年了，如果你們不是分開了十五年，我都不曉得情況會變成怎樣了。我沒有時間去換取空間，更懶得聽你在這裡說什麼是信任什麼叫夫妻相處之道！」

鬱積心頭多年的火讓秀女再也忍不住了，氣憤地越說越大聲。

「這件事沒有討論的必要，請你牢牢記住，你現在扮演的角色，有一天，你這種角色也會出現在你女兒的婚姻裡，等你女兒欲哭無淚的時候，你再來告訴我什麼叫做作第三者！」

妍秋無語，點點頭。「好，我搬，我立刻搬。我不想成爲你婚姻不幸福的藉口，我更不希望亮亮被這個藉口犧牲了，我更祝你跟趙靖白頭偕老。」

秀女悶哼了一聲，叫住轉身要去收拾的妍秋。

「等等，這點錢貼補你家用。」秀女手裡捏著一張支票。「這是爲了我的幸福，你女兒的幸福，你們母女分開，我心裡也不好過，花點錢應該的。以後等你搬走了，按月我匯錢給你，ㄟ～不要說你不要喔，這是幫你也是幫我，只要你們生活過得好，亮亮就可以安心了，趙靖也可以安心，只要我能放心，你就可以讓亮亮的生活放心了。」秀女說得清清楚楚，希望妍秋聽得明明白白牢記在心裡。

妍秋瞪視著秀女，也理直氣壯地說了起來。

「你最好記住你今天許下的承諾，如果你不能讓我們亮亮過好日子，那我是會殺了你的唷，我是個神經病，瘋起來的時候是管不住的唷......」妍秋語帶威脅地只是為了要再次確認女兒的幸福，這也是她這個做母親的，現在所能給女兒的了。

「哼～」秀女將支票丟在地上，掉頭就走。

妍秋看著地上的支票，痛苦的哭了出來。

而心中暗懷著鬼胎的秀女，日子變得比以前更有目標、有動力了。她勸士芬去醫院看亮亮，勸士芬裝個樣子，為了長遠的計畫，費舌分析給女兒聽。

「所以我說啊，你該不該去醫院看看汪子亮，你該不該製造幸福的假象？你該不該把汪子亮留在趙家啦？」她苦口婆心勸女兒。

「那難道我們就要一輩子受他們牽制嗎？」士芬不甘心。

「不用一輩子啊，最起碼在她娘搬走之前啊，在陳中威娶你之前啊，到時你再出這口氣也不遲啊。」

最毒婦人心，用在秀女身上真是一點也不為過。

「我真的恨她！」士芬咬著牙，一想到亮亮，就讓她的五臟六腑憤怒地快燃燒起來，何況是要看到她。

「唉呀～士芬啊～你想想你要的是什麼？只要陳中威娶了你，就算那個汪子亮搞七拈三，你就以陳太太的身分給她難堪啊，你看她還敢不敢吭一聲。」秀女揚起了得意的嘴角。

士芬想著母親說的也有道理，點了點頭。

✻✻✻✻✻✻✻✻✻✻✻✻✻✻✻✻✻✻✻✻✻✻✻✻✻✻✻✻✻✻

趙靖一聽說亮亮醒了，下班後就立即趕到醫院探視。

而士元此刻看到父親的出現，當著亮亮的面，告訴趙靖願意去公司上班，求父親給他一個機會。趙靖沒有先回答士元的問題，反倒是問了亮亮。

「亮亮，你願意嗎？你願意重新給趙士元一個機會嗎？」趙靖一語雙關地問著。

「爸......」

趙靖看著猶豫中的亮亮，轉過身去厲聲問著士元。

「你做得到？你能忍耐？」

「做得到！做得到！」秀女手拿著大包小包的水果魚湯出現。

打斷了父子間的談話，開始對亮亮獻著殷勤。

士芬也來了，趙靖看得是一頭霧水。

「你看，士芬多機靈啊，給你帶了雞精來了。士芬啊～叫人啊！」

「嫂嫂，你好點了嗎？」士芬的聲音有些僵硬。

秀女趕忙將兩人的手握在一起，還說士芬著急的程度，又不斷提及以前的交情。

「嫂嫂，對不起，我脾氣不好。」士芬垂下頭，低低地說。

「這個士芬就跟我一樣，刀子嘴豆腐心，你這一次啊，從鬼門關走了一遭回來，就不要再吵架啊......」

秀女的關心讓趙靖發自內心感到奇怪，但在亮亮面前也不方便說什麼，就看著這一老一小當初視亮亮如毒蛇猛獸的母女，對著亮亮百般示好。

一回到家中，趙靖就直接又毫不帶保留地質問秀女又在演什麼戲。

秀女沒好氣地瞅著趙靖。

「你很怪耶，我對她好說我演戲，你對她好眞心誠意的，你說這話也太不公平了！」秀女振振有詞地說，「我是照你說的做啊，要疼她也疼她，要接納她也接納她，這樣還有什麼不對嗎？」

「告訴我眞正的原因。」想他趙靖認識蔡秀女可不是一天兩天了。

「因爲我輸了，我累啦，我再不認輸再不讓步，兒子不跟她搬出去住了！我怕啦～」秀女手一攤，瞄著趙靖。

「你怕？你有什麼好怕的？」他太瞭解這女人了。

「我怕出人命啊！這萬一傳出去了，說我蔡秀女逼死了媳婦，我擔待不起啊！」

「眞的是這樣嗎？」

「唉呀～你還在懷疑我啊！我都已經拉下臉把實話跟你說了，你幾時看過我這麼低聲下氣，你還要懷疑我！你要我對她好也不行，我兇她吼她也不行，你到底要讓我怎麼做？」秀女裝模作樣地嗆呼著。

趙靖希望秀女打從心裡對亮亮好，不希望這只是秀女計謀中的一部分。他不斷說亮亮的好，亮亮的柔順，以及亮亮的處境多麼令人同情，而秀女也就更順著趙靖的話順水推舟的說下去，直說自己認輸，認了。

「你會喜歡她的，你會喜歡她的。」

趙靖不斷地說著，而點著頭的秀女心裡卻忿忿地想著。

「你只要一天不忘掉宋妍秋，我就永遠不會喜歡她的！」

＊＊＊＊＊＊＊＊＊＊＊＊＊＊＊＊＊＊＊＊＊＊＊＊＊＊＊＊＊＊

步出醫院的大門，一陣風來吹亂了頭髮。亮亮忍不住環緊自己，想起這些日子來的生活，只有情何以堪四個字形容，不覺天氣又更冷了。

士芬出現拿了外套給她。

「士芬，你不必勉強自己喜歡我。」

「我有嗎？」

亮亮要士芬面對自己，不要演戲，很生硬，亮亮發現到的。

「亮亮，你想太多了。」士芬反推到是亮亮太敏感了。

「是嗎？你媽媽對我突然間的轉變，是爲了什麼？我不明白，倒是你，我想我可以猜個七八分，你是爲了陳中威。」

「他跟我們家的事情沒有什麼關係！」士芬臉色微微一變，極力地忍著。

「自從我嫁給士元之後，你對我的所有敵意，不是都跟他有關嗎？士芬，我們曾是好姊妹，不是嗎？我想勸你一句話，離開中威，你們不適合，不適合勉強在一起會不快樂的。」

「是，我跟陳中威不適合，你跟趙士元也不適合，那誰跟誰才適合？你跟中威嗎？然後呢？你們要在哪重逢？巴西，美國？也可能是……」

「士芬，敏感的人不是我是你！」

談到以前，士芬激動了起來，「我們曾經那麼要好，但你欺騙我，利用我。」

「沒有，從來沒有，要不然我不會嫁給士元。」

「那你現在為什麼要離婚？你不覺得你跟中威都很惡劣嗎？」

「不是的，我們沒有這麼複雜。」

「你們就是，一個是專攻心理學的專家，一個擅長察言觀色，閃爍不定的玩了五年的愛情遊戲，可憐我們兄妹，跟著你們起舞，現在你們繞了一圈，是不是打算重回對方的懷抱？」

亮亮吁了一口氣。

「如果......我像你說的這麼有心機，那我大可......只要我點頭，他是會答應結婚的。」亮亮仍想冰釋士芬心裡的恨。

士芬聽著只是冷冷地要亮亮負責起她的幸福，因為是亮亮介紹中威給她認識的，並且語帶威脅地警告著亮亮，她會毫不猶豫地除去阻擋她跟中威在一起的障礙物。士芬惡狠狠的眼神，讓亮亮明白士芬並沒有釋懷，反倒是更加痛恨她了。

看著士芬離去的背影，亮亮不敢相信這是士芬說的話，身上的傷口又隱隱作痛了起來。

＊＊＊＊＊＊＊＊＊＊＊＊＊＊＊＊＊＊＊＊＊＊＊＊＊＊＊＊＊＊

中威最後將機票護照放入了行李箱裡，一切都收拾好了。

想起這些天的紛亂，搖了搖頭，他不在的這些日子裡，亮亮不知道又要受多少的委屈了，不過也或許他不在，亮亮的莫須有罪名會少些吧！嘆了口氣，打開門正要離開診所時，卻赫然看見士芬站在門口，早就等著他似的。

「我是來還東西的。」士芬把鑰匙交給中威。「祝你一路順風。」

「士芬......」中威一時間亂了心緒。

「你看，不是瀟灑的人就是做不出瀟灑的事，我是真的很想漂漂亮亮跟你說聲再見。我一直告訴自己，不要哭......不要流眼淚......」士芬不自禁地聲淚俱下。

「不要這樣子。」中威覺得好生虧欠。

「我不會瀟灑的說再見，我不會，我眞沒用，對不起。」

「士芬，該說對不起的是我，你有權......有權恨我。」

「我不恨你，我愛你，愛你愛到捨不得恨你，我想到的，都是你對我的好，我不知道要怎麼樣去恨一個自己深愛的人。」

士芬的字字句句說得令人動容，說得連中威都忘了士芬先前的瘋狂行徑，自責了起來。

「原諒我，原諒我的衝動，原諒我一切對你的傷害。原諒我。」

「原諒你酒後的錯覺？不，中威，那是我這輩子最甜蜜的回憶，你不需要被原諒，我不問你什麼時候回來，因爲......我不敢再有希望跟夢想，只求你記住我的深情，中威，我是深深愛著你的，這個世界上，不會有人比我愛你更多了，我......我的瘋狂請你原諒，那實在是......實在是我太愛你了。」

士芬看著中威的臉，抱住中威，永遠不想放開這一刻。

「中威，如果你還願意回來，願意見我，我.....我和我們的孩子會一輩子感激你的。」士芬的話語在中威腦中轟然巨響地震撼，孩子？士芬在說什麼？我們的孩子？中威還沒開口確認時，士芬猛然地放開中威的懷抱，臉上掛著淚，留下一句簡短的祝福，「祝你一路順風！」就快步離去了。

「士芬！這.....士芬！」

手足無措的中威看著士芬離去的背影，他的世界天旋地轉，不禁跌坐在地。

而才剛走出診所大樓的士芬，臉上也慢慢揚起一抹詭異的笑容。

第十五章

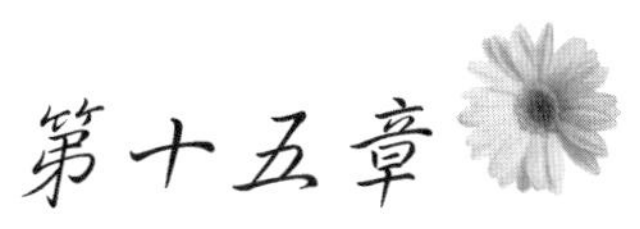

「怎麼了，亮亮？」趙靖在病房裡看著亮亮緊蹙起的眉頭，問著。

而秀女假惺惺地又是摸額頭又是看點滴的，還柔聲地不斷問著是不是哪裡不舒服啦。

亮亮搖了搖頭。

「今天是我媽的生日，我人就在台北，卻不能陪她一起過，她一定很不開心。」亮亮感傷的說著，想到小敏和媽媽孤零零的沒人照顧，自己又不能陪在他們身邊就覺得難過。

「這樣吧，打個電話給她，就說你從美國回來再給她補過。」趙靖試圖安慰亮亮，希望平撫她不安的情緒。

「唉呀～補什麼補啊～年紀大的最忌諱過生日啦～好像以後沒得過似的，不補不補啦～」秀女自作主張的繼續說著。「我說士元啊，你丈母娘生日呢，你是半子你去替她過！亮亮有苦衷你就去替她盡盡孝道～」秀女對士元擠了擠眉，要他趕快哄亮亮開心。

「可是，媽，這我不會啊......」士元爲難的說道，露出了尷尬的表情。

「這有什麼不會的？你媽說的沒錯，你去替丈母娘過生日是天經地義的事，有什麼好爲難的啊？」趙靖有點生氣的責怪士元的不懂事。

「不用，不用麻煩了......」亮亮擺擺手，露出尷尬的表情，不好意思的說著。

「唉呀～亮亮，不用客氣啦！都自己人啦～士元啊，待會去帶你丈母娘小舅子到家裡來，趙靖啊，記得，待會去替妍秋選份禮物耶，我要到市場去買幾樣好菜親自下廚。」秀女要做就做到底。

「不用了，眞的不用了，等我回去，再替我媽補過就好了。而且今天小敏還要複診，恐怕沒有時間。」亮亮對於趙家對她突如其來的獻殷勤，感到有點不知所措。

趙靖起身望了望窗外，和煦的太陽溫暖的照了進來，他想到今晚又可以見到妍秋，不禁露出了開心的笑容。

「士元啊～你現在就先帶小敏去醫院啊！」

「對，先去汪家......」秀女在一旁，看得出趙靖的內心喜悅，牙根緊咬，硬是擠出一張笑臉。

「我呢，我先去選禮物，我們一塊走吧。」

「好啊。」

「去吧。」趙靖和士元父子倆一起往門外走了出去。

「我說亮亮啊，你媽媽愛吃什麼東西呢？牛肉她吃嗎？魚呢？那海鮮吃不吃啊？有沒有高血壓呢？你得告訴我，她有什麼忌口的啊？」秀女送走了他們，又回頭對著病床上的亮亮熱心的說著。

「你有什麼目的？」亮亮對秀女一百八十度的轉變始終有著戒心，直覺她要對自己一家人進行什麼計畫似的。

「人生太長了嘛，與其侵略倒不如收服。」秀女收起假扮已久的笑臉，擺出一副妥協了的姿態。

「收服我們什麼？你從來就不屑收服我們這一家，你瞧不起我們，在你的眼裡，我們根本不配被你收服。」亮亮頓了頓，「突然間對我們這麼好，說實在的，我有點害怕。」亮亮說出自己的恐懼，對於趙家，對於這突如其來的轉變，她有一種說不出的感覺，一種不得不懷疑的猜忌從心中升了起來。

「是啊，我從來都不喜歡你，過去不喜歡你，現在嘛，也不太喜歡你呀，不過我已經努力在嘗試了，你看不出來嗎？」秀女輕描淡寫的說出她一直以來的感受。

「爲什麼要努力嘗試呢？」亮亮抬起頭，眼神嚴厲的質問著秀女。

「因爲我兒子喜歡你啊，這一次車禍，讓我知道你在他心中的重要性，要是失去了你，恐怕我也得失去這個兒子，趙靖也喜歡你，想來，你應該也壞不到哪去，我也不希望我們之間的關係，始終是這麼惡劣的嘛。何必呢，再說，我蔡秀女活了大半輩子啦！我可不想落得一個惡婆婆惡親家的名聲啊，我這樣解釋你能接受嗎？」

「謝謝你，我不會讓你失望的。」亮亮別過頭，不願意正視秀女依然咄咄逼人的眼神，她希望秀女說的是眞的，也厭惡著自己染上愛猜忌的個性。

「晚上給你娘過生日，你可得從國外打電話來唷，她會很高興的。」

秀女出了病房，用力關上門，臉色一變。

「你什麼東西，還得我跟你解釋！哼！」

＊＊＊＊＊＊＊＊＊＊＊＊＊＊＊＊＊＊＊＊＊＊＊＊＊＊＊＊＊＊＊

在趙家，秀女忙進忙出地在廚房裡做著菜，手忙腳亂的叫喊著士芬一塊兒幫忙，可士芬卻心不甘情不願的抱怨著。

秀女看著拗著脾氣的士芬，正顏地說著。

「我可告訴你哦，趙士芬，待會人家來了，可別給我擺這臉色。」秀女叮嚀著女兒，深怕會有什麼差錯。

「我就是這個臉！」士芬逕自到冰箱拿了飲料喝，一副不關我事的樣子。

「你給我換一張笑臉面具！」秀女嚴厲的說道。

「我就是不高興！」士芬想起汪家一家人就覺得生氣，實在不知道爲什麼母親突然要請他們來，還要自己陪笑臉。

「趙士芬～不管怎麼樣這兩天你給我忍著點，等到我把那個瘟神給送走以後，你不就舒服了嗎？」秀女緩緩口氣的哄著女兒。

「就算把宋妍秋送到天邊去，她女兒汪子亮還是住在這兒啊！只要她一個不高興，跑去跟她媽告狀，然後她媽再回來再來勾引爸，那還不是一樣！」士芬又高聲的說道，好像早就知道結果一樣。

「唉呀～士芬啊～到時候如果汪子亮回來不高興，好啊～那就離婚啊！到時候這一老一小的狐狸精都給我滾得遠遠的！」秀女也不甘示弱的說著。

「那......那中威......」士芬突然慌張的想到了中威。

「所以我說士芬你要忍啊，等你如願以償嫁給中威啦，到時候你就告汪子亮破壞家庭！」秀女狠很的說著，想像汪子亮一家人被罵得臭頭的樣子，就不禁得意了起來。

「我不會讓中威跟她見面的，到時候他會比我還恨她！」

「會嗎？」秀女疑惑的看著女兒，不知道她又要耍什麼把戲了。

「會的，他會的......」

士芬心中不知在想什麼，眼神飄到了窗外。

士元到汪家接妍秋，原本妍秋推辭了，但是從士元口中知道是秀女的意思，爲了亮亮，也只有答應了。

還沒進到趙家，就聽見秀女在屋裡喊著妍秋姊姊的聲音，秀女親暱的舉動，看在妍秋眼裡當然是別有用意，而趙靖在一旁無知地倒覺得或許秀女眞的變好了。

秀女又是叫姊姊又是爲之前言行賠罪，還要士元承諾將來對亮亮好。

「只要你岳母她願意啦，那以後你們不就有好日子過了嗎？」秀女開心的拉著士元的手，要他敬岳母一杯。

「好，我敬！媽，我保證會好好愛亮亮，你原諒我吧。」士元一口把酒喝下，希望妍秋能夠相信他。

妍秋點著頭，默默地喝下了一杯。

士元敬完之後，秀女又叫士芬敬，自己也插上一腳，炒熱氣氛似地敬著。

看著妍秋一杯一杯的喝，趙靖覺得妍秋的表情有些勉強，他知道她並不快樂。

「妍秋！不要喝了，你不能喝。」趙靖把妍秋的酒杯搶了過來，心疼的關心著她。

「趙靖啊～你這樣一擋，不就是叫妍秋不原諒士元了嗎？我說老姊姊，我們倆之間啊就是他最討厭啦！要是沒有他，我們兩姊妹的感情搞不好好得很呢。」秀女又從趙靖手上一把搶過了酒杯，又倒了一杯酒到妍秋的面前，一邊拉著她的手裝出親熱的模樣。

「是啊，別理他。」姸秋幫著秀女演戲。

「我說趙靖啊，姸秋生日大家開心啊，我敬你！」秀女忙上忙下，好不容易坐下來喘口氣，便拿起酒杯要敬酒。

「多虧了你。」趙靖一飲而盡，或許先前眞是錯怪秀女了，總之趙靖對於今天秀女的表現很滿意。

「一起來嘛，大家一起來，祝姸秋生日快樂～」秀女吆喝著，眾人舉杯向著姸秋。一桌子有人眞心的歡笑，有人暗自盤算著，而有人正呑著委屈，默默地承受著。

餐後，姸秋在趙家庭院乘涼，望著滿天繁星發著呆。

趙靖看見了，悄聲地走到姸秋的身邊。

「人生如戲啊！」姸秋望著天空一顆顆碩大的星子，禁不住嘆了一口氣。

「秀女不是個壞人，就是喳呼了點脾氣壞了點嘴巴劣了點心思粗了點。」趙靖看見姸秋若有所思的模樣，拍了拍她的肩膀，用溫柔的語氣向她說。

「是啊，她不是壞人。」姸秋站了起來，避開趙靖的手，眼神還是望著無盡天空說道。

「趙靖，你是好人，你厚道。」

「她是我老婆嘛。」

「你跟漢文一樣護老婆，也是啦，自己的老婆不護誰護呢？」

秀女從他們的背後出現，高聲打斷了他們的談話。

「趙靖啊～你們聊天啊，你看你回來都這麼久了，上去換件衣服輕鬆點，等等吃生日蛋糕啦～我說老姊姊啊，現在士元可是被我訓練得在洗碗了，以後可以幫著亮亮做家事啦～」秀女催促趙靖進屋裡。

趙靖一走，姸秋看著笑盈盈的秀女。

「以後一直都會這樣嗎？」對於眼前這個百變的女人，姸秋猜不透她。

「只要你願意，只怕以後會比現在更好呢！」秀女保證的說著。

「你保證？」姸秋不安的再問了一次。

「你不相信？」

「我很想相信你，但是......」妍秋沒有說出她的憂慮，她已經不敢再相信任何人了。

「我都還沒不相信你呢，我也沒要你保證一定要搬離台北的啊～」秀女還是一貫咄咄逼人的高姿態模樣，尤其是對於眼前這個具有威脅性的女人。

「你知道我會的，你也是做母親的人，沒有一個做母親的，不希望自己的子女快樂幸福，你知道我會的，不用任何保證。」妍秋正視著秀女，語氣堅決的說，只要亮亮能得到幸福，就算搬到天邊她都願意。

「說實話的，你這個病拖累兒女也很久啦，不要說是我勉強你離開，就算是爲了你女兒重新開始吧......你說是不是啊？」秀女一副爲妍秋設想的口吻，好像自己這麼做倒是體恤了亮亮，都是爲了她好。

「汪媽媽～電話，亮亮從美國打回來的電話。」士元在屋內開心的大喊著。

「亮亮～亮亮～」妍秋聽到是亮亮，匆匆忙忙的跑進屋子裡。

「生日快樂！」電話那頭傳來亮亮有些微弱的聲音。

「快樂，快樂，你好不好啊？」妍秋聽到亮亮的聲音，頓時安心了不少。

「我很好，他們在幫你過生日啊，開心嗎？」

「只要你開心，媽就開心了。」妍秋想到自己即將與亮亮分離，一陣鼻酸。

「你怎麼先說出我心裡的話呢？是你開心，亮亮就開心。」

妍秋聽了淚水止不住地滴落話筒，但是傳不到亮亮的耳裡，亮亮更看不到。

「媽，他們先幫你過，等我從美國回來，我們再過自己的哦。」亮亮趕快安慰母親。

「好......我等，長途電話呢，掛上了吧。」妍秋對於女兒的孝心感到欣慰。

「媽，再跟我說說話，我好想你。」亮亮像小女孩一樣對妍秋撒嬌，希望在她生日這一天有個快樂的回憶。

「快吃蛋糕啦～我說士芬啊，快來幫忙～」話筒那邊傳來了秀女的聲音。

「我也很想你。」妍秋柔聲的對女兒說。

「媽……我快出頭了，士元媽媽她答應願意改，你說得對，我們要一起努力，一起好好把日子過好。」亮亮突然充滿希望的對妍秋說道。

「嗯，我們一起努力。」

「我說壽星婆啊～快點，等你吹蠟燭啦～要給你唱〈生日快樂〉歌啦。」秀女又高聲的催促正在講電話的妍秋了。

「日子會越過越好的。」妍秋突然有點哽咽，內心掩不住的感傷。

「媽……你怎麼了？」亮亮聽出了妍秋的異樣。

「沒有，我很好，亮亮，你自己要多保重啊。」妍秋掩飾著自己的情緒，努力的用開心的語氣叮嚀著亮亮。

「我會的，媽，我好愛你喔。」亮亮笑著，只要想到母親能過好的生活，不管再累再苦再委曲，她都可以忍受。

兩人掛上電話，亮亮看著天空。

「老天爺，你終於看到我汪子亮了，謝謝你，我會加油的。小敏加油！亮亮加油！媽媽加油！」

趙家傳來唱〈生日快樂〉的聲音，熱鬧的氣氛正好映襯出她內心的孤單。

妍秋聽著，心裡想著，眼眶裡閃著光。

「亮亮，媽祝你幸福，永遠幸福。」

周遭人鬧烘烘的，妍秋的心願只有這一個。她默默的看向窗外，除了死寂的街道，一片黑暗，冷風吹了進來。

生日隔天，士元帶著蛋糕到病房給亮亮吃，但亮亮始終一臉冷漠，直到士元拿出當天照的照片給亮亮看，亮亮才展開笑顏。

看著小敏狼吞虎嚥吃得滿嘴的奶油，還有大家拍著手幫母親唱歌，母親低著頭害羞的樣子，還有……還有母親吹著蠟燭專心祈禱的模樣，亮亮看了突然心一酸。

「媽……媽……」亮亮終於忍不住思念的情緒，低下頭，一顆顆珍珠大小的淚湧了出來。

士元看了心疼，用力抱住了亮亮。

「亮亮，你原諒我吧。」士元愧疚的抱緊亮亮，亮亮的眼淚讓他心碎。

「你們就是會欺負我，永遠知道我的弱點，我的弱點是什麼？我愛媽媽，我愛小敏，以前……以前你們不在乎我，羞辱我和我的家人……不愛我又不願意放了我，現在又拿出這些給我看，趙士元，你最可惡！最可惡！最可惡了！」亮亮一邊哭一邊用手捶打著士元的背，好像要把所有的情緒在今天全部發洩出來。

「亮亮，你說的對，我們可惡，我最可惡！所以請你不要輕易放棄我好不好？留在我身邊，好好的教訓我！管制我！你看，我今天洗了好多好多碗耶，還打破了兩個，長到三十歲，第一次下廚房洗碗，我媽還命令士芬，不准幫我耶，我洗得……好累好累，好可憐唷。」士元任憑亮亮打他，只要她開心就好。

「你活該……」亮亮被士元抱得差點不能呼吸，急忙推開他，用嬌嗲的口氣說著。

「對啊，我眞的是很活該耶，可是，你都沒有一點點心疼啊。」士元裝出一副很受傷的模樣，想要得到亮亮的同情。

「我的心已經死了，沒感覺了。」亮亮別開頭，對於眼前的這個男人，她已經不知該如何是好了。

士元握住亮亮的手。

「你騙人，我永遠記得你說過的話，你說，士元，別人不愛我們，我們自己愛自己，別人不看好我們，我們偏要白頭偕老，讓他們跌破眼鏡，亮亮，你不是一個輕易放棄的人，我知道你是愛我的，你對我永遠有感覺。」士元對亮亮的愛有著十足的把握，亮亮不會放棄他的。

「已經沒感覺了……」亮亮倔強的抽出了自己的雙手。

「有的！亮亮，我知道你是愛我的，你不可以放棄我，我知道你是愛我的，我知道，亮亮……」士元激動的說著。

「亮亮……我……亮亮……」

亮亮轉過身子假寐。

士元懷抱著她，輕聲叫喚著亮亮。

「我們重新開始好不好？」他柔柔的說著，像個要糖吃的男孩趴在病床旁邊，祈求著亮亮的原諒。

亮亮看了士元一眼，輕輕笑了。

＊＊＊＊＊＊＊＊＊＊＊＊＊＊＊＊＊＊＊＊＊＊＊＊＊＊＊＊＊＊＊

這天，天氣特別晴朗，趙靖在車上，正要往另一個開發地察看，卻接到一通電話，是前幾天他幫姸秋訂的一組音響設備的店家老闆，他告訴趙靖，貨送到了指定的地點，卻無人在家無法送達，於是向趙靖確認一下地址。

趙靖確認過後無誤，心中也覺得怪異，於是叫司機老劉掉頭往汪家趕去。

趙靖按了半天門鈴，就是沒半個人出來。而隔壁鄰居正好探頭出來，趙靖禮貌地詢問著姸秋他們的去向。而當鄰居告訴趙靖他們好像搬走了的事情，趙靖一聽，整個人呆坐在地上，臉色極爲難看的喃喃自語著。

「不……不行！你不可以再像十五年前那樣不告而別了，你不可以從我生命當中消失，不可以！不可以！」

趙靖像個小孩失去了依靠，痛苦的落下淚來。

陽光刺著眼，就和十五年前那天一樣。

＊＊＊＊＊＊＊＊＊＊＊＊＊＊＊＊＊＊＊＊＊＊＊＊＊＊＊＊＊＊＊

亮亮什麼也不知道的和士元在病房裡親暱的膩在一起，兩人像是已經恢復到以往感情般地說笑著。

趙靖面色凝重的出現，沈重地告訴亮亮，找不到妍秋和小敏。

亮亮聽了，反而笑著跟趙靖解釋著母親他們並不是搬家，而是出遠門玩去了。

天眞的亮亮，殊不知妍秋打這通電話時，秀女早已暗中威脅著她，欺騙亮亮，好讓他們搬家的事情不會太早被發現，而發生變故。

趙靖半信半疑聽著亮亮說的話，他總覺得心中就是有種不安。

趙靖的腦子裡浮現出一個人詭異的笑容，他知道找誰問去才能釐清這一切。

「秀女，你沒有話要跟我說嗎？」趙靖一回到家裡，就嚴厲的質問著秀女。

「什麼話呀，跟你說什麼啊？」秀女裝傻著。

「我不知道，我在等你說。」趙靖更著急了，大吼了出來。

「唉呀，到底什麼事啊，要不然你告訴我！」秀女還是一副不知情的模樣。

「妍秋到哪裡去了？」

秀女怔了一下，馬上自強鎭定著。

「我把她宰啦？吃啦？分屍啦？」秀女故意提高音調掩蓋心虛的說。

「秀女不要再鬧啦！」趙靖急切的問著。

「是誰在鬧啊～爲什麼她一不見就要來問我啊？」秀女無辜著。

「亮亮...亮亮說他們出遠門旅行去了......」

「是啦～人家女兒不都自己說啦，妍秋自己要帶著兒子出去走走，怎麼？你連亮亮的話都不相信啦？」秀女又擺出了一副事不關己的樣子，看到趙靖心急的打探妍秋的消息，心中升起了一把怒火。

「搞不好亮亮也不知道眞相......」

「亮亮不知道，士元不知道，你不知道，幹嘛啊！就我蔡秀女知道？我知道幹嘛不說啊？就算我要改善關係，也沒改得那麼好、那麼快，可以跟宋妍秋手牽手的一起騙人。」秀女沒好氣的說著。

「所以我才覺得奇怪。」趙靖說出自己的疑惑。

「是啊，是奇怪啊，奇怪的無聊！小人之心，偏頗得離譜！」秀女手抱胸前，眼睛斜瞪著趙靖，怪他誣賴自己。

「我這麼說是有依據的！」趙靖看著秀女，說出他的想法。

「妍秋帶著小敏出去玩，怎麼？連阿惠也帶著一起出去？再說阿惠是你派出去監視的，他們家一有什麼事情，就立刻來通知你，這麼大的事，要出遠門，她敢不告訴你嗎？」

「唉呀，趙靖啊，你太過分啦，宋妍秋要我負責，連阿惠那個下人的帳也要算到我頭上來啦？哼！她要不告訴我，我能怎麼樣啊？說不定宋妍秋不讓她說啊，怕你擔心怕你阻止，這不是沒可能啊？」

秀女看趙靖不語又繼續說著。

「哼！宋妍秋不告而別，這也不是第一次了吧，最遠的呢......就十五年前那一回啦，近點不就上回帶著小敏坐計程車兜了台北市一圈啊，怎麼這兩次都跟我有關啊？不是吧～是都跟你有關吧！人家十五年前為了躲你，十五年後是為了找你！」秀女硬是把從前的舊帳都翻了出來，惹得趙靖更生氣了。

「夠了，不要說了！」趙靖狠狠的說，不願意往事被秀女拿來取笑。

「我還不想說這一次的失蹤是跟你有關咧，做賊的喊捉賊！」秀女得理不饒人更變本加厲的說著。

「對！我是懷疑你，因爲你這一切太反常了，依你的個性，哪那麼容易向人低聲下氣的，你說怕落得一個惡名，不可能，你蔡秀女向來是唯我獨尊的，你哪怕人家怎麼看你？怕失去兒子？也沒那麼怕吧！因爲你瞭解趙士元他是不可能翻出你的手掌心的，是爲了士芬的愛情嗎？也未必！人家不喜歡士芬，你去籠絡妍秋跟亮亮，那你到底是爲了什麼？到底還是爲了三十年來的老問題。」趙靖把這一切的反常做了個推論，對於秀女的所作所爲感到害怕。

「唷～你趙靖有那麼重要？」

「我是沒那麼重要，你看中的也不是我趙靖這個人，要不然這三十年來你不會不斷的嘲諷我奚落我，你看重的是這個婚姻這個幸福的假象。你怕的不是落得個惡婆婆的名，你是怕落得個失敗者的記號！對不對？」趙靖一針見血說出了秀女內心的恐懼。

「你可以奚落我，不在乎我，可是卻不允許別人看重我依賴我！哪怕這段婚姻是一段食之無味的雞肋，你也不允許別人從你手中搶走。」趙靖說出了這三十年來的不滿。

「不懂啊，不懂你在說什麼啊！」秀女假裝聽不懂趙靖的話大聲耍賴著。

「不懂？是，嘴巴上永遠說不懂，做起欺負人的功夫卻毫不含糊，沒有人比你更內行了。你這次又用的是什麼招數，讓妍秋心甘情願的在電話裡欺騙亮亮？」趙靖對於眼前這個女人，有著莫名的不信任和不安，深怕她眞的對妍秋做出什麼可怕的事情。

「你的妍秋，你心愛的妍秋，她不是省油的燈耶，她是瘋了，但她不是死人，她會這麼輕而易舉的任我擺布啊？就因爲你愛她，所以她是善良的受委屈的，她是絕對的好，別人是絕對的壞，尤其是我蔡秀女，更是壞到了極點是嗎？」秀女情緒失控的大喊著，對於趙靖一味的袒護妍秋，數落自己，感到極大的不平衡。

「趙靖，你這麼說我公平嗎？哼，我眞的有這麼壞嗎？就算我奚落了你三十年，我對你有過二心嗎？我沒有啊～你說這段婚姻像雞肋骨，那是你覺得，我可從沒這樣看過，就算我害怕失敗輸不起好了，這不表示我對這段婚姻的忠誠和負責嗎？」

「不要美化自己的行爲，」趙靖別過頭，不想和她爭論。

「我沒有什麼醜陋的行爲需要去美化的，是你自己一再地去猜測，你害怕再度失去她所以你著急，一天到晚在說親疏有別，你是最親疏不分的，一個宋妍秋的失蹤，就可以把你打得原形畢露，我跟你結婚三十年啦，比不上別人的老婆？」秀女崩潰的說，激動的抓住了趙靖的手。

「你振振有詞，希望你晚上也可以心安理得的睡得著覺。」趙靖冷冷的甩開她的手，往外面走去。

秀女握緊了拳，自己的指甲陷進了手心，她不覺得痛，牙齒咬破了嘴唇，也不覺得痛，她只有心在絞痛，絞痛到其他什麼感覺都沒有了。

「絕對不能讓他們再見面了，絕對不能......絕不能！」這樣的聲音不斷地在秀女心中迴盪著。

****

在屏東老家，妍秋看著夜色，一片孤寂，一切熟悉的景色。

她摸了摸屋前的老樹，枝幹依然堅強地挺立著。

突然間，聽到一個聲音，妍秋回頭。看見漢文正站在門邊叫喚著她，給了她那個雨中的飛吻......漢文的臉清晰的印在門外，在庭院裡，還有他們倆歡笑追逐的身影。

妍秋急忙衝向漢文，渴望那個溫暖寬厚的胸膛給她一個擁抱，才跑到門邊，漢文的身影卻消失了。任憑妍秋瘋狂地到處尋找也遍尋不著。

「漢文，我不唱歌了，我不唱歌了，我在家裡跟孩子等你回來，你回來～我不唱歌了，你回來......」

妍秋哭泣的喊著，夜色裡的庭院，只飄起了一絲絲細雨，回應著妍秋。

妍秋又聽到那個颱風夜孩子們的歌聲，往屋裡走去，看見子荃亮亮還有小敏手牽手唱著歌。

妍秋拍著手，一起打著拍子唱和著，露出了母親慈愛的神情，向前要擁抱住她可愛的孩子。突然間，孩子們也消失了，恍惚的妍秋擁抱著空氣，完全陷入自己的回憶中。什麼都沒有了......漢文、子荃、亮亮、小敏，全都消失了......

妍秋不可遏止地大哭了起來，分不清現實與虛幻。

想起子荃走的那一天......

「我可以，我可以的。」她多麼想證明自己是想當一個盡責的母親，只是......只是她那天看著子荃的眼神，這句話始終說不出來。

眼前突然又出現子荃在跟她招著手。

「不～子荃～不要帶走我的孩子～」妍秋泣不成聲的說著。

回頭看著全家人的合照，剛擦的眼淚又掉了下來。

「漢文，我又回來了，只有你知道，我是鼓足多大的勇氣，才敢踏進這屋子，我還是怕啊！漢文，往事是這麼的眞，這麼的殘忍，我怕呀......」妍秋對著空曠的房子說著，彷彿漢文就在她身邊。

「我知道，你是最疼我最捨不得我的，你在天上就要保佑我們，保佑亮亮，爲了亮亮，請你給我勇氣，讓我堅強起來......讓我堅強起來......漢文！我好想你......我是眞的好想你......我是眞的好想你......」

黑暗中，妍秋心底很清楚而又很悲哀的明白，她這一輩子要完全地清醒過來是不可能的了，她已被許多無形的東西鎖住了，鎖得牢牢的。

＊＊＊＊＊＊＊＊＊＊＊＊＊＊＊＊＊＊＊＊＊＊＊＊＊＊＊＊＊＊＊

今天是亮亮出院的第一天，士元在一旁小心的扶著她進門，秀女更是小心翼翼地在一旁注意著別讓東西碰著亮亮了。

而士元正要帶著亮亮上樓去時，秀女卻叫住了兩人，假惺惺地告訴士元亮亮身體不適，並不適合爬上爬下的，早就已經打理好樓下的這間房，方便亮亮好好休養著。秀女的想法也是對的，亮亮和士元也就沒多說什麼，進了樓下那間房，可是秀女在一旁冷冷地笑著，誰也沒想到她叫亮亮睡樓下的眞正目的，是爲了不讓亮亮有機會懷孕。

士元看著房裡狹小的空間，又開始向亮亮抱怨爲何要讓她睡樓下，這樣他根本沒地方睡在亮亮身邊了。

亮亮倒是調侃著士元只適合亂世兒女情，得不到的才是好的。

看著士元還像個長不大的孩子的表情，嘴嘟囔著，亮亮感嘆的說著。

「其實士元，現在就有空間讓你闖啊，你是趙家的獨子，去分擔爸爸的辛勞也是應該的，除了你還有誰更適合去繼承呢？」亮亮勸士元去幫趙靖的忙。

而此時秀女端了湯，正站在門外，側耳聽著。

「我不想靠他。」士元很有骨氣的說。

「你不是靠他，是他靠你。他要靠你把趙家的事業永續經營，發揚光大，到時是你榮耀他，可不是你沾他的光唷，我跟你說，以後......」亮亮試圖要讓士元接下趙靖的公司。

「好啦，亮亮我去看媽湯好了沒？」士元打斷亮亮的話，往門外走去。

「媽！湯好啦？我......我出去一下。」

「坐......在這喝湯，別起來。趙士元怎麼啦？」秀女急忙把湯端進房間裡，假惺惺的問亮亮。

「我叫他到公司上班，我覺得......」

秀女邊稱讚亮亮說的對，邊盛湯給亮亮喝。

「媽，我明天想回家一趟。」亮亮向秀女提出想回家看妍秋的要求。

「那怎麼行啊，我是說你今天才出院啊，身體沒養好怎麼出門啊。」秀女馬上拒絕了亮亮。

「我可以......」亮亮覺得自己的身體已無大礙了。

「不行啊！你忘了你跟你媽說你出國去考察，現在白了一張臉回去，她一定看得出來的。」秀女找了一些理由來搪塞，試圖打斷亮亮想要回家的念頭。

「那我打電話回家。」亮亮起身要去打電話。

「不用打啦～他們還沒回來呢。你先休息我去弄晚餐。」秀女慌張的阻止她。

亮亮一臉懷疑地看著不斷阻斷她聯絡家裡的秀女。

夜裡，趁著秀女不注意時，亮亮不放心地還是撥打了電話，卻都沒人接。

「打電話回家啊？」趙靖走進客廳看見發著呆拿著話筒的亮亮。

「都這麼多天了，媽和小敏怎麼還沒回台北呢？」亮亮擔心的說著。

趙靖此時也說出心中的疑慮，最好的辦法就是進門看看，但是亮亮隨時都有秀女在一旁看著，不方便隨意行動，於是趙靖要亮亮把鑰匙給他，讓他進門看看。

當亮亮要進門拿鑰匙給趙靖時，卻遇上了秀女走下樓。

「唉唷～我說趙靖啊，都這麼晚啦，還跟亮亮聊天啊？」秀女假惺惺的說著。

「你抱著棉被幹嘛啊？」趙靖懷疑的看著秀女，不知道她又要搞什麼鬼了。

「喔，我下來陪亮亮睡。」秀女理直氣壯的說。

「那士元......？」

「你忘啦，晚餐的時候不是說了嗎，他要到你公司上班，上班要有上班的樣子，當然要早早睡覺明天好去上班啊。」

秀女的殷勤讓趙靖覺得古怪。

「要不要叫阿惠回來啊？」

「唉唷，我說趙靖啊，男人眞是粗心大意，阿惠是個外人，年輕又粗手粗腳的，半夜睡得跟豬一樣，誰指望她啊。」邊說著邊拉著亮亮的手，「來，媽陪你進去......」

看著還杵在客廳的趙靖，秀女挑著眉。

「老爺子啊，還有什麼事？」

「沒事......」

「沒事早點睡，明天還要上班呢。」

秀女關上門，防衛著亮亮和外界有著多餘的接觸，尤其是她的母親。

夜已深，躺在亮亮身邊的秀女，起伏著規律的氣息，像是已進入夢鄉好一會兒了。

「媽......媽......」亮亮輕聲的叫喚，秀女依然熟睡著，於是她悄悄起身偷偷地爬上了樓。

秀女打了個冷顫，棉被掉在地上，而身邊的亮亮也不在床上。

秀女心一驚，趕忙衝出房間，卻在門口差點撞倒亮亮。

「怎麼起來了呢？睡不著嗎？」秀女顯得有點慌張。

「我去上洗手間啊……」亮亮說完就進房裡，悶著頭睡去。

秀女看了看亮亮，又往樓上看了看，像是監視者般瞪著亮亮，深怕亮亮又跑出去。

趙靖拿著亮亮昨晚拿給他的鑰匙，打開門一看，屋內東西早已搬空，空蕩蕩地。趙靖最害怕的事情真的又發生了，他難過失望地不解的想著妍秋這一次爲了什麼要搬得如此倉卒，連自己的女兒都不能道別地就這樣離去了……

眼角的餘光瞥見客廳的桌上留了一封信署名要給亮亮的，趙靖拿著信，趕忙就去找了亮亮。

看著趙靖慌張的模樣，亮亮趕緊將信拆開，信裡妍秋工整的字跡寫著：

「亮亮，媽的乖女兒，出差累不累？當你看到這封信的時候，媽已經搬回老家了，不要懷疑，亮亮要長大，媽也要長大，記得嗎？我們說好要一起努力，這麼多年，我不敢回憶，不敢回到舊居，現在，媽願意勇敢的踏出這一步，亮亮應該爲媽媽喝采吧。」

「我媽帶著小敏搬回老家去了。」亮亮感到非常訝異。

「怎麼會這樣子呢？」趙靖也不明白。

「我不懂，那一直是她最痛苦的地方，這麼多年來，她刻意要忘記那個傷心地，怎麼會搬回去住了呢？」亮亮說出了心中的疑問。

「亮亮，你要不要回去看看？」趙靖擔心妍秋，好心的提議。

「爸～我根本沒有自由行動的機會，白天有士芬陪著我，士芬有事，就換士元媽媽，夜裡，士元媽媽更是寸步不離的盯著我，昨天晚上好險唷，差點就被媽發現了。」亮亮說出了自己的處境。

「你現在身體怎麼樣？可以出門嗎？」

「我可以，可是我出不了門啊，又不能讓士元媽媽知道你替我回過家，拿過信啦。」

「不行，我來想想辦法，讓你自己回去看看，一定要你自己回去，連士元都不要陪著。」

亮亮點點頭，心中希望母親和弟弟千萬別出事才好。

而這天一大早，趙靖就故意安排說有應酬，秀女一定要陪著一同出席。好將她支開，讓亮亮避開監視去探望母親和小敏。

一切都順利的進行著，搭著特快車的亮亮心急如焚地想趕快見到她心愛的家人，窗外的景物快速地模糊了身影，亮亮還覺得速度太慢。

「媽～小敏～」阿惠才剛打開門，亮亮就興奮地到處尋找著母親和弟弟，小敏一看到亮亮，就開心的把亮亮一把抱起旋轉著，而妍秋倒是早已聽到亮亮的聲音衝了出來。

一見到亮亮，妍秋的思念之情溢於言表，抓著亮亮東問西問地。

「美國好玩吧？累不累呀？那邊比較冷吧，語言還可以通吧？」

「媽，我很好...你為什麼要搬家啊？」亮亮實在不懂。

「我拿上次士元幫我過生日的照片給你看。」妍秋起身要去拿照片，打算迴避著亮亮的問題。

「媽！」亮亮忍不住喊著。

「你看，秀女的手藝還不錯耶，你看，一桌的菜都是她做的，你看士芬長得多像她爸......」妍秋還是假裝沒聽見亮亮說話。

「媽，你為什麼要搬家？」亮亮扳過妍秋的身子，鄭重的問道。

「你不是看了信來的嗎？信上不是寫得很清楚嗎？」妍秋低下頭，不敢面對亮亮的詢問。

「不清楚。」亮亮要母親說個明白。

「我只是想自己是否能獨立面對往事。」妍秋淡淡的說著，還是不敢直視亮亮的眼睛。

「就為了證實這樣，可以了又怎麼樣？那我軟弱需要你的時候，我該怎麼辦？我能立刻看到你嗎？」亮亮忍不住大吼了出來，對於母親的不告而別，她再也無法忍受了，再也無法忍受要與母親分離。

「怎麼了？他們對你不好？他們又欺負你了？」妍秋以為亮亮受了委屈，擔心的看著亮亮。

「士元媽媽對我的態度有一百八十度的改變，這段日子，她對我無微不至的照顧。」

「你不是在國外嗎？」妍秋疑惑的說。

「我是說，我在國外她也經常打電話給我，關心我，慰問我。」亮亮趕緊解釋。

「她.....她變得很會為我設想，她甚至......對士元都不會那麼溺愛他了，她支持我，讓士元去公司上班，她......她變得......她也不反對我生孩子了。」亮亮說出了秀女的改變以及這段時間的生活。

「眞的？她也這麼跟你說的啊？」

「也？她也跟你談過？她什麼時候跟你談過這些？」亮亮覺得不可思議。

「生日那天啊，她跟我說她不反對了，她希望早一點做奶奶，我也可以早一點做外婆啊。」妍秋掩飾著剛才的口誤。

「是啊，她現在整個人性情都變好了。可是我總覺得不對勁，她不可能對我好啊。」亮亮越想越不對，莫非這又是另一個圈套。

「你想得太多了。」妍秋安慰亮亮，試圖讓她安心。

「我知道，她好得不像眞的，像齣戲。」亮亮回想這幾天來秀女的一切行為。

「像齣戲？」妍秋不甚瞭解。

「嗯！」

「她願意改變是好事啊，你又何苦追根究柢的猜測她啊。」妍秋承諾要犧牲自己來成就亮亮的幸福，所以她不能告訴亮亮眞相。

「媽，你為什麼要一直幫她講話呢？她的為人你又不是不清楚，那一次當著客人面前叫你唱歌，當眾羞辱你。你忘了嗎？」亮亮不懂母親為何要袒護秀女。

「我沒忘，可是亮亮，我也看到她在改啊，她願意主動對我示好，最主要的她願意對你好，這就夠了。亮亮，媽知道婆婆對你好，媽就放心了。」

妍秋說出了自己的心願，只要亮亮好，就算受一點委屈也無所謂。

「放心你就搬走了嗎？你跟小敏一搬就搬這麼遠？你有沒有想過我

不放心啊？我要看到你們的時候怎麼辦啊？小敏偶爾也要複檢，這樣不是很不方便嗎？現在士元媽媽的個性變好了，她會讓我常常回家的，而且你們的關係已經改善了不是嗎？那你們彼此之間可以常常走動，你跟趙叔叔也可以常常敘敘舊......」亮亮天真的說出了自己的假設，不知這其中的複雜。

「不！不可以！」妍秋猛力的搖著頭。

「媽，怎麼啦？你在怕什麼啊？」亮亮抓住母親的雙手，對於母親的態度感到疑惑。

「沒有啊。」妍秋試圖掩飾自己的情緒。

「媽你看著我，爲什麼我要你跟我回去，你卻那麼害怕緊張？你告訴我，有誰在逼你在威脅你嗎？」

「沒有人逼我。」妍秋又猛力的搖著頭，深怕亮亮會發現她和秀女的約定。

「好，沒人逼你是嗎？小敏！阿惠！」亮亮大聲叫著。

「亮亮你在幹什麼啊？」

「既然沒有人逼你，既然你是自由的，你就跟我回台北啊，媽，你聽話，我們收拾東西搬回台北。」亮亮轉身就要拉著母親的手走向屋外。

「不～我不回去！」妍秋奮力甩開亮亮的手，堅決的說道。

「媽，你不想跟我回去過好日子嗎？你不想親眼看到我過幸福快樂的日子嗎？這不是你最大的心願嗎？」亮亮疑惑的看著母親。

「你會幸福的，你會快樂的......」

「沒有媽媽跟小敏，一切都沒有意義，聽話，我們搬回台北。」亮亮拉起母親的手就要往外走。

「不～我不回去，你不要逼我！」妍秋大喊，試圖甩開亮亮的手要衝回房裡。

「我今天一定要帶你回去，媽，你聽話，跟我回台北，走，我們回去～媽～走～」亮亮一步也不肯退讓，非要妍秋跟著回台北。

「我愛上趙靖啦！」妍秋突然大聲的說出這幾個字。

亮亮一臉不可置信。

「你說什麼......」亮亮懷疑自己聽錯了，又再問了一次。

「我說......」

「你剛剛說什麼？」亮亮打斷話，無法置信。

「我說......我......我可能是喜歡上趙靖了。」妍秋一個字一個字的說著。

「趙叔叔？」亮亮不敢相信這是由母親口中說出來的話，她緊緊的握住母親的手。妍秋一心只想要亮亮幸福，就算被誤會也無所謂。

「你說你喜歡上趙叔叔了？」亮亮想起她對她媽媽說的話，「爸爸已經走了，請你面對現實，不要再逃避了！爸爸這一輩子只有愛你一個人，只有你讓他思思念念，一直到他爲你出了車禍～」這段話深深印在亮亮的腦海裡，一個字都不漏的，亮亮從未忘記。

亮亮傷心的走向父母的合照。

「你怎麼可以！怎麼可以！你怎麼可以！」亮亮流著淚責怪妍秋，也爲父親感到難過。

「你說你一輩子只愛爸爸，只愛汪漢文一個人～他爲了你，他......」亮亮把父母的合照緊緊的抱在胸前，不敢相信母親竟然愛上了趙叔叔。

「他爲了你，他就在這兒，他的魂魄就在這間屋子裡！你怎麼忍心？你怎麼忍心當著他的面說你愛上了別的男人？你怎麼忍心？你背叛了我爸爸！你背叛了我爸爸～」亮亮猛力的搖頭，失控的喊著。

「你不怕傷了他的心嗎？你喜歡趙靖，他是我爸爸的好弟兄是我公公！」亮亮哭坐在地上，剛才母親的那番話讓她夢碎了，她一直以爲父母的愛情是永遠的，至死不渝的，那是她心目中愛情的典範。想不到......

「是，我是喜歡他，先是依靠，接著就是喜歡了，後來，我發覺這是不對的，所以我才決定搬回來。唯有......唯有漢文在的地方，我才會比較安心。」妍秋隱藏住內心翻湧的情緒，狠下心來欺騙亮亮。

「眞的被趙士芬說對了，眞的被我婆婆說對了，她們早就看出你喜歡趙叔叔，只有我相信你，你說你們是好朋友老朋友，你背叛了爸爸，你背叛了我爸爸！」亮亮哭腫了雙眼，這輩子她最敬愛最相信的母親竟然背叛了自己。

亮亮頭也不回的跑出去，丟下照片，卻丟不下糾葛紛亂的思緒。

「亮亮生氣了，她生我的氣，可是你是相信我的，對不對？沒關係，只要亮亮幸福，只要你是相信我的，我不在乎，我什麼都不在乎。只要她幸福，只要你是相信我的。」

妍秋撿起照片，抱在懷裡哭泣的低語著。

「漢文......漢文......」照片裡的漢文笑得多麼爽朗，妍秋小女人般的偎在他懷裡，窗外的陽光暖和的照射在他們動人的笑容上。

屋裡還是空蕩蕩的，只剩下妍秋一人默默的笑著流淚。

＊＊＊＊＊＊＊＊＊＊＊＊＊＊＊＊＊＊＊＊＊＊＊＊＊＊＊＊＊＊

秀女氣急敗壞地在屋裡大聲嚷嚷。

「不見啦～我就說一步都不能離開呀～」看不見亮亮的秀女，急得在屋裡亂竄著。

「那又怎麼樣？不會有事的。」趙靖在一旁試圖緩和秀女的情緒，心中更加確定整件事情一定跟秀女有關。

「她......她可是個病人，怎麼到處亂跑啊。」秀女推開趙靖，往客廳大步走去。

「她又不是囚犯，又不是坐牢，怎麼不能出去呢？」趙靖好聲好氣的替亮亮找藉口。

「你打給誰啊？」趙靖看見秀女拿起電話，一把抓住秀女的手。

「我打給趙士元，叫他早一點回來盯著他老婆。」秀女用力的掙脫趙靖的手，逕自拿起話筒一邊要撥電話。

趙靖一把搶過電話。

「ㄟ～你......」秀女看見電話被趙靖拿走，抬起頭狠狠的盯著趙靖，兩眼瞪得像牛鈴一樣大。

「秀女，你到底在急什麼？或者我該問你到底在怕什麼？你眞的那麼擔心亮亮一時半刻見不到人要急成這樣？還是你認爲她會到哪兒去了呢？會不會是因爲想她媽媽回娘家去了呢？可能嗎？妍秋他們玩回來了嗎？阿惠沒有打電話回來告訴你嗎？」趙靖抓住秀女的弱點，故意說這些話來刺激她。

「ㄟ～你說話不必這麼冷嘲熱諷的唷，說不定你才知道他們到哪兒去了呢～怎麼？宋妍秋沒有打電話給你請安問好啊？」秀女也不甘示弱，挑了挑眉反問趙靖。

此時亮亮打開了門，臉色蒼白的走了進來。

「唉呀～亮亮啊～你到底......我說亮亮啊，你到底到哪去了，可把媽急死了。」秀女看見亮亮回來，心裡的大石頭總算放下，急急忙忙跑去拉著亮亮的手，關切地問。

「我去看我媽。」亮亮緩緩地把自己的手從秀女手中抽出，拖著疲憊的身軀要走回房間。

「喔喔妍秋回來啦？她玩得開心嗎？」秀女假裝好意的跟在亮亮身後，探聽妍秋的消息。

「她搬家了。」亮亮回過頭，臉上還有哭過的淚痕。

「這樣啊～怎麼好端端突然搬家了？她沒跟你說嗎？」秀女假裝不知情的繼續追問。

亮亮搖搖頭轉身想走。

「亮亮，媽媽跟小敏他們都還好吧？」趙靖又問。

「很好，他們在舊家住得很舒服，謝謝爸的關心。」亮亮說畢，逕自走向房裡，並沒有多餘的話想跟趙靖說。

「唉呀～現在你可安心了吧？母女均安～人家母女都見過面啦～你有什麼好疑慮的呢？我說這個人啊，年輕的時候是熱情可愛唷～上了年紀還自作多情，那就蠢嘍！」秀女看見自己的計畫還未被識破，不忘冷冷的嘲弄趙靖一番。

秀女上樓後，趙靖一個人在客廳，感覺得出亮亮回來後的態度十分冷淡，覺得滿腹疑問。於是走到亮亮的房門外，叫喚著她想要問清楚。

可是亮亮以累為理由想要休息，不想與趙靖多交談。

在房裡的亮亮，一點都不想看見趙靖，想到剛剛母親的那一番話，心裡一陣痛。亮亮看著抽屜裡自己與父親的合照，哭泣著。

「我永遠不會告訴你眞相的，我永遠不會讓你知道，我媽爲什麼會離開，她愛的是我爸爸！她愛的是我爸爸！」亮亮猛力地搖著頭，試圖忘記從母親嘴裡說出的一字一句——「我愛上趙靖了。」

天色已漸漸轉爲昏黃，亮亮站在窗邊想起了童年時候，父親和母親帶她上街的畫面。也是這樣一個天色昏黃的午後，亮亮的左手被父親厚厚的手掌緊緊的握住，而母親用微微沁汗的手抓著她的右手，她記得那時候小小的身子走在父母的中間，母親開心的笑了，她也跟著笑，這樣幸福的畫面，她從未忘記。

秀女突然打開門，看見亮亮一個人對著窗外發著呆。

「怎麼了？一個人想什麼啊？該吃藥啦，天涼啦，別站在這吹風了，早點睡吧。」秀女把藥放在床頭，走到亮亮的身後。

「媽！」亮亮轉頭，用一種歉疚的神情向秀女說。

「怎麼啦？」秀女握住亮亮的手，一副慈祥和藹的模樣。

「對不起。」亮亮低下頭，眼眶噙著淚水。

「什麼事情對不起？」秀女對亮亮突如其來的道歉感到疑惑。

「爲每一件事，以前我和我的家人對你的傷害，對不起。」亮亮緊緊握住秀女的手，抑不住的淚水。

「唉呀，早點睡了你，啊？」秀女安慰亮亮，叫她別想太多。

「我爲我的母親跟你道歉，對不起。」亮亮低聲的說著，甚至不敢直視秀女的眼睛。

秀女一頭霧水，但是看著眼前突然向她道歉的亮亮，嘴角的笑意差點忍不住就要揚起，拍了拍亮亮，轉身就得意的走了。

「她居然會跟你道歉？沒頭沒腦跟你說對不起？這不是很奇怪嗎？是她媽媽跟她說什麼了？」士芬才不相信亮亮會突然轉變態度，沒好氣的說著。

「管她們說什麼啊！只要宋妍秋遵守約定沒有拆穿我跟她之間的約

定，那不就好了。現在一切天下太平，她也沒搬回來的意思，就不用多問啦！」秀女有點得意的說，對於自己天衣無縫的計畫感到滿意極了。

「那你就不急不擔心啦？你不想知道她葫蘆裡賣的是什麼藥啊？」士芬對秀女安逸於現狀的態度感到生氣，大聲的說著。

「你跟我吼什麼啊？趙士芬！」秀女莫名其妙被女兒說了一下，更是摸不著頭緒。

「我生氣啊！我氣你一點危機意識都沒有！她是那麼恨我們，她會突然跟你說對不起？我想她心裡一定是懷什麼鬼胎。」士芬平時壞點子最多，此時也突然害怕起來亮亮會對她進行什麼報復計畫了。

「好啦！那你想她心裡到底在想什麼啦？」秀女也突然擔心起亮亮會不會是在耍她們，不禁緊張了起來。

「我不知道！不過，我想事情是沒有那麼簡單的，也許她心裡打定主意，等病好了還是要跟士元離婚，然後跟中威會面，也許……她對婚姻失望又離不成婚，於是把重心放在趙家的事業上啦，也許……她們母女倆見面的時候早把話說開了，將計就計，又可以享受現在的舒服日子，又可以慢慢掌握公司的大權。等到時機成熟的時候，這宋妍秋還是會跟爸見面的，到時候，汪子亮有權有勢，她媽媽就得到爸的人了。」士芬一口氣說出她的推論，畢竟她可是箇中高手呢。

「不會的，宋妍秋她不敢的。」秀女很有把握的說。

「汪子亮她敢的！一場車禍沒把她撞死，她有什麼不敢的？她這次回來，輕描淡寫的帶過跟她媽見面的情況，還跟你道歉，這不就很明顯？她不會善罷干休的，否則她道哪一門子的歉啊。媽，跟你打個賭，等汪子亮病好了以後，她第一個決定的一定是懷孕！到時候，你拿她怎麼辦啊？」士芬緊接著說，好像已經看穿亮亮的計畫似的。

＊＊＊＊＊＊＊＊＊＊＊＊＊＊＊＊＊＊＊＊＊＊＊＊＊＊＊＊＊＊

趙家開飯的時間，一家子的人都在，就差士元還沒回來。

「亮亮啊～你要多吃點，病才會好唷～」秀女殷勤的夾了一塊雞肉到亮亮的碗裡。

「謝謝媽～」亮亮埋著頭繼續吃飯。

「ㄟ？士元呢？」秀女看著時鐘，已經離士元下班的時間很久了，早該到家了。

「還在加班呢！」亮亮說。

「哼！我就沒有看過他在公司好好的加過班，今天早上業務部的開發會議他又缺席沒到，與其這樣子，讓他每天在公司打混，還不如讓他留在家裡好好照顧亮亮。」趙靖用力放下碗筷，對這個兒子的懶散感到憤怒。

「我說你這個做爸爸的，這麼沒耐性啊，所以我說他要磨練啊，你只要有耐心教他，做著做著不就熟啦？」秀女替士元解釋。

「哼！眞正有心的人，不會等人家來教他，他自己會看著辦，他啊，對工作是既沒想法也沒意願！」趙靖搖搖頭，對士元的不長進感到無奈。

「唉～我們就這麼一個獨子啊～這嘴巴唸唸那是恨鐵不成鋼啊，你總不能這樣放棄他啊，我看這樣，他在家裡太舒服啦，讓他搬到俱樂部去住好了。」秀女爲了不要讓亮亮和士元有相處的機會懷孕，故意找了這個看似合理的藉口。

「什麼？」趙靖差點沒把剛剛吃進嘴裡的飯噴出來。

「這樣一早啊也沒有遲到的藉口啦，加班加太晚開車回來太累我不放心啊！」秀女爲自己的計畫找了許多理由。

「媽，要不要問問亮亮的意思啊？」士芬附和著說。

「我沒意見，我沒關係。」亮亮不在意的擺擺手。

「亮亮啊，識大體唷～你也知道啦，這士元老大不小了，是應該以事業爲重啊，不該再這樣瞎混下去對吧？」秀女看亮亮也不反對，又繼續說道。

「媽媽說的對，應該以事業爲重。」士芬與秀女一老一少，合作無間。

「那就這樣決定啦，讓士元搬去俱樂部，全天候開始學習，將來趙家的事業可是要交給他，總不能要你這個老爸做牛做馬永不得享清福吧？」秀女得意的看了士芬一眼，露出了詭異的笑容。

房間裡，秀女心情愉悅的在臉上擦擦抹抹保養品，還一邊哼著輕快的小調。

「你又在搞什麼名堂？」趙靖看見秀女異常的開心，更是感到懷疑。

「你眞是這個意思嗎？」

對趙靖的質問感到不滿，秀女回過了頭。

「ㄟ～我可是心疼你呀，那天晚上我看你哭得老淚縱橫的，說你像條牛一樣的幹不敢退休，這時候我才想到，該是讓趙士元擔點責任了。」秀女尖聲的說。

「你縱容他二十七年了，這時候你就大徹大悟了啊？」趙靖不相信秀女。

「我這也不行啊？總好過我縱容他一輩子讓你當條老牛操到死吧！」秀女有點委屈的說。

「你讓士元到俱樂部住，那亮亮怎麼辦？」趙靖看到秀女的模樣，不禁放低了音量。

「住家裡啊。」秀女對趙靖突然和緩的態度感到滿意，便理直氣壯的說。

「你明明知道他們感情現在很不穩定，你把他們分開，那豈不是更糟嗎？」

「小別勝新婚啊，天天見面容易起摩擦啊。我現在讓趙士元學著獨立，那以後要是他繼續不長進你可不要怪我啊～不管了，我要去洗澡了。」秀女起身，想趕快避開這個話題。

「你是不想讓他們懷孕吧？」趙靖一針見血的說道。

「好，你想談這個問題？好，我們就把這個問題說清楚。」看到趙靖不死心的追問，秀女就乾脆直接挑明了說。

「沒錯，我就是怕他們懷孕！好啦，大家打開天窗說亮話啦～你會希望亮亮懷孕嗎？喜歡汪子亮是一回事，難道你眞的不怕她會把這種病遺傳給下一代？」秀女高聲的說出這番話，一點也不介意這番談話可能會被亮亮聽到。

「他們的孩子未必就會被遺傳到！」趙靖駁斥秀女的推測。

「所以那才可怕啊！沒有定數就是無窮的變數啊，萬一將來孩子生下來瘋了，那是一輩子的折磨啊！」秀女一副害怕的模樣更令趙靖氣憤。

「今天如果是我們自己的女兒遇到這樣的問題，你會說同樣的話嗎？你會剝奪她做母親的權利嗎？你不會，就是因爲她不是你的孩子，你才可以振振有詞的搬出一大堆道理。」趙靖對於秀女的自私感到不滿。

「今天如果是趙士芬，我就不會讓她嫁人，免得害人害己，我蔡秀女照顧她一輩子。」秀女強詞奪理的說。

「所以，士元跟亮亮也可以照顧他們的孩子一輩子！如果眞的不幸遺傳到的話！」

「所以你是贊成嘍？即使她會拖累士元一輩子，你也硬是同意要讓他們生孩子？」秀女走到趙靖面前，高聲的質問他，只差沒把手指著他的鼻子。

「我只是說誰都沒有這個權利去贊成和反對，生命是他們自己製造的，除了士元和亮亮他們自己決定，沒有人可以干涉他們！」趙靖避開秀女，走到床邊。

「說得好啊，他們是吧？這個他們也包括趙士元嘍？那趙士元不想生孩子，你有沒有問過或是尊重他的意見啊？」秀女跟在趙靖身後不死心的追問。

「其實你也不是不害怕嘛，六分之一的遺傳機率啊！可是我不懂啊，你爲什麼要這麼護著汪子亮呢？就因爲她是你的故人之後？我相信汪漢文如果還在世，他會是個明事理的人，他也會勸汪子亮不要生！」秀女自以爲聰明的猜測。

趙靖轉過身摘下眼鏡。

「我只知道，剝奪一個女人做母親的權利，是最殘忍最不公平的事。」趙靖希望秀女將心比心，不要總是以自我爲中心，別人的孩子就不是孩子。

「怪只怪她自己生來就帶著這種遺傳病呢，怎能怪別人剝奪她的權利呢？」秀女並沒有自省反而落井下石的說。

「你怎麼能這麼狠呢？」趙靖抬頭，不解的看著秀女尖銳的表情，覺得她眞是個可怕的女人。

「因爲我愛我兒子，我不忍心看著趙士元當個不快樂的爸爸，一輩子活在恐懼當中！」秀女用非常堅定的口吻說著，這個時候，她是一個偉大的母親。

「我不能原諒我自己......」趙靖無奈的把頭埋進雙手，他無法改變秀女偏激的想法，無力地頹喪著。

「你不許被原諒，你又沒做錯事。」秀女理直氣壯的說，說完轉身進入浴室，懷孕這件事情，她有絕對的主導權，誰也說服不了。

看著一意孤行的秀女，趙靖想著妍秋的叮囑，他心中暗暗想著。

「我要幫助亮亮，我一定要補償亮亮。」

✳✳✳✳✳✳✳✳✳✳✳✳✳✳✳✳✳✳✳✳✳✳✳✳✳✳✳✳✳✳✳

亮亮看著電話，遲疑了一下，還是拿了起來，熟悉地按著數字，那一頭傳來妍秋的聲音。

亮亮聽著母親的聲音，她多麼想像以前一樣跟母親撒撒嬌，和小敏說說話。可是那一晚，母親口中的眞相，卻讓她無法平靜地面對，雖然她早希望母親從失去父親的哀傷裡走出來，但卻沒想過母親竟然走得如此徹底，徹底到......愛上另一個男人......

「亮亮......亮亮？亮亮......跟媽說說話嘛，媽好想你耶～你好不好啊？還有沒有人欺負你啊？亮亮......媽愛你呀！媽實在是......」妍秋慌張的叫著亮亮的名字，卻得不到半點聲響回應。

亮亮聽著母親聲聲急切的叫喚，蠕動著嘴唇，卻吐不出半個字，淚從臉頰兩旁滾落。

另一頭的姸秋也落淚了，哽咽地說著。

「不要不理我，不要不跟我說話啊，亮亮，媽是愛你的，不要不理我。」研秋抱著電話，不死心的喊著，而亮亮只有無聲的哭泣。

慢慢掛上電話的亮亮，激動的站起身跑回房去，卻被早已看到這一幕的趙靖叫住。

「亮亮，爲什麼不跟你媽媽說話呢？你剛才掛的是她的電話是吧？你怎麼可以掛她的電話呢？你這樣做她多傷心呢！」趙靖對亮亮冷漠的態度感到不解。

亮亮撇過頭去，一言不發，逕自往房裡走去。

「我知道自從你上次回去看他們回來之後，就一直對我充滿了敵意，處處躲著我，我不知道我們之間有什麼樣的誤會，但是我自己問心無愧，我把你當自己的女兒一樣看待，甚至於......比對士芬還要多用幾分心，我總希望能代替漢文......」趙靖柔聲的對亮亮說，希望能彌補亮亮心中的空虛。

「不要提我爸的名字，沒有人可以代替他，在這個世界上，他是唯一的，我爸爸汪漢文是無人可替代的。」亮亮摀著耳朵失聲叫道。

秀女冷冷地出現在樓梯口聽著看著。

「對，我是說我待你像自己的女兒，我願意像漢文一樣來愛你。」趙靖想多解釋些什麼。

「你不可以！你不可以代替汪漢文去愛任何一個人！我爸爸......也許跟我們緣淺，但不表示任何人可以替代他再續前緣......」亮亮奮力搖著頭，不願意在聽下去。

「我知道，我的意思是說......」趙靖往前一步，還想多做解釋。

「什麼都不要說了！」亮亮冷冷的留下一句話。

「亮亮！是不是你跟媽媽見面說了什麼，讓你對我有些誤會？」趙靖拉住亮亮的手，想要問個明白。

「我們什麼也沒說，我跟我媽媽見面，一個字也沒有提到你。」

「那......媽媽她還好嗎？離你這麼遠。」趙靖想要從亮亮口中打聽姸秋的消息。

「從來也沒這麼好過，她說，她覺得搬回老家感覺離我爸更近了，心情上，從來沒有這麼平靜快樂過。」亮亮抬頭迎向趙靖的眼神，緩緩的說道。

「小敏還好吧？」趙靖又問。

「非常好，趙叔叔我想你忘了，小敏是我爸的兒子，我爸自然會在天上特別照顧他。趙叔叔晚安。」亮亮掙脫趙靖的手，快步跑回房間。

「我不能替代你父親，就連你公公都不能做了？讓你必須稱呼我一聲趙叔叔嗎？」趙靖對亮亮離去的背影大喊著。

亮亮碰地一聲關上門，而秀女嘴裡輕輕哼著小曲回樓上去。

趙靖低下頭去無語沈思著。

「不行，我一定要去找妍秋，問個明白。」

＊＊＊＊＊＊＊＊＊＊＊＊＊＊＊＊＊＊＊＊＊＊＊＊＊＊＊＊＊＊

「誰呀？」

妍秋一看到趙靖，馬上把門關起來。

「妍秋！」趙靖猛力的拍打著大門。

「妍秋！你不能再躲著我了，不要再消失不見了好不好？你知道嗎？我剛剛連門鈴都不敢按，我怕，我怕又像十五年前那樣，我按了鈴，可是你不在裡面，你沒有來開門，然後一別又是十五年。」趙靖驚恐的說，深怕會再次失去妍秋。

「我要是知道剛剛是你站在門口，我是怎麼也不會去開那個門。」妍秋在屋子裡，隔著一道木門和趙靖說話，用著一種冷漠。

「但你終究還是開啦，妍秋，這就是我們之間的緣分啊！」

趙靖不管。

「趙靖你到底想怎麼樣？」妍秋憤怒的說著，她一點也不想再看見門外的男人，不為別的，就為了她女兒的幸福。

「我沒有想怎麼樣，我要的真的不多，妍秋，能夠經常看到你，跟你說說話，像上次那樣陪你唱唱歌，或是我們什麼都不說什麼都不做，只要讓我能安安靜靜的坐在你身邊。妍秋……我等了你一輩子了，一輩子那麼長，我們就在等待中蹉跎了。妍秋，我們這一生就要過完啦，剩下的路我們能不能不要再逃避了，給我一個機會，也給你一個機會！等我把公司的事情處理完了……」趙靖一口氣說出了內心埋藏已久的想法，他不想再忍了，他要讓妍秋知道自己的心意。

門突然被打開了，妍秋打了趙靖一巴掌。

「這是漢文的房子耶，你怎麼可以站在漢文的房裡勾引他老婆，你是欺負他不能站出來修理你，我不准你欺負漢文！」妍秋推開趙靖，她這輩子再也不想見到他了，不！是不能再見到他了。

「我也希望他能自己站出來，但是，我相信他不會修理我，如果他知道我等了你一輩子，他會很放心的把你交給我。」趙靖乘機握住妍秋的雙手，不死心的說。

「趙靖，你糊塗啦，你有老婆孩子你的家你自己的事業……」妍秋看著趙靖，無奈的搖頭。

「我都可以放棄，這個家我已經替它付出太多了，我兒女都大了。」趙靖激動的說出自己的想法。

「對！大到可以娶妻生子了，別忘了，我女兒亮亮是你的媳婦呢！你忘了我們之間的關係嗎？我們是兒女親家呢，將來還是孫子們的爺爺和外婆，我們不能只因爲自己的快樂而爲所欲爲，你還要不要孩子們做人啊？」妍秋厲聲的說道，趙靖老糊塗了，可是自己並不糊塗。

「這一切都可以放棄，我不在乎！」趙靖緊緊握住妍秋的雙手，第一次這麼坦誠的說出了自己的心聲。

「我孩子在乎，亮亮在乎！」妍秋用盡全力甩開趙靖的手，破口說出。

「你在乎嗎？你在乎那些世俗的看法嗎？」趙靖還是不死心的追問著，十五年前他錯過了，這一次，他不要再失去她了。

「我的亮亮在乎的我都在乎，凡是會讓我女兒傷心難過的事我都不會做，只要孩子快樂，作母親的就快樂，我寧可委屈自己，我都不會……」

「妍秋你是爲了孩子們在拒絕我的是不是？亮亮也知道對不對？你們那一天見面不愉快就是爲了這個是不是？難怪她的反應這麼激烈！她一直認爲沒有人可以替代漢文，你是不是爲了孩子們才拒絕我的？」趙靖回想起亮亮的冷漠，以爲妍秋是礙於亮亮的關係才不和自己在一起。

「不是的，我跟亮亮的衝突完全跟你無關，她是氣我完全沒有經過她的同意就搬回來住，而我呢，是想離漢文近一點。亮亮還是個孩子，她在跟她爸爸吃醋呢，我跟她完全沒有討論到你。」妍秋努力解釋著，她不要再給趙靖任何一點希望。

「我不相信！」趙靖搖頭，失聲的叫道。

「回去吧，不要再來了，我們都這把年紀了，就讓我們平平靜靜的把剩下的日子過完不是很好嗎？不要再讓孩子們看笑話了，你有家，現在你的家人還包括我女兒亮亮呢，請你善待你的家人，我會感激你一輩子的。」妍秋平靜的說著，帶著請求的語氣。

「回去吧......」

趙靖長嘆了一聲，轉身。

妍秋看著趙靖落寞的背影感到了不忍，又開口對他說：

「趙靖，對不起。」

「爲了剛才那一巴掌嗎？沒關係......這已經不是第一次了，你還記得嗎？十五年前同樣的情形，我要求你接受我，你生氣了，爲了漢文給我一耳光，但是我一點都不生氣，因爲你這兩次都是爲了漢文，不是因爲你自己，你自己還是不討厭我的，你是爲了漢文和孩子們，這兩巴掌我挨得心甘情願。」趙靖頭抬得高高的，他必須仰著頭，是因爲淚珠在他眼眶中滾動，如果他低下頭，淚水勢必會流下來。

與十五年前同樣的情形，他還是輸給了漢文。

而門後的妍秋吞下了一腔難言的苦澀，靜靜地聽著趙靖離去的腳步聲。

看著斑駁剝落的舊木門，這個曾經圈護住他們一家人的老房子，沒有了男主人，沒有孩子嬉鬧的笑聲。

妍秋輕拖著腳步，像百年疲憊的幽魂，只知道堅守著最後一絲信念，所有的詛咒所有的苦難由她承擔。撲鼻而來的腐朽味滲著些許酸苦，紅腫的眼角蒙上一層淚霧讓她看不清未來在哪裡，但或許許久以前她就是一個沒有未來的女人了。

沒有正義的協定對妍秋來說並不重要，她已經失去至愛的丈夫至親的骨肉，若要她拿自己的未來換取女兒的幸福，她願意……她心甘情願的願意著。

涼風灌進庭院裡，不放過似地追尋著人跡尋找著體溫，妍秋拉緊了衣領，咬緊了唇，往屋裡走去。

太陽花首部曲──我心深處

作者：劉果珍
出版者：生智文化事業有限公司
發行人：宋宏智
企劃主編：林淑雯
行銷企劃：汪君瑜
文字編輯：張愛華、林玟君
版面構成：零・工作室 視覺設計
封面設計：上藝視覺設計工作室
印務：許鈞棋
專案行銷主任：吳明潤
登記證：局版北市業字第677號
地址：台北市新生南路三段88號7樓之3
電話：(02)2363-5748 (02)2366-0313
網址：http://www.ycrc.com.tw
讀者服務信箱：service@ycrc.com.tw
郵撥帳號：19735365 戶名：葉忠賢
印刷：上海印刷廠股份有限公司
法律顧問：北辰著作權事務所 蕭雄淋律師
初版一刷：2005年9月 定價：新台幣250元
ISBN：957-818-686-X

國家圖書館出版品預行編目資料

太陽花首部曲 : 我心深處 / 劉果珍 著.
-- 初版. -- 臺北市 : 生智, 2004[民93] 面 ; 公分
-- (臺灣作家系列)
ISBN 957-818-686-X (平裝)

857.7 93019788

總經銷：揚智文化事業股份有限公司
地址：台北市新生南路三段88號5樓之6
電話：（02）2366-0309 傳真：（02）2366-0310

106-□□
台北市新生南路3段88號5樓之6

揚智文化事業股份有限公司　　收

□□□-□□
地址：　　市縣　　鄉鎮市區　　路街　段　巷　弄　號　樓
姓名：

D7 105

太陽花01——我心深處

生智文化事業有限公司

讀·者·回·函

感謝您購買本公司出版的書籍。
爲了更接近讀者的想法，出版您想閱讀的書籍，在此需要勞駕您詳細爲我們填寫回函，您的一份心力，將使我們更加努力！！

1. 姓名：________
2. E-mail：________
3. 性別：□ 男 □ 女
4. 生日：西元____年____月____日
5. 教育程度：□ 高中及以下 □ 專科及大學 □ 研究所及以上
6. 職業別：□ 學生 □ 服務業 □ 軍警公教 □ 資訊及傳播業 □ 金融業 □ 製造業 □ 家庭主婦 □ 其他____
7. 購書方式：□ 書店 □ 量販店 □ 網路 □ 郵購 □書展 □ 其他____
8. 購買原因：□ 對書籍感興趣 □ 生活或工作需要 □ 其他____
9. 如何得知此出版訊息：□ 媒體____ □ 書訊 □ 逛書店 □ 其他____
10. 書籍編排：□ 專業水準 □ 賞心悅目 □ 設計普通 □ 有待加強
11. 書籍封面：□ 非常出色 □ 平凡普通 □ 毫不起眼
12. 您的意見：________
13. 您希望本公司出版何種書籍：________

☆填寫完畢後，可直接寄回（免貼郵票）。
我們將不定期寄發新書資訊，並優先通知您
其他優惠活動，再次感謝您！！